A pequena pousada da Islândia

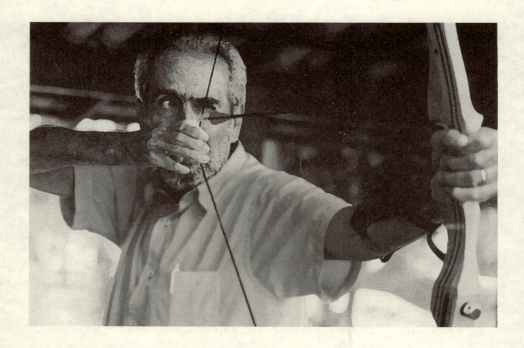

O Arqueiro

GERALDO JORDÃO PEREIRA (1938-2008) começou sua carreira aos 17 anos, quando foi trabalhar com seu pai, o célebre editor José Olympio, publicando obras marcantes como *O menino do dedo verde*, de Maurice Druon, e *Minha vida*, de Charles Chaplin.

Em 1976, fundou a Editora Salamandra com o propósito de formar uma nova geração de leitores e acabou criando um dos catálogos infantis mais premiados do Brasil. Em 1992, fugindo de sua linha editorial, lançou *Muitas vidas, muitos mestres*, de Brian Weiss, livro que deu origem à Editora Sextante.

Fã de histórias de suspense, Geraldo descobriu *O Código Da Vinci* antes mesmo de ele ser lançado nos Estados Unidos. A aposta em ficção, que não era o foco da Sextante, foi certeira: o título se transformou em um dos maiores fenômenos editoriais de todos os tempos.

Mas não foi só aos livros que se dedicou. Com seu desejo de ajudar o próximo, Geraldo desenvolveu diversos projetos sociais que se tornaram sua grande paixão.

Com a missão de publicar histórias empolgantes, tornar os livros cada vez mais acessíveis e despertar o amor pela leitura, a Editora Arqueiro é uma homenagem a esta figura extraordinária, capaz de enxergar mais além, mirar nas coisas verdadeiramente importantes e não perder o idealismo e a esperança diante dos desafios e contratempos da vida.

Julie Caplin

A pequena pousada da Islândia

DESTINOS ROMÂNTICOS

ARQUEIRO

Título original: *The Northern Lights Lodge*

Copyright © 2019 por Julie Caplin
Copyright da tradução © 2024 por Editora Arqueiro Ltda.

Julie Caplin tem seus direitos morais assegurados para ser reconhecida como autora da obra.
Publicado originalmente na Grã-Bretanha pela HarperCollins Publishers.

Todos os direitos reservados. Nenhuma parte deste livro pode ser utilizada ou reproduzida sob quaisquer meios existentes sem autorização por escrito dos editores.

tradução: Carolina Rodrigues
preparo de originais: Sheila Til
revisão: Mariana Bard e Suelen Lopes
diagramação: Ana Paula Daudt Brandão
capa: © HarperCollins Publishers
adaptação de capa: Gustavo Cardozo
imagem de capa: © Shutterstock.com
impressão e acabamento: Cromosete Gráfica e Editora Ltda.

CIP-BRASIL. CATALOGAÇÃO NA PUBLICAÇÃO
SINDICATO NACIONAL DOS EDITORES DE LIVROS, RJ

C242p

    Caplin, Julie
      A pequena pousada da Islândia / Julie Caplin ; [tradução Carolina Rodrigues]. - 1. ed. - São Paulo : Arqueiro, 2024.
      320 p. ; 23 cm. (Destinos românticos ; 4)

    Tradução de: The northern lights lodge
    Sequência de: A pequena confeitaria de Paris
    ISBN 978-65-5565-592-6

    1. Ficção inglesa. I. Rodrigues, Carolina. II. Título. III. Série.

23-86428
CDD: 823
CDU: 82-3(410.1)

Gabriela Faray Ferreira Lopes - Bibliotecária - CRB-7/6643

Todos os direitos reservados, no Brasil, por
Editora Arqueiro Ltda.
Rua Artur de Azevedo, 1.767 – Conj. 177 – Pinheiros
05404-014 – São Paulo – SP
Tel.: (11) 2894-4987
E-mail: atendimento@editoraarqueiro.com.br
www.editoraarqueiro.com.br

Para a princesa viking original: minha editora maravilhosa, Charlotte Ledger, que provavelmente não teria sido uma boa viking – não no quesito pilhagem, com certeza, porque ela é gentil, bondosa e generosa demais.

Capítulo 1

Bath

– Infelizmente, ainda não tenho nada. Como eu disse na semana passada e na anterior. Você precisa entender que são tempos difíceis. A economia não vai bem. As pessoas não estão passeando tanto.

Isso foi dito com um adulador sorriso de falsa compaixão e olhos pequenos feito os de um tubarão, que se desviavam dos de Lucy como se estar desempregada fosse contagioso.

Tempos difíceis? Acorda! Lucy poderia até escrever uma porcaria de um livro sobre os tempos difíceis que viviam. Teve vontade de agarrar a consultora de recrutamento pelo pescoço e dar uma sacudida nela, mas se ajeitou na cadeira em frente à mulher no escritório bem iluminado, com mobília chique e um computador caro que ocupava a maior parte da mesa, e tentou parecer tranquila, em vez de completamente apavorada.

A consultora lançou um olhar hesitante para o cabelo louro sem vida de Lucy, preso em uma trança frouxa e fina, e não conseguiu esconder uma expressão de curiosidade e horror. Lucy engoliu em seco e sentiu as lágrimas de sempre surgirem. *Não é fácil arrumar um cabelo que não para de cair há três semanas*, pensou. Ela não ousava lavá-lo mais do que uma vez por semana, porque ver o ralo cheio de fios louros parecia mais terrível do que todos os estragos que aconteciam em sua vida no momento. Quando até seu cabelo começa a abandonar o barco, as coisas devem estar bem ruins.

Lucy sentia os lábios se curvarem. Ah, meu Deus, ia começar a urrar como um animal selvagem a qualquer instante. Nos últimos tempos, vinha sendo cada vez mais difícil se comportar como um ser humano normal, e, no momento, era um desafio a mais olhar para a mulher do outro lado da mesa, sentada ali com seu terninho cereja bem-ajustado, o cabelo sedoso perfeito e longas unhas de gel cor de ameixa. A própria descrição do sucesso. Aquela era a imagem de alguém que chegaria a algum lugar, que tinha uma carreira em ascensão, em vez de estar em uma queda vertiginosa pelas cataratas do Niágara.

Lucy suspirou, engoliu em seco e se obrigou a ficar calma. Nos últimos vinte minutos, ela lutara contra a tentação de agarrar a Srta. Profissional pela gola e implorar que "deve ter um emprego em algum lugar para mim". Precisara sentar em cima das mãos, os ombros tensos e o tronco completamente ereto, enquanto escutava a mesma ladainha que ouvira no escritório dos últimos dez consultores de recrutamento: o mercado estava em baixa, as empresas não estavam contratando, não existia mais emprego garantido para a vida toda nos tempos atuais. E *eles* não precisavam dizer isso a Lucy: ela descobrira esse fato inconveniente do jeito mais difícil. *Mas,* lamuriou-se aquela voz persistente em sua cabeça, ela buscava um emprego no setor hoteleiro. A lamúria ficou mais estridente e insistente: *Sempre há vagas no setor hoteleiro.*

– Talvez se você pudesse... – A mulher tentou exibir um sorriso de incentivo, o que não escondia sua enorme curiosidade. – Sabe... conseguir algumas referências mais recentes.

Lucy balançou a cabeça, sentindo o familiar nó de desespero ameaçar crescer e sufocá-la. A mulher tentou demonstrar compaixão enquanto disfarçava e olhava o relógio. Sem dúvida receberia algum candidato infinitamente mais apto na reunião seguinte. Alguém cujo currículo transbordasse de recomendações do último chefe e que nunca passara por um constrangimento que fosse divulgado para todo mundo em sua área profissional.

– Tem que haver algo. – O desespero estava estampado em cada palavra. – Não me importo em dar um passo para trás. Você viu o tanto de experiência que eu tenho. – Lucy se ouviu proferindo as fatídicas palavras, as que prometera a si própria que não diria, mesmo que as coisas estivessem muito ruins. – Eu aceito qualquer coisa.

A mulher arqueou a sobrancelha, como se quisesse que Lucy fosse mais específica sobre "qualquer coisa".

– Bom, quase qualquer coisa – disse Lucy, de repente muito consciente de que "qualquer coisa" abarcava diversas situações e que a renda daquela mulher vinha de reposicionar pessoas.

– Beeem, tem uma vaga.

Ela deu de ombros com elegância.

Lucy se arrependeu do "qualquer coisa" na mesma hora. A que estava se expondo? Ela não conhecia aquela mulher. Como podia confiar nela?

– É... hã... é um grande passo para trás. Um contrato temporário com chance de se tornar permanente. Com um período de experiência de dois meses. E fora do país.

– Não tem problema ser fora do país – respondeu Lucy, endireitando a postura.

Um período de experiência de dois meses era bom. Na verdade, fora do país seria uma maravilha. Por que não tinha pensado nisso antes? Uma fuga completa. Uma fuga das risadinhas ardilosas de seus ex-colegas pelas costas, dos olhares furtivos de "é ela, sabe, a que...", dos sorrisinhos de "sabemos o que você fez" e das ocasionais olhadas de soslaio de "aposto que você faria...", que a deixavam para morrer.

A recrutadora se levantou e deu vários passos até um canto do escritório para vasculhar uma pequena pilha de pastas azuis sobre uma mesinha de madeira. Mesmo de onde estava, Lucy sabia que aquelas eram as sobras das sobras, as vagas que tinham sido colocadas na categoria "não vamos arrumar ninguém para esses cargos nem em um milhão de anos". Com um puxão, a mulher tirou uma pasta com as pontas dobradas quase da base da pilha. Lucy sabia como aquele pobre arquivo se sentia: negligenciado e deixado de lado.

– Humm.

Lucy aguardou sentada na ponta da cadeira, esticando o pescoço de leve para tentar identificar as palavras que a recrutadora lia conforme uma das unhas de gel descia pela folha.

– Humm. Certo. Hummm.

Lucy fechou os punhos, feliz por estarem espremidos entre suas coxas e a cadeira.

Com um som de reprovação meio disfarçado, a mulher fechou a pasta e olhou com preocupação para Lucy.

– Bem, é alguma coisa. É algo. – Sua expressão vacilou. – Você é superqualificada. É na...

E ela disse algo que soou como um espirro.

– Como?

– Hvolsvöllur – repetiu a mulher.

Lucy teve certeza de que ela pesquisara a pronúncia.

– Entendi – afirmou Lucy. – E onde fica exatamente...

Ela meneou a cabeça na direção da pasta. Pela sonoridade, supunha que o lugar fosse no Leste Europeu.

– Islândia.

– Islândia!

– Isso – falou a mulher, apressada. – É um cargo com período de experiência de dois meses em uma pousadinha em Hvolsvöllur, que fica a apenas uma hora e meia de carro de Reykjavik. Começo imediato. Posso ligar para eles e enviar os detalhes sobre você?

As palavras da mulher saíram com o repentino entusiasmo causado por uma comissão extra inesperada.

Islândia. Não era um lugar aonde já pensara em ir. Não fazia um frio absurdo lá? E ficava escuro quase o tempo todo. O clima ideal para ela era calor com mar morno. Uma hora e meia de carro até Reykjavik parecia um mau agouro, uma mensagem subliminar para *no meio do nada*. Lucy mordeu o lábio.

– Eu não falo o idioma de lá.

– Ah, não precisa se preocupar com isso. Todos falam inglês – retrucou a mulher, despreocupada, antes de acrescentar: – É claro que eles podem preferir não te contratar... Você sabe. – Seu sorriso diminuiu, demonstrando uma empatia silenciosa. – Não quero que crie muita esperança. Mas vou dizer a eles que você tem uma boa experiência. É que... hã... a falta de referências recentes pode ser um problema. Você tem essa lacuna.

– Talvez você possa dizer que tirei um tempo sabático – sugeriu Lucy, apressada.

A mulher assentiu, estampando o sorriso no rosto de novo.

– Vou ligar para eles.

Meio constrangida, ela se levantou da mesa. Lucy desconfiou que, em geral, a recrutadora fizesse as ligações dali, do próprio ramal, mas estivesse buscando privacidade no momento para tentar persuadir o cliente a aceitar alguém com uma lacuna de três anos no currículo.

No último desses três, Lucy fora subgerente do principal hotel de uma grande cadeia em Manchester, cargo que alcançara após galgar posições na empresa ao longo de dois anos. Aí a grande cadeia a demitira por comportamento inadequado. Lucy rangeu os dentes ao lembrar-se da Stormtrooper sem coração do RH que tinha sido enviada pela sede na verdejante Surrey para desferir o golpe fatal. E, claro, não mandaram Chris embora.

Por um minuto, a autocomiseração ameaçou dominá-la. Inúmeras vagas, uma rejeição atrás da outra. Nem uma única entrevista. Toda vez que recebia um não, ficava ainda mais desolada, era como se uma sombra encobrisse o sol. Sua conta bancária estava zerada. Ela não tinha muitos lugares onde pudesse dormir, e o fim da linha – abrigar-se na casinha geminada de dois quartos dos pais em Portsmouth – começava a se aproximar no horizonte. E isso ela não podia fazer de jeito nenhum. A mãe iria querer saber o motivo, o pai não aguentaria a verdade. Lucy mordeu o lábio, reabrindo a ferida que ainda não cicatrizara. Por alguma razão, ela começara a morder o interior da boca, algo que tinha se tornado um hábito horrível nos últimos meses e do qual não conseguia se livrar.

– É… é pra morar no trabalho? – perguntou apressada quando a recrutadora estava prestes a sair da sala.

– Ah, meu Deus, é claro, ninguém em sã consciência consideraria essa vaga se fosse sem acomodação. – Os olhos dela se arregalaram de repente ao perceber que provavelmente tinha falado demais. – Volto já, já.

De um jeito bem revelador, ela pegou a pasta e deixou Lucy sozinha no escritório.

– Tem certeza de que é a coisa certa a se fazer? – perguntou Daisy, a melhor amiga de Lucy, balançando a cabeça com uma expressão de desconfiança ao olhar para a tela do computador. – Você é incrivelmente qualificada pra isso. Tem só 44 quartos. – Ela fez uma pausa. – E você odeia neve – completou.

– Não odeio neve. É que não é tão legal quando deixa a cidade toda lamacenta e escura – protestou Lucy, pensando na neve de sua infância, aquela primeira nevasca que deixava tudo limpo e revigorante, implorando por pegadas frescas, guerra de bolas de neve e bonecos de neve.

– Hum – disse Daisy, incrédula. – Você mal se acostumou com Manchester. O clima na Islândia é muito pior. – Ela franziu a testa. – Se bem que parece legal...

Lucy assentiu. Legal era pouco. De acordo com a galeria de fotos do site, o lugar era lindíssimo. O exterior – com telhados repletos de relva e uma miscelânea de prédios – tinha, de um lado, uma encosta alta coberta de neve e marcada por sombras de afloramentos de pedras e, do outro, um litoral rochoso no qual ondas espumantes quebravam em uma praia de cascalho estreita. As lindas fotos do interior mostravam vistas maravilhosas em cada uma das janelas da pousada, além de diversas lareiras enormes e cantinhos aconchegantes arrumados com móveis que convidavam as pessoas a se aninhar e cochilar diante do calor do fogo. Tudo parecia fabuloso. O que levantava a questão: por que o cargo de gerente geral continuava vago? Lucy mordeu uma ferida aberta por dentro do lábio e a dor a fez se contrair.

Daisy entendeu errado a súbita inspiração da amiga e lhe lançou um olhar severo.

– Você não precisa aceitar. Sabe que pode ficar aqui o tempo que quiser. – Ela a olhou com mais afeto. – Eu não me importo mesmo. Adoro sua companhia.

Por mais que fosse tentador continuar morando no apartamento fofo de um quarto de Daisy em Bath, Lucy precisava aceitar o emprego.

– Daisy, não posso dormir no seu sofá pra sempre, e, se não for atrás desse emprego, provavelmente nunca mais vou embora daqui.

Uma melancolia já bem conhecida ameaçou tomar conta de Lucy de novo, puxando-a para baixo. Ela engoliu em seco, ignorando o pânico que crescia em seu coração tal qual um pássaro agitado, e fitou a amiga. Em que momento uma pessoa chegava à conclusão de que não era mais capaz de realizar um trabalho? Ela estava dominada pela incerteza, sempre questionando o próprio bom senso.

Será que deveria ir atrás daquele emprego? A breve entrevista pelo Skype parecera mera formalidade, uma rápida verificação para garantir que ela não tinha duas cabeças ou algo assim, conduzida por uma mulher que nem se dera ao trabalho de se apresentar e não parecera ligar para o fato de Lucy dar ou não conta do serviço. Isso fora ótimo, porque toda a força que um dia Lucy teve se esvaíra e, se precisasse fazer marketing pessoal, ficaria intimidada na mesma hora.

Daisy entrelaçou o braço no da amiga, arrancando-a de repente de seus pensamentos.

– Não aceita. Vai aparecer outra coisa. Você pode criar seu próprio...

Com a sobrancelha erguida, Lucy levantou a mão para impedir que Daisy usasse uma de suas máximas. A melhor amiga teve a decência de sorrir debilmente.

– Muito bem – disse Daisy, cerrando os pequeninos punhos. – Mas porr... poxa, é muito injusto. Não foi culpa sua.

– Daisy Jackson! Você estava prestes a falar um palavrão?

Uma covinha surgiu na bochecha da amiga quando ela sorriu como uma fadinha travessa.

– Talvez. É que isso me deixa muito revoltada. É tão...

Ela fez um som de "grrr".

– Viu? Mais um motivo pra eu ir embora. Você está fazendo sons de animais também. Eu sou má influência. E foi culpa minha. A culpa foi só minha... e do Chris, por ser um merda de marca maior.

– Não foi culpa sua! Para de falar isso – pediu Daisy, a voz estridente de indignação. – Você não pode se culpar. A culpa é do Chris. Embora eu ainda não consiga acreditar que ele fez isso. Por quê?

Lucy travou o maxilar. Já tinham falado sobre aquilo milhares de vezes nos últimos 62 dias, acompanhadas de várias taças de prosecco, vinho, gim e vodca. Ponderações e álcool não tinham resultado em nenhuma resposta. A culpa era dela por ter sido muito, mas muito estúpida. Não podia acreditar em como tinha se enganado tanto. Quatro anos, um apartamento juntos, trabalhando para a mesma empresa. Ela acreditara que conhecia Chris. Uma coisa era certa: enquanto vivesse, nunca voltaria a confiar em um homem.

– Não importa por que ele fez. Preciso seguir em frente e preciso de um emprego.

Lucy cerrou os dentes. Ir para a Islândia era uma ideia terrível, mas ela não tinha outras opções.

Capítulo 2

Paris

– Aqui está.

Nina deslizou uma xícara de café pela mesa na direção de Alex e entregou a ele um prato com um doce lindo.

– É por conta da casa. Quero sua opinião, é minha última invenção. Bomba de sorvete de framboesa. Talvez isso anime você – acrescentou ela, e sorriu com uma pitada de compaixão.

Alex sentiu um quê de arrependimento. Nina era um amor. Os planos de conhecê-la melhor tinham ido por água abaixo quando ela começou um relacionamento. Era uma pena, mas ela sempre fora apaixonada pelo amigo dele, Sebastian, e Alex precisava admitir, ao olhar para Nina, que o amor correspondido tinha adicionado um brilho incrível ao rosto dela. Não dava para ficar ressentido com alguém que irradiava alegria. Ele comeu um pedaço da bomba e soltou um gemido.

– Uau! É delicioso, Nina! Delicioso mesmo.

– Maravilha! Agora você vai me contar o que está acontecendo?

Alex revirou os olhos enquanto ela puxava uma cadeira e se sentava, ignorando o olhar ofendido de Marcel, gerente da confeitaria. Oficialmente, Nina administrava o local, mas sem dúvida quem mandava na sociedade era Marcel, que controlava tudo e se intrometia de modo silencioso e austero.

– Quem disse que tem algo acontecendo? – perguntou Alex, tentando parecer alegre.

– Tenho irmãos. Tenho o Sebastian. Sei quando existe um peso nas costas de alguém. Dá pra ver que esse peso está deixando você curvado – declarou ela, com um sorriso de sabedoria.

Ele olhou por cima do ombro para as próprias costas, e ela deu uma risada.

– Estou um pouco irritado. A inauguração do novo hotel está atrasada e o gerente que contrataram pra me substituir na vaga atual já chegou.

Alex assumiria a gerência de um novo hotel-butique superchique e minimalista do outro lado de Paris a qualquer momento. Só que, durante a reforma, os construtores encontraram ossos nos porões. Ossos humanos. Por sorte, tinham pelo menos duzentos anos. Ainda assim, isso causou um atraso colossal nas obras.

– Você pode tirar umas férias, então – comentou Nina.

– Era o que eu tinha em mente, mas meu chefe, em sua infinita sabedoria, decidiu me colocar em um cargo temporário.

– Você não vai sair de Paris, vai?

A linda boca de Nina formou um biquinho e Alex sentiu mais uma daquelas leves pontadas de arrependimento. Ele tinha mesmo perdido sua chance com ela.

– Só por alguns meses. Quentin quer que eu vá conhecer um hotel que ele pretende comprar. Preciso avaliar a viabilidade do lugar e fazer um relatório com recomendações para transformar o negócio em um de nossos hotéis-butique.

– Pra onde você vai?

– Islândia.

A boca de Nina se abriu em um pequenino "o".

– Imaginei que seria algum lugar na França, não em outro país. Bem, não parece tão ruim assim. A Islândia não é linda, cheia de todo tipo de maravilhas naturais? Gêiseres borbulhantes, fontes termais e geleiras? Eu chutaria que, por ser escocês, você gosta dessa ideia.

– Não tenho problema nenhum em ir pra Islândia. O que não é bom é o trabalho que Quentin me delegou.

– Você disse que precisa fazer um relatório.

– Sim, mas isso inclui avaliar o gerente geral atual e a forma como o local é administrado, só que sem contar a ninguém quem eu sou. Não gosto disso. A última coisa que eu quero é ser um espião.

– James Bond – disse Nina, endireitando a postura. – Você tem o sotaque do Sean Connery. – Ela começou a fazer uma imitação tenebrosa do sotaque de Edimburgo que Alex tinha. – Ah, Moneypenny.

15

– Bem, isso deve significar que estou qualificado – brincou Alex, entretido com o entusiasmo de Nina e sentindo-se um pouco mais animado.

Ainda estava atordoado depois da reunião com o chefe, quando demonstrara certo desconforto com a ideia de não dizer ao gerente do local o motivo de sua presença. A resposta do chefe tinha sido uma ferroada. "É o seguinte, Alex: os bonzinhos não se dão bem. Isso aqui é um negócio, pura e simplesmente. Preciso de alguém que faça o relatório, apontando os defeitos e tudo mais, sem dourar a pílula. E isso se torna muito mais fácil se a equipe não souber quem você é. Não tenho ouvido elogios sobre a gerência do lugar. As avaliações mais recentes no TripAdvisor são estarrecedoras. Com você lá, posso ter uma noção muito melhor da realidade. Você tem um bom olho e vai ser capaz de me dizer o que é preciso pra dar um jeito no lugar, como é a equipe e se mantenho ou demito todo mundo."

A parte "os bonzinhos não se dão bem" não saía da cabeça de Alex. O que tinha de errado em ser bonzinho? Além do mais, ele sabia ser durão quando a situação exigia. Na semana anterior, expulsara um hóspede do restaurante do hotel por apertar o traseiro de uma das garçonetes, enfrentara um entregador agressivo – que dera ré nos portões do hotel e deixara um rombo tão grande que daria para passar um rebanho de vacas por ali – e demitira o confeiteiro, que ele flagrara arremessando uma frigideira no ajudante de garçom, um rapaz que mal saíra da escola.

– Alex vai ser o James Bond – anunciou Nina quando Sebastian entrou e pôs os braços ao redor dela, dando-lhe um beijo confiante e tranquilo na boca e ignorando por completo o amigo.

– Oi, linda! Hum, você está com gosto de framboesa e guloseimas.

Ele lhe deu um segundo beijo, mais demorado, que fez Alex revirar os olhos.

Por fim, Sebastian soltou Nina e se voltou para o amigo. A boca de Alex se contorceu: ele tinha captado a mensagem.

– Bond, James Bond? – provocou Sebastian, erguendo a sobrancelha numa imitação perfeita de Roger Moore.

– Não, Nina está exagerando em relação às minhas credenciais secretas. Me pediram pra fazer um trabalho de reconhecimento. Quentin Oliver está pensando em comprar uma empresa na Islândia e, como estou numa entressafra de hotéis no momento, ele pediu que eu inspecionasse o lugar. *In loco.*

Sebastian morreria de rir se Alex contasse que estava pensando em ir disfarçado de barman!

– Parece uma ótima ideia – falou Sebastian, com um sorrisinho repentino que Alex presumira ter muito a ver com a distância enorme entre Paris e a Islândia.

Mas o amigo não precisava se preocupar. Alex havia saído de cena assim que descobrira que Nina era apaixonada por Sebastian desde os 18 anos. Por um instante, imaginou o que teria acontecido se tivesse lutado mais por ela, se achasse que havia alguma chance. Será que tinha recuado para facilitar as coisas para Nina?

Enquanto pensava nisso, abriu um largo sorriso para Sebastian. Talvez o melhor tivesse vencido. Nina amava Sebastian e era boa para ele. Possivelmente, boa demais. Mas Alex nunca vira Sebastian tão sossegado e feliz.

– Não tenho problema em ir pra Islândia. Como a Nina falou, estou acostumado ao clima do Norte. É a parte do segredo que me incomoda um pouco.

– E por quê? – Sebastian deu de ombros. – É só você pensar que são negócios. É fácil ser implacável quando algo que você quer de verdade está em jogo.

Sebastian o encarava com um ar de compreensão porque já passara por isso?

De repente, Sebastian ofereceu a Alex um sorriso carinhoso de aprovação.

– Não tem mais ninguém com quem eu escolheria trabalhar, cara. Entendo por que Quentin Oliver te pediu isso. É melhor que seja você. Você é íntegro e não tenta enganar as pessoas. Não tolera gente tapada, é fato. Se o atual gerente for um idiota, você vai mesmo ter um grande problema em reportar isso? Você odeia gente encostada e que não ajuda a equipe. Se esse cara for bom, ele não tem nada com que se preocupar.

Capítulo 3

Islândia

Os pensamentos de Lucy voltaram a assombrá-la assim que ela parou em frente às portas bem fechadas da pousada Aurora Boreal, na mais completa escuridão. Sua respiração saía em grandes nuvens brancas enquanto o frio consumia cada pedacinho de seus membros. Aquilo fora uma ideia terrível. Por que dera ouvidos à recrutadora animada de olho na própria comissão? Por que não ficara em Bath, com Daisy?

Lucy quase gargalhou, uma leve histeria ameaçando tomar conta dela. *Porque você estava desesperada. Você sabia que era uma ideia terrível, e tinha razão. Deveria ter confiado no seu instinto.*

Piscando sem parar, porque de nada adiantava chorar, Lucy esmurrou a porta pela terceira vez. Cruzou os dedos – como se isso fosse ajudar – e rezou para que alguém atendesse. Por que deixara o táxi ir embora? Ela poderia ter pedido que o motorista esperasse, mas o carro saíra a toda, as luzes de freio desaparecendo no horizonte, deixando-a sozinha. No trajeto até ali, ela vira apenas dois carros. Dois! Ambos indo na direção oposta.

Por que não tinha passado a noite em Reykjavik?

Estremeceu e olhou para a total escuridão ao redor. A única luz ali vinha de seu celular. Não havia o menor sinal de vida. Não de vida humana, pelo menos. Ao sair do táxi, depois de duas horas rodando na chuva – não parara de chover desde que o avião pousara em Reykjavik, fazia três horas –, ela ouvira um rosnado baixo à sua esquerda e notara o brilho de olhos amarelos ao direcionar a lanterna do aparelho na direção do som. Será que havia lobos na Islândia? O tênue facho de luz captara um lampejo da cauda de algum animal sorrateiro que saíra dali, o que a deixara ainda mais vigilante ao seguir pelo caminho de pedras que fazia sua mala reclamar a cada solavanco.

Parada em frente às portas de madeira e tentando espiar algo pelas luzes laterais, percebia o lugar na mais completa escuridão. Do alto, vinha o farfalhar da relva do telhado – ou será que havia mais criaturas à espreita? Várias cenas de *O Senhor dos Anéis* lhe passavam na cabeça. Num último impulso de energia, deu um puxão violento na maçaneta de ferro ornado, com a vã esperança de dar com a cabeça na parede ao descobrir que a porta estivera destrancada o tempo todo, mesmo que já tivesse tentado abri-la diversas vezes. Pelo visto, aquela história de que todos deixavam a porta aberta já era – Lucy tinha certeza de ter lido isso em algum lugar. Ela bateu na porta com o punho, depois olhou para o celular e viu que a bateria se esvaía rapidamente.

Deixando-se cair no chão, ela tirou as luvas, que não estavam tendo tanta utilidade, e ligou para o único contato que tinha. O Sr. Pedersen, dono do hotel e que estava na Finlândia, fora quem a contratara, mas ele lhe dera o telefone de um dos funcionários. Pela segunda vez, a ligação caiu no correio de voz, e ela ouviu, com um desespero crescente, a mensagem com uma torrente de palavras que presumiu serem islandesas, uma enxurrada de sílabas ríspidas e sons guturais.

Respirou bem fundo e torceu para não parecer muito apavorada, então falou:

– Oi, aqui é Lucy Smart, do Reino Unido. São onze horas e já estou aqui, mas parece que não tem ninguém no hotel.

Ela enviara um e-mail com a data de sua chegada e recebera uma resposta de confirmação de alguém chamado Hekla Gunnesdóttir. A mão dela tremia enquanto segurava com força o telefone.

– Gostaria que me ligasse de volta, se possível – pediu ela, com educação, quando o que queria dizer na verdade era: "Cadê todo mundo, porra?"

Claro que ela seria educada, pensou, melancólica. Afinal, iria trabalhar com aquelas pessoas. Causar uma boa impressão era imprescindível. Mais do que uma boa impressão, ela precisava que eles a efetivassem após os dois meses. Precisava durar pelo menos um ano ali para reabilitar o currículo outra vez. Além disso, não tinha outro lugar aonde ir.

Dez minutos depois, após ficar olhando ansiosamente para o celular enquanto andava de um lado para outro a fim de se manter aquecida, a bateria acabou. A chuva tinha parado, mas isso não era tão reconfortante para Lucy ao considerar suas opções, que pareciam escassas. Primeira: andar até a estrada e ver se conseguia encontrar qualquer tipo de povoado próximo, apesar da completa ausência de luz na área. Segunda: ficar ali e torcer para que alguém tivesse ouvido a mensagem dela. Terceira: invadir.

Nuvens corriam pelo céu noturno, de vez em quando revelando vislumbres de um universo cheio de estrelas. O número de luzes pequeninas era impressionante. Não havia ali a poluição da iluminação excessiva. Lucy nunca vira tantas estrelas. Por entre uma pequena fenda no meio das nuvens, pensou ter avistado uma estrela cadente, embora fizesse tanto frio que talvez tivesse começado a alucinar.

Agora que seus olhos já haviam se ajustado à escuridão e o frio deixara os dedos das mãos e dos pés dormentes, ela decidiu dar a volta no imóvel. Talvez encontrasse alguma porta destrancada. Com um tremor, pôs-se a caminhar ao longo da fachada. Quanto tempo esperaria antes de pegar uma pedra e quebrar uma daquelas maravilhosas janelas que iam do chão ao teto?

Ao virar na esquina do hotel, o chão se tornou bem inclinado e ela se desequilibrou na súbita descida. No entanto, avistou um leve brilho, como se houvesse uma luz na esquina seguinte.

Com cuidado, Lucy começou a descer o declive íngreme, escorregando um pouco no cascalho solto. A cada passo, pedrinhas deslizavam e um barulho ecoava, deixando-a sobressaltada e desorientada. De vez em quando, Lucy parava ao achar ter ouvido o som de água, mas ele se perdia na escuridão e ela não conseguia identificar de onde viera. Inclinando a cabeça, escutou com atenção e deu mais alguns passos adiante. Ah, madeira. Lucy estava em algum tipo de deque.

E então pisou no nada. Ao tombar para a frente, os braços se agitando no ar, frenéticos, ela registrou um lampejo de água e se preparou para o frio enquanto caía de cara.

Não fossem o peso das roupas e o susto de cair de cabeça na água morna – não, na verdade era quente e chegava à altura de seus ombros –, o mergulho até que poderia ter sido agradável, tirando o fato de ter entrado muita água pelo nariz e Lucy ainda ter engolido um bocado. Eca! Ela emergiu cuspindo e engasgando. Que nojento. Sentia a cabeça ainda mais fria em razão do contraste com o resto do corpo, aquecido do pescoço para baixo. O calor invadiu os dedos e as orelhas de Lucy com uma dor aguda, como se lhe espetassem alfinetes e agulhas, quando uma lanterna apareceu virando a esquina e percorreu o caminho pelo chão pedregoso até pousar no rosto dela.

– É proibido usar as fontes termais depois das nove da noite – disse uma voz grave, com um tom divertido, enquanto a luz chegava cada vez mais perto.

Lucy murmurou para si mesma um "quero morrer", sentindo-se em tremenda desvantagem sob a luz quase dançante que se aproximava.

Sua parca encharcada tinha se enrolado ao redor dela como um edredom cheio de pedras, as botas de cano curto quase se soltavam a cada passo e a calça jeans apertava suas pernas enquanto ela patinhava até a borda.

– Tem degraus aqui – falou uma segunda voz melodiosa, com uma inflexão musical.

A pessoa usava a lanterna para guiá-la pela borda de madeira em direção aos degraus que saíam da água.

Lucy endireitou os ombros e seguiu pela água até o corrimão de madeira com o máximo de dignidade que conseguiu, já que estava à beira das lágrimas.

De repente, as luzes iluminaram a área toda. Ela estava numa banheira de hidromassagem do tamanho de uma piscina pequena, cercada por um deque de madeira com dois lances de escada que levavam até a água. Acima dela, mais para o lado, havia duas pessoas bastante agasalhadas protegidas do frio noturno.

– Você está bem? – perguntou a mais alta, chegando depressa e estendendo a mão enquanto dava um passo à frente para segurar o braço dela.

Em seguida, a ajudou a contrabalançar o peso de dez toneladas da parca molhada.

Olhos bondosos, pensou Lucy ao vislumbrar olhos castanhos cheios de preocupação e um cachecol de lã xadrez enquanto se deixava ser içada pelos degraus.

– Vamos levar você pra dentro logo, antes que seu corpo comece a relaxar. Esse calorzinho não vai durar muito tempo.

A voz também era bondosa. O leve sotaque escocês era suave e gentil, um contraste maravilhoso com a pegada firme e decidida que a impulsionava para a frente e a conduzia para fora do deque.

– Obrigada – disse ela, libertando-se com sutileza da mão do homem, ainda que por algum motivo não quisesse isso.

Gentileza era um item escasso em sua vida no momento.

– Estou bem – acrescentou Lucy, com um tom mais áspero.

Depois de tudo pelo que tinha passado naquele ano, nunca mais acreditaria em primeiras impressões. Nem tudo que reluzia era ouro.

– Eu sou o Alex.

A mão do homem ainda pairava ao redor dela, como se estivesse preparado para segurá-la.

– E esta é a Hekla. Mil desculpas por não ter ninguém pra te recepcionar. Não esperávamos nenhum hóspede hoje.

– Não mesmo – reforçou Hekla. – Isso é o mais estranho de tudo. Você tem reserva? – perguntou com a gloriosa voz que era quase uma melodia.

– Não sou hóspede, sou... – Lucy engoliu em seco. Sem choro. Pingar da cabeça aos pés já a deixava em desvantagem suficiente. – Sou a nova gerente, Lucy Smart.

Na mesma hora, ela estendeu uma das mãos de um jeito profissional, mas rapidamente a baixou ao perceber como devia parecer ridícula, com água escorrendo pelas mangas.

– Ah! – A voz da mulher ecoou surpresa. – Mas era para você chegar só na semana que vem.

– Tudo foi confirmado por e-mail – falou Lucy, as palavras saindo rápidas e cortantes com o pânico súbito.

Não queria que eles a achassem confusa e desorganizada.

– Mas a gente recebeu uma ligação ontem dizendo que seus planos tinham mudado e você só chegaria na semana que vem.

– Bem, não fui eu – assegurou Lucy.

– Devem ter sido os *huldufólk* arrumando confusão – falou Hekla, assentindo com o rosto sério. – Mas você está aqui, e é melhor a gente te levar logo pra dentro. – Hekla parou e então acrescentou com uma piscadinha marota que, em outro momento, poderia ter encantado Lucy: – Em geral, é melhor esperar o raiar do dia para usar as fontes termais.

– Estou tentando entrar faz meia hora – murmurou Lucy.

Ela estremeceu ao sentir os pés chapinharem no deque de madeira, a água transbordando de suas botas favoritas e grandes nuvens de vapor saindo das roupas encharcadas. Que maravilha, hein? Era óbvio que aquelas pessoas eram seus novos colegas. Não tinha mais como causar uma boa primeira impressão.

– Mas a porta está aberta – falou Hekla. – Está sempre aberta.

Sua declaração firme e segura fez Lucy se sentir duplamente estúpida. A porta estava fechada, sem dúvida. Não estava? Tinha certeza disso. Tentara de tudo.

– Bem, hoje não estava – rosnou ela. – Por que outro motivo eu ficaria andando por aí no escuro, tentando encontrar um jeito de entrar?

A porta, sem dúvida, estava trancada. Sua resposta decidida perdeu todo o impacto quando Lucy escorregou no deque. Ela contraiu os lábios e abaixou a cabeça como se estivesse se concentrando nos próprios pés. De repente, sentia uma vontade inexplicável de chorar.

– Ei, deixa eu ajudar você – murmurou Alex com seu tom de voz gentil.

Lucy o encarou. Calor e empatia iluminavam aqueles olhos bondosos enquanto ele a segurava pelo cotovelo. Pelo que pareceu uma eternidade, ele sustentou o olhar dela com seriedade e firmeza, como se pudesse enxergar a constante sombra de infelicidade que residia no peito de Lucy. Quando ele lhe abriu um sorriso tranquilizador, sem desviar o olhar do rosto dela, Lucy sentiu um frio engraçado na barriga.

O bom senso e o instinto de autopreservação entraram em conflito e, por mais que quisesse se livrar do apoio firme e delicado do braço dele, aquela pontada de consciência a irritou. Lucy deixou que ele a conduzisse pela subida, tentando com todas as forças não gostar da sensação de ter alguém que cuidasse dela, para variar.

Meio boquiaberta, Lucy tirou as roupas encharcadas, olhando ao redor da sala aconchegante do apartamento e afundando os dedos dos pés em um dos tapetes macios e fofos de pele de carneiro espalhados pelo chão de tábuas largas cor de mel. Aquela era uma acomodação e tanto para funcionários, e o banheiro era um sonho. O vapor já se disseminava em ondas pelo imenso boxe com sua ducha forte.

Hekla – que, pelos cabelos louros, sem dúvida pertencia a uma linhagem de princesas viking – a conduzira pelo hotel e Lucy pensou ter avistado vigas de madeira, espaços amplos e arejados e imensas janelas de vidro. Sua nova colega falava rápido e sem parar, despejando um caminhão de informações. Lucy só conseguira absorver algumas coisas. Alex era o chefe de bar. Hekla era a subgerente. O hotel estava meio cheio – ou meio vazio? A época da aurora boreal estava prestes a começar. Outros nomes, alguns dos quais pareciam ter saído direto da mitologia nórdica, foram mencionados: Brynja, Olafur, Gunnar, Erik, Kristjan, Elin, Freya.

Lucy entrou no banheiro, que estava deliciosamente quente. Havia ali a notável sensação de um design luxuoso: a bancada de madeira rústica com pia redonda, o piso preto e o boxe quadrado grande.

Ela entrou debaixo da ducha quente e deixou a cabeça pender quando a água deliciosa escorreu por seu cabelo úmido. *Boa, Lucy. Bela forma de impressionar os novos colegas.* Por que eles tinham achado que ela chegaria só na semana seguinte? Agora deviam pensar que era uma desorientada. Ela não tinha se confundido com a data, tinha? Lucy admitia que andava bem atordoada, e sua tão famosa capacidade de organização evaporara nos últimos meses, mas confundir a data? Não, isso ela não fizera. E a porta, sem dúvida alguma, estava mesmo trancada.

Depois do abençoado banho e de se enxugar com uma toalha suave e macia, Lucy se sentia incrivelmente melhor, embora ainda fosse deprimente ver tanto cabelo no ralo.

Ela o secou com cuidado, temendo perder mais algum fio, e evitou olhar-se no espelho, pois sabia muito bem que veria uma prima de segundo grau da Mortícia Addams. Nos últimos meses, sombras esquálidas haviam se estabelecido, marcando suas maçãs do rosto, e olheiras arroxeadas se alojaram sob seus olhos, fazendo-a parecer meio panda, meio demônio.

Junto com a esqualidez dos traços, chegara uma náusea que não abandonava mais seu estômago.

Seu rosto encovado parecia refletir a completa bagunça que sua vida se tornara. Ela estremeceu. Abaixou o secador de cabelo e olhou além de seu reflexo, pela porta do banheiro, para a maravilhosa tentação que era a cama dupla no outro cômodo, com o edredom de algodão branco e a manta azul-clara.

Antes de ceder ao cansaço, porém, ela fez uma rápida avaliação do que seria seu lar pelos dois meses seguintes. Apesar de se sentir humilhada no momento, aquilo com certeza melhoraria seu humor. A cama de casal com cabeceira de madeira ficava bem de frente para uma lareira ampla no meio de uma série de janelas panorâmicas, o que exibia um design incomum, mas impactante, que ela nunca vira. Talvez fosse coisa de islandês. A imponente lareira era feita em pedra rústica, com uma estrutura de chaminé interna que se erguia por toda a altura do quarto até o pico triangular do teto de madeira. Aquilo conferia ao ambiente uma sensação de imponência e amplitude, mas a madeira cor de mel nas paredes e no teto – além dos tapetes macios e das peças de tecido coloridas que pendiam nas paredes – impedia que o quarto parecesse frio.

Bem à direita, havia uma pequena antessala com um elegante sofá de dois lugares coberto por uma manta de caxemira macia que era um convite a se embrulhar num dia frio. Duas outras poltronas ficavam voltadas para a lareira e, mais adiante, se avistava uma cozinha compacta com um balcão para café da manhã e dois bancos.

Com um sorriso cansado, Lucy prometeu a si mesma que, em seu primeiro dia de folga, iria se enrolar na manta, acender a lareira (algo que precisava aprender a fazer) e ficar observando as chamas.

Ela se deitou nos lençóis frios e se aconchegou na mesma hora no abraço macio do colchão. Ao acomodar a cabeça nos travesseiros de pluma, o edredom aninhando-se a seu redor, Lucy deixou escapar um pequeno suspiro. *Dá um tempo, cérebro*, disse a si mesma. Como sempre, ele se recusou a cooperar e se divertiu torturando-a com uma imagem dela saindo de uma fonte termal como um rato enlameado e pingando. Que baita primeira impressão. Ela suspirou outra vez e se encolheu de lado, perdendo-se na deliciosa maciez da cama e começando a flutuar. O que Hekla e Alex deviam estar pensando da nova chefe? Na pior das hipóteses, a julgariam desajeitada, excêntrica, desastrada. Eles não tinham ideia do que ela fizera... por enquanto. Por baixo das cobertas, Lucy cruzou os dedos. Com sorte, nunca descobririam.

Ela engoliu em seco as lágrimas idiotas que ameaçavam cair de repente, surgindo do nada. Será que os olhos gentis de Alex exibiriam a mesma expressão se algum dia ele visse aquele maldito vídeo? Será que os sorrisos fáceis de Hekla se transformariam em risos de escárnio e desgosto se ela procurasse por Lucy Smart na internet? Lucy fechou os olhos com força e se enterrou ainda mais no colchão, adormecendo enquanto sucumbia ao casulo macio da cama.

Algo fez Lucy despertar, porém ela permaneceu deitada, confusa, sob o peso do silêncio. Demorou alguns segundos para se lembrar de onde estava. Islândia. No meio do nada. Franzindo a testa, ela empurrou o edredom verde-claro, o calor agora sufocante. Mas o edredom era verde? Com a visão embaçada, ela olhou ao redor do quarto, que estava coberto por uma suave luz sobrenatural. Ela levou mais um instante para processar tudo e se apoiou nos cotovelos, olhando cheia de sono pela janela. Estava muito escuro quando ela fora se deitar, então acabara não fechando as cortinas.

Nossa! Bem desperta, Lucy se levantou, o ar frio atingindo seus ombros. Uma sinfonia silenciosa composta por uma luz esverdeada pulsante iluminava o céu escuro, espiralando-se em ondas etéreas. Lucy afastou os cobertores, pegou a manta do sofá e a jogou em volta dos ombros, depois seguiu até a janela. Hipnotizada, pôs uma das mãos no vidro frio, como se pudesse traçar com os dedos a trilha das luzes pulsantes. Seu coração pareceu inchar no peito e os olhos se arregalaram, maravilhados.

A luz mágica sobrenatural revelava uma paisagem sombreada, o mar unindo-se com a terra em uma curva sedutora e banhando de cores frias as escarpas rochosas da encosta. Agarrando com mais força a manta, ela deslizou até o chão, encantada pelo espetáculo sereno e silencioso que se desdobrava diante dela com a graça e a delicadeza de um balé.

Como sedas ao vento, as luzes dançavam em uma melodia sem som, vagarosas e sonolentas. Arrepios eriçaram a pele de Lucy quando ela as traçou com os dedos. Aquela visão a encheu de deslumbramento e de uma satisfação inesperada. Todos os medos e todas as preocupações dos últimos meses sumiram: eram insignificantes, débeis e irrelevantes em comparação àquela constante da natureza. Lucy se pôs a pensar em quantos milhares de anos fazia que a aurora boreal aparecia e como os seres humanos ancestrais a interpretavam. Magia? Presença divina? Será que a encaravam como um sinal?

Lucy olhou para cima, de repente com mais intensidade, quase como se absorvesse a energia cósmica. Havia um universo inteiro lá fora, e ela não era nada além de uma partícula no meio de tudo. Naquele exato instante, ela era tudo e nada, uma parte do ciclo natural. Cerrou o punho e fez uma promessa silenciosa. Para a frente. Olhar para a frente. Em vez de encarar seu período na Islândia como um castigo, ela o aproveitaria ao máximo. Uma segunda chance. Lucy não seria definida por seus erros. Por mais fantasioso que fosse, aquilo era um sinal, tinha certeza. Ela aproveitaria essa oportunidade e usaria toda sua prática e experiência para garantir que as pessoas que viessem até a pousada Aurora Boreal tivessem uma estadia memorável.

Capítulo 4

Na manhã seguinte, depois de se vestir com capricho, determinada a causar uma impressão melhor, Lucy encontrou por conta própria o caminho até a recepção vazia. Ouviu uma discussão acalorada, as consoantes ásperas de uma língua desconhecida intercaladas com um pouco de inglês. As vozes vinham do escritório atrás da mesa da recepção. Quando Lucy entrou, quase deu para sentir a tensão crepitando no ar.

Hekla estava de pé atrás de uma das duas mesas, batendo uma caneta no tampo enquanto encarava duas mulheres de uniforme. Não havia nem sinal dos sorrisos radiantes da noite anterior. O rosto de Hekla estava franzido pelo que parecia revolta e resignação enquanto ela discutia – embora aparentemente a atenção dela não estivesse totalmente focada na discussão – com uma mulher esguia, de proporções perfeitas e com o tipo de maquiagem que fazia qualquer um se perguntar como ela conseguira fazer aquele delineado tão uniforme nos dois olhos. Tinha a aparência de quem estava prestes a ir a um shopping luxuoso, em vez de limpar quartos, como sugeria seu uniforme. Ela jogou para trás o belo e bem-arrumado cabelo castanho e lançou um olhar rápido na direção de Lucy, a boca se fechando de repente como se estivesse engolindo a frase seguinte. Hekla fez um som de reprovação e se calou, então o silêncio constrangedor se prolongou enquanto as três, curiosamente, pareciam não conseguir se encarar.

– Bom dia. Posso ajudar? – perguntou Lucy, firme e educada, dando um passo à frente e ficando imóvel, determinada a evidenciar sua autoridade desde o início.

Foi só então que percebeu que o chefe de bar, que a tirara da fonte termal na noite anterior, também estava ali, encostado na parede de braços cruzados e com uma expressão de impaciência.

A mulher loura e mais alta de frente para Hekla ergueu a cabeça e deixou os braços compridos caídos ao lado do corpo. Ela parecia insegura e preocupada ao mesmo tempo.

Hekla contraiu os lábios e lançou um olhar angustiado na direção das duas funcionárias antes de dizer:

– Temos um probleminha com os *huldufólk*.

– Como é?

Lucy achou que se lembrava de ter ouvido aquela palavra na noite anterior, mas não tinha certeza se escutara direito.

– *Huldufólk*? – repetiu, tentando copiar o sotaque fofo de Hekla. Mas o que era isso?

As duas camareiras assentiram com veemência.

Hekla suspirou.

– Eles deixaram ratos. Freya – ela indicou a jovem de cabelo castanho –, Elin – assentiu para a loura – e outros membros da equipe que moram nos alojamentos querem ir embora, aí vamos ficar sem ninguém para limpar os quartos ou servir o café da manhã hoje.

Lucy deu uma rápida olhada no relógio. Eram oito horas. Embora estivesse escuro lá fora, sem dúvida o café da manhã estaria em andamento.

– Ratos?

Ela começava a se sentir burra, repetindo tudo que Hekla dizia.

– Sim, sabe, ratinhos peludos.

– Ratos – falou Lucy, finalmente entendendo. – Tem ratos aqui. – Ela olhou para os próprios pés e ao redor do escritório. Podia lidar com isso.

– Muito bem. – Ela sorriu para as duas jovens. – Podemos espalhar umas ratoeiras. Tenho certeza de que isso vai solucionar o problema. Ninguém precisa ir embora.

Agora ela compreendia o pânico implícito no rosto de Hekla. Conseguir novos empregados em pouco tempo seria bem difícil, se não impossível. A viagem de táxi no dia anterior tinha deixado claro que eles estavam em um local remoto. A cidade mais perto ficava a uns bons vinte minutos de distância.

– Ratoeiras não letais – acrescentou. Então teve mais uma ideia: – Ou quem sabe podemos arrumar um gato emprestado?

Lucy sempre se orgulhara de encontrar soluções para os problemas. Até Chris a elogiava pela habilidade de pensar fora da caixa.

Alex, o chefe de bar, bufou, e ela lhe lançou um rápido olhar irritado e inquisitivo. Ele tinha alguma ideia melhor para se livrar dos ratos?

Hekla esfregou um dos pés pela batata da perna.

– Não. – Ela balançou a cabeça. – O problema não são os ratos, são os *huldufólk*.

Alex deu um passo à frente, uma expressão de exasperação no rosto, a boca contraída.

– Significa "povo oculto". Tipo elfos – explicou ele.

– Elfos? – repetiu Lucy com calma.

Alex assentiu e ela o viu revirar os olhos. Sem saber se tinha entendido errado, ela ergueu uma sobrancelha para ele.

– Tem elfos aqui?

Em resposta, Alex contraiu ainda mais a boca.

– *Ja, huldufólk* – respondeu Freya. – Em nosso quarto.

Lucy franziu a testa.

– Você os viu?

Freya estremeceu e pareceu horrorizada.

– Não! Ver os *huldufólk* traz muito azar.

– Aaaah, tá.

Lucy olhou para Alex, que cruzou os braços, lançando a ela um olhar severo.

– Quer dizer que há ratos no quarto? – insistiu Lucy.

Hekla ficou muda outra vez, o que foi muito estranho.

– Sim, nos travesseiros – insistiu Freya. – Foram deixados ali pelos *huldufólk*.

Freya se curvou para pegar uma mochila a seus pés e a colocou nos ombros, e Elin a imitou.

– Esperem – disse Lucy, tentando juntar as peças, mas era como ter todas as partes de um quebra-cabeça, exceto as bordas. – Vocês estão indo embora?

As duas jovens assentiram, desculpando-se.

– É... Bem, vai sair um ônibus daqui a pouco para Reykjavik.

– Esperem um instante.

Lucy olhou para Hekla, que não a encarou.

– A maioria dos funcionários mora aqui – explicou Alex, com aquele adorável e suave sotaque escocês, que fazia Lucy pensar em David Tennant. – Se eles forem embora, vamos ficar sem pessoal – completou, o que não ajudava.

Obrigada, Einstein, eu não tinha percebido.

– *Ja*, é isso mesmo – disse Hekla e assentiu, o cabelo louro reluzindo sob a luz suave do escritório.

Elfos? Povo oculto? Sério? Será que era uma pegadinha com a novata? Os olhos de Alex sustentaram o olhar de Lucy com aquela expectativa de "então, o que você vai fazer em relação a isso?". Até entender aquilo tudo direito, Lucy precisava seguir com cuidado.

– E esses hul… huldos.

– *Huldufólk* – interveio Hekla, em socorro.

– Eles gostam de pregar peças?

– Às vezes eles mudam as coisas de lugar. Causam problemas – respondeu Elin.

Lucy assentiu com atenção enquanto quebrava a cabeça. No curso de hotelaria, havia um módulo que falava sobre observar costumes locais. Na Coreia do Sul, uma pessoa não deve servir a própria bebida e, em vários países, assoar o nariz em público é falta de educação, mas ela nunca tinha se deparado com um problema com elfos.

Para ela, ratos no travesseiro das pessoas soavam como alguém pregando uma peça, ainda que não fosse engraçada. E aquele era seu primeiro dia.

– Então o que vamos fazer com eles? – perguntou Lucy.

Alex lançou um olhar incrédulo para ela, como se dissesse: "Está dando ouvidos a essa palhaçada?"

Ah, qual é, ele tem resposta para tudo?

Os olhos de Hekla se arregalaram.

– Não tem nada que a gente possa fazer.

– Tudo bem – disse Lucy, pensando no que se metera. – Não conheço muito os huldo… o povo élfico, mas tenho certeza de que há alguma solução para isso.

Se Alex revirasse os olhos com mais força, talvez eles saltassem do rosto.

Elin e Freya deram de ombros e remexeram os pés como se pedissem desculpas. Lucy percebeu que elas não haviam feito nenhum movimento em direção à porta. Na verdade, tinha a nítida impressão de que as duas estavam enrolando, quase como se estivessem tão ansiosas quanto ela por uma solução.

– Espera aí. – Lucy ergueu uma das mãos, grata por não estar tremendo. Não podia acreditar que aquilo estava acontecendo logo no seu primeiro dia. – E se... – *Vamos lá, cérebro, pensa.* – E se a gente...

Elin, Freya e Hekla a olhavam esperançosas.

– E se... – Ela parou outra vez, então a inspiração fez as palavras saírem em uma torrente. – E se a gente passasse os funcionários para os quartos de hóspedes por enquanto?

Alex não pareceu impressionado. Qual era a do cara?

– Todos eles? – Hekla franziu a testa enquanto fazia um rápido cálculo de cabeça e começou a listar as pessoas nos dedos. – Olafur, Brynja, Gunnar, Olga, Freya, Elin, Dagur... Magnus, Odin, Alex. – Ela fez um muxoxo. – Temos muitos hóspedes chegando nos próximos dias.

Lucy ergueu o queixo e ignorou a sensação de balão murchando na barriga. Precisava existir uma solução. Precisava. Era muito esquisito: Freya e Elin pareciam querer ficar, então não era o caso de estarem usando a situação do elfo como desculpa para dar o fora. Sem perceber, Lucy esfregou o pescoço, os dedos enroscando-se na correntinha de seu colar enquanto ela pensava. Sua mão alcançou o pequeno pingente que Daisy lhe comprara para dar sorte: o chifrezinho do unicórnio de prata oculto sob a blusa. Ela segurou o presente como se fosse um talismã.

– Precisamos de um unicórnio – disse ela, conferindo autoridade absoluta à voz.

Adorou ver Alex ficar boquiaberto, ainda que não soubesse se era de admiração ou perplexidade.

– No meu país, elfos e fadas têm profundo respeito por unicórnios – prosseguiu Lucy. – Eles não ousariam invadir o território de um unicórnio. Até o símbolo de um deles é suficiente para fazer fadas e elfos pensarem duas vezes antes de entrar em um lugar.

Hekla meneou a cabeça, claramente sem a menor ideia do que Lucy falava. Será que unicórnios sequer apareciam no folclore islandês? Os lábios de Alex estavam comprimidos, as mãos agora enfiadas no bolso, e ele demonstrava um interesse imenso pelo chão. No entanto, Lucy havia conseguido a atenção de Freya e Elin.

Lucy puxou seu colar para fora da blusa, tirou-o e o ergueu.

– Ah, *Einhyrningur* – disse Hekla, esticando um dedo para tocar o colar. – Há uma montanha chamada *Einhyrningur*, que fica a uns 40 quilômetros daqui. Unicórnios. – Ela assentiu, parecendo ridiculamente aliviada. – Que interessante.

– Sim. Ao que parece, a magia deles é mais poderosa – comentou Lucy, endireitando-se – Eles são conhecidos por...

Pelo quê? Ela não sabia quase nada sobre eles porque... eles não existiam. Mas elfos também não.

Dando um suspiro profundo, Alex se desencostou da parede, lançou a Lucy um olhar de resignação, como quem diz "não acredito que estou fazendo isso", e falou:

– Os *huldufólk* evitam os unicórnios porque dizem que unicórnios podem roubar a magia deles.

A interferência perfeita saiu tão fluida que ela mesma quase acreditou.

– Isso! – Hekla pareceu animada e bateu palmas em comemoração. – Se levarmos o unicórnio até o alojamento dos funcionários, isso vai fazer os *huldufólk* irem embora.

– E é feito de prata – disse Lucy. – No folclore, dizem que lobos e vampiros não podem tocar em prata. É o mesmo com os *huldufólk*?

– É claro – respondeu Elin, solícita.

Lucy se perguntou até que ponto Elin realmente acreditava em coisas como o povo oculto. Talvez acreditar em um unicórnio de prata lhe fosse útil para evitar constrangimentos.

– Maravilha – falou Hekla, com um sorriso largo, os olhos azuis brilhando agora que tudo estava bem.

Lucy queria abraçá-la. Talvez devesse alertar Hekla sobre essa questão de acreditar em tudo facilmente. Isso podia ser muito custoso. Mas ela apenas disse:

– Hekla, por que você, Elin e Freya – ficou feliz por lembrar os nomes – não levam o unicórnio para o alojamento dos funcionários e encontram um bom lugar para pendurá-lo? E será que, depois que você voltar, pode me mostrar o hotel e me apresentar ao resto da equipe?

Assim que elas saíram, Lucy se virou para Alex e ergueu uma sobrancelha, esperando que ele falasse algo primeiro.

– Boa jogada – disse ele. – Mas você não devia tolerar essas bobagens. Só está acumulando problemas.

Lucy endireitou a postura e alisou a saia de seu terninho preto, o mais próximo que tinha de uma armadura. Ela acabara de chegar, depois de ficar parada por meses, e ele queria que ela tivesse todas as respostas no primeiro dia? E, espere aí, oi? Ele era o barman!

– E o que você teria feito? – perguntou ela, com frieza. – Não iria querer fazer camas e limpar banheiros, iria?

– Você deveria ter acabado com essa história toda de elfo. Vão usar isso toda vez que precisarem de algum tipo de trunfo.

– Talvez eu tenha levado em conta a cultura e as crenças locais.

Alex bufou.

– Estavam testando você. É seu primeiro dia.

– Você não tem como ter certeza – disse ela, na defensiva.

– Ah, oi? Elfos? Sério?

A expressão severa no rosto dele abrandou e Lucy viu algo divertido brilhar nos olhos castanhos.

– Bem, elas pareceram falar bastante sério sobre os ratos – rebateu Lucy.

– Hum – admitiu Alex. – Parece que você tem alguém na equipe que gosta de pregar peças com um humor bem duvidoso.

Lucy torcia para que não fosse verdade. Já tinha que lidar com bastante coisa sem ter que administrar isso também.

Capítulo 5

– Ele é bem bonitinho – observou Hekla, mostrando a Lucy o lounge para hóspedes que ela vislumbrara na noite anterior.

– Quem? – perguntou Lucy, fingindo não saber a quem Hekla se referia.

– Alex. O barman. Bem bonitinho.

– Hum – limitou-se a responder Lucy, comprimindo os lábios. – Não reparei. Há quanto tempo ele está aqui?

Hekla a fitou, perplexa, mas Lucy ergueu o queixo com o trejeito régio pelo qual era conhecida… quer dizer… costumava ser conhecida. Um dia, fizera jus à reputação de chefe que ninguém queria incomodar.

– Faz só duas semanas. Acho que ele não tem intenção de ficar muito tempo também. Parece que está só de passagem.

Lucy tinha conhecido muita gente como Alex ao longo da carreira. Sempre em movimento, viajando pelo mundo. A indústria hoteleira se fiava em pessoas assim.

– É uma pena, porque ele é muito popular entre os hóspedes – continuou Hekla, com um sorrisinho travesso. – Talvez você pudesse convencê-lo a ficar mais tempo.

Lucy lhe lançou um olhar de repreensão, como quem diz "pediu à pessoa errada".

Tudo bem, não dava para fingir que ela não havia reparado que Alex era uma graça. Na verdade, provavelmente ele era dono do monopólio da graciosidade, com aqueles olhos castanhos amáveis e as ruguinhas superfofas ao redor deles. Lucy era obstinada, não cega, mas, pelos dois meses seguintes, seu foco seria tornar-se a melhor gerente que a pousada Aurora Boreal já tivera, de forma que o Sr. Pedersen implorasse para que ela ficasse, e ela não ia perder tempo com ninguém, não importava quanto...

– Uau!

Seus pensamentos foram interrompidos de forma abrupta pela paisagem espetacular exibida por uma série de janelas que iam do chão até o teto e ocupavam uma parede inteira.

– Nossa. – Ela suspirou enquanto seguia até a janela. – Isso é...

Logo abaixo, havia um declive acentuado. Lucy teve a sensação de que flutuava. Algum arquiteto inteligente projetara a estrutura para maximizar a vista das paisagens e os contornos da encosta. Ao longe, à direita, a orla irregular serpenteava e desaparecia atrás de uma faixa estreita de terra que se destacava como uma língua de cobra, com vários pilares rochosos que, àquela luz, pareciam peças de xadrez antigas e meio desgastadas. À esquerda, colinas com penhascos preenchiam o horizonte, uma maior que a outra, e davam em um pico majestoso coberto de neve. Não era de admirar que as pessoas acreditassem em elfos, trolls e outras criaturas místicas. Aquela paisagem tinha, sem dúvida, um quê de magia ao estilo *O Senhor dos Anéis*. Era fácil imaginar guerreiros trajando capas e cruzando os prados a cavalo perto do mar. *Com aquele cabelo castanho meio comprido, Alex lembra um pouco o misterioso Aragorn.*

Mas de onde esse pensamento tinha saído? Concentração, Lucy. A aurora boreal da noite anterior mexera com sua cabeça, concluiu ela.

– Vamos ter neve esta semana – avisou Hekla, seguindo Lucy até a janela.

As duas ficaram observando as nuvens brancas pesadas cortadas por faixas de azul que deixavam passar raios de sol para dançarem pelo mar, fazendo as ondas cintilarem.

Lucy se virou para examinar o cômodo. Franzindo a testa de leve, seus olhos esquadrinharam o chão de madeira polida, os tapetes coloridos e as vigas que cruzavam o vértice do teto. Os sofás cheios de estilo, com pés de faia, e o estofamento azul-petróleo eram iguais aos que ela vira no site do hotel, bem como as várias luminárias que lançavam uma luz suave no ambiente. Mas faltava algo. Ela levou um instante para perceber. Onde estavam as mantas aconchegantes e as almofadas convidativas? O que tinha acontecido com os livros e as esculturas de aves marinhas que ficavam nas prateleiras baixas? Talvez o gerente anterior tivesse feito uma ambientação para a sessão de fotos...

– Acho que deveríamos arrumar umas mantas e almofadas para colocar aqui – disse Lucy, desejando ter pegado um caderninho e uma caneta no escritório. – Sabe, para criar um estilo mais *hygge*?

Em Bath, Daisy era obcecada por esse jeito dinamarquês de criar aconchego dentro de casa e tinha uma bela seleção de móveis delicados, assim como uma caneca especial de cerâmica que usava para tomar o chá caro que se dava de presente.

O rosto de Hekla se iluminou.

– Temos *huggulegt* aqui na Islândia. – Ela deu uma volta lenta pelo cômodo e então franziu a testa. – Havia algumas almofadas bem luxuosas. – Ela esfregou os dedos e depois acariciou o tecido do sofá.

– Veludo – sugeriu Lucy, lembrando-se das cores brilhantes nas fotos.

– *Ja*, é isso mesmo. Várias almofadas de veludo e mantas coloridas. Não sei o que aconteceu com elas.

– Ah, que lindo – falou Lucy, distraída pelo brilho da castanheira polida do balcão redondo do cômodo seguinte.

Um jovem ergueu a cabeça, desviando a atenção da tarefa de tirar copos das prateleiras acima do bar. Atrás dele, na parede de pedra, prateleiras estilosas de vários comprimentos tinham sido dispostas assimetricamente e, em cada uma, havia garrafas organizadas em grupos vistosos, intercaladas com vasinhos de cobre polido com temperos, os quais reluziam sob a luz suave.

– Este é Dagur. Dagur, esta é Lucy, nossa nova gerente.

– Oi, seja bem-vinda – disse ele, fazendo uma rápida saudação, o sorriso iluminando os olhos azul-claros.

Lucy abaixou a mão que estava prestes a oferecer para cumprimentá-lo. Parecia que as coisas ali eram bem mais casuais e menos formais do que ela estava acostumada nos outros hotéis. Não que isso fosse ruim.

Depois de uma breve conversa, Hekla e Lucy continuaram o trajeto, passando pela recepção e seguindo para um corredor de vidro projetado com maestria que conectava a área principal do hotel a outro prédio. Uma construção de vidro ultramoderna ligando prédios diferentes podia muito bem lembrar um arranha-céu em Manhattan e parecer deslocada ali, mas, surpreendentemente, funcionava muito bem naquele cenário rural.

– E esta é a biblioteca – falou Hekla, parando no meio da sala.

– Uma biblioteca – repetiu Lucy, girando 360 graus bem devagar, o pescoço inclinado para trás enquanto ela observava o local de pé-direito bem alto e a sacada que seguia acima da última prateleira de livros.

Ela olhou mais uma vez, o rosto se iluminando com um sorriso de fascinação.

– Que coisa mais linda – disse ela a Hekla, apontando para cima.

Os livros tinham sido organizados pelas cores da lombada para criar um arco-íris eletrizante em tons que passavam de vermelho para laranja, depois amarelo, verde, azul e roxo.

– Nós, islandeses, amamos nossos livros – falou uma voz atrás delas.

Quando Lucy se virou, uma mulher robusta e de cabelo castanho se ergueu de uma poltrona de capitonê, um livro na mão.

– Oi, Brynja – disse Hekla, com carinho. – Esta é Lucy, a nova gerente. Brynja é uma das nossas recepcionistas. Hoje é a folga dela.

– Oi – cumprimentou a moça.

– Amei a biblioteca – falou Lucy, dando mais uma olhada nas prateleiras repletas de livros. – E há tantos exemplares aqui!

– Ah, é uma tradição importante para nós. Já ouviu falar do *jólabókaflód*, não?

Lucy negou com a cabeça.

– Vocês traduziriam *jólabókaflód* como "inundação natalina de livros" – explicou Hekla, e Brynja assentiu.

Lucy deu um sorrisinho.

– Uma inundação de livros? Parece maravilhoso.

– É que aqui todo mundo dá livros de presente no Natal – explicou Brynja, e seus olhos escuros brilharam de animação. – Prazer em conhecê-la, Lucy. Se precisar de alguma ajuda, é só falar.

– Obrigada. Logo vou saber em que pé estou.

Assim que Lucy disse isso, Brynja e Hekla olharam na direção dos sapatos dela.

Lucy riu, percebendo que, apesar de Hekla dominar muito bem o inglês, ainda existiam diferenças de linguagem e cultura entre elas.

– É só um modo de falar.

Brynja assentiu, os olhos astutos bem atentos enquanto ela catalogava a nova expressão e a acrescentava em seu dicionário pessoal.

– Então você não teve problemas com os *huldufólk*? – perguntou Lucy, refletindo e se dando conta de que Brynja, apesar de estar de folga, continuava ali.

Hekla pareceu desconcertada quando Brynja lhe dirigiu um olhar do tipo que irmãs mais velhas dão.

– Não – respondeu, com jovialidade. – Mas, mesmo que eu não acredite muito nisso... – Ela deu de ombros. – Acontecem algumas coisas que nos fazem achar que talvez eles existam. Então, por via das dúvidas, não é bom ignorá-los.

– Então... – Lucy tentou compreender. – O que está dizendo é que as pessoas não acreditam necessariamente em *huldufólk*, mas não excluem a possibilidade de que talvez esse povo exista?

– Isso – respondeu Brynja. – É exatamente isso.

Exausta pela sobrecarga de informações e apresentações, e também por causa do entusiasmo sem limite de Hekla, Lucy pediu um sanduíche a Erik, o chef do hotel. De ombros largos, corpanzil musculoso e com um sorriso meio escondido pela imensa barba cheia, ele era uma imagem meio improvável naquele uniforme branco. Quando Lucy arregalou os olhos ao ver o tamanho do meio pão de centeio recheado com finas tiras de cordeiro que ele lhe entregou, Erik soltou uma risada e uma torrente de coisas em islandês – que Lucy supôs significarem que ela precisava se alimentar. Ele não estava errado. Nos últimos meses, alimentação não fora um item prioritário na agenda dela.

Lucy decidiu que precisava de uma pausa e ar fresco, então vestiu seu sobretudo novo, que Daisy insistira que ela comprasse, e levou o sanduíche ainda quente, embrulhado em papel-alumínio, para a praia de cascalho em frente ao hotel. Tinha que ligar para a melhor amiga.

Aninhada no sobretudo, Lucy se agachou em uma das pedras. O ar revigorante à sua volta pareceu aumentar seu apetite. O delicioso sanduíche de cordeiro defumado desapareceu em um instante. Era a maior refeição que fazia em muito tempo – e, de tanto pensar, aquela manhã lhe demandara muita energia.

– Oi, Daisy.

Felizmente, o wi-fi do hotel ainda pegava ali, e ela fez uma chamada pelo WhatsApp.

– Lucy! Como estão as coisas?

– Impressionantes, interessantes... Tem muito trabalho pela frente, mas eu dou conta.

– Boa, garota! Essa é a Lucy que eu conheço. E como é aí? Como é o pessoal?

– Até agora, tudo bem – disse Lucy, em um tom neutro. – Tenho uma subgerente, Hekla. Ela é... bem entusiasmada e tem uma atitude proativa, o que é... – Lucy controlou o impulso de dizer "irritante", que Daisy não aprovaria – ... revigorante.

– Rá! – Daisy riu. – Eu conheço você, Sra. Organizada e Prática. Ela está irritando você à beça.

– Na verdade... não está. Ela é tão simpática que já me deixou super à vontade.

– Ela parece ser um amor.

– Hum, não sei se eu diria tanto, mas ainda bem que ela está aqui. Hekla trabalha bastante e acho que não recebeu muita orientação por aqui no último ano.

– Bom, se tem alguém que pode oferecer isso, é você.

A voz de Daisy transparecia animação e alegria, mas as palavras detiveram Lucy. A breve observação, embora não fosse uma crítica, a afetou. Previsível, organizada, ou simplesmente rotineira, sem imaginação e entediante.

– Vou dar meu melhor.

Lucy amenizou a fala cortante com um suspiro enquanto olhava para trás, na direção da impressionante estrutura, modernidade e tradição mescladas à paisagem rochosa.

– O hotel é... bem, é lindo. Tem muito potencial, mas precisa de muito amor e cuidado. – Ela parou. – Tem que ver os quartos de hóspedes. Você ia amar. São tão aconchegantes! A madeira é cor de mel, e todos os quartos têm uma lareira de pedra ou um aquecedor a lenha. Há tapetes de pele de carneiro por todo canto e várias peças de tapeçaria penduradas com aqueles padrões escandinavos de coração destacados em branco. Até eu tenho um aquecedor a lenha no meu quarto.

– *Hygge*! – guinchou Daisy. – Ah, eu quero ir aí. Parece uma coisa linda.

– Esse foi justamente um dos motivos para eu ter ligado. Me fale mais sobre essa coisa de *hygge*.

– Rá! Eu sabia que você ia mudar de ideia um dia.

– Não se anime muito, não. – O tom de voz de Lucy era de sarcasmo. – É só um estilo de decoração no qual eu tenho pensado.

– Lucy, Lucy, Lucy. Não é uma simples decoração, é uma mentalidade – repreendeu Daisy.

A amiga deu um sermão de dez minutos sobre contentamento, bem-estar e aconchego, que Lucy aguentou sem interromper, porque achou que seria algo que agradaria aos hóspedes e a Hekla – mas ainda soava como um monte de besteira sem sentido para ela.

– Mando notícias de como as coisas estão indo – prometeu Lucy depois que Daisy insistiu para que a amiga enviasse fotos.

– Maravilha – disse Daisy, rindo. – Mais maravilha ainda se você tiver uma lareira. Tem algum cara legal com quem se aconchegar diante do fogo, num tapete de pele de carneiro? Hum, talvez eu tenha que dar um pulo aí.

Lucy gemeu.

– Pare com isso. Estou dando um tempo dos homens, você sabe.

– Lucy, Chris é um babaca. Não deixe que ele te transforme em uma pessoa seca e amarga.

– Não vou deixar. Mas tenho muito trabalho pela frente.

Lucy pensou na lista mental que já estava compilando. A pintura precisava de um retoque; os funcionários, de direcionamento; e a limpeza de muitos lugares não estava de acordo com os padrões de Lucy.

– Parece que teve um gerente atrás do outro aqui. Eu sou a 11ª desde o ano passado. Nenhum deles durou muito tempo.

– Até você chegar – falou Daisy, enfática.

– É, acho que posso fazer a diferença aqui.

– Parece que as coisas entraram nos eixos, então.

– Hum, ainda não sei – respondeu Lucy.

Pensou em sua breve apresentação a Eyrun, a supervisora das camareiras, uma senhora miúda meio assustadora e de idade indeterminada que a escorraçara junto com Hekla da lavanderia.

Eyrun recepcionara as duas com uma torrente de palavras em um islandês irado que Hekla até se recusara a traduzir. Parecia que ela governava seu reino quente e cheio de vapor como um troll furioso, coordenando a lavagem de todos os lençóis e todas as toalhas e quase nunca se aventurando fora de seu abrigo, o que não era de muita ajuda para alguém que deveria ser responsável pela boa apresentação dos quartos.

– É tudo meio caótico. Não consegui entender como as escalas da equipe são montadas, então vou ter que dar um jeito de descobrir.

Parecia que ninguém era responsável pelas escalas diárias e por manter uma quantidade de funcionários condizente com o número de hóspedes em cada dia. Hekla revelara que a maioria dos quartos não estava pronta para quem ia chegar e que ela e Brynja precisavam atuar também como camareiras e garçonetes.

– E, se tem alguém que pode fazer esse trabalho, é você, Lucy – falou Daisy, sempre incentivadora.

Lucy suspirou. Essa pousada linda, mas cheia de problemas, não chegava nem perto das coisas com que ela estava acostumada a lidar. No hotel em Manchester, havia uma hierarquia clara e tudo funcionava como uma máquina bem-azeitada. Embora a pousada Aurora Boreal fosse uma graça, parecia que tudo estava meio capenga, como um cortador de grama enferrujado e velho. Dava para fazer tanta coisa naquele lugar, mas será que Lucy conseguiria progredir o suficiente em dois meses de modo a convencer os proprietários de assinarem um contrato permanente com ela?

Capítulo 6

Alex se recostou em uma rocha protuberante, descansou a mão na coxa e olhou para o celular na outra mão com o entusiasmo de quem está prestes a ligar para o chefe enfurecido. O ar gélido, sem dúvida indício de neve, feria seu rosto. Era bom sair depois da garoa do dia anterior, que não dera trégua à pousada, embora ele tivesse aprendido rápido nas últimas duas semanas que o clima na Islândia era pura inconstância. Em um momento, você estava dirigindo sob chuva e nuvens carregadas e, de repente, o vento as afugentava para trazer um céu azul brilhante e raios de sol. Ao perceber a trégua no tempo, ele correra para se trocar e aproveitar o dia seco e se dar uma pequena folga. Embora qualquer prazer que ele pudesse encontrar ao ar livre estivesse prestes a ser interrompido.

Respirando fundo, ele observou o mar bravo. Apreciou o som das ondas que quebravam nas pedras da orla e desejou poder aproveitar o ar limpo e fresco um pouco mais, sem ter que poluí-lo com assuntos de negócios e uma conversa que o faria sentir-se um lixo. Alex vinha se debatendo por dentro a manhã toda, e a briga deveria ter sido breve, mas aquele maldito gene *bonzinho* continuava se metendo. Ele observou o horizonte, onde o céu encontrava o mar, e tocou no botão de chamada na tela.

Graças à lei de Murphy, a ligação para Paris não tinha ruído algum.

– Oi, Alex, até que enfim. Liguei pra você faz duas horas.

– Tem gente que trabalha, Quentin.

– Trabalha?! O que você anda fazendo? Era pra trabalhar para mim. Você não mencionou nada sobre isso na última vez que nos falamos.

– É porque a nova gerente ainda não tinha chegado. O que eu podia fazer? Ficar de bobeira em um quarto por dois meses? Além disso, assim eu tenho uma desculpa para ficar de olho e fazer um relatório direito. Tenho acesso a todas as áreas, o que seria bem difícil se eu fosse um hóspede.

– Meu Deus, não vá me dizer que você é um copeiro.

– Não... Não tem copeiro. Eu sou chefe de bar e garçom.

– Sério, McLaughlin? Está de sacanagem? Não podia ter bancado o escritor ou pelo menos um ornitólogo?

– Sem ter nenhum conhecimento, acho que teria sido meio difícil bancar qualquer uma dessas encenações – respondeu Alex, seco. – Além disso, preciso me ocupar com alguma coisa. Vou ficar maluco sem nada para fazer e não sou do tipo que evita pôr a mão na massa. Ninguém está de olho em mim. Eu faço o que bem entendo.

– Quer dizer que o novo gerente ainda não apareceu. Onde é que ele está? Pedersen me falou que já tinha contratado alguém.

– Já falei, é *ela*, e já chegou. Está aqui.

Alex se lembrou do primeiro vislumbre que tivera de Lucy Smart, emergindo como uma sereia enlameada da fonte termal, o cabelo comprido grudado no rosto, e do jeito reservado quando ele tentara ajudá-la. Ainda não entendia por que ela insistira em dizer que a porta da frente estava trancada, mesmo depois que voltaram à recepção e viram que claramente não estava.

– E então? – perguntou Quentin.

Alex franziu a testa e pensou nela e no amuleto de unicórnio enquanto se afastava da pedra, começando a andar pelo litoral.

– Ela tem uma abordagem não ortodoxa para resolver problemas, sem dúvida alguma.

– Eu não lido com coisas não ortodoxas – grunhiu Quentin, o que era um pouco ridículo vindo de alguém que flertava com a excentricidade às vezes. – Ela é boa administradora?

Se fosse Alex naquela situação, teria sido muito mais firme com os funcionários. Certamente, ela sabia que estavam zombando dela com aquela história toda de elfo. Um gerente de verdade teria acabado com aquilo na mesma hora e deixado claro que não toleraria nenhum tipo de besteira. Ela estava deixando o problema crescer, embora a solução criativa tivesse sido bastante inteligente.

– Achei que ela só chegaria na semana que vem.

– Trocaram as datas.

Alex estremeceu. Aquilo fora estranho. Ele estava lá quando Hekla atendera à ligação. Por que alguém ligaria e mudaria a data? Será que Lucy tinha mudado de ideia, pedido para alguém telefonar em seu nome e depois mudado de ideia de novo? Haveria outra explicação?

– Bem, isso não me deixa muito confiante. Acha que ela é boa? E quero uma resposta sincera, sem firulas.

Alex franziu os lábios e chutou uma pedrinha no meio do caminho. Ela bateu uma, duas, três vezes em outras pedras cinzentas ao longo da praia de cascalho. Quentin aguardava do outro lado da linha, o silêncio se prolongando, esperando que Alex o quebrasse. Ele conhecia muito bem as táticas do chefe. Quentin não se tornara o proprietário multimilionário do Grupo Oliver, que administrava uma cadeia de hotéis-butique, sem ser extremamente astuto. Ele queria um relatório sincero a respeito do potencial do hotel, o que precisava ser feito para alçá-lo aos padrões do Grupo Oliver e se Lucy e a equipe atual eram as pessoas certas para tal feito. No momento, Alex não estava convencido disso.

Havia algo no semblante atormentado daquela mulher que o deixara preocupado, e, logo na chegada, ela fora brusca, ríspida e relutara em aceitar ajuda. Pela atitude reservada – se é que significava algo –, Alex desconfiava que ela fosse do tipo que faz tudo sozinha, além disso, não parecia forte o bastante para aguentar os trancos daquele trabalho. Eram longas horas e o cargo envolvia tudo, desde marketing, orçamentos e gerenciamento de instalações até a rotina da equipe. Isso sem falar que um bom gerente estava sempre em cena, mostrando-se acessível e comunicativo para hóspedes e funcionários. Será que ele deveria contar ao chefe seus receios? Alex parou, pegou uma pedra e a atirou no mar. Ela quicou três vezes: será que eu devo, será que não devo, será que devo?

Na quarta vez, a pedra afundou, fazendo-o se decidir. *Os bonzinhos não se dão bem.*

– Ainda não dá para dizer – respondeu ele, as palavras em um tom conciso.

Era verdade.

– Acha que ela tem o que é necessário para o cargo? – pressionou Quentin.

"Não" foi a palavra que surgiu na mente de Alex, mas ele apenas franziu o nariz, grato por Quentin não poder vê-lo.

– Não sei dizer... ainda.

– Qual é? – resmungou Quentin. – Não tente me enrolar. Você julga bem a personalidade das pessoas. Deixe de palhaçada. Primeiras impressões.

Alex suspirou. Tinha uma grande dívida de gratidão com Quentin. O chefe se arriscara ao dar a Alex uma primeira grande gerência, já que ele era o candidato mais jovem e inexperiente. E, agora, eles eram praticamente... Não, eles eram uma família. Alex pegou mais uma pedra e a lançou pela superfície do mar.

– A pousada tem algumas questões. Preciso ver quais vão ser as estratégias dela para resolver.

Só que, pensou ele, Lucy passara os últimos dias enfiada no escritório, cuidando de documentos. Se fosse gerente, Alex teria priorizado as pequenas mudanças que os clientes – as pessoas que pagavam o salário da equipe – notavam. Colocar mais funcionários no café da manhã, para agilizar as coisas e os hóspedes poderem sair do hotel mais rápido pela manhã; certificar-se de que os quartos estivessem prontos na hora do almoço; deixar as lareiras acesas nas áreas comuns, para quando os hóspedes retornassem no fim da tarde; e oferecer uma bebida de cortesia para aqueles que estivessem chegando, de forma a incentivá-los a visitar o bar à noite.

– Então, se fosse o gerente, o que você faria? O mais urgente.

Aliviado pela mudança de rumo na conversa, Alex contorceu o rosto enquanto pensava.

O vento desarrumou seu cabelo, jogando-o em seus olhos quando ele virou a cabeça para examinar o prédio que dominava a parte de cima da colina atrás dele. Aquele lugar poderia ser fabuloso.

– A alocação dos funcionários é um problema. Não tem ninguém cuidando das escalas. É tudo de última hora. Eu daria um jeito nisso. Também listaria o que exatamente precisa ser feito no hotel, porque o lugar está parecendo sem vida. E eu teria começado a montar essa lista para ontem. Acho que o principal é que a nova gerente ainda não está vendo isso.

– Já viu as avaliações mais recentes no TripAdvisor? – perguntou Quentin, mudando de assunto outra vez, como sempre.

– Não.

E nem precisava. Alex conseguia ter uma noção pela reação dos hóspedes. Eles não estavam muito empolgados com o local.

– Não são ótimas. Também não são horríveis, são meia-boca... A gente não faz nada meia-boca. Pelo menos, se fosse uma merda, daria para fazer algo. A mediocridade é o pior de tudo. Quando você acha que vai conseguir preparar um relatório detalhado? Estou começando a me arrepender de ter comprado esse lugar.

– O acordo ainda não foi fechado, foi?

– Não, mas quase. Pedersen é um cara ardiloso e eu posso pular fora, mas... o que você acha? Tem potencial, não tem? Achei que a Islândia fosse levar nosso portfólio em uma nova direção.

– Tem um grande potencial. Precisa de uma boa gerência – respondeu Alex. – Por que você não espera eu descobrir mais? – sugeriu ele, embora ficar à espreita pelo hotel e bisbilhotar quando não tivesse ninguém por perto não fosse algo que gostasse de fazer.

Alex odiava essa babaquice de disfarce, mas, no momento, era algo necessário. Sabia que fazer perguntas diretamente e com frequência costumava deixar os funcionários na defensiva, escondendo coisas, então ele não conseguiria ter uma ideia geral assim. E o mais importante: se alguém descobrisse que o Grupo Oliver estava interessado em comprar a pousada, isso geraria especulação entre os competidores e muitos deles poderiam querer entrar em cena, o que, sem dúvida, faria o valor do empreendimento disparar.

– Envio meu relatório nas próximas semanas. Ainda preciso descobrir mais sobre o que acontece com a manutenção geral.

– Pouca coisa, a julgar pelas avaliações. Eu devia ter colocado você nesse cargo – falou Quentin.

– Isso seria bem difícil, já que você ainda não é o proprietário e, além disso, eu tenho um belo hotel 5 estrelas me esperando em Paris. Como estão as coisas? Algum progresso?

– Nada. Isso está me dando uma úlcera. Bando de burocratas imbecis. Os caras não facilitam nada. Ainda restam dúvidas sobre a idade do esqueleto, aí a obra parou totalmente. Vão ser pelo menos quatro meses assim até podermos refazer o piso e ele secar para a inauguração do hotel.

– Bem, pelo menos vou ver a aurora boreal enquanto estou por aqui.

– Quero que você volte para supervisionar as coisas. Não se acostume muito aí, não.

– Pode deixar.

– Ótimo.

E, com isso, Quentin desligou.

Alex encarou o prédio empoleirado na beira do pequeno penhasco, que dava para o litoral. Nunca tinha pensado nisso, mas, talvez, um dia, pudesse ir para um lugar como aquele. Fugia dos seus padrões de hotel, mas havia um charme rústico e uma magia sobrenatural ali que o intrigavam. Embora trabalhar em Paris tivesse sido um desafio sem um segundo de trégua, Alex percebia que o novo hotel seria mais do mesmo. Uma suave sofisticação. Nada muito inesperado. Nada de aventura. Havia percorrido um longo caminho desde que começara como barman no hotel de sua família, um ex-castelo pequeno mas cheio de prestígio, nos arredores de Edimburgo, que um dia seria dele. Quando esse dia chegasse, seu sonho era elevar o hotel a um patamar que rivalizasse com o famoso Gleneagles. Até assumir o lugar da mãe, em um futuro muito distante, ele se empenhava em ganhar a melhor experiência possível.

Com um sobressalto, como se essa lembrança viesse com um golpe físico, ele percebeu quanto sentia saudade da intensidade e do frescor de estar a céu aberto, de ouvir os berros das gaivotas voando, de passar o dia ao ar livre e, o tempo todo, sentir o cheiro do mar. Seu lar, mesmo depois de anos na França, na Suíça e na Itália, ainda era o litoral de Leith, em Edimburgo. Sua recordação mais constante era o som das ondas de lá sussurrando em seu ouvido.

Sentado ali, naquela pedra úmida na Islândia, a familiar canção marinha lhe dava uma sensação de comunidade e lar. Ele sentia falta disso, do ritmo das ondas, do vento ruidoso e da vastidão do céu. Morando na cidade, lhe faltavam as colinas, e a escarpa rochosa atrás dele naquele momento era um lembrete bem-vindo de Arthur's Seat, na sua Edimburgo. Alex se surpreendeu por não sentir a menor falta de Paris e com a rapidez com que aquele cenário magnífico e a pousada rústica começavam a parecer seu lar... O que era ridículo, já que Alex tinha um ótimo emprego à sua espera em uma das melhores cidades do mundo. Escolher um lugar como aquele ali seria um retrocesso, algo que ele sequer cogitaria.

Capítulo 7

Hekla apareceu no escritório com duas xícaras de café. Lucy – que passara os últimos quatro dias tentando organizar o caos em sua mesa, sem muito sucesso – ergueu os olhos com gratidão.

– Precisamos colocar uma cafeteira aqui – declarou Lucy, olhando as gotas de café que escorriam pelas xícaras devido à viagem da cozinha até ali, do outro lado do hotel.

– Ótima ideia – respondeu Hekla, quase quicando de animação. – Posso levá-la até Hvolsvöllur uma hora dessas, que tal? Podemos comprar uma daquelas máquinas que fazem chocolate quente e chá também.

A subgerente deu um rápido gole no café e fez uma careta.

– Ficaria bem mais gostoso se estivesse quente, mas talvez Erik não me desse biscoitos. – Ela vasculhou no bolso do cardigã e puxou uma trouxinha feita com um guardanapo. – *Loganberry* e nozes. Ainda quentinhos... – Ela franziu o nariz. – *Estavam* quentinhos.

Hekla olhou ao redor do escritório e estremeceu.

– Eu sei, eu sei, está uma zona – falou Lucy, exausta.

Vendo toda aquela documentação negligenciada, Lucy tinha vontade de dar com a cabeça na mesa. O gerente anterior, que durara seis semanas, tinha o hábito de empilhar tudo em vez de arquivar e, na segunda pilha embaixo da mesa (havia três pilhas ali, além de quatro na parte de cima), Lucy encontrara diversas faturas vencidas.

– Eu posso ajudar quando terminar o serviço de quarto – ofereceu Hekla.

Lucy hesitou.

– Você não deveria estar fazendo isso. Preciso de você aqui.

Mas não havia opção naquele dia, porque ninguém fizera uma escala de funcionários que desse conta do número de hóspedes de saída.

– Tenho que falar com Eyrun sobre as escalas do serviço de quarto.

Talvez, em sua agitação e fúria, aquele fosse o momento perfeito para entrar na toca do leão.

Hekla trocou um olhar sugestivo com ela.

– Isso é ridículo – soltou Lucy. – A supervisora das camareiras deveria ser responsável por isso.

– Ela... não lida com papelada.

– Bem, vai ter que lidar – decretou Lucy, erguendo o queixo, determinada. – Não podemos continuar assim. Você já tem muito o que fazer, não dá para ficar arrumando cama e limpando banheiro.

– Eu não me importo – falou Hekla, dando de ombros de um jeito fofo. – E ela administra muito bem a lavanderia.

– Mas eu me importo.

A voz firme de Lucy fez a jovem loura sorrir.

– Com ou sem lavanderia, preciso de você aqui.

– Obrigada – disse Hekla, antes de acrescentar com uma piscadinha marota: – Vai falar com ela?

As duas riram quando Lucy deu de ombros.

– É muito ridículo ter medo dela?

– Não – respondeu Hekla, balançando a cabeça com veemência e dando um sorriso desanimado.

Lucy então se pôs de pé de um salto, decidida.

– É ridículo, sim, e não vou tolerar isso. Vou lá embaixo agora mesmo. Não faria mal dar um tempo dessa maldita papelada. Segure as pontas. Já volto.

Os olhos escuros de Eyrun cintilaram quando ela olhou com puro desdém para o maço de papel nas mãos da gerente.

– Então – disse Lucy, com um sorriso agradável e determinado. – Eu gostaria que você assumisse a organização da escala das camareiras. Imprimi alguns modelos para você preencher e aqui estão as reservas para a próxima semana. Precisamos de uma escala adequada. A coitada da Hekla passa muito tempo tendo que largar tudo para arrumar os quartos.

Eyrun não respondeu, apenas encarou Lucy com um olhar impassível.

– Estamos tranquilos agora – assegurou Lucy. Isso era para dizer o mínimo: as reservas vinham caindo 50% ao ano. – Mas as coisas vão começar a ficar agitadas em breve – mentiu Lucy, enchendo-se de coragem e ignorando a pontada de medo em seu estômago.

Tinham que ficar, disse a si mesma, cravando as unhas na palma da mão direita. Hekla continuava a usar a aurora boreal como motivação, dizendo que as coisas melhorariam no fim daquele mês. Lucy não tinha tanta certeza. Era preocupante, e não encontrara nenhuma evidência de que houvessem feito qualquer tipo de marketing nos últimos tempos. Para piorar, Lucy tinha apenas dois meses – ou um mês e 25 dias – para provar seu valor.

Eyrun fungou e deu as costas a Lucy, depois levou a mão até a secadora ainda quente a fim de puxar um punhado de toalhas.

– Eyrun – chamou Lucy, com rispidez.

Sabia que estava dando vazão à sua frustração injustamente, mas precisavam melhorar aquelas avaliações do TripAdvisor. A maioria delas dizia que a pousada parecia sem vida.

– Os quartos precisam de inspeção todos os dias – ressaltou a gerente. – Isso é tarefa sua.

Lucy percebeu que corria o risco de pôr de lado todo o treinamento em gerência que recebera e deixar seu temperamento vencer, então respirou bem fundo. Firmeza. Consistência. Falar com clareza e simplicidade. Você é a chefe. Fique calma.

– Fiz uma lista de verificação para você.

Lucy colocou os papéis na prateleira mais próxima e pegou a lista que compilara e digitara naquela manhã.

– Muito bem. Eu verifico os quartos – falou Eyrun, a boca sinalizando seu desgosto, e se afastou do documento. – Sem lista. Agora saia. Estou ocupada.

Ela indicou as toalhas macias penduradas no braço.

– A lista vai ajudar – argumentou Lucy.

– Não.

Eyrun balançou a cabeça com veemência, recuando e segurando seu fardo como um escudo.

– Você vai inspecionar os quartos todos os dias? – pressionou Lucy, percebendo que aquilo era uma vitória pequena, ainda que as escalas fossem uma causa perdida.

Eyrun a encarou furiosa, mas assentiu.

– E me avise se algo precisar de conserto, reparo ou alteração. Muitas colchas precisam ser lavadas ou substituídas. Você faz um ótimo trabalho na lavanderia, mas algumas... acho que estão além do seu toque mágico.

Lucy quase sorriu quando a cabeça de Eyrun se ergueu com um quê de orgulho. O inglês daquela senhora claramente era bem melhor do que ela demonstrava e, como a maioria das pessoas, Eyrun não era imune a elogios.

– Eu tirei algumas delas. – Lucy fizera isso durante uma incursão-relâmpago, já no fim da tarde do dia anterior, quando enfim dera por encerrado o dia no escritório. – Mas você poderia compilar uma lista do que pode ser mantido e quantas colchas novas precisamos comprar? Você tem experiência. Vou confiar nisso.

Um lampejo de surpresa cintilou nos olhos arredondados de Eyrun, que inclinou a cabeça como se fosse um melro desconfiado.

Lucy lhe estendeu a mão com a lista. Aquilo não era negociável. Havia quadradinhos ao lado de cada um dos itens e um espaço para Eyrun assinar na parte de baixo, para confirmar que tudo fora feito.

– Vou prender esta no quadro de avisos para você. E deixar as restantes aqui. Quando ficar sem, Hekla ou Brynja podem trazer mais.

Eyrun parecia austera enquanto Lucy ia até o quadro de feltro acima da mesa no cômodo ao lado para prender a lista com um alfinete.

– Esta é a sua lista – informou Lucy, colocando um segundo alfinete no quadro para fixá-la ali.

Eyrun soltou um breve som de desgosto e voltou marchando para o primeiro cômodo, onde ficavam as secadoras. Ela largou sua carga em cima dos papéis de Lucy, puxou uma toalha, sacudiu-a e então a dobrou em movimentos rápidos e precisos.

Deixando-a por um instante, Lucy deu um passo para trás e franziu a testa, incomodada por uma sensação de que algo estava errado. Ela olhou para o quadro de avisos. Ali não deveria haver alertas de saúde e segurança, números de emergência, procedimentos de evacuação em caso de incêndio, avisos básicos? Olhando ao redor, ela percebeu que o lugar era uma tela em branco. Aquilo instigou uma recordação, mas ela não conseguiu lembrar-se direito do que era.

– Grrr – resmungou Lucy ao voltar para o escritório e se deparar com o olhar de Hekla. – Deu tudo certo, só que não.

– Você ainda está inteira – comentou Alex.

Quando Lucy se virou, viu-o com um sorriso provocador.

– Ouvi dizer que estava domando dragões – falou ele.

– Ah – disse Lucy, um tanto sem jeito ao encontrar a inesperada expressão amistosa. Droga, ele era fofo. – Não tenho certeza sobre o domar – respondeu ela, por fim, alisando a saia como se isso pudesse fazê-la sentir-se mais profissional. – Ganhei uma pequena batalha, mas não tenho muita esperança de que Eyrun vá organizar as escalas.

– Eu posso fazer isso – garantiu Hekla.

– Não – rebateu Lucy, com uma firmeza que ganhou um breve aceno de aprovação de Alex, embora ela não soubesse o que o assunto tinha a ver com ele. Lucy olhou para Alex de cara feia. – Eu faço por enquanto, e estou pensando em promover uma das outras camareiras e dar essa tarefa a ela. O que acha de Elin ou Freya?

Hekla deu um sorrisinho.

– Elin Jónsdóttir e Freya Flókisdóttir. Jón e Flóki são primos do meu pai.

Lucy franziu a testa.

– Jón e Flóki?

– Os pais delas. Na Islândia, o sobrenome leva o nome do nosso pai ou da nossa mãe. Meu nome é Hekla Gunnesdóttir. Meu pai se chama Gunnar. Elin e Freya são minhas primas de terceiro grau. Você teria que escolher entre as duas mas acho que qualquer uma delas vai ser uma excelente opção.

– Então, Alex, em que posso ajudar?

Ele estava empoleirado na beira da mesa dela, como se possuísse todo o tempo do mundo e estivesse bem à vontade. E então, diante da pergunta dela, toda aquela tranquilidade sumiu. Estranhamente, ele pareceu meio desconcertado.

– Eu... hã, eu... hum... queria saber se você gostaria que eu fizesse uma lista com o estoque do bar. E queria saber como você está depois de cair na piscina. Ficou tudo bem? Deve ter sido meio chocante – falou ele, de um jeito agradável e parecendo ter voltado ao prumo. – Não cheguei a perguntar se tinha se machucado.

– Ah, não. Bem, não muito. – Sem perceber, ela esfregou o quadril. – Um ou dois hematomas só.

– E suas botas?

Lucy fechou os olhos, sentindo uma dor repentina por causa do estado em que ficara seu calçado favorito. Ela abandonara as botas no banheiro e não fizera nada a respeito.

– Não estão tão bem. Continuam um pouco úmidas por dentro.

– Você tem que encher as botas de papel. Tem bastante no escritório. Hekla – ele deu um sorrisinho para ela – anda se vingando da impressora. Eu tenho graxa de sapato... – A voz dele ficou reticente, então ele começou a rir do nada. – Graxa de sapato! Alex, o super-herói, ao resgate.

– Isso é... hã...

Lucy sorriu, encantada pelo acanhamento infantil dele. Encantada e algo mais, algo que fez aquela partezinha congelada de seu coração derreter só um pouco.

– Meio coisa de escoteiro. – Alex riu. – Preparado para qualquer ocasião, esse sou eu.

A gentileza inesperada de Alex a pegou de surpresa e fez a expressão de Lucy perder a rigidez.

– Eu... eu costumava ser assim – disse ela, quase sussurrando.

– A impressora não vai com a minha cara – falou Hekla, com uma petulância surpreendente, desviando o olhar do computador.

– Não mesmo – disse Alex, rindo do biquinho de Hekla.

Lucy poderia dar um beijo na subgerente pela grata interrupção. De onde viera aquela súbita tristeza? Ela ergueu o queixo, rapidamente domando as emoções para esconder o breve lapso em sua expressão de neutralidade.

– Hã, Lucy – chamou Hekla, parecendo preocupada –, temos uma reserva para semana que vem.

– E...?

No fim das contas, aquilo era um hotel, o que mais queriam eram reservas.

– Foi feita diretamente com o Sr. Pedersen e não tenho nenhum detalhe. Não tem nome, não tem nada. Mas é cortesia.

Lucy reparou que Alex pareceu intrigado e mais uma vez ficou pensando em por que um chefe de bar estava no escritório e tão interessado nas coisas.

– Ah, que esquisito. São presenças VIPs que precisamos impressionar? Amigos do Sr. Pedersen?

– Não sei. É uma reserva de cinco quartos.

– Cinco...

A língua de Lucy foi automaticamente para a ferida no lábio. Era uma porção de quartos a serem cedidos. O que estava acontecendo?

– O e-mail original só diz que eles são para mídia. – Hekla olhou para cima com uma expressão mais feliz no rosto. – Acho que pode ser a imprensa ou algo assim.

– Imprensa?

Tudo bem, ela *conseguia* lidar com isso. Por ter ficado próxima a emissoras de TV, assim como a dois clubes de futebol da liga principal em Manchester, Lucy estava acostumada a lidar com jornalistas, celebridades e jogadores de futebol.

– Imprensa inglesa. Uma equipe de filmagem.

Ai, droga! Na mesma hora, sua mão foi até o lábio e ela começou a mordê-lo.

– Você está bem? – perguntou Alex, a preocupação evidente no olhar. Dando um passo na direção de Lucy e fazendo-a prender o fôlego, ele passou de leve os dedos pelo pulso dela. – Não faça isso, vai piorar.

Lucy afastou a mão, já sentindo o gosto de sangue na boca. Era um mau hábito que ela havia adquirido.

– Você está bem? – repetiu ele.

– Sim. Sim. Estou bem – respondeu Lucy, ciente de que a cor de seu rosto sumira, seus batimentos tinham disparado e tudo nela provavelmente berrava "NÃO!".

Ela não estava nem um pouco bem e, naquele momento, não sabia dizer se era por causa do inesperado efeito que o toque delicado de Alex causara ou da perspectiva da chegada de uma equipe de filmagem.

Lucy respirou com calma. Estava sendo boba. Não era como se a equipe chegasse para filmar os funcionários. Provavelmente, não prestaria a menor atenção neles. Ninguém iria reconhecê-la.

Capítulo 8

Lucy acordou dominada pela ansiedade. Permaneceu deitada, observando as muitas nuvens pela janela. Embora ainda estivesse escuro, havia uma luz incomum no céu. Talvez devesse passar o dia ali, olhando para o céu e rendendo-se à exaustão. Ainda que estivesse na pousada havia quase duas semanas, Lucy estava demorando para pegar o ritmo. As mudanças constantes na gerência significavam que muita coisa ficara inacabada. Naquela manhã, levantar o cobertor já exigia um grande esforço. Os minutos passavam: dez, depois vinte. Ela semicerrou os olhos e fitou a janela. Aquilo era um floco de neve?

Era por isso que as nuvens estavam parecendo diferentes? Estavam cheias de neve? Ela acompanhou o avanço de alguns flocos vagarosos, observando a delicada descida. A já conhecida pontada de empolgação infantil a cutucou, fazendo-a estremecer. Antigamente, o primeiro vislumbre mágico da neve teria feito Lucy pegar suas galochas e se encasacar feito um xerpa, ansiosa para sair. Contudo, a neve enlameada da cidade a curara dessa fantasia.

Com um suspiro, ela obrigou seu corpo rígido a rolar para um lado e jogou as pernas para fora da cama a fim de sentar-se. Precisava levantar. Precisava do emprego. Estava sendo ridícula. A equipe de filmagem não teria interesse nela. Eles filmariam as paisagens. Usariam a pousada como base. *Estou sendo ridícula.*

Repetindo essas palavras sem parar, como uma litania, Lucy se arrastou até o chuveiro. Depois de se vestir, saiu do quarto e, ao passar pela área comunal do alojamento dos funcionários a caminho do escritório, alguém gritou seu nome.

– Lucy, Lucy – chamava Hekla, com seu entusiasmo sem limite.

– Bom dia – respondeu ela, rígida, ciente de que a pele reluzente e os olhos brilhantes da outra funcionária contrastavam com o próprio rosto desinteressante e as olheiras fundas.

– Venha, venha – disse Hekla, entrelaçando um braço no de Lucy. – Quero mostrar minha coisa favorita. Bem, uma das minhas coisas favoritas.

Arrastando-a como se fosse um são-bernardo em uma missão de resgate, Hekla guiou Lucy da área dos funcionários até o prédio principal da pousada.

Sem ter como resistir a todo aquele entusiasmo, Lucy se deixou levar pelo corredor comprido e cheio de janelas que ligava os dois prédios sem dar um pio.

Hekla parou do nada, a cabeça inclinada para trás e os braços esticados, quase tocando os vidros que delimitavam as laterais.

– Parece que a gente está lá fora, mas não está. – Ela sorriu para Lucy com uma felicidade infantil, os braços agitando-se como se ela fizesse um anjo na neve. – Veja.

Do lado de fora, a neve que iluminara o céu escuro tinha começado a cair de verdade. Enormes flocos flutuavam como penas em uma leve brisa, dançavam e espiralavam em uma valsa lenta, girando ao redor da estrutura de vidro como delicadas bailarinas, quase acertando a vidraça, mas voando então para longe como se provocassem a morte e escapassem no último segundo. Fascinada, Lucy olhou para cima pelo teto de vidro, meio aturdida, enquanto camadas de neve iam se amontoando e pareciam cair em intermináveis torrentes de filetes.

Era como estar dentro de um globo de neve às avessas, pensou Lucy, enquanto os flocos menos afortunados, fadados a um fim prematuro, atingiam o vidro com um sonzinho abafado de cristais de gelo chocando-se contra a superfície.

– Nunca vi flocos de neve tão grandes – falou Lucy, em puro deleite, ao acompanhar o caminho de um que ela jurava ser do tamanho de sua mão.

– *Hundslappadrifa* – disse Hekla, com um sorrisão. – Temos um nome para esse tipo de neve. Traduzindo, significa neve de pata de cachorro.

Lucy juntou as mãos, fascinada. A descrição era perfeita.

– Amei. Se bem que acho que não vamos poder ir até Hvolsvöllur agora de manhã.

Lucy estava ansiosa para sair do hotel e ver um pouco mais da Islândia, mesmo que fosse só a cidade vizinha, a vinte minutos dali. Mas a neve tinha subido rápido na última meia hora e já chegava a quase três centímetros ao redor das cercas e dos telhados.

– É claro que vamos – respondeu Hekla. – Na Islândia, ninguém para por causa da neve. *Petta reddast*.

– O que isso significa?

Hekla sorriu.

– Eu conto no caminho.

Com o cinto afivelado e aninhadas no calor do carro, elas andaram por estradas retas na direção das luzes da cidade, que brilhavam a distância como se fossem um farol.

– A gente vai ficar bem? – perguntou Lucy, olhando insegura para a camada de neve cada vez mais espessa.

– *Ja* – respondeu Hekla, com alegria e confiança, dando tapinhas no volante. – Esta belezinha vai nos levar e trazer sem dificuldades.

– Na minha terra, tudo teria parado na mesma hora – comentou Lucy.

Lembrou-se do inverno anterior e dos viajantes cobertos de neve que deram entrada no hotel em Manchester porque não conseguiam ir para casa.

– Rá! Aqui é a Islândia. Somos feitos de um material resistente. Já falei, *petta reddast*. É um ditado nosso. Vai ficar tudo bem. Quem vive aqui acredita que podemos fazer qualquer coisa. Sempre há algo a enfrentar: tempestades, enchentes, nevascas, gelo e vulcão. É a terra do calor e do fogo, mas nós, islandeses, podemos fazer coisas incríveis. Temos autoconfiança. Lembre-se do nosso time de futebol. – Ela se virou com um sorriso presunçoso pairando nos lábios. – Ganhamos dos ingleses e com um grupo pequeno, de um país com 340 mil pessoas. Nosso técnico era dentista em meio período.

– Eu lembro – limitou-se a dizer Lucy.

Ela recordou-se de Chris antes do jogo, cheio de desdém em relação à ameaça que o time islandês representava, e dos uivos de raiva dele diante da televisão durante a partida, quando a Islândia fez dois a um contra a Inglaterra.

– É uma atitude positiva – explicou Hekla e estendeu o braço na direção da paisagem do lado de fora. – É difícil viver aqui, você tem que sobreviver. Os vikings que vieram da Europa precisaram construir uma vida. Isso nos torna obstinados, mas também cria espírito de equipe. Juntos, podemos fazer as coisas acontecerem. Por exemplo: Elin acredita que vai escrever e lançar um livro, Freya vai ser uma grande atriz um dia e Brynja treina para a maratona. Todas elas acreditam que vão ser bem-sucedidas.

– E você? – perguntou Lucy.

– Um dia, vou viajar. Quando era pequena, fui a muitos lugares com meus pais, mas quero fazer o que você está fazendo: viajar para outro país e trabalhar em um bom hotel. – Hekla sorriu. – Mas quero transformar a pousada Aurora Boreal no melhor hotel de todos antes de partir. Já morei em muitos lugares, mas é aqui que me sinto em casa. Quero que as pessoas que vêm até aqui vejam como meu país é lindo. Quero que se lembrem para sempre da estadia aqui.

– Somos duas – garantiu Lucy. – Espero que não tenha planos de ir embora tão cedo.

Hekla deu de ombros.

– Isso depende dos novos proprietários.

– Novos proprietários... – As palavras saíram roucas, e Lucy de repente ficou alerta. – Como assim?

Hekla a encarou, perplexa.

– Bem, o hotel está à venda.

– À venda? – Lucy foi sufocada pelo pânico, sua barriga contraindo-se de medo. Uma mudança de dono em geral significava uma mudança na gerência. – O quê? Agora?

– *Ja*, tem um comprador em cena já. Estão negociando, mas o Sr. Pedersen disse que é provável que tudo seja assinado em dezembro.

Lucy engoliu em seco. Dezembro. Seu contrato ia até dezembro. Diante da respiração difícil de Lucy, Hekla a encarou.

– Não se preocupe. Eles vão precisar de um gerente.

– Sim, mas...

Não necessariamente eu, pensou Lucy. O contrato de curto prazo fez, então, todo sentido, percebeu ela com pesar. Não se tratava de um período de experiência por ela ter sido contratada sem referências adequadas, como imaginara, mas de não precisarem mais dela depois.

– *Petta reddast* – lembrou Hekla, com delicadeza. – Vai dar tudo certo. Acho que você já tem boas ideias. Você tem uma boa experiência, *ja*?

Lucy assentiu. De fato, tinha uma senhora experiência. A melhor. Podia fazer as coisas darem certo. Talvez precisasse acreditar em si mesma, como sempre fizera. Tudo estava indo bem até aquele maldito vídeo viralizar, até a sede demiti-la, antes de Chris enganá-la por completo.

Hvolsvöllur era ainda menor do que Lucy esperava. A cidade ficava em um vale plano com poucas estradas. As casas com telhado vermelho margeavam as ruas por onde Hekla passava apontando: o lugar em que seus primos moravam, um tio, a casa da mãe de uma amiga de escola. Parecia que Hekla conhecia todo mundo na cidade. Ela sabia exatamente aonde ir para comprar a máquina de café que era o principal objetivo delas e, em meia hora, já tinham resolvido tudo.

– Quer dar uma parada na loja para turistas, a Una Local? – perguntou ela. – Tem umas coisas legais.

– Acho ótimo – respondeu Lucy, melancólica. – Talvez eu tenha que voltar para casa no Natal, aí levo uns presentes.

Algo para Daisy, que tinha sido tão boa no último ano, e para os pais, que achavam que aquilo seria uma grande aventura e não faziam a menor ideia do que a levara a uma mudança tão radical na carreira.

Hekla balançou a cabeça.

– *Petta reddast*. Agora você é islandesa. Vai aparecer uma solução.

– Tomara – murmurou Lucy, que, até então, não quisera pensar no que aconteceria depois de meados de dezembro.

– Vai, sim – falou Hekla, com o que Lucy agora considerava ser a resiliência de uma princesa viking.

A loja não era das mais bonitas. Parecia mais três galpões pintados de vermelho, amarelo e azul, com um papagaio-do-mar estampado na porta da frente. Por dentro, porém, o espaço branco e amplo estava cheio de lembrancinhas e artes islandesas tradicionais dispostas em mesinhas de madeira. Havia luzinhas etéreas no teto, e Lucy olhou mais demoradamente para uma bicicleta que fora pendurada de lado, com vários ornamentos pendendo das rodas. Nas paredes, em ganchos e cabides, viam-se suéteres de lã grossos – que ela associava ao Norte europeu – com os famosos padrões escandinavos bordados nas golas, além de ponchos estilosos, xales e gorros. Havia belas aquarelas de papagaios-do-mar, fotografias de cavalos islandeses robustos, trolls de papel machê, almofadas estampadas e panos de prato coloridos. Ainda que fosse absurdamente caro, tudo aquilo era um trabalho lindo, e Lucy gastaria uma fortuna ali se pudesse. Num canto, ficava o boneco de um viking nórdico, feito de pele de carneiro, com um elmo tricotado. Estava cercado por vários turistas que tiravam selfies gargalhando e sorrindo. Até Lucy riu ao ver a grande figura bamba.

Enquanto Hekla já batia papo com a vendedora, Lucy deu uma volta. Ela parou de novo ao redor das imagens do papagaio-do-mar em aquarela. Eram simples, mas eficazes, pensou ela, e ficariam perfeitas no lounge dos hóspedes. Lucy pegou uma e a levou na direção de Hekla.

– Vai comprar um desenho? – perguntou ela.

Lucy fez que não com a cabeça e se virou para a vendedora com quem Hekla conversava.

– Queria muito espalhar algumas dessas pinturas pelo hotel. Poderíamos mandar os hóspedes até aqui para comprá-las, se for do seu interesse.

A mulher se mostrou muito interessada na mesma hora, do jeito que Lucy esperava, e não demorou muito para entrarem em um acordo satisfatório para ambas as partes, o que a fez sair cantarolando baixinho enquanto levavam três quadros para o carro, com a promessa de mais, que poderiam buscar em alguns dias.

– Bom trabalho – disse Hekla. – É uma boa ideia.

– É, sim – respondeu Lucy, com um sorriso travesso e uma sensação de conquista. – Decoração gratuita para as paredes. O lounge dos hóspedes é uma graça, mas precisa de algo mais. Nunca perguntamos a Eyrun o que aconteceu com as outras coisas.

– Não, não perguntamos.

A resposta esquiva de Hekla fez Lucy dar uma risada.

– Você também tem medo dela.

Hekla tentou, mas não conseguiu manter uma expressão de inocência, então riu e assentiu para Lucy.

– Ela me deixa apavorada. É por isso que você é a chefe. Você precisa perguntar a ela. – Hekla lançou um olhar de desafio para Lucy. – Duas doses. Amanhã à noite.

– Como é?

– Amanhã. Vamos jogar carta no lounge dos funcionários. Jogos e bebidas. – O rosto de Hekla exibiu uma expressão maliciosa. – Desafio: se não perguntar a Eyrun, tem que tomar duas doses de bebida.

Lucy riu.

– E o que vai fazer se eu perguntar?

Hekla deu de ombros.

– Acho que vou ter que tomar as duas doses.

– Isso sempre acontece? – perguntou Lucy.

– As noites são longas e escuras, então gostamos de ficar juntos. A ideia de jogar cartas é coisa da Elin. Ela, Brynja e Freya adoram uma farra. E Gunnar e Dagur, que é o namorado da Brynja, são muito engraçados. Olafur é meio mal-humorado às vezes, mas aí ele esquece e fica legal. E tem o novato, Alex, que é engraçado também e um colírio, dizem por aí.

No carro, na volta para o hotel, Hekla a lembrou do desafio entre as duas. Lucy deu de ombros. Nunca recuava diante de um desafio, mesmo que tivesse que encarar outra rodada com Eyrun.

– Eyrun? – chamou Lucy, irritada consigo mesma por estar tão constrangida.

Ela estava no comando ali, pelo amor de Deus. Apesar do baque cadenciado das toalhas na imensa secadora, não havia sinal da supervisora das camareiras. Lucy soltou um pequeno suspiro de alívio.

Era mesmo de admirar que Eyrun raramente saísse de sua caverna? Tinha algo um tanto relaxante naquele ruído modorrento das secadoras. O ar seco e quente fez Lucy se sentir entorpecida e tranquila, e ela fechou os olhos por alguns minutos, apenas se deixando ficar ali por um tempinho. A atitude positiva de Hekla e aquele papo de *petta reddast* pela manhã tinham feito Lucy refletir. Ela sempre fora organizada e bem-sucedida devido a seu trabalho árduo e diligente, mas, até aquele momento, nunca se deparara com situações muito adversas.

Todas as abelhas zangadas que viviam zumbindo em sua cabeça, mantendo-a acordada à noite com seus vários "e se", tinham levantado voo, deixando um vazio muito bem-vindo em sua mente. O repetitivo ciclo de recriminações e medo de fazer tudo errado que a deixaram paralisada e exausta no último ano tinha se dissipado, ao menos uma vez, e, com as palavras de Hekla criando raiz, Lucy estava pensando em ser mais resiliente. Em não deixar que Chris saísse vencedor. Ela precisava assumir o controle, ser assertiva em relação à própria autoridade, e não só com Eyrun.

Quando a secadora terminou o ciclo, o silêncio da pousada ecoou em seus ouvidos, tão profundo que quase dava para ouvir a poeira se assentando no chão.

Por um instante, ela cedeu à atmosfera tranquila e se recostou em um carrinho, a cabeça apoiada na alça de metal.

Ao se inclinar sobre o carrinho, Lucy viu a fresta de luz aumentar quando a porta se abriu bem, bem devagar.

Alguém entrou sorrateiramente e, de modo furtivo, olhou ao redor, sem percebê-la no canto escuro. A silhueta masculina avançou na direção do outro cômodo, que abrigava as imensas máquinas de lavar industriais e alguns armários que iam do chão ao teto. Ela o observou empurrar a porta atrás de si, deixando só uma nesga aberta.

O que aquele sujeito queria? E quem era ele? Lucy se sentiu desconfortável por espiar, mas, como alguém no hotel andava fazendo brincadeiras de mau gosto, considerou que seria justo, ainda que não tivesse ocorrido mais nenhum episódio com ratos ou qualquer outro truque. Será que estava prestes a flagrar o culpado em ação? Ela pegou um monte de lençóis em um carrinho próximo para lhe dar um motivo para estar ali e foi avançando devagar até a passagem para o estoque, onde espiou pela fenda.

Alex! O que ele estava fazendo ali?

Lucy o observou por alguns segundos enquanto ele vasculhava por entre uma pilha de edredons, cutucava uma fileira de travesseiros, abria alguns armários e se agachava para olhar mais de perto os sabões em pó e produtos de limpeza na prateleira.

Lucy abriu a porta fazendo o máximo de barulho que pôde.

Ele se virou, o lindo rosto parecendo uma pintura.

Lindo. Pelo amor de Deus, Lucy, ele é bem-apessoado, só isso. Mas ela sentia um friozinho bem óbvio na barriga.

Eles ficaram se olhando pelo que pareceu um segundo a mais do que o ideal, como um instante decisivo de dois pistoleiros se encarando.

– Alex! – A voz dela estava um pouco aguda demais. – Que surpresa ver você aqui. Está ajudando na lavanderia agora?

– Não, eu estava...

Alex olhou ao redor, como se na esperança de que uma inspiração surgisse do nada e pulasse na cara dele.

– Tive a impressão de que você estava procurando algo. Estava? – perguntou ela, tensa ao perceber quanto torcia para que ele fosse sincero.

– Hã... é... alguns panos. Para a... hã... cozinha. Panos de prato.

Lucy semicerrou os olhos, depois olhou direto para o cômodo atrás deles e para as prateleiras perto da porta, com fileiras bem organizadas de panos de prato e outros panos de cozinha.

Alex corou ao seguir o olhar dela.

– Desculpe. Não pensei direito. Esqueci totalmente. Sabe como é: depois que a gente trabalha em vários lugares diferentes, confunde as coisas de vez em quando.

O discurso tagarela não combinava com o jeito dele, mais tranquilo e centrado, e Lucy quase sentiu pena de Alex, até que ele mudou depressa de assunto.

– E o que está achando das coisas? – perguntou ele, daquele jeito descolado, autoritário mas charmoso, como se estivesse no comando. – Ouvi dizer que promoveu Elin.

– Foi – respondeu ela com rigidez, perguntando-se por que isso seria da conta dele. – Agora ela é assistente da supervisora das camareiras. Está fazendo um ótimo trabalho.

– Mandou bem.

– Obrigada – disse ela, com um quê de sarcasmo.

Será que ele tinha se esquecido de que era ela quem mandava ali? Alex deu de ombros com um sorriso banal que a irritou mais ainda. Como ele sempre conseguia pegá-la desprevenida?

– Precisa de mais alguma coisa por aqui? – perguntou Lucy, para reafirmar sua autoridade.

– Não. – Ele deu uma olhada no relógio. – Tenho que ir.

E, com um breve sorriso, ele saiu andando com calma, como se tivesse todo o tempo do mundo.

– Esqueceu seus panos de prato – gritou ela, de um jeito triunfal.

Mas ele já deixara o cômodo.

Lucy fez uma careta. Sua chance de assumir o controle fora embora.

Capítulo 9

Na manhã seguinte, Lucy ouviu as indesejáveis palavras:
– Oi, sou Clive Tenterden, da See the World Productions.
Ela saiu alvoroçada do escritório para se juntar a Brynja na recepção.
– Temos uma reserva para cinco pessoas. – Ele piscou. – Quartos para a minha equipe. – Ele apontou com o polegar por cima do ombro. – Câmera, técnico de áudio, assistente de produção e contrarregra.
– Bom dia! Sou Lucy Smart, gerente geral. Bem-vindos à pousada Aurora Boreal. Soube que vão fazer filmagens na área e ficarão conosco.
– Oi, Lucy, prazer em te conhecer. Esta é a equipe; faço todas as apresentações mais tarde. Você vai nos conhecer melhor nas próximas semanas.
Atrás dele, o grupo de três homens e uma mulher tinha se reunido ao redor de uma montanha de caixas pretas e conversava baixinho. Alex estava ajudando um dos rapazes com algumas malas – acumulando funções, como sempre fazia – e levando as bagagens para os quartos.
Lucy assentiu sorrindo, ainda que suas bochechas doessem pelo esforço. Próximas semanas? Onde estava o memorando sobre isso? A estadia deles inteira era cortesia? Pelo menos havia muitos quartos. As reservas ainda estavam em baixa, apesar do anúncio obscenamente caro que ela colocara naquela semana em algumas revistas internacionais de viagem.
– Espero que tenham uma estadia agradável aqui. Coloquei vocês em quartos adoráveis, e a pousada Aurora Boreal é uma ótima base para explorar a região. Se quiserem, é só fazerem o check-in e se instalarem. O jantar desta noite será servido entre sete e nove horas, na sala de jantar. Gostariam de reservar uma mesa?

– Seria ótimo. Talvez você possa nos acompanhar para discutirmos que tipo de coisas vamos precisar e o acesso que queremos.

Lucy olhou para aquele rosto sorridente que dizia "vai ser superdivertido" e tentou ajustar a própria expressão para uma de indiferença e profissionalismo, embora por dentro começasse a ter sinais de um ataque de pânico. *Acesso*. O que aquilo significava?

– Você parece meio insegura, Lucy. Não precisa se preocupar com nada. Depois que se acostumar com as câmeras, nem vai saber que estamos aqui. Nunca se sabe, você pode se tornar uma estrela.

Lucy ficou paralisada. Aquilo era a última coisa que ela desejava ser.

– Câmeras?

– Bem, é uma só, na verdade, mas vai ficar bem aqui, no seu rosto.

– Desculpe, não estou entendendo.

Clive olhou para ela com uma leve preocupação.

– Como sabe, estamos filmando um documentário sobre viagens, com tudo de bom e de ruim que há em uma pousada na Islândia, correndo atrás da mágica aurora boreal. Entre uma visita e outra aos locais turísticos imperdíveis, vamos filmar como uma pousada local é gerenciada.

Não, ela não sabia disso. O hotel não estava nem perto de poder receber esse tipo de holofote. Ainda havia muito a ser feito. E... então a ficha caiu. Merda. Merda. Merda. Tudo voltou de uma vez só. Todos olhando para ela. Fofocando por suas costas. As observações indecentes. Os olhares sugestivos. As conversas sobre ela. Tudo isso começaria de novo. Por um instante, ela achou que as pernas fossem fraquejar. Os pulmões pareceram comprimidos no peito e... e ela não podia...

– C-com licença – gaguejou ela, acenando para Brynja. – P-preciso checar a... a... P-poderia...

Para seu alívio, Brynja deu um passo à frente e assumiu a situação, empurrando de forma profissional os formulários de registro na direção do homem.

Lucy recuou. Precisava chegar ao escritório. Precisava respirar, parecer normal. Ela viu um rosto. Um dos membros da equipe de filmagem. Será que era sua imaginação ou ele a encarava com uma expressão de "acho que te conheço de algum lugar"? Ela abaixou a cabeça, recuou mais um passo e sentiu a porta atrás de si, graças aos céus.

Dentro do escritório, em segurança, ela fechou a porta com um ruído firme e apoiou a mão nela, inclinando-se. Tudo ficou escuro, e ela sentia o peito comprimido enquanto tentava, desesperada, puxar o ar. E nada de conseguir. Ela tentou outra vez, e mais uma. Sua cabeça estava prestes a explodir.

– Lucy? – A voz parecia vir de algum lugar muito distante. – Lucy. Você está bem?

Ela se concentrou na voz de Alex, forçando-se a sair aos pouquinhos do túnel escuro. Seu peito estava envolto em amarras apertadas. Ela ofegou, tentando mais uma vez puxar o ar que não vinha, e tentou de novo, e de novo.

Mãos agarraram as dela e a conduziram com delicadeza até uma cadeira, onde ela se sentou.

– Está tudo bem, Lucy. Você está segura, está bem. Escute: você está bem.

Ela sentiu a mão dele repousar sobre sua barriga.

– Da próxima vez que tentar respirar, puxe o ar pelo nariz e empurre a barriga para fora contra a minha mão.

Alex repetiu as palavras, e ela tentou entender o que elas diziam. Soltar o ar. Então puxar. Pelo nariz. Ela fechou os olhos e ouviu a voz dele.

– Puxe o ar pelo nariz. Empurre contra a minha mão. E de novo. Puxe, empurre. Isso. Puxe, empurre.

A voz dele assumiu uma cadência monótona e delicada, tranquilizante e alentadora.

– É isso aí. Você está indo bem, Lucy. Está indo bem. Você vai ficar bem.

Aos poucos, ela foi sentindo o pânico ceder e, embora seus batimentos estivessem furiosamente disparados, percebeu que começava a se estabilizar. A mão de Alex continuava na barriga dela, um pouco acima do diafragma, e a outra mão fazia círculos tranquilizadores em suas costas. Ela piscou, surpresa, tentando assimilar tudo e grata pela calma de sua companhia. Pela porta, ela ouvia o barulho da recepção cheia: Brynja falava, as pessoas riam e havia o som de bagagens sendo levadas de carrinho pelo piso de rocha vulcânica polida.

– Você está bem?

Sentindo-se tonta, ela assentiu com lágrimas de constrangimento e perplexidade tomando seus olhos. Seus lábios tremiam quando ela murmurou um "desculpe" com um pouco de vergonha na voz. Não podia acreditar que tinha feito papel de boba daquele jeito. E bem na frente de Alex. Aquele homem notava tantas coisas que às vezes ela achava que ele deveria estar à frente do hotel. E sempre parecia controlado, com aquela autoridade fácil e natural própria dele.

Lucy fungou e tentou se virar.

– Ei. – A voz dele soou tão alto que fez o coração dela se apertar. – Não chore.

Com delicadeza, ele a puxou para um abraço e, embora em geral Lucy não fosse do tipo donzela em perigo, foi bom enterrar a cabeça no peito dele. Quando os braços de Alex a envolveram, ela afundou no calor de seu abraço e deixou o restante do mundo e todos os problemas sumirem. Havia algo de muito maravilhoso em ser abraçada. Nada de palavras, apenas outro corpo aninhando o dela e mantendo-a segura. Lucy sentia o peito de Alex subir e descer em um ritmo regular e tranquilizante através do algodão da blusa.

Ele tinha um cheiro bom, de limpeza, másculo, com um toque de cedro e sândalo. Lucy fechou os olhos ao perceber que era a primeira vez em muito tempo que era abraçada. Depois do que acontecera, ela se afastara das outras pessoas, até mesmo de Daisy. Não queria ser confortada, estava furiosa e humilhada demais para isso. Determinada demais a não transparecer a decepção que sentia ou decidida a mostrar ao mundo que estava bem – quando, por dentro, a vergonha a matava.

Inspirando o aroma de Alex, ela agradeceu pela firmeza e serenidade dele e por não tentar dizer nada. Isso demonstrava a confiança e a afabilidade dele, além da autoridade natural que lhe caía tão bem. Tinha a sensação de que Alex era um antigo porto feito de pedra, um abrigo em mares bravios que sempre estivera e estaria lá para isso. Quando foi que ela ficara tão fantasiosa?

Lucy se afastou e o fitou. Aqueles olhos com flocos cor de âmbar a observaram, solenes e sem piscar, irradiando gentileza e preocupação.

– Obrigada. – Ela tentou dar um sorriso, mas falhou miseravelmente. – Você não estava ajudando com a bagagem deles?

– Vi que você precisava de ajuda.

– Obrigada por isso.

– De nada.

O tom sério dele e a resposta simples a tranquilizaram. Sem trivialidades, sem causar alvoroço, sem falsa empatia. Apenas um apoio sereno e estável, como se ele soubesse que era exatamente disso que ela precisava.

– Desculpe por eu... – Ela estremeceu. A fuga reprovável ainda era um assunto muito sensível e repugnante. – E-eu...

– Lucy. – Ele pôs um dedo nos lábios dela. – Não precisa explicar nada.
– Ele apertou de leve os braços dela. – Quer que eu pegue algo para você? Um café, alguma coisa para comer?

Ela inspirou bem fundo e soltou o ar, fazendo que não com a cabeça.

– Você comeu alguma coisa hoje?

– Não, mãe. Eu peguei um café.

Bendita máquina de café nova, que se provara um sucesso.

– Café? – disse Alex e depois fez um som de reprovação.

– Não tive tempo – protestou ela, consciente da mesa bagunçada bem em seu campo de visão.

Todo dia parecia que havia mais coisa para fazer.

– Bem, então é isso, mulher insana. – O sotaque escocês ficou mais acentuado. – Você deveria ter comido seu mingau.

Dessa vez Lucy sorriu.

– Mingau, é claro. Esse foi meu erro.

– E provavelmente tem que dar um tempo deste lugar. Já tirou uma folga decente desde que chegou?

Lucy deu de ombros.

– Quando é seu próximo dia de folga?

– Em tese... hoje – murmurou ela, olhando para baixo.

Com dois dedos, ele ergueu o queixo dela enquanto arqueava uma sobrancelha.

– Olhe só, hoje também é meu dia de folga, e vou sair para ver uma cachoeira que Hekla garantiu que é uma das coisas mais "importantes" para se ver. Gullfoss.

Lucy sorriu; ele parecia bem orgulhoso por conseguir pronunciar aquilo.

– Belo sotaque islandês – provocou ela.

– Para ser sincero, é o único nome de lugar que eu consigo pronunciar. É melhor começar por algum. – Seu rosto ficou mais sério e ele perguntou:
– Então, por que você não vem comigo?

O carro parou na frente dela, um pequeno Toyota Aygo branco, e Alex acenou do assento do motorista quando a janela do carona baixou.

– Entre aí.

– Nada de mingau hoje, infelizmente, mas... – ela ergueu dois embrulhos de papel-alumínio – ... arrumei dois sanduíches de bacon para a viagem – disse ela, entrando e colocando o cinto de segurança.

– Maravilha. E não conte para ninguém, mas não sinto tanta falta assim de mingau – falou Alex, com um sorrisinho torto. – Não quando tem sanduíche de bacon na jogada. – Estendendo um mapa para ela, ele falou, com um sorriso animado: – Não estou confiando muito na internet pelo caminho. Você é boa como copiloto?

– Mais ou menos. – Lucy desdobrou o mapa para dar uma olhada. – Mas não tem muitas estradas por aqui. Parece bem simples. Dei uma olhadinha no Google.

– Eu devia ter adivinhado. Você é do tipo que planeja. Não se preocupe: vamos ficar na estrada que contorna a orla principal na maior parte do tempo, aí pegamos uma entrada à direita e, a essa altura, já deve estar claro. Hekla falou que é bem sinalizado. Acho que pode largar o emprego de copiloto.

– Será que vai nevar de novo? – disse Lucy, olhando para o céu, o mais claro que vira nos últimos dias.

A última neve que caíra tinha derretido rápido, liberando as estradas, e estava um pouquinho menos frio.

– A previsão para hoje é muito boa – prosseguiu ela. – Em tese, vai fazer sol.

Lucy não estava muito segura, mas Brynja insistira em olhar três páginas de previsão do tempo diferentes depois de saber aonde Lucy iria.

– É, em tese vai clarear mais tarde – concordou Alex. – Você se vestiu para qualquer tipo de eventualidade, não foi? O clima aqui é bem imprevisível.

Ele engatou a marcha e saiu da vaga no estacionamento, pegando a estrada.

– Foi o que Hekla e Brynja me falaram – disse Lucy e riu ao se recostar e ajustar o assento. Era bom sair do hotel. – Hekla ficou atrás de mim como se fosse uma galinha-mãe. "Três camadas. Você precisa de três camadas. Pode ir tirando as peças depois. Coloque mais camadas." – Ela tentou imitar o sotaque de Hekla. – "E nada de jeans, eles demoram muito para secar." Foi daí que veio essa calça cáqui enorme que ela obrigou Brynja a me emprestar.

Brynja era vários centímetros mais baixa e vestia um tamanho maior, mas as meias de lã grossas e compridas protegiam a pele acima da bota de Lucy, e ela as colocara por cima da calça, feito polainas, para não ficar muito ridícula.

– Ela falou a mesma coisa para mim – disse Alex, concentrando-se na estrada. – E meu casaco recebeu o selo de aprovação dela.

– Muito bem, a minha capa impermeável não recebeu. Foi arrancada das minhas mãos com um discurso islandês pesado de desaprovação antes de ela sair vasculhando a caixa de achados e perdidos no escritório e pegar isto. – Lucy mostrou um robusto casaco azul-marinho com zíper, que depois guardou a seus pés. – Ela dá esse sermão para os hóspedes pelo menos uma vez por dia. Talvez esteja disfarçada aqui e seja funcionária de uma loja de roupas de inverno.

Lucy olhou para baixo, para suas roupas enfadonhas mas práticas, e se lembrou da recrutadora de terninho cereja. Sua casa estava muito, muito distante dali.

– Boa teoria, se bem que talvez ela queira apenas garantir que todo mundo aproveite a estadia aqui. Percebi que ela é muito apaixonada pelo país. Não tem nada pior do que ficar com frio e infeliz.

Do lado de fora do carro, as nuvens pesadas tornavam difícil acreditar que a promessa de um dia de sol fosse se cumprir. Ainda estava muito escuro, apesar de o sol ter nascido às 8h45. Os faróis do carro lançavam um forte facho de luz ao longo da estrada onde praticamente só havia os dois.

– Nem me fale. Levei quatro anos para me acostumar com o clima de Manchester.

– Você se daria bem em Edimburgo, então.

– Já fui lá algumas vezes a trabalho. Eu amei. A empresa em que eu... fui a algumas conferências era lá. A cidade é muito impressionante, ainda mais com o castelo lá no alto.

– E é úmido e frio no inverno – falou Alex. – Então, de onde você é?

– Portsmouth, se bem que não me vejo voltando para lá. Gosto de viver no Norte.

– Tão no Norte quanto aqui?

– Hum, não sei se eu conseguiria morar aqui para sempre.

Lucy sentiu o ânimo despencar.

– Minha ideia era ficar aqui por pelo menos um ano, mas aí eu descobri que o local está à venda. – Ela ergueu uma das mãos para que ele não tivesse chance de fazer comentários sobre sua estupidez. – Infelizmente, meu contrato é temporário.

Lucy achou que ele diria algo, mas se enganou, de modo que acabaram ficando em silêncio por um instante, então ela continuou:

– Achei que fosse por precaução, um período de experiência. Agora entendi que meu papel é só pavimentar o caminho para quem quer que seja o novo proprietário trazer a própria equipe. E, sim, fique à vontade para me dizer que fiz uma idiotice.

Alex não disse uma palavra. Ele parecia estar muito concentrado na estrada.

No silêncio do carro, com o motor zunindo, Lucy contemplou o futuro. Relutando para não atrapalhar a concentração de Alex, olhou pela janela para o asfalto preto infinito iluminado pelo facho de luz amarela dos faróis.

Ela via a estrada seguindo adiante por muitos quilômetros, trilhando caminho em meio à paisagem quase inabitada. Conforme seguiam, as casas eram poucas e distantes umas das outras, embora houvesse uma abundância de ovelhas, uma ou outra delas vagando perigosamente perto da estrada. Eles seguiam as placas para Reykjavik e Lucy refletiu que fazia um bom tempo desde que fora naquela direção, o coração afundando ao pensar em como a pousada era distante de qualquer cidade.

– Não dá para acreditar que já faz quase duas semanas que estou aqui.

– O tempo voa quando a gente se diverte – provocou Alex.

– Ou quando a gente trabalha em dois turnos – rebateu ela. – Estou feliz que a equipe esteja mais ajustada e por aquele papo sobre os malditos elfos não ter reaparecido. Mas ainda fico curiosa para saber de onde vieram aqueles ratos e por que pararam de aparecer.

– Está me dizendo que não foi o unicórnio mágico? – perguntou ele, com um leve arquear das sobrancelhas.

– Não cheguei a lhe agradecer por isso. Acho que nunca vou me esquecer do "podem roubar a magia deles". Quanta inspiração!

Ela riu. Alex deu um sorriso amarelo.

– Não tanto quanto a ideia do unicórnio, para começo de conversa. – A expressão dele ficou mais suave e ele se virou para ela. – Na verdade, te devo um pedido de desculpa. Você lidou muito bem com aquilo. Eu teria falado para pararem de palhaçada se quisessem continuar recebendo salários. Agora entendo que algumas pessoas levam bem a sério essa coisa de elfos.

– Hum – disse Lucy, lembrando-se da expressão austera de Alex naquela manhã e da aura de desaprovação que ele irradiava. – Acho que vai descobrir que foi mais desespero que inspiração. Era meu primeiro dia, fiquei em pânico. Só Deus sabe o que eu teria feito se a equipe toda fosse embora. É engraçado que não tenha acontecido nenhum outro episódio como o dos "ratos". Você ficou sabendo de algo?

Alex balançou a cabeça.

– Não, é um mistério.

– Mistério? É um jeito fofo de falar. Foi uma brincadeira muito péssima. Alguém pregando uma peça que não tinha graça nenhuma. Vamos torcer para que, com a chegada da equipe de filmagem, quem quer que tenha sido mantenha seus truques para si.

Os dois caíram em um profundo silêncio.

– Quer que eu ligue o rádio? – perguntou Alex, com a mão no aparelho.

– Hum, não sei. De música islandesa, só conheço a Björk.

– Tudo bem, eu tenho uma playlist no meu celular.

– Pode ser legal – respondeu Lucy. – Que tipo de playlist?

Alex pareceu preocupado.

– É só uma playlist.

– Então não é uma playlist para dirigir.

– Não – disse ele, ressabiado. – São músicas de que eu gosto.

Lucy pegou o próprio celular.

– Eu tenho playlists para correr, dirigir, fazer faxina.

– Fazer faxina? Você tem uma playlist para fazer faxina?

– Tenho. Todo mundo tem, não?

– Claramente, não – respondeu Alex. – Se bem que eu não costumo pensar muito nisso. Faço o mínimo do mínimo e só quando necessário.

– Um homem comum.

– Prefiro chamar de abordagem eficaz de tempo e movimento. Então, o que tem nessa sua playlist para dirigir? É próprio para consumo humano?

– É claro. Não confia em mim?

– Não, você pode ser uma fã enrustida de Metallica.

Lucy fingiu parar para pensar.

– Talvez eu seja.

– É?

Ela riu e então se deteve. Estava enferrujada nesse departamento. Fazia um bom tempo desde que dava risadinhas.

– Não sei o nome de nenhuma música deles.

– Não, você faz mais o tipo que gosta de Take That.

– E como é esse tipo?

Lucy arqueou perigosamente uma sobrancelha, desafiando-o a falar.

– Hã... sabe... normal.

– Vou aceitar esse normal. Para ser sincera, não curto muito música. Nunca tenho tempo para ouvir.

– Mostre o que você tem de pior, bote essa playlist.

Por sorte, Alex não pareceu se incomodar com as músicas dela e até comentou algumas vezes que gostava de uma ou outra. Ele a fez pular uma canção, mas ela também não era muito fã de Justin Bieber.

– Olha, o sol está saindo.

Eles estavam na estrada havia quarenta minutos. As nuvens pesadas de mais cedo começavam a se dissipar como uma rede rasgada, as bordas tingidas de rosa-claro e dourado. Por entre nesgas, Lucy via o azul-claro do céu.

– Acho que Hekla acertou na previsão do tempo: vai fazer um dia bonito.

– Ah, olhe, acho que é aqui que a gente vira. E, sim, tem uma placa.

Eles seguiram as placas, o que foi ótimo, mas Lucy se deu conta: não seria bom que ninguém se perdesse ali. A paisagem era bem inóspita e até meio sinistra em algumas partes, como se fosse outro planeta. Durante bons quilômetros na estrada não havia o menor sinal de civilização. Ela ficou feliz por ser Alex quem estava dirigindo.

A estrada começou a subir e, quando viram, já tinham parado o carro no estacionamento de Gullfoss.

– Ah, nossa, já dá para ouvir – falou Lucy, percebendo o estrondo da água.

Eles tinham começado a caminhada pela trilha, passando por gente que madrugara e vinha na direção contrária com trajes impermeáveis encharcados e sorrisos de felicidade no rosto.

Pararam assim que tiveram o primeiro vislumbre da torrente de água que quebrava nas pedras escarpadas. Pequenos borrifos flutuavam no ar, erguendo-se do rio profundo que ondulava pelo abismo como uma cortina etérea flutuando na brisa.

– Nossa! – disse Lucy, olhando para o fluxo agitado e cheio de espuma que corria pelas pedras escuras com uma força irrefreável. – É incrível!

Por um momento, os dois ficaram fascinados pela vista.

– Quer ir ali embaixo, onde tem uma saliência? – perguntou Alex, apontando para uma protuberância na rocha que levava quase ao coração da cachoeira.

Já havia algumas pessoas lá, paradas como formiguinhas diante do fundo com a espuma branca da água.

Ela se agitava, turbulenta, antes de correr por colunas perenes, passando por entre as pedras até chegar à borda, onde o amplo rio simplesmente caía em um canal escavado.

– Ou lá em cima? – indagou Alex, virando-se para apontar um ponto muito mais seguro na colina, acima da cachoeira.

Sentindo de bom grado o toque frio da leve névoa na pele, Lucy ergueu o rosto e olhou para a cerca de madeira no topo da colina, depois de volta para a saliência que ficava no meio da água que batia e espumava como cavalos brancos em fúria. Ali embaixo devia ser ensurdecedor, ter um ar pesado por causa das gotas d'água, além da assustadora proximidade da borda.

– A saliência – indicou ela, sentindo uma descarga de adrenalina, e se virou com um sorriso para Alex, o cabelo escapando do gorro e grudando no rosto.

– Beleza – respondeu Alex, sorrindo em resposta e pegando a mão dela enquanto ele acelerava o passo e seguia adiante, muito objetivo. – Vamos nessa.

Ao chegarem ao platô rochoso, os dois ofegavam de leve, os rostos cobertos por uma fina camada de água, com gotas escorrendo pelo queixo e pelo nariz. Alex foi na frente, desviando com cuidado de poças e pedras afiadas, e então esperou e esticou a mão para ajudá-la. Lucy hesitou, um misto de medo e empolgação embaralhando seus pensamentos. Contudo, ao vê-lo assentir para ela, o brilho daqueles olhos castanhos cálidos a encorajando, deu um sorriso trêmulo, pegou a mão dele e o seguiu até a saliência da rocha.

No centro da saliência, cercados por água, a mão dela apertando a dele, os dois pararam. O rugido da cachoeira retumbava pelo corpo de Lucy e fazia seus batimentos soarem com o mesmo furor da força da natureza. Ela ficou absorvendo a sensação de puro poder e de estar a um triz da aniquilação.

Alex a fitou e ela abriu um sorriso radiante para ele.

– Isso é incrível! – gritou Lucy acima do barulho da água, incapaz de conter a emoção.

A empolgação a invadia junto com o estrondo da água. Ela nunca vira ou ouvira nada como aquilo. Por um momento, se convenceu de que poderia dominar o mundo.

Alex sorriu e afastou o cabelo encharcado do rosto, a pele coberta por gotículas que grudavam no queixo, na barba por fazer, e cintilavam como diamantes ao sol que nascia. Quando Lucy viu isso, sorriu de novo.

– Que foi? – perguntou ele, alto, mas ela teve que fazer leitura labial para entender.

– Você está brilhando! – gritou ela.

– O quê?

Lucy ficou nas pontas dos pés e gritou no ouvido dele:

– Brilhando!

Lucy passou a mão no queixo de Alex, que inclinou a cabeça e abaixou o queixo, rindo como se tivesse sentido cócegas, e os dedos dela acabaram roçando sem querer nos lábios dele.

Por um breve instante, algo tremeluziu entre eles e seus olhares se encontraram. Hiperalerta, cada sentido ligado, Lucy notou os miniflocos cor de âmbar ao redor das pupilas dele, invejou os fios grossos e escuros na pálpebra inferior, sentiu a barba por fazer pinicar seus dedos e algo quente e intenso no peito.

O rugido da cachoeira ao redor deles diminuiu. Eram só os dois ali: encarando-se como se aquele olhar fosse uma tábua de salvação entre eles.

Lucy não puxou a mão de volta, como deveria. Em vez disso, por algum motivo muito louco, seus dedos exploraram aquele intrigante entalhe no lábio inferior dele. Uma respiração quente acariciou a pele dela e então o lábio superior se fechou em um quase beijo e... ela sentiu a toque da língua dele. A pontada de calor ultrajante entre as pernas fez Lucy deixar a mão cair, puxando o ar às pressas.

A intensidade do olhar dele se suavizou, substituída pelo calor e pela gentileza a que Lucy estava acostumada, quase como se Alex compreendesse quanto ela ficara nervosa com aquela pontada intensa de desejo.

– Quem não quer ficar brilhando? – Ele deu mais um sorrisinho para ela, aquele sorriso feliz e simpático que ela conhecia e, para alívio de Lucy, o momento passou. – Quer chegar mais perto da beirada?

– Quero muito – gritou ela, surpreendendo-se.

Isso era o que a antiga Lucy faria. Havia quanto tempo que ela tinha reaparecido?

Salpicados pelos borrifos de água, eles seguiram pela superfície porosa da rocha, àquela altura completamente ensopados, e Lucy ficou muito feliz por ter seu gorro de lã e a capa impermeável que Hekla insistira que levasse.

O rugido estrondoso das torrentes de água chocando-se contra as pedras tornava impossível ouvir qualquer outra coisa, mas Alex articulou as palavras:

– Você está bem?

Lucy ergueu os polegares em resposta, ainda que não conseguisse decidir se estava apavorada ou empolgada. Quando pegou o celular no bolso para tirar fotos, a tela ficou coberta de gotas em segundos e ela concluiu que não valia o risco.

Ali na pedra, tão perto da água, era como estar no olho da tempestade. Água, estrondo, fúria. Batendo e cascateando, torrentes e mais torrentes desciam pelas rochas íngremes. Lucy sentiu-se rodeada pelo puro poder que reverberava sob seus pés, enquanto um fino borrifo se infiltrava pela costura de sua capa e cobria seu rosto. Impressionada, seus batimentos ficaram ainda mais fortes e, apesar da umidade no ar, sua boca ficou seca. Lucy se manteve bem longe da beirada, onde uma corda verde delimitava o fim da zona de segurança. Se passasse dali, já era. Não havia volta. Era fácil se imaginar tragada pelos confins da terra. Dali, a queda era de uns bons 30 metros até outra saliência, então a água mudava de ângulo, e havia outro nível abaixo antes que o rio desse em um canal rochoso e profundo lá embaixo para desaguar no mar.

Lucy e Alex ficaram lado a lado, observando o poderoso espetáculo das forças naturais. Ele deu uma olhada para ela, balançou a cabeça e articulou sem som: *Nossa. Incrível.* Lucy assentiu. Olhando assim, seus problemas pareciam pequenos e sem sentido. O mundo, a natureza, tudo tão maior... Foi como se algo desatasse dentro dela, libertando-a da teia de angústia em que tinha se enredado.

Lucy ergueu a cabeça e respirou bem fundo, apreciando a água no rosto, o estrondo nos ouvidos. Alex viu a expressão dela e uma sombra de preocupação surgiu nos olhos dele. Ela lhe exibiu um sorriso brilhante, a boca curvando-se involuntariamente.

– Estou bem – articulou ela, querendo dividir com ele a deliciosa sensação de livrar-se de um peso. – Estou bem.

Quando Alex respondeu com um sorriso doce, aquilo a atingiu com uma dor inesperada no peito, misturada com um intenso desejo – de quê, ela não sabia. Talvez fosse pela sensação de os dois serem tão pequenos diante do turbilhão causado ao redor deles pelas forças da natureza, aquela solidariedade sutil que nasce de uma experiência única compartilhada – era difícil explicar –, mas algo mudara entre eles. Alex pôs um braço ao redor dos ombros dela e a puxou para si e, juntos, ficaram observando o poder da água que caía à sua volta.

No fim, o frio crescente que se infiltrava por entre as camadas de roupa os fez voltar para a trilha e subir até o ponto de observação. Ainda estavam de mãos dadas, falando muito pouco, como se o poder da água tivesse levado embora a habilidade de pensar e se expressar.

Lá em cima, enquanto olhava para o local onde haviam estado, Lucy teve a sensação de voltar para a terra firme.

– Foi incrível – disse ela, ofegando enquanto eles se apoiavam na cerca de madeira para observar as pessoas, pequeninas, na saliência da rocha. – Vou falar para todos os hóspedes que eles precisam vir aqui.

Alex riu.

— Mas este é o primeiro lugar que você visita. Pode ser que você ache a mesma coisa do próximo aonde a gente vai.

— Sério, se algo superar isto aqui, eu tiro meu… — Ela cutucou o gorro de lã. — Bom, talvez não literalmente. Mas qual é… Como alguém não ficaria impressionado com isso? Eu não tinha ideia de que ia ser… Você acha que os outros lugares são tão incríveis quanto esse?

— É por isso que as pessoas vêm para a Islândia. As maravilhas geológicas e naturais. Eu suponho que um gêiser que atire água fervente a 30 metros a cada poucos minutos seja bem impressionante.

Lucy estremeceu.

— Fervente está começando a parecer ótimo. Estou congelando.

— Eu também. Que tal a gente pegar um café e algo para comer no centro de visitantes? Hekla disse que a gente tem que experimentar a sopa de carne.

Lucy escondeu um sorriso irônico.

— Você está tão mal quanto eu. O que Hekla fala é ordem. Ela quer muito que a gente se apaixone pela Islândia.

Depois de se secarem e se aquecerem com um café e uma tigela de sopa de cordeiro e legumes muito reconfortante e deliciosa, eles voltaram até o carro e seguiram para ver os gêiseres que Lucy descobrira em um folheto do centro de visitantes. Ela sentia que se preparara muito mal para ir à Islândia. Lera o folheto de cabo a rabo, então bombardeara Alex com informações enquanto estavam na estrada. O que tinha acontecido com a rainha do TripAdvisor, que planejava cada detalhezinho enquanto Chris a acusava de fazer isso? (E não era um elogio.)

— Você sabia que a última vez…

— Chega, chega — provocou Alex. — Respire, guia turística. Eu já sei o suficiente para responder a qualquer pergunta de programa de televisão.

— Vai me agradecer quando a gente chegar lá — disse Lucy, esnobe, enfiando a cara outra vez no folheto, com um trejeito indignado, antes de acrescentar com um sorrisinho malicioso: — Sabia que costumavam colocar sabonete no gêiser para que ele entrasse em erupção?

– Sério?

Ele a fitou com ar de descrença.

– Juro.

O tempo tinha mudado por completo quando eles chegaram ao estacionamento, então deixaram suas capas impermeáveis ao saírem do carro.

– Ufa, está bem mais calmo aqui – falou Lucy, esticando os braços e recebendo de bom grado o calor dos raios de sol e o silêncio depois de presenciar o rugido constante da água que lhe deixara um zumbido nos ouvidos durante um tempo.

– E mais seco – completou Alex, passando a mão pelo cabelo despenteado.

– É muito bom ficar ao ar livre – observou Lucy, percebendo que, desde que chegara, passara tempo demais dentro do hotel.

Eles atravessaram a estrada principal até o lugar em que ficava o campo geotermal, que nem precisava ser sinalizado. As nuvens de vapor em espiral eram um alerta por si só.

– Você costumava sair muito quando estava em Manchester? Tem uns lugares bonitos por lá, não tem? Moorland. Não fica muito longe de Lake District.

– Falou o escocês – disse Lucy. – Fica a uma ou duas horas de distância.

– Isso não é muito tempo – salientou ele, o sotaque aguçando-se.

– Acho que não – respondeu Lucy, com tristeza. – Mas parece que eu nunca tinha esse tempo.

Eles passearam pela trilha, Lucy jogando a cabeça para trás a fim de sentir o sol no rosto.

– Parece que você trabalhava muito em Manchester. O que fez você vir para cá? Assumir a pousada? É uma mudança bem radical.

De alguma forma, Alex tinha pegado a mão dela outra vez e isso não pareceu estranho ou incômodo.

Apesar de se sentir confortável com ele, a mentira familiar saiu com facilidade. Ela não aguentaria ver a decepção no rosto dele.

– Eu queria mudar de cenário. Andava meio esgotada, exausta por trabalhar para uma grande corporação. Eu queria...

Lucy olhou para o local em que uma multidão tinha se reunido em um semicírculo. Todos observavam uma pequena cratera no meio do lago, a água borbulhando. Ela conhecia essa sensação. Quando pensava no emprego antigo, a mesma raiva borbulhante explodia. Soltou-se dele e enfiou as mãos nos bolsos, obrigando-se a pôr uma máscara de calma e serenidade que sem dúvida não sentia.

– Queria...? – incentivou Alex, enquanto eles seguiam na direção das pessoas reunidas.

Distraída pela expectativa da multidão, Lucy reconsiderou o que ia dizer. Desde que chegara à Islândia, tinha ensaiado uma fala sobre querer se reconectar com os hóspedes e conhecer melhor os colegas. Por um instante, as palavras se esquivaram dela, como se não conseguisse se forçar a estragar o dia com mentiras. Ela ficou olhando a camada lisa da água que cobria o chão no círculo de pessoas. A superfície começou a se agitar e houve um sussurro de expectativa. A água parecia respirar, puxando o ar antes de soltá-lo e, então, com uma força poderosa, lá estava a erupção. Lucy deu um pulo quando uma coluna de vapor foi atirada no ar e se dissipou, encharcando as pessoas no caminho.

– Eita, essa me pegou de surpresa, mesmo que eu estivesse esperando – falou Lucy, a mão no peito, ainda um pouco estupefata. – A força disso é bem assustadora.

E bem catártica, percebeu ela. A fúria antes da explosão e a serenidade logo em seguida. Talvez manter tudo preso não fosse uma boa ideia.

– Sabe, é uma história longa – disse ela, cedendo à raiva. – Não vim aqui por escolha própria. – Ela se virou para Alex, o rosto tenso e os dentes trincados. – Vou contar. – Ela parou antes de dar às palavras o veneno que elas mereciam. – Fui demitida.

Assim como um gêiser, as palavras foram expelidas com uma honestidade brutal e trouxeram uma explosão de liberdade.

Só então Lucy percebeu quanto estava irada com a situação. Furiosa. Antes ela estivera atordoada demais e confusa pela decisão e pela avassaladora sensação de impotência.

Alex pareceu surpreso de verdade.

– E não quero falar sobre isso – rosnou ela. – A Islândia era a última oportunidade.

Alex, por ser Alex, não disse nada. Ele era bom naquilo. E a deixou despejar tudo.

– Fim da linha, porque fui enganada direitinho.

Lucy ficou em silêncio, esperando que o gêiser entrasse em erupção outra vez. Havia um sussurro baixo na multidão que aguardava e todos arquejaram juntos quando a erupção saiu em um esguicho explosivo.

– Posso fazer uma pergunta? – As palavras dele vieram quando o gêiser se acalmou; a calma da voz da razão.

Surpresa pela breve explosão de raiva tê-la feito se sentir melhor, Lucy assentiu.

– Se este é o fim da linha, você se importa com a pousada? Ou é só mais um emprego?

A pergunta calma a fez pensar com cuidado na resposta. Segurando-se na barreira diante deles, ela passou os dedos em torno da corda, olhando a superfície vítrea do vertedouro à sua frente. Levou um instante para ponderar sobre o assunto. O gêiser irrompeu mais duas vezes e, em nenhum momento, Alex a pressionou ou desistiu e puxou outro assunto. Ele exalava uma força silenciosa, parado ao lado dela, sem instigar nem exigir nada.

Por fim, Lucy se virou para ele com uma sensação inesperada de liberdade.

– Acho que você deve ser algum tipo de bruxo ou telepata.

Os olhos dele se enrugaram nos cantos, fazendo o coração dela acelerar um pouco quando ficaram se encarando demoradamente.

– Obrigada por me trazer para passear hoje. Parece que eu me reiniciei. Me sinto mais como eu mesma de novo.

– Fico feliz em servir para isso.

– É disso que se trata, não é? Servir, estar a serviço. Essa expressão nem sempre é bem-vista, não é? Mas sempre tive orgulho do meu trabalho.

– Antigamente, era uma questão de classe social e servidão – ponderou Alex. – Falta de opção, creio eu. Hoje em dia há opções, para algumas pessoas.

Lucy entrelaçou o braço no dele e começou a se afastar do gêiser cheia de propósito.

– É, tem a carreira, a ascensão na hierarquia, mas existe a satisfação de ouvir um hóspede dizer quanto gostou da hospedagem ou que o atendimento foi ótimo. Tem algo bom em poder tirar as pessoas da rotina, das tarefas, de lavar e passar roupa. Dar a elas uma folga. E todo dia é diferente; eu gosto da mecânica de ver tudo funcionando junto e interligado, como num quebra-cabeça.

Eles subiram por uma ladeira baixa, passando por outras poças borbulhantes de água. Lucy continuou:

– Achei que vir aqui seria me rebaixar, aceitar algo que estava abaixo do meu potencial. Mas percebi que, na verdade, me trouxe de volta ao básico. Está me tornando mais consciente, mais grata pelo que tenho. Pode soar meio pretensioso, mas me sinto muito mais em contato com minhas capacidades.

Lucy apertou o braço dele e acrescentou:

– Pensando nisso, você me fez perceber que não faz muito tempo que estou aqui, mas gosto de verdade de trabalhar na pousada. Estou começando a ter várias ideias de como tornar a experiência dos hóspedes ainda melhor. Quando eu estava no... no outro hotel, vivia tão ocupada que fazia as coisas no automático. Esqueci por que entrei no ramo hoteleiro.

Ao pararem em mais um cenário lunar, o vapor branco saindo em rajadas pelas diversas poças borbulhantes, Alex pareceu pensativo.

– Por que você escolheu essa área?

– Porque gosto de cuidar das pessoas.

Alex assentiu, seu olhar seguindo o dela.

– Gosto dessa ideia. É muito importante quando... quando estou servindo bebidas, quero garantir que o cliente fique satisfeito.

Ele abriu um breve sorriso para Lucy e ela desviou o olhar, concentrando-se na piscina azul-celeste no ponto mais distante do campo antes de perguntar:

– Então não acha que estou falando besteira?

Lucy não precisava ver o rosto dele, o entusiasmo na voz de Alex disse tudo.

– Nem um pouco. Eu amo trabalhar em hotelaria. Não sei se consigo esmiuçar isso e dizer exatamente o porquê. Não penso muito no assunto.

– Eu penso. – Lucy relaxou, continuando a caminhar até o ponto mais alto da trilha de cascalho. – Gerenciar um grande hotel é como fazer uma máquina bem azeitada funcionar: todos os componentes trabalhando em conjunto para se apoiar. E, quando tudo vai bem, não tem nada melhor. – Ela soltou um suspiro curto. – E não me sinto assim em relação ao trabalho faz muito tempo. Perdi isso de vista... e, quando foi tirado de mim... quando perdi meu emprego... – Ela fez uma careta.

– Ah – falou Alex, encolhendo-se. – Sinto muito que tenha perdido o emprego.

Eles completaram a volta e chegaram de novo ao primeiro gêiser, onde outro círculo de pessoas tinha se reunido para ver o espetáculo.

Mais uma vez, Lucy segurou a corda.

– Não precisa. Foi culpa minha. – Os lábios dela se curvaram com amargura. – "Perdi" é jeito de falar. Ninguém perde um emprego, não é? Ele é tirado de você. É como se puxassem um tapete e você caísse estatelado de costas no chão.

– Foi isso que aconteceu? – perguntou Alex, o tom de voz franco.

– Sim. Você me viu na primeira noite. Eu estava em um estado bem patético, mas naquela altura parecia o fim do mundo. – Ela olhou com atenção para o domo sereno. – Nunca me imaginei trabalhando em um lugar tão pequeno. – Ela fez uma pausa, segurando a corda com mais força assim que a superfície começou a se agitar e borbulhar outra vez. Recuou um passo quando a erupção aconteceu e jogou a cabeça para trás enquanto o potente jato de água subia. E riu. – Agora vejo que estou começando a amar isso.

Capítulo 10

– Vamos precisar que os funcionários assinem estes termos de autorização concordando em serem filmados e que o conteúdo seja exibido na TV – falou Clive, girando um uísque duplo em um copo.

O dia na rua tinha clareado a mente de Lucy e ela se sentia muito mais preparada para encontrar Clive.

Embora Alex tivesse se oferecido para acompanhar Lucy e o diretor de televisão no jantar, ela recusara. Precisava lidar com o assunto sozinha. Não iria deixar que aquele diretor – petulante, cheio de uma indiferença jovial à realidade e dono de um entusiasmo infantil – desse as ordens. Ela rejeitara o convite para jantar e combinara de encontrá-lo no bar às nove da noite. Parecia mais profissional.

Eram 21h05 e Lucy já se arrependia de estar ali com Clive. Antes de sair com Alex pela manhã, ela mandara um e-mail para a assistente pessoal do Sr. Pedersen pedindo mais detalhes sobre o combinado e, ao voltar, encontrara a resposta, que confirmava a visita da equipe de filmagem. Não havia como desfazer o acordo e parecia impossível se esquivar dele.

Clive insistira para que se sentassem em um recanto longe de todo mundo, onde seria mais tranquilo, sobretudo agora que o restante da equipe também estava no bar e fazia mais barulho a cada dose de bebida. Claramente não estavam preocupados com a conta e Lucy percebeu, sinistra, que ela também não. Os e-mails deixavam claro que a hospedagem incluía apenas acomodação e refeições.

Lucy deu mais um gole na vodca, que estava cheia de água tônica, porque ela queria permanecer atenta à discussão.

– Sr. Tenterden...

– Pode me chamar de Clive.

Lucy fez um gesto com a mão como quem diz "tanto faz". Não dava a mínima para como chamá-lo, só queria se livrar do sujeito e, infelizmente, isso não parecia uma possibilidade imediata. Também queria assumir o controle da conversa. Aquele era o hotel dela.

– Eu não tinha sido informada de que vocês viriam e ninguém me contou sobre o documentário.

– Não precisa se preocupar com os detalhes. Já está tudo certinho com o Sr. Pedersen. – Clive deu um sorriso largo para ela, passando a mão por seu cabelo louro e ralo de bebê no topo da cabeça. Ele olhou ao redor. – Este lugar é interessante... e não é o que eu esperava, para ser sincero.

– Hã?

Lucy inclinou a cabeça de modo inquisitivo, um pouco na defensiva.

– É, eu achei que haveria blocos de concreto. Uma versão simplificada de itens da Ikea, sem cores primárias. Dormitórios e bandejão. Sabe, tudo muito funcional. Isto aqui é bem legal. Tem uma vibe aconchegante.

– Obrigada – disse Lucy, desejando ter achado as mantas e almofadas que vinha caçando.

– É, o lugar perfeito para filmar algumas cenas extras. Hóspedes descansando, paisagens bonitas. Isso vai dar aos espectadores gravações privilegiadas de viagens turísticas, e é ótimo que a gente tenha acesso a todas as áreas daqui.

– Como assim? Vocês têm?

Lucy lançou ao sujeito um olhar horrorizado. Os e-mails, infelizmente, não tinham sido tão específicos.

– Ah, temos, sim. Administração, cozinha... alojamento dos funcionários. Acesso a todas as áreas.

Ele percebeu a expressão paralisada de Lucy.

– O que isso significa? – indagou Lucy.

– Exatamente isso! Qualquer um neste prédio é um alvo em potencial. Significa que, em qualquer lugar do prédio, se alguém se mexer, vamos filmar. Você fala, nós gravamos. Nu e cru. Não ensaiamos nada. Nosso prazo para mandar a gravação para um programa semanal do Reino Unido é bem apertado. Editamos os segmentos aqui, mandamos de volta e ele é exibido logo no dia seguinte, como parte de um novo programa sobre viagens no Canal 4.

Lucy engoliu em seco.

– Olhe, não precisa mesmo se preocupar. Eu juro, você nem vai perceber que estamos aqui. – Clive sorriu, todo animado e, para horror de Lucy, tentando tranquilizá-la.

Lucy não se sentia nem um pouco tranquila.

– O que a gente quer fazer é um minidocumentário sobre os turistas que vêm atrás da aurora boreal. Os pontos altos e baixos, as decepções. E achamos que haveria muito mais escopo para drama humano se a gente filmasse os funcionários do hotel também. Sabe, checar a previsão do tempo para os hóspedes, conversar com eles no café da manhã.

Ele estremeceu de um jeito conspiratório, então prosseguiu:

– No fim das contas, precisamos de uma história gravada caso a aurora boreal não coopere. Tem algumas paisagens para mostrar, mas, ora, isso já foi feito zilhões de vezes. Queremos drama, então foi acordado que faríamos um documentário realista em um lugar onde as pessoas estivessem tentando ver as luzes da aurora boreal. Genial, não é? E todo mundo quer aparecer na TV. Vamos filmar os funcionários, a comida e todos os quartos. Vai ser uma publicidade ótima para este lugar. Vai colocar... – ele ergueu as mãos e Lucy manteve uma expressão neutra enquanto Clive gesticulava afetadamente – ... a pousada... Aurora Boreal... no... mapa.

Lucy engoliu em seco de novo e se remexeu na cadeira ao pensar na faca de dois gumes que era aquela promessa de publicidade. Por um lado, se ela fizesse muito escarcéu por não querer isso, Clive poderia ficar desconfiado e fazer algumas pesquisas, o que era a última coisa que Lucy desejava. E se alguém a reconhecesse? Por outro, as reservas estavam em baixa e, caso a procura aumentasse, ela teria um ponto a seu favor para desencorajar os novos proprietários de se livrarem dela. Lucy começou a morder a ferida no lábio e se deteve com um leve sorriso. Alex iria chamar sua atenção de novo.

– Sério, Lucy querida, isso é o sonho de qualquer relações-públicas, se você seguir as regras do jogo.

O rosto de Clive ficou mais sério. Nesse breve instante, Lucy viu, para além da camaradagem e do falso encanto, a ameaça implícita.

Ela olhou ao redor, que estava um brinco. Elin e sua equipe tinham trabalhado muito na última semana. O lounge agora tinha a aura de aconchego de que tanto precisara e, apesar de o bar ter preços tenebrosamente altos, os hóspedes eram atraídos até ali. Nessa noite, o bar estava cheio e agradável, as brasas da lenha reluziam e a madeira crepitava na imensa lareira. Era uma atmosfera adorável, que incentivava o convívio social. Três hóspedes ingleses recém-chegados conversavam, cheios de empolgação, com dois noruegueses sobre a catedral e a sala de concertos em Reykjavik, enquanto um casal dinamarquês e um casal mais jovem da Nova Zelândia que tinha todo o jeito de andarilhos experientes trocavam fotos de uma geleira que visitaram.

Droga. Aquela pousada merecia seu lugar ao sol. Aquilo não tinha nada a ver com Lucy. Ela estava ali fazia pouco tempo, mas já aprendera com Hekla, Kristjan, Olafur e Brynja que eles tinham profundo orgulho do próprio país. Por mais detestável que fosse, ela teria que aturar o tal documentário, mas seria muito discreta.

– Ok, Sr. T...

– Clive, Lucy querida. Clive.

– É só Lucy, Clive – ressaltou ela, tentando sorrir para contornar o tom de voz irritado.

– Beleza. Então, amanhã, vamos começar a filmar o lugar de forma geral, as paisagens e tal, dependendo do clima, é claro. E vamos precisar de um monte de cópias desses termos de autorização para hóspedes e funcionários.

– Posso dar uma olhada?

Lucy conseguiu segurar uma pontinha da folha que ele tirara da bolsa do notebook.

– Ah, não precisa se preocupar muito. É só um texto-padrão. Para ser sincero, roubamos da BBC. Padrão da indústria.

– Eu gostaria de ver – insistiu Lucy, dando ao sujeito um olhar implacável.

Ele empurrou o termo pela mesa e ela o esquadrinhou rapidamente. Uma cláusula em particular a fez respirar fundo.

... o cedente concorda que a produtora edite, adapte ou traduza suas contribuições e renuncia irrevogavelmente a quaisquer direitos morais que tiver.

O que aconteceria caso ela se recusasse a assinar? Será que evitariam incluí-la nas filmagens?

– Preciso que os funcionários e qualquer hóspede que a gente filme assinem um desses. Pode cuidar disso para mim?

– Sim, vou pedir que Hekla faça isso para você.

– Ah, é aquela viking loura escultural? Ela vai ficar incrível na tela.

– De que forma? Mostrando como usar a copiadora? – perguntou Lucy.

– Boa, Lucy querida, muito engraçada. – Ele terminou seu copo de uísque e o empurrou na direção de Lucy. – E eu adoraria mais um enquanto conversamos sobre a caçada à aurora boreal. Vai ser uma das partes principais da filmagem.

Num canto, a equipe de Clive fazia cada vez mais barulho, com alguns gritos estridentes de vez em quando. Lucy notou Alex atrás do balcão lançando alguns olhares ao grupo, atento à situação e aos outros hóspedes para ter certeza de que não estavam incomodados com aquele comportamento. O olhar dela cruzou com o dele e Lucy meneou a cabeça de forma sutil. Ele assentiu como se dissesse que tinha tudo sob controle e então a fitou de um jeito que dizia "pode deixar comigo".

Ela deu um leve sorriso ao perceber que ele já a entendia tão bem, então se voltou para Clive.

– Enquanto discutimos detalhes, posso confirmar meu entendimento de que a pousada fornece acomodação e refeições, mas as bebidas não estão incluídas?

– É uma reunião de negócios e foi você quem me convidou, se não me engano – disse Clive, com um sorriso que Lucy tinha certeza de que ele considerava muito charmoso.

– Tudo bem – concordou Lucy, com um sorrisinho minimamente agradável, disposta a permitir que ele tivesse uma pequena vitória. – Esta é por conta da casa. – Ela olhou para o grupo barulhento. – Espero que seus colegas estejam cientes de que as bebidas deles são despesas a cargo da produtora, não da pousada. Álcool é caríssimo aqui.

Clive ficou pálido ao olhar o cardápio de bebidas na mesa.

– Vou lembrar isso a eles.

– Enquanto fala com eles, posso ver se Olafur está disponível para conversar com você, que tal? – disse Lucy, sentindo-se vitoriosa naquele pequeno embate. – É ele quem organiza as excursões para ver a aurora boreal. Vou perguntar se Alex pode dispensá-lo um instante. E, se possível, peça à equipe que fale um pouco mais baixo.

Lucy seguiu para o bar levando o copo com ela. Alex foi servi-la.

– Outro duplo?

Ela revirou os olhos.

– Não, ele que tome uma dose só, aquele verme.

– E você? Ou seria arriscado fazer isso? Parece que vai esquartejar o cara a qualquer momento.

– Estou canalizando minha viking islandesa interior. Ele é um saco – disse Lucy, baixinho. – Você se importa se Olafur for explicar como organiza as excursões para ver a aurora boreal?

– Sem problema. Quer que eu vá falar com aquele pessoal? Eles estão fazendo uma zona.

Lucy o fitou:

– Pedi ao Clive que segurasse a onda e lembrasse que as bebidas não são por conta da casa. Tenho certeza de que não são eles que estão pagando, mas precisam saber que também não somos nós. Já deixei Clive ciente.

– Não existe garantia de que vamos ver as luzes – explicou Olafur, um pouco mais tarde. – Tudo depende da combinação perfeita de determinados fatores climáticos. Por sorte, estamos em uma posição única nesta área, que nos permite fornecer isso. Precisamos de muita escuridão, as nuvens cert...

– Sem esse papo de vendedor, Olaf – falou Clive. – Acha que vamos conseguir filmar as luzes esta semana?

O islandês da barba farta pareceu ameaçador.

– Depende do clima – repetiu ele. – De uma noite escura e limpa, sem nenhuma nuvem, e da atividade solar certa, o que só temos como prever alguns dias antes. – Ele olhou bem sério para Clive. – Não dá para prever as luzes. Às vezes, dá para vê-las daqui da janela; outras, é preciso dirigir para encontrar brechas nas nuvens, e é por isso que organizamos excursões em jipes.

– Isso é sim ou não? – perguntou Clive.

Olafur nem se mexeu, apenas acariciou a barba e continuou olhando para Clive com seus olhos redondos e escuros.

– É a natureza. A vida na natureza não é previsível. Faço essas excursões há muitos anos e moro aqui quase a vida toda. Não há garantia.

Lucy queria aplaudir o islandês austero.

– Saquei... Então a gente pode acabar saindo em vão. Que inferno, acho que podemos criar um pouco de drama. Tem algum velhote por aqui?

– Como disse? – perguntou Lucy.

– Sabe, gente com listas de coisas para fazer antes de morrer. Última chance de presenciar a aurora boreal. Já estou até vendo... Será que a gente consegue uma atriz bem famosa para fazer a narração? Val, 60 anos, trouxe a mãe, de 86, para realizar um desejo final: ver a aurora boreal. Esta é sua última noite na Islândia... Sabe, esse tipo de coisa. TV de primeira.

– Você sabe quem fez reserva para a excursão esta semana? – perguntou Lucy.

Olafur a encarou.

– Tem uma lista no escritório. – Ele deu de ombros. – Vamos sair amanhã à noite.

– Ótimo – disse Clive. – Acha que tem alguém que possa nos render uma boa matéria com esse enfoque mais humanizado?

Lucy estremeceu.

– Acho que isso pode ser invasão de privacidade. Não sei, então não vamos tirar conclusões precipitadas.

Clive deu um sorrisinho.

– Gata, você mora numa caverna? Hoje em dia, todo mundo quer aparecer na TV ou no YouTube pra ter cinco minutos de fama. A maioria das pessoas está doida para aparecer na frente das câmeras.

Lucy virou o resto de sua bebida, pôs o copo com um baque forte na mesa de madeira e se levantou.

– Posso garantir que esse não é, de forma alguma, o caso. Alguns de nós não nutrimos o menor desejo por fama ou infâmia. Preciso me retirar, já que ainda tenho coisas para resolver. Há um hotel para administrar.

Com isso, Lucy saiu de cabeça erguida pelo lounge, passando pelo bar. Alex assentiu de leve para ela em aprovação e um brilho de admiração em seu olhar fez Lucy se colocar ainda mais ereta. Definitivamente, começava a se sentir mais ela mesma.

Capítulo 11

Ainda bem que a área comum dos funcionários ficava longe das acomodações dos hóspedes, pensou Lucy, sorrindo ao estender seu copo na direção de Brynja, que, usando meias de lã grossas diferentes, servia a vodca em um fluxo generoso diante da mesa de café.

Lucy fora ovacionada ao chegar, e ela e sua garrafa de vodca sabor cereja isenta de impostos logo entraram na atmosfera festiva e ruidosa, o que foi um alívio depois da reunião inoportuna e cheia de rodeios que tivera que aturar com Clive.

O abraço festivo de Hekla, o aceno empolgado de Elin e o grito de boas-vindas de Brynja do outro lado do cômodo deixaram bem claro que não havia cerimônia ali. Sem pensar muito, Lucy tirara os sapatos, soltara a blusa de seda da cintura da saia lápis azul-marinho e afrouxara o coque apertado na nuca, relaxando na mesma hora.

Clive e seu acesso a todas as áreas podiam esquecer aquele lugar. Os funcionários precisavam relaxar em seus momentos de folga, não se preocupar com câmeras infernais.

– Não derrame, não derrame – guinchou Freya, mantendo seu copo a postos.

Brynja fungou com desdém, balançando-se de leve no lugar.

– Urru! – falou ela e, na mesma hora, fez a garrafa voar em um giro perfeito, antes de começar a servir outra vez o copo de Freya.

Claramente, aquele era seu truque de festa, a julgar pela forma como Gunnar a encheu de beijos, todo orgulhoso, depois que ela terminou. Hekla lhes lançou algumas garrafas de água tônica com tranquilidade, casual, e elas passaram a um triz da cabeça de Brynja, o que arrancou gritos animados de Gunnar e Dagur.

Lucy colocou água tônica em sua vodca e foi se sentar em um dos sofás irregulares entre Elin e Hekla.

– Falou com Eyrun sobre as almofadas? – perguntou Hekla, indo direto ao assunto.

Com o copo entre os joelhos, Lucy ergueu as mãos, fingindo que se rendia.

– Ela não estava lá ontem. Sério.

Hekla semicerrou os olhos, as sobrancelhas grossas e louras quase formando uma só, e pareceu comicamente desconfiada, enquanto Elin se intrometeu, dando risada:

– Ontem foi o dia de folga dela.

Lucy cutucou a jovem e sussurrou alto o bastante para que Hekla ouvisse:

– Ufa, obrigada. Não sei se Hekla ia acreditar em mim, essa vodca já está me deixando mais para lá do que para cá. Não sei se vou conseguir tomar mais nada.

– Não se preocupe, Hekla morre de medo da Eyrun – provocou Elin. – E guarde espaço para mais umas doses. Daqui a pouco começam os jogos.

– Não, não morro nada – falou Hekla, suas bochechas naturalmente coradas mais cor-de-rosa que nunca. – Tá, talvez um pouquinho, mas Lucy também tem medo.

– Vocês duas são malucas – disse Brynja, chegando na conversa. – Vocês que mandam aqui.

– E você por acaso daria ordens para Eyrun? – perguntou Hekla.

Brynja gargalhou.

– Claro que não, eu ia sair correndo rapidinho, mas não é tarefa minha.

Elin disse:

– É por isso que vocês duas ganham uma nota e nós somos só gente comum.

– Gente comum? – Lucy ergueu uma sobrancelha. – Ouvi dizer que você está escrevendo um romance.

Era o tipo de atividade que parecia grandiosa e criativa, nem um pouco comum. Lucy nunca conhecera alguém que estivesse escrevendo um livro. Sem dúvida não era o tipo de coisa em que ela ou os pais pensariam em sua casa geminada e organizada em Portsmouth. Emprego comum era trabalhar em hospital ou hotel.

– *Ja* – respondeu Elin, toda animada. – Estou, sim.

– Um dia, você vai ser uma autora famosa – falou Brynja, erguendo o copo em um brinde. – É importante demais para beber com a gente.

– Jamais. Eu sempre vou estar com vocês – respondeu Elin, batendo o copo no de Brynja. – Com Hekla, talvez não – acrescentou, dando de ombros de um jeito insensível e com um trejeito travesso nos lábios.

Hekla a cutucou.

– Ah, vai, sim – rebateu, com convicção. – E eu vou comprar todos os seus livros para a minha família e colocar embaixo da árvore.

– Vai virar uma autora best-seller – falou Brynja.

– Tomara. – Elin suspirou, murchando na cadeira e mudando a posição das longas pernas.

Com pernas como aquelas, virar modelo parecia uma alternativa viável, na opinião de Lucy.

– Eu ia gostar de dar um tempo – falou Elin. – Era só alguém dizer sim.

– Elin já escreveu cinco livros – contou Hekla, erguendo a mão e levantando cada dedo com muito orgulho. – Na Islândia, temos a ótima tradição de contar histórias. A gente conta lendas populares ao redor da fogueira ou em noites frias e escuras.

– Nossos avôs faziam isso – zombou Brynja, com um jeito que Lucy reconheceu como uma de suas já características repreensões ao que considerava sem sentido.

Hekla abriu um sorrisinho de escárnio, como quem diz "tanto faz".

– É, e todos os meus livros foram recusados – falou Elin, voltando ao assunto. – Dá para cobrir a estrada até Reykjavik com todas as cartas de resposta.

– Cinco? – perguntou Lucy, impressionada. – Você escreveu cinco livros inteiros?

E ainda continuava a escrever?

Elin assentiu.

– É.

– Incrível. Não sei se eu teria essa força de vontade depois de um, que dirá dois, três, quatro e cinco livros.

Não mais.

Elin soltou uma risada bufada, divertindo-se.

– É o jeito islandês. Vou conseguir no fim das contas. Vou seguir em frente ou abrir caminho assassinando um editor de cada vez.

– Parece um pouco de mais – respondeu Lucy, os olhos arregalando-se ao pensar em corpos e poças de sangue.

– Ela escreve *noir* islandês – explicou Brynja. – E os livros são muito bons. Eu li todos. Mas, cada vez que recebe a recusa de um editor, ela dá o nome dele ao próximo personagem que vai assassinar.

– É uma maneira de lidar com a rejeição – comentou Lucy, dando risadinhas.

A vodca estava fazendo efeito. Aquilo não era melhor do que se encolher em posição fetal e chorar no sofá da melhor amiga durante um mês?

Elin fez beicinho.

– Não se preocupe. Eu choro quando abro o e-mail. Aí, uma hora depois, penso "vocês vão ver só". – O rosto dela se contraiu em uma determinação feroz. – Nós, islandeses, estamos acostumados a adversidades, prosperamos com ela.

As palavras de Elin e o jeito como seu perfil elegante ostentava resolução – a cabeça erguida, os lábios contraídos – reavivaram algumas recordações. Um dia, Lucy tinha sido famosa por sua determinação, por arregaçar as mangas e fazer o que era necessário. Por sua proatividade.

– Acho que preciso virar islandesa – disse Lucy, com um tom de voz melancólico, desejando não ter que lidar com Clive e suas câmeras. Ela apoiou os cotovelos nos joelhos, afundando o queixo nas mãos.

– Olhe, Lucy. – Hekla passou um braço pelos ombros dela, dando tapinhas em suas costas. – Você já fez a diferença. – Seus olhos azuis brilharam. – A nova máquina de café é um sucesso.

Brynja deu um cutucão em Hekla, reprovando-a, antes de dizer:

– O que ela quer dizer é que o hotel está muito mais bonito. Os quadros têm despertado muito interesse. E os elfos andam comportados. – Ela deu a Lucy uma piscadinha furtiva antes de olhar para o colar de unicórnio pendurado em uma das luminárias de parede. – E faz pelo menos uns três dias que Hekla não precisa arrumar um quarto.

– Além disso o aplicativo de celular para controlar nossos turnos é ótimo – disse Gunnar, acenando com o aparelho, todo empolgado.

Lucy assentiu para ele. Era algo totalmente sexista, mas que, pela percepção de Lucy, se baseava em fatos: homens sempre ficavam malucos com tecnologia. Apresentar o aplicativo MeuTurno tinha sido uma vitória fácil. Alex fora muito prestativo ao fazer o upload das informações no sistema para os garçons e os atendentes do bar. Por sorte, ele esteve disposto a ensinar Elin, poupando Lucy de mais uma tarefa.

– Não estou preocupada com o hotel. É a equipe de filmagem – respondeu ela, a vodca deixando sua língua solta. – Eu já vi esses documentários que ficam procurando uma história sensacionalista nos bastidores. Um escândalo qualquer com algum funcionário.

Como o mau comportamento de gerentes em suítes de hotel. Isso daria uma ótima história. Uma que ela queria muito que nunca mais visse a luz do dia, mas que, infelizmente, com as redes sociais, depois que o caldo entornava, não tinha mais volta.

Elin, Hekla e Brynja pareceram não entender nada até Freya explicar em um islandês acelerado, o que fez Hekla assentir. A seriedade no rosto dela contrastava com seu semblante sempre animado.

– Não vamos deixar que eles encontrem nada de ruim. Não se preocupe, Lucy. Tudo vai estar perfeito aqui no hotel.

– A gente está com você – anunciou Brynja, com seu jeito sério e solene, e todos os outros assentiram, como se firmassem um compromisso.

De repente, com o coração mais aliviado, Lucy olhou para cada um deles. Apesar de sua breve gerência, ela já sabia que Hekla era confiável e leal. Podia contar com Brynja, toda certinha, para oferecer conselhos francos e sensatos, além de total honestidade. Elin, embora parecesse viver no mundo dos sonhos, na verdade era muito organizada e trabalhava duro. Lucy ainda estava desvendando Freya, mas, até ali, a jovem demonstrava ter os pés no chão e ser prestativa. Dagur parecia a alma gêmea de Brynja, e Gunnar, bobinho e esforçado, tinha um ar de doçura despretensioso.

– Obrigada – disse ela, endireitando-se.

Eles formavam uma boa equipe e, com todos trabalhando juntos, as coisas correriam mais tranquilas enquanto o pessoal da filmagem estivesse ali. E – Lucy cruzou os dedos por baixo da mesa –, talvez, os novos proprietários ficassem tão impressionados que a deixariam continuar no emprego.

– Hora de jogar – anunciou Elin, fazendo surgir um baralho, e Lucy logo se viu no meio de uma partida animada.

Quem perdia tinha que tomar uma dose do destilado local, Brennivín. Elin enfileirara os copinhos já cheios sobre a lareira, que emanava bastante calor.

Por sorte, Lucy, que vinha tomando a vodca aos poucos, conseguiu permanecer centrada e ágil. Não fosse isso, estaria embaixo da mesa quando Alex e Olafur apareceram, depois de finalmente fecharem o bar. Hekla e Elin já estavam na fase da cantoria, de braços dados, uma encorajando a outra. Brynja dormia no ombro de Gunnar, Dagur deitara a cabeça no colo de Freya. Olafur revirou os olhos e pegou a dose de Brennivín que Hekla lhe ofereceu. Ergueu o copo em um brinde e sorriu enquanto Elin repetia, empolgada, o refrão da música, abrindo os braços para convidá-lo a se juntar a ela e Hekla. Ele virou a bebida e balançou a cabeça.

– Mas você canta tão bem, Olafur – choramingou Hekla.

Ele riu.

– E estou dez drinques atrás de vocês. Acho que é hora de ir para a cama.

– *Gleispillar*.

Qualquer que fosse o insulto, ele foi amenizado pelo sorriso vago de Elin.

– Estraga-prazeres – sussurrou Hekla, traduzindo para Lucy.

Dando tapinhas no ombro de Elin, Olafur respondeu em islandês e, com um aceno alegre, foi embora.

Lucy desconfiou que fosse a única pessoa sóbria ali, já que diluíra a bebida em várias doses extras de água tônica.

Alex cruzou o olhar com o dela enquanto Hekla e Elin cantavam mais alto e se deixou cair ao lado de Lucy no sofá.

– Noite legal?

– Sem dúvida, ficou melhor depois que vim para cá – respondeu Lucy, sentindo tudo mais leve. – Eles são doidos, mas são uns amores.

Tudo bem, talvez não estivesse tão sóbria, mas, naquele momento, ela os amava e transbordava empatia. Podia dar um abraço em cada um deles, o que era um comportamento nada típico dela, mas as mulheres tinham feito Lucy sentir que era uma nova amiga, em vez de só uma colega de trabalho.

Apesar das mensagens constantes, ela sentia muita falta de Daisy. Dando um suspiro feliz, ela disse:

– Não me divirto tanto assim faz muito tempo. É uma pena que essa equipe de filmagem esteja aqui. Obrigada pela ajuda com Clive. Eles ainda ficaram muito tempo no bar?

– Ah, ficaram. A equipe de filmagem bebe à beça. Achei que eles nunca fossem para os quartos. Só foram quando entreguei a Clive a conta do bar... Ele ficou com uma cor esquisita e fez todo mundo ir embora.

Lucy suspirou.

– Ele é uma cobra. Acho que esperava bebida de graça durante a hospedagem toda, mas isso ficou bem esclarecido na troca original de e-mails.

– Preciso ir para a cama – falou Brynja, piscando e oscilando.

Gunnar a colocou de pé e em seguida a jogou por cima do ombro, fazendo-a guinchar. Hekla e Elin ficaram debochando, o que fez Lucy desconfiar que faziam comentários obscenos em islandês, e as duas os seguiram, saindo também. Freya e Dagur já tinham dado no pé.

A porta se fechou atrás do grupo ruidoso e restaram só Lucy e Alex, de repente mergulhados num silêncio interrompido apenas pelo crepitar da lareira, onde a lenha virara brasa.

– Você vai ficar bem? – perguntou Alex, as palavras hesitantes. – Dá para ver seu desconforto com a equipe de filmagem.

– Preciso ficar. Essa tal de TV realista é tudo menos isso. Todo mundo sabe muito bem que tem encenação à beça por trás. Clive já decidiu o que ele quer.

– Também acho. – Seu rosto exibiu solidariedade. – No fim, tudo se resume a entretenimento.

– É, mas, se eu quisesse trabalhar no ramo do entretenimento, estaria em um palco.

Ela deu de ombros.

– Concordo, também acho isso um inferno. Talvez você possa convencer esses caras a se concentrarem em Hekla. Sem querer ofender, mas combina com ela.

– É, combina. – Lucy riu, nem um pouco ofendida. – Nossa própria princesa viking dos cabelos louros. E ela é tão de boa, provavelmente nem vai se importar. Ou tem a Freya, ela é a atriz.

– Viu? Problema resolvido. Pode parar de se preocupar.

– No momento, preocupação é meu sobrenome.

– Eu sei – respondeu Alex.

Ele deu um suspiro ao erguer o dedo e tocar a ruga acima do nariz dela, esfregando com delicadeza.

Os dois paralisaram: ele, como se de repente tivesse percebido o que fizera, e ela, por causa do toque inesperado.

– Desculpe, eu... Você se preocupa demais. Essa linhazinha tinha sumido hoje.

Ele a observou e os dois sorriram timidamente um para o outro. Lucy então ficou muito consciente da coxa de Alex bem próxima à dela e do fato de estar tão perto dele a ponto de enxergar a barba por fazer no queixo e algumas sardas escuras à direita da boca. Aí percebeu que devia parecer que estava encarando a boca de Alex. Engolindo em seco, ela ergueu a cabeça em um movimento rápido.

– Eu queria...

– Você gostaria...

– Você primeiro – disse Alex, sempre cavalheiro, com uma leve insinuação de divertimento nos olhos.

Droga, parecia que o sujeito conseguia ler a mente dela em qualquer ocasião.

– Eu me preocupo muito, mas hoje... Eu deveria ter dito mais cedo. Obrigada por me acalmar no escritório e me levar até Gullfoss. Acho que eu estava sem graça demais para agradecer direito. Ataques de pânico não costumam ser meu *modus operandi*.

Lucy tentava parecer profissional e direta, em uma tentativa de contrabalançar o fato de que a bebida a deixara mais solta e ela estava fazendo idiotices, como olhar para os lábios dele e permitir que aqueles olhares durassem muito mais do que deveriam. E lá ia ela de novo, permitindo que seus pensamentos vagassem. Ela se recompôs.

– Na verdade, acho que nunca cheguei a ter um. Você me acalmou antes que de fato eu tivesse.

– Faz parte do trabalho.

O sorrisinho caloroso dele fez o coração de Lucy acelerar.

– Ué... Primeiros socorros e coquetéis fazem parte do treinamento básico do pessoal do bar? – perguntou ela, rápida.

Mantenha a postura profissional, Lucy.

– Tipo isso – respondeu Alex. – É preciso estar pronto para qualquer coisa, e... – Ele a fitou com um daqueles sorrisos serenos antes de afastar uma mecha de cabelo do rosto dela – ... você sabe o que dizem sobre todo barman. Somos os confidentes perfeitos. Está se sentindo melhor?

– Bem melhor – respondeu Lucy, tentando ignorar o zumbido que aquele breve toque no rosto lhe causara. – Acho que me fez bem sair um pouco do hotel. E, agora que saí, não quero parar mais. Você tem razão. Tem muita coisa para ver e fazer aqui.

– É melhor fazer isso em dupla. Quer sair comigo de novo?

– Seria...

Como ela deveria lidar com isso? Seria só por conveniência, já que se tratava de dois estrangeiros no exterior, o que os tornava turistas e companheiros? Alex era só um cara legal e simpático? Ou era o que seus batimentos disparados sugeriam?

– Seria legal – respondeu ela, categórica, tentando parecer indiferente e virando o copo, embora só houvesse um restinho no fundo.

– Legal? – Alex fez uma careta. – Eu posso ser mais do que só legal. Lembre-se que eu brilho!

Ele levou as mãos abertas até a altura do rosto, balançando-as, o que fez Lucy ter uma crise de riso na mesma hora. As últimas gotas de vodca desceram pelo caminho errado, deixando-a com lágrimas nos olhos e uma respiração entrecortada enquanto ela se curvava, tossindo e cuspindo.

Alex deu tapinhas em suas costas até ela se recompor. Depois os tapinhas se transformaram em carícias suaves, que fizeram Lucy ter vontade de se espreguiçar como um gato.

– Está melhor? – perguntou ele, sua atenção toda voltada para ela.

Lucy assentiu, sussurrando com a voz rouca:

– Estou.

– Por um instante, achei que teria que praticar primeiros socorros em você. Fiquei...

A voz de Alex sumiu quando os olhares deles se encontraram em um daqueles momentos em que o mundo parece parar. Nenhum dos dois queria interromper o contato. Os dedos dele foram percorrendo cada saliência da coluna dela, uma subida lenta e implacável, saboreando cada pedacinho até chegar à nuca e deixar a mão ali. Todas as terminações nervosas de Lucy ferveram com o súbito prazer da carícia dele em sua pele, provocando-a.

Então os lábios dele roçaram de leve nos dela.

Era tentador e perigoso. Ela não deveria fazer aquilo. Sua boca foi até a dele, sorvendo a deliciosa sensação, o toque macio de pele com pele. Ele trabalhava para ela. Lucy já tivera problemas antes. A boca de Alex se moldou à dela. Aquilo era ruim. Mas, ah, era muito gostoso. O coração de Lucy martelava no peito. Ela suspirou junto aos lábios dele, prestes a se render. Os lábios dele ainda circundavam os dela e, então, dando mais um suspiro, Lucy recuou.

– Não sei se deveríamos fazer isto.

Alex assentiu com uma expressão triste.

– Tem razão. – Ele fez carinho no rosto dela. – Eu quero, mas está tarde e acho que você deve ter mandado ver na vodca – disse ele, erguendo uma sobrancelha ao olhar a mesa de café lotada de garrafas vazias.

Lucy piscou, surpresa. Não fora aquilo que ela quisera dizer e, boba do jeito que era, gostou dele ainda mais por isso.

Capítulo 12

– Lucy! Lucy!

A expressão dela se transformou ao ver Olafur descendo os degraus da recepção na sua direção com uma aparência pesada e soturna feito um urso.

– Temos um problema – anunciou ele.

Lucy sentiu os ombros ficarem tensos enquanto segurava um dos quatro novos quadros que ela e Alex tinham acabado de buscar. Todas as sensações boas causadas pelo café em Hvolsvöllur e pelos vários sorrisos carinhosos de Alex saíram voando feito borboletas libertadas de um pote geleia. Lucy não planejara ir com Alex naquela tarde. Depois da noite anterior, esperava ficar distante, mas Hekla tinha outros planos e pedira a Alex que a levasse para buscar os quadros, já que não havia mais ninguém disponível, segundo Hekla.

– O que foi? – perguntou Lucy, com um mau pressentimento.

Quando lançou um olhar rápido de ansiedade para o carro, Lucy sentiu a mão de Alex pousar em suas costas de um jeito tranquilizador. O gesto discreto a fez recostar-se levemente, grata pela demonstração silenciosa de solidariedade. Ela não estava mais sozinha.

Olafur balançou a cabeça com pesar.

– Os jipes estão com os... – ele fez um gesto com as mãos, como quem corta algo – ... *sprungio dekk*.

Lucy franziu a testa. O rapaz apontou para os pneus do carro de Alex e fez um gesto de esmagamento com as mãos.

– Pneus furados?

Olafur assentiu vigorosamente.

– Você disse "jipes". Isso quer dizer que são os dois carros?

Alex falou antes que Lucy conseguisse formular as palavras, mas ela estava pensando o mesmo. Parecia muito improvável que os dois carros tivessem problemas ao mesmo tempo, mas o aceno de cabeça firme de Olafur, a barba cheia encostando no peito, confirmou a situação.

– Então não vai ter excursão hoje à noite – disse ele, decepcionado e inconsolável. – E a previsão é muito, muito boa.

Claro que era. Lucy se controlou para não revirar os olhos e perguntou, como se fosse uma profunda conhecedora do assunto:

– Não há estepes?

Parando para pensar, será que os carros vinham com estepe hoje em dia?

– *Ja* – respondeu Olafur, os olhos brilhando com súbita raiva. – E os dois... sumiram. – Ele fez um gesto como quem diz "puf". – Dos dois veículos.

– Que inferno! – falou Lucy. – Como isso pôde acontecer? Eles foram roubados?

Olafur deu de ombros.

– A equipe de filmagem está na expectativa de sair hoje à noite. As condições estão boas – falou ele.

Pela lei de Murphy, é claro que estavam.

– Como os dois carros estão com pneus furados?

Olafur balançou a cabeça.

– É um mistério. Talvez tivesse algum vidro quebrado.

– Não – disse Alex. – A chance de um pedaço de vidro furar a câmara de ar do pneu é mínima. Para acontecer com dois carros, não é acidente.

– Valeu, Sherlock – falou Lucy, já tendo chegado à mesma conclusão.

– O que significa que os... – Olafur se deteve.

Lucy semicerrou os olhos para ele, com raiva. Se sequer mencionasse a palavra *huldufólk*, ela o estrangularia.

– Que foi de propósito – concluiu Alex.

– Humpf! – resmungou Lucy.

Ela tinha suas suspeitas. Olhou para o relógio com pressa. Eram 16h15. O céu azul ficava cada vez mais escuro e nuvens com contornos rosados brilhavam ao sol que ia se pondo no horizonte e sumiria em quinze minutos. A noite prometia ser limpa. Condições perfeitas.

– Que horas vocês iriam sair?

– Às nove. Depois do jantar.

– A equipe de filmagem já sabe? Os hóspedes?

Olafur balançou a cabeça.

– Não falei com ninguém, só com Hekla.

– Ótimo, não conte a ninguém ainda. Venha comigo.

Lucy foi na direção da pousada. Clive ia adorar uma crise. Ficaria ótimo nas telinhas.

Assim que Lucy entrou pelas portas da pousada, uma câmera se virou, desviando o foco de um casal que fazia check-in na recepção com Brynja para fazer uma panorâmica na direção dela.

Droga, era só o que faltava.

Por trás da câmera, Clive acenou e fez um gesto para que ela parasse, apontando freneticamente na direção do homem e da mulher na mesa da frente.

Lucy não tinha como ignorá-lo, então balançou a cabeça e imitou uma tesoura com a mão, como se isso fosse detê-lo. Além do mais, com certeza ele não ia querer filmá-la naquele estado: seu visual de quando estava de folga tinha mais a ver com uma moradora de rua cheia de sacolas do que com a de uma gerente profissional. O cabelo louro estava achatado na parte de cima por causa do gorro e a de baixo formava uma auréola de frizz por causa do ar úmido da tarde. Era um pouquinho reconfortante saber que, sem a maquiagem, a lingerie com marabu e os cílios adejantes embriagados, ninguém a reconheceria.

Clive não deu a mínima e a câmera a enquadrou. Lucy ficou paralisada, sentindo cada músculo se retesar. Ah, meu Deus, ela ia vomitar. Travou o maxilar com aquela sensação horrível de "vou passar mal a qualquer momento". Clive passou a acenar e assentir com mais entusiasmo ainda. Lucy só conseguia pensar no olhar frio e malévolo da câmera focada nela, como se fosse um monstro à espreita, prestes a devorá-la.

Ela se obrigou a dar uns passos à frente, cada parte de seu corpo rígida e inflexível. Com certeza o cinegrafista notara os movimentos espasmódicos e o rosto paralisado. Clive abriu um sorrisão, ainda fazendo mímica e dançando ao redor do cinegrafista. Lucy começou a suar frio. Sua mente foi inundada por lembranças de seu sorriso idiota em frente à lente da câmera, lambendo tenebrosamente os lábios vermelhos e brilhantes de um jeito exagerado e sugestivo. Junto com as memórias, veio a vergonha que a deixava gélida.

Prestes a chorar, Lucy se obrigou a manter o rosto impassível ao dar um passo à frente.

— B-bo… noi… olá. Sou Lu… a gerente. Da pousada Aurora Boreal.

O cinegrafista vestido de preto a rodeou e Lucy se sentiu uma presa encurralada.

Ela engoliu em seco e tentou ignorar a câmera que fizera morada em sua visão periférica. Não havia escapatória.

— G-Gostaria de… hã, dar as boas-vindas a vocês.

A mulher parecia um pouco nervosa e Lucy percebeu que o motivo era ela mesma. Estampando um sorriso forçado, ela desencavou as palavras certas.

— É a primeira vez que vocês vêm à Islândia?

O alívio iluminou o rosto da hóspede.

— Sim — respondeu ela, toda efusiva, os olhos castanhos brilhando com súbito entusiasmo. — Sempre fez parte da minha lista de coisas para fazer antes de morrer. Peter — ela cutucou o marido — prefere o calor. Mas ele fez essa reserva para o meu aniversário de 50 anos sem que eu soubesse.

A mulher abriu um sorriso largo e deu uma piscadinha muito feliz. Lucy sentiu algo mudar dentro de si, principalmente quando Peter revirou os olhos e beijou a ponta do nariz da esposa.

— Que amor. Espero que gostem da estadia e, se precisarem de qualquer coisa, é só falar comigo ou com qualquer funcionário. — Ela lançou um rápido olhar para Alex, que, para sua surpresa, parecia horrorizado e se posicionara às costas de Clive, curvando os ombros e abaixando a cabeça, quase como se estivesse se escondendo. — Fique à vontade para pedir a qualquer um de nós sugestões de locais para visitar. Recomendo a queda-d'água de Gullfoss e o parque nacional de Thingvellir.

— Não se preocupe — disse Peter, com um sorriso torto de resignação. — Jane tem feito pesquisas para esta viagem desde que dei as passagens a ela. Quantos guias turísticos você comprou, amor?

— Ah, para. — Ela o cutucou outra vez. — Não queremos perder nada.

— Bem, vou deixar que a Brynja faça o check-in de vocês e espero que tenham uma estadia muito agradável.

– Corta! – gritou Clive. – Ótimo. Obrigado, Peter e Jane. Vocês foram incríveis. Bom trabalho, Lucy. Vamos repetir para a gente poder fazer alguns cortes. Dê um jeito nessa gagueira e nessas travas. Vocês dois são atores natos. Lucy, acho que o nervosismo te atrapalhou. Fique bem aqui e repita o que falou.

Olafur e Alex a aguardavam, o que deixava Lucy ainda mais inibida enquanto ela precisava filmar a torturante cena mais de uma vez. Lucy sentia um aperto cada vez mais forte na barriga. Queria que eles não estivessem observando.

– Você vai se acostumar com a câmera – garantiu Clive. – Muita gente fica tensa no começo.

– Não estou tensa – falou Lucy, olhando com raiva, suas palavras saindo com uma fúria austera ao se lembrar das alegações de Chris.

E, ainda que estivesse, por que isso seria da conta de alguém? E, mesmo assim, como ele ousava fazer suposições? Ele não a conhecia.

– Beleza, Bob. Acho que conseguimos filmar esta parte. É melhor fazer umas tomadas gerais do dia a dia antes de jantarmos e sairmos atrás da aurora boreal. – Ele enunciou o nome do fenômeno com imensa satisfação. – Vai ser épico. Mas, por enquanto, Lucy, se você, Alex e Olafur puderem ir até o escritório para conversar sobre o que iam discutir quando chegaram, seria ótimo.

Jane virou a cabeça em um movimento brusco. Ela cutucou o marido, que ajudava Dagur a pegar as bagagens, e parecia prestes a dizer algo, mas Dagur já conduzia Peter até o quarto deles.

– Acho melhor não – respondeu Lucy, tentando ser ríspida e profissional, quando por dentro só queria gritar para que eles a deixassem em paz. – Estamos um pouco ocupados no momento. Preciso fazer algumas coisas.

Alex, maldito fosse, já tinha corrido para o escritório como se fosse o diabo fugindo da cruz. O apoio dele podia ter ajudado em algo para rechaçar o diretor entusiasmado.

– Lucy, Lucy, Lucy. Não se preocupe, você vai ficar linda na telinha.

Ela semicerrou os olhos. Não estava nem aí para como ia ficar na tela. Já sabia como seria e não queria estar nela, ponto final.

– Não dê bola para a gente. E é melhor ainda se você tiver coisas para fazer, vai parecer mais natural. É só agir normalmente. – Ele deu uma olhada rápida no relógio. – Aliás, que horas vamos sair, Olafur?

Olafur olhou para Lucy em pânico e abriu e fechou a boca, aterrorizado como se fosse um personagem de desenho.

– Merda. Merda. Merda – murmurou Lucy para si mesma, enquanto liderava o caminho até o escritório.

Como ia resolver aquele problema com a porcaria da câmera em cima dela?

No escritório confortavelmente aquecido, Lucy se sentou à mesa e tirou o suéter, aliviada por dar um descanso a suas pernas bambas. Olafur se encostou na parede, rígido como um espantalho. Alex já tinha começado a fazer café, a testa franzida de preocupação, como se algo mais o incomodasse. Ela estava confusa com o comportamento dele. Um minuto antes, agira como se não quisesse ser visto. Agora estava no escritório, como Clive pedira.

O diretor passou cinco minutos arrumando-os para parecerem "naturais", o que era difícil quando havia seis pessoas em um espaço destinado a, no máximo, quatro.

– Então – começou Lucy, fazendo o melhor para parecer animada e natural, tentando não olhar para o imenso refletor que o contrarregra segurava à sua esquerda. – Se precisarmos consertar os jipes, onde fica a oficina mais próxima?

Seu olhar perfurou Olafur. Torceu para que ele entendesse a mensagem.

Bob deu zoom nela, a câmera bem em seu rosto, e Lucy cerrou o punho sob a mesa, descobrindo que era muito difícil resistir ao ímpeto de empurrá-la para longe.

– Tem uma em Hvolsvöllur... mas fecha daqui a pouco.

Lucy estreitou os olhos e apertou a ponte do nariz. Se a equipe de filmagem descobrisse que a viagem deles – com o clima em condições perfeitas – estava cancelada, não iria pegar nada bem.

– E que outros veículos na pousada podem precisar de reparo? Será que os funcionários têm carros que...

Ah, meu Deus, ela estava se afundando e soava artificial. Por favor, que eles não a fizessem repetir a cena.

Olafur balançou a cabeça sem entender nada.

– E outros hotéis na área? Eles usam a mesma oficina. Para os veículos deles que fazem excursões.

Olafur franziu a testa.

Lucy tentou mais uma vez.

– Sabe, tenho certeza de que outros locais precisam de veículos adequados para levar os hóspedes em excursões. Talvez a gente possa se juntar a eles se nossos jipes precisarem de algum conserto.

– Sim – falou Alex. – Deve ter outros hotéis por aqui com os quais podemos trabalhar. Conhece algum, Olafur?

O rapaz piscou bem devagar, mostrando que tinha entendido, e então esfregou a barba, sem parecer impressionado com a ideia.

– O mais próximo é o alojamento Skelland.

– Beleza. Temos o telefone de lá? A gente podia dar uma sondada com eles. Sabe, para a próxima vez que precisarmos de algum reparo.

Ele balançou a cabeça.

– Não vai adiantar.

Clive ergueu a mão, revirando os olhos.

– Corta. Gente, o dia foi longo. Preciso de algo mais... sei lá... de um problema. Conserto de carros é... chato pra caralho, se é que vocês me entendem.

Ótimo. Com sorte eles dariam o fora dali e a deixariam em paz para resolver a questão dos carros.

– É o que temos – respondeu Lucy. – Alguns trabalhos são assim. Os pormenores do dia a dia são um pouco entediantes porque temos que prestar atenção aos detalhes.

– Tudo bem. – Clive suspirou com pesar como se eles fossem uma terrível fonte de decepção para ele. – Bem, vamos fazer algumas tomadas gerais antes de encerrar por agora. Vamos torcer para que as luzes nos deem um bom show. Bob, faça umas tomadas do escritório e do trabalho.

Bob abaixou a câmera e avaliou o escritório, então se voltou para Lucy.

– Fique mais afastada da mesa, mas não saia da cadeira. John, traga o refletor pra cá. – Bob sorriu como uma raposa prestes a devorar uma galinha. – Pra gente conseguir uma boa silhueta.

Algo nas palavras dele fez a pele de Lucy se arrepiar.

– Agora, sorria pra gente, Lucy – disse ele, por trás da câmera, e então espiou por cima. – E se sente um pouco mais ereta.

Lucy franziu a testa e então percebeu que a câmera fazia uma tomada desde suas pernas, subindo pelo corpo. Ela corou, sentindo-se enjoada.

– Você é uma mulher bem bonita. Qual é, dê um sorriso.

Ele olhou deliberadamente para o colo dela, onde a saliência dos seios marcava a camisa justa de gola polo que Lucy usava por baixo do suéter. Horrorizada, ela cruzou os braços e puxou a cadeira até a mesa, inclinando-se para a frente e olhando para a tela do computador.

Eles passaram mais vinte minutos torturantes filmando Lucy trabalhando à mesa, fazendo uma "ligação" e encenando uma conversa com Alex.

Por fim, Clive, o contrarregra e Bob se dirigiram para a porta. Quando estavam prestes a sair, Bob se virou e fitou Lucy com os olhos semicerrados, com uma expressão atenta e dissimulada.

– Conheço você de algum lugar.

– Acho que não.

– Acho que sim, você parece familiar. Já participou de alguma propaganda ou algo assim?

Lucy o encarou, as costas eretas e a cabeça erguida simulando uma coragem que contradizia o estômago embrulhado.

Com a boca retorcida em uma negação indiferente, ela fez que não com a cabeça.

– Nunca.

Quando ele saiu, Lucy se levantou, fechou a porta atrás do trio e se recostou pesadamente nela. Queria ir para o quarto, tomar um banho quente e ficar sozinha pelo resto da noite. Para sua infelicidade, isso não era uma opção. Ainda tinha que dar um jeito naquela bagunça, mas, assim que conseguisse... iria.

– Olafur, você pode ligar para o alojamento Skelland?

– Eles não vão ajudar.

– Como assim?

– Ou melhor, Jan Leifsen não pode ajudar.

– Por quê?

– A mulher dele entrou em trabalho de parto hoje à tarde. Todos os hóspedes deles foram realocados em outras hospedarias.

– Ah, que merda! – Lucy deixou a cabeça pender nas mãos e esfregou os olhos. – Todo mundo aqui se conhece? – perguntou ela, os dentes mordendo o lábio.

Alex lançou a ela um olhar gentil de preocupação. Lucy semicerrou os olhos, mas deixou o lábio em paz.

O tique-taque do relógio não ajudava em nada e lembrava que restavam poucas horas para que uma solução fosse encontrada, antes que precisasse dar a notícia a Clive.

Olafur meneou a cabeça, demorando a responder.

– Basicamente. Ou a gente conhece alguém que conhece a pessoa.

Lucy fechou os olhos por um instante e então os abriu de repente.

– Cadê a Hekla?

Os olhos do islandês demonstraram confusão, enquanto Alex parecia ter captado.

– O turno dela já acabou.

É claro. Hekla cobrira Lucy naquela tarde. Ela franziu o nariz. Não queria mesmo incomodá-la, mas… era meio que uma emergência.

– Você pode buscá-la para mim? E sabe qual é o tipo de pneu que a gente precisa?

Ele assentiu, escreveu a informação em um pedaço de papel que lhe entregou e saiu apressado, como se estivesse aliviado em deixar o escritório.

– Pra você. – Alex deslizou uma xícara de café para ela. – No que está pensando?

A voz dele, cálida e conspiratória, fez Lucy paralisar, os batimentos cardíacos comportando-se mal e acelerando diante do timbre grave nas palavras dele, enquanto ela se lembrava do leve toque de seus lábios na noite anterior.

Ela se concentrou. *Mantenha distância, Lucy. Mantenha distância.*

– Só estou imaginando se os *huldufólk* fariam o favor de pegar um martelo grande e acertar aquela câmera no meio da noite. Suponho que eles odeiem tecnologia – disse ela, ríspida, evitando olhar para Alex.

Pegou um pedaço de papel na mesa e se concentrou nele.

Alex lhe ofereceu um sorriso solidário.

– Clive é bem obstinado. Não sei se ele sabe o que é empatia. Você não gosta mesmo de aparecer na frente das câmeras, não é?

– Não – disse Lucy, a palavra soando cortante, ainda sem encará-lo.

Não iria explicar o motivo. De repente, todas as lembranças da traição de Chris a inundaram outra vez. Alex parecia muito gentil e prestativo, mas ela já se machucara antes. Lembrou-se de quando o flagrara na lavanderia. Não podia baixar a guarda.

– Quando vai contar a ele que não vai haver excursão esta noite?

Lucy ergueu a cabeça de repente e disse, com um brilho de determinação e uma frieza calculada:

– Quando eu esgotar todas as possibilidades.

Alex arqueou as sobrancelhas e ela percebeu que ele não insistiria no assunto. Ótimo. Aquela tarde, com todos os sorrisos e piscadelas, a fizera esquecer que era perigoso confiar em alguém. Estar diante da câmera trouxera de volta toda a agonia e a amargura.

Não importava quão bem se acreditasse conhecer uma pessoa, ela ainda podia decepcionar você.

Hekla entrou apressada.

– Pegaram os quadros? Como estava Hvolsvöllur?

Ela deu um sorrisão para Alex.

– Foi ótimo – disse Lucy, bruscamente. – Já soube dos pneus furados e dos estepes desaparecidos?

– *Ja.* – Hekla franziu a testa. – Quem faria uma coisa dessas?

Lucy fez uma careta.

– Não sei, mas deve ser alguém com muito rancor do hotel. Precisamos dar um jeito nisso antes que a equipe de filmagem fique sabendo. Esse é o tipo de furo que eles adoram.

Alex franziu a testa, concordando.

– Sério? – perguntou Hekla. – Mas por quê?

– Hekla, você conhece um monte de gente em Hvolsvöllur – falou Lucy, evitando olhar para Alex, nem um pouco preparada para explicar as excentricidades dos tabloides ingleses.

A jovem assentiu.

– *Ja.*

– Conhece alguém da oficina?

Hekla refletiu.

– O irmão de Elin frequentou a escola com Viktor, e o irmão mais novo dele trabalha lá, ou talvez fosse o mais velho. Ou talvez os dois...

– Acha que pode dar uma ligada para ele e descobrir se tem algum jeito de abrirem a oficina para pegarmos alguns estepes? Olafur disse que precisamos desses aqui. A gente pode ir até lá buscar.

De cabeça erguida, Lucy lançou um olhar esperançoso para Alex, embora poucos minutos antes tenha tentado estabelecer uma barreira entre eles.

Ela ficou surpresa ao ver que ele parecia se divertir, um meio sorriso nos lábios enquanto fazia que sim com a cabeça, concordando.

– Beleza – falou Hekla.

Ela pegou o celular e ligou na mesma hora. Em segundos, ficou claro que Hekla estava contando a história para alguém com sua voz bonita e melodiosa. Pegou uma caneta, anotou um número e fez uma segunda ligação.

Lucy manteve os olhos na tela do computador – ignorando Alex, ainda que morresse de vontade de espiá-lo – enquanto Hekla dava cinco telefonemas antes de finalmente desligar, sorrindo.

– Aaron, o dono da oficina, falou que não tem desses pneus em estoque, mas tem uns que vão servir. E está indo para lá agora.

– Tem certeza de que não se importa em dirigir de novo até Hvolsvöllur? – perguntou Lucy a Alex, depois que Hekla deu aos dois as instruções para acharem a oficina. Ela balançou a cabeça, suspirando. – Tenho a sensação de que estou impondo uma tarefa a você.

E também dava a sensação de confiar demais nele.

Um brilho passou pelos olhos de Alex, quase como se ele compreendesse. Ela engoliu em seco. Ele era um pouco perspicaz demais às vezes, como ficava evidente pelo olhar que trocou com ela, cheio de solidariedade, e pela gentileza de sempre.

– Me importar? – perguntou ele, a voz com um tom de provocação. – Estou me sentindo como um super-herói correndo para o resgate. Essa é a coisa mais empolgante que vivi em séculos.

Aquilo fez com que ela se sentisse melhor na mesma hora.

– Exceto ao ficar diante do que pareciam ser as garras de uma queda- -d'água – disse Lucy, surpreendendo a si mesma outra vez com o próprio devaneio.

Alex lhe lançou um olhar igualmente surpreso e, por um breve instante, eles trocaram sorrisos, o dela desculpando-se, o dele compreendendo, como se Alex pudesse enxergar a confusão de Lucy e entendê-la.

– É, foi bem empolgante.

A voz baixa dele causou um frio na barriga dela. Virando-se depressa, Lucy disse para Hekla:

– Você é maravilhosa, obrigada. Alex e eu vamos buscá-los. Posso pedir mais um favor?

– Claro. – Hekla abriu seu sorriso dourado e alegre.

– Pode avisar a Olafur que arranjamos os estepes e pedir que ele fique pronto para trocá-los assim que voltarmos?

Capítulo 13

Lucy lidava com uma pilha de faturas quando ouviu vozes altas vindo da recepção. Esfregou a testa, cansada. Apesar dos vários dias debruçada na tarefa, ainda não conseguira derrotar a montanha de documentos no escritório, embora aquele fosse um lugar muito bom para se esconder da equipe de filmagem. Agora estava muito consciente de que tinha negligenciado o resto do hotel.

A equipe de filmagem estava à espreita, como tigres enjaulados. Mesmo tendo conseguido colocar os jipes na estrada na outra noite e dirigido por horas, Olafur e a equipe não tiveram êxito em rastrear a furtiva aurora boreal. Outras três excursões noturnas renderam mais decepção ainda, e Clive parecia cansado e irritado. Lucy sentiu-se um pouquinho envaidecida por ter visto o maravilhoso show de luzes em sua primeiríssima noite ali. No entanto, ficava chateada pelo casal fofo, Jane e Peter, que também saíra todas as noites em busca da aurora boreal e ainda não tivera sorte.

As vozes estavam ficando mais acaloradas, então ela saiu do escritório. Encontrou Hekla com um sorriso sombrio dirigido a um casal americano que fazia o check-out.

– Eu me recuso a pagar por um quarto que não tem vista. Em tese, deveria ser o melhor quarto da pousada. Não vi nada lá.

O rosto sempre animado de Hekla exibia uma expressão que mais parecia de uma guerreira nórdica, com um olhar fixo e sério. Não havia sinal de seu calor humano nem de sua simpatia. Com os pés plantados no chão, ela emanava um ar de "viking absurdamente irritada" – faltavam só o machado e o elmo com chifres.

– É nosso melhor quarto, Sr. Wainwright, e estou...

– Posso cuidar disso? – intrometeu-se Lucy, com educação, estampando um sorriso no rosto e entrando na frente de Hekla, determinada a amenizar a situação enquanto rezava para a equipe de filmagem não dar as caras.

Ela já encontrara esse tipo de hóspede mil vezes. Determinado a fazer acusações e conseguir um desconto, ameaçando exposição em redes sociais e avaliações negativas no TripAdvisor.

Hekla olhou para ela com perplexidade e irritação.

– Eu estava...

Lucy a interrompeu com um sorriso profissional, ávida para acalmar todo mundo.

– Boa tarde. Sou a gerente. Posso ajudar?

Dava para ver que Hekla estava furiosa, e permitir que os ânimos esquentassem ainda mais de ambos os lados não era algo que Lucy estivesse disposta a arriscar.

– Sim. Pode, sim, mocinha. – O homem bateu com as mãos espalmadas na mesa. – Paguei um valor extra pelo quarto de luxo com vista para as montanhas e para o mar. Não vi nem um nem outro. Não vou pagar o valor total.

– Lamento saber que o senhor se decepcionou. Em qual quarto vocês ficaram?

– Eu estava no quarto de luxo com vista para a montanha e o mar.

– Número do quarto?

– Quatro, nove – rosnou Hekla, ao lado dela, com uma indignação que de nada ajudava.

Lucy franziu a testa ao tentar se lembrar de todas as suítes de luxo.

– Todas as nossas suítes têm tanto vista frontal quanto para os fundos – sibilou Hekla.

Lucy lhe lançou um rápido olhar de gratidão, mas ficou surpresa ao ver a ira com que a mulher a fulminava.

– Sinto muito, senhor, mas não estou entendendo. Há janelas de frente para o mar e para a montanha.

Lucy viu Alex aparecer por cima do ombro do homem. Ótimo, ela *realmente* precisava de plateia justo agora.

Ah, que maravilha! Logo atrás dele, vinha a equipe de filmagem.

– Sim, mas não é aceitável fazer propaganda de um quarto com vista quando não dá para ver a vista.

A voz do Sr. Wainwright fez os olhos de Clive brilharem com uma alegria cheia de expectativa. A câmera veio gingando até eles.

Lucy se concentrou no hóspede furioso, forçando um sorriso de simpatia, ainda sem compreender. De repente, as vértebras em seu pescoço pareceram ter se fundido, e seus movimentos ficaram rígidos como se ela usasse um colar cervical.

O homem se virou e apontou pelas janelas da recepção.

– Está vendo alguma coisa?

A câmera seguiu o gesto dele. Embora o dia anterior tivesse começado com sol forte, na hora do almoço o tempo fechara e, desde então, a pousada ficara envolta por uma névoa cinzenta e uma leve chuva que batia nas janelas. Havia um ditado que Hekla lhe ensinara: se não gosta do clima, espere quinze minutos e ele vai mudar.

O homem estava reclamando do clima, que tinha encoberto a vista.

A câmera deixara Lucy muda, estúpida e paralisada. O que ela deveria ter dito era: "Havia alguma coisa errada com seu quarto?" Em vez disso, ela abriu a boca e falou, com o sorriso mais pesaroso e ridículo:

– Só posso pedir desculpa pelo clima.

Hekla rosnou baixinho.

Lucy se contraiu por dentro, tentando desesperadamente pensar em algum jeito de salvar a situação. Por que estava se desculpando pelo clima? Era algo que estava fora do controle de qualquer pessoa. Que coisa idiota a se dizer. Até a esposa do homem parecia um pouco constrangida. A câmera registrava tudo. O sorriso de Lucy virou pedra. Ela conseguiria resolver isso. Era uma profissional. Lidara com gente como ele antes. Às vezes, as pessoas eram difíceis e você precisava resolver o problema com um sorriso e esperar que o bom senso magicamente entrasse em ação. Naquele caso, sob as lentes ameaçadoras da maldita câmera, ela não conseguia pensar em uma única estratégia diferente.

– Receio que seja muito imprevisível.

Ela parou e olhou para o homem, imaginando se ele perceberia que estava sendo ridículo ou se a esposa lhe daria um tapa na cabeça para ver se enfiava algum juízo ali.

O homem acariciou as laterais de seu cartão de crédito, depois batucou com ele no balcão. Ao ver a câmera, ele se empertigou, pronto para a briga, um sorriso levemente petulante no rosto, como quem diz "e agora, o que você vai fazer?".

– Não vou pagar por um quarto com vista se não tive vista – ameaçou ele, atuando para a câmera.

Para ser mais efetivo, ele encarou Lucy e bateu a mão carnuda no balcão da recepção. Ela viu Clive acenando para Bob para que o sujeito registrasse aquilo tudo. Os ombros de Lucy latejavam de tensão, seu pescoço mais rígido do que nunca quando ela olhou para a conta do hóspede no balcão, um sorriso forçado nos lábios. Seu coração batia com tanta força que fazia os ossos da caixa torácica quase chacoalharem. A câmera em sua visão periférica era como um corvo empoleirado no ombro de Bob, observando e aguardando para atacar ao menor deslize dela.

Lucy olhou para a conta outra vez, registrando o endereço do homem enquanto fazia um rápido cálculo. Talvez pudesse dar um desconto em uma das noites. Então parou. O que estava havendo com ela?

Respire, Lucy. Respire. Ela se lembrou da mão de Alex em seu diafragma. Ao erguer os olhos, seu olhar cruzou com o dele. Ela apertou o mesmo local com a mão. *Respire, respire.*

– E-Eu... hã... hum... compreendo, Sr...

Gerenciamento de conflito. Lembre-se do treinamento. Seja compreensiva. Ouça de verdade. Use linguagem neutra. Aquilo não era bom, ela não conseguia raciocinar direito.

– Wainwright. John Wainwright III – respondeu o homem, estufando o peito robusto como se fosse um pombo arrogante e lançando um sorriso de autossatisfação na direção da equipe de filmagem.

O espírito competitivo que a impulsionara durante a maior parte da carreira de repente se acendeu, como fogos de artifício. Inclinando a cabeça, ela sorriu para John Wainwright III. O sorriso exigiu que ela usasse toda a sua capacidade de atuação e mais um pouco. Ela se eriçou. Ele achava mesmo que ela cederia sem lutar?

– Norte-americano? – perguntou Lucy.

Sua súbita confiança e seu sorriso alegre deixaram o hóspede alerta.

– Agora entendo. – Os olhos dela brilharam e ela se tornou mais cativante, cheia de cordialidade na voz. Não era uma atuação digna de Oscar, mas não estava indo mal. – Nos Estados Unidos, as pessoas estão acostumadas a padrões muito elevados. Imagino que um clima adequado seja o padrão de lá – disse ela, como se estivesse sendo totalmente razoável e exalando simpatia. – Estou vendo que vocês são de Seattle.

Atrás do casal, Lucy ouviu Alex tossir. Clive roncou ao tentar segurar uma gargalhada. A esposa do homem contraiu os lábios – para conter uma risada ou, ao menos, um sorriso.

– Bem... Não... Nem...

O peito de pombo começou a murchar na frente dela.

– John – chamou a mulher ao lado dele, enfiando o cotovelo em suas costelas. – Querido, não é culpa da moça que a névoa esteja tão pesada e não dê para ver nada. Eu disse que a gente deveria vir no verão.

– Humpf – bufou o Sr. Wainwright.

Sem dizer mais nada, ele entregou o cartão de crédito.

Enquanto Hekla pegava o cartão com um gracioso aceno de cabeça para o homem, ela lançou a Lucy um olhar feroz. Então concluiu o pagamento e entregou o recibo ao cliente.

A animosidade inesperada de Hekla não alterou o sorriso de Lucy, embora ela se esforçasse muito para mantê-lo – não graças a Alex, que, atrás do casal, estava curvado, rindo em silêncio, junto com Clive, que mostrava os polegares para ela e sorria. Se a câmera não estivesse voltada para ela, Lucy teria encarado os dois com raiva. Eles não tinham a menor vergonha. Ela estava tentando ser profissional. Tanto Alex quanto a equipe de filmagem ficaram por ali até o casal americano finalmente deixar a recepção, levando as malas até os degraus da entrada.

Assim que eles saíram, Hekla lançou mais um olhar furioso para Lucy, saiu pisando firme para o escritório e bateu a porta com uma pancada forte.

Lucy se endireitou e estava prestes a segui-la, feliz em fugir da câmera, mas foi distraída por Alex, que teve a crise de riso que ele vinha segurando.

– Impagável, Lucy Smart, impagável.

Ela retorceu os lábios enquanto lançava um olhar de reprovação a ele, depois acrescentou em tom empolado:

– O cliente sempre tem razão.

Ah, meu Deus, isso ia aparecer na televisão, lembrou-se. Ela estava desesperada para ir atrás de Hekla no escritório.

Alex ergueu uma sobrancelha.

– Menos quando ele é um babaca e está errado.

– Não tenho nada a comentar a respeito – falou Lucy, serena e imóvel.

Os olhos escuros de Alex cintilavam com um brilho de diversão e algo mais que a fez sentir-se aquecida por dentro. Incapaz de se conter, ela abriu um sorriso para ele. Então ouviu Clive dizer "corta" e percebeu que a maldita câmera ainda estava ligada.

– Ora, ora, ora. Lucy Smart. Eu sabia que conhecia esse nome.

Lucy congelou. Bob, o cinegrafista, ocupou a porta do pequeno almoxarifado no fim do corredor da lavanderia. Os olhos cinzentos e caídos eram só prazer e malícia.

– O que está fazendo aqui? – indagou ela, irritada com o tremor na própria voz.

Lucy deixara a equipe de filmagem na recepção com Brynja, planejando uma excursão até o farol de Arkranes, fazia umas duas horas. Acreditara que ficariam em paz pelo resto do dia.

– Só dando uma olhada em possíveis locais pra fazer umas tomadas pro documentário. Acesso… – ele a olhou de cima a baixo – … a todas as áreas.

Lucy sentiu a náusea subir pela garganta enquanto ele a encarava. Foi como se estivesse nua. Teve o impulso de cruzar as pernas e cobrir as partes íntimas com as mãos. Com uma sobrancelha erguida de modo insolente, ele fitou o rosto dela.

– Acho que aqui não é particularmente interessante. – Lucy forçou as palavras a saírem, obrigando os dentes a não rangerem de medo.

– Ah, não sei. Encontros furtivos nas profundezas do prédio. O que de fato acontece embaixo das escadas?

– É um hotel, não um episódio de *Downton Abbey* – rebateu ela.

– Não tem problema.

O homem parecia uma aranha movendo-se até a presa que caíra em sua teia. Seu sorriso era presunçoso e triunfante. Lucy fora pega e sabia disso.

– Onde há uma equipe de funcionários, sempre há uma rapidinha. – Ele pôs as mãos atarracadas no quadril, então acrescentou com escárnio: – Você deve saber disso melhor do que ninguém.

Direto para a armadilha. O coração de Lucy parecia de chumbo.

Com um sorriso predatório, ele deu um passo à frente. Seus tênis encardidos nem faziam barulho no chão de pedra.

– Lucy Smart – disse ele, muito satisfeito com a descoberta. – Ex-subgerente do principal hotel do Grupo Forum em Manchester, o Citadel. – Ele deu uma olhada geral no almoxarifado. – Isto aqui é um grande retrocesso comparado a um hotel de cinco estrelas com quinhentos quartos. Eu pesquisei sobre você. Um bom currículo no LinkedIn, conta fechada no Facebook, Instagram bloqueado. Mas aí... YouTube. – Ele deu um sorriso torto. – Bingo.

Lucy fechou os olhos, arrepiada. Quando os abriu, com exasperação e uma fúria crescente, Bob chegou um pouco mais perto como um anjo caído, os olhos cheios de presunção e triunfo. Ela sentiu o cheiro de cigarro e de uma loção pós-barba barata e enjoativa.

– A câmera adora você. – Ele deu um sorrisinho afetado e olhou para o peito dela.

Lucy quis cruzar as mãos por cima dos seios, mas não daria essa vitória a ele.

– Você tem uma bela mercadoria.

– Preciso ir. – Ela tentou empurrá-lo e passar.

Ele esticou o braço pelo batente, bloqueando a passagem.

– Não tão rápido, mocinha. Tenho uma proposta.

– Não estou interessada.

O sorriso de Bob mostrava um quê de crueldade.

– Não sei se está em condições de dar as cartas, querida.

– Por favor, me deixe passar.

Seu tom de voz calmo escondia o desespero. Com certeza, se Lucy fosse firme, ele a deixaria passar.

– Ouvi dizer que o hotel está à venda. Não deve ser fácil arrumar emprego com um vídeo como aquele exposto por aí.

Lucy sentiu lágrimas quentes brotarem em seus olhos e os punhos se cerrarem, impotentes.

– Nem dá para imaginar como seus novos chefes ou até mesmo seus colegas ficariam impressionados. O tal Alex parece bem interessado em você.

– Ele é só um colega – respondeu Lucy, um pouco rápido demais, e Bob captou o lampejo de incerteza no rosto dela.

– Você tem muitos segredos, Lucy Smart... E muita coisa para dar. Propagandas pagam muito bem nos canais do YouTube.

Lucy mudou o peso de perna para disfarçar quanto estavam bambas.

– Com os seus... atributos e a minha habilidade com a câmera, tenho certeza de que a gente pode chegar a um acordo benéfico pra todas as partes.

– Não estou interessada – repetiu Lucy, sentindo-se enojada pela proposta do sujeito.

– Ficou tímida? – Bob riu. – Sua primeira tentativa não foi tão ruim. Com um pouco de edição, você iria longe. A gente pode deixar bem melhor dessa vez.

– Não estou interessada – respondeu Lucy de novo.

– Por que não pensa um pouco sobre isso? Sobre o que está em jogo? Tenho certeza de que você vai mudar de ideia.

Ele deu um passo para o lado. Lucy passou de cabeça erguida, mas estremeceu ao sentir o toque furtivo da mão dele em seu bumbum.

Capítulo 14

– Erik quebrou a perna – disse Hekla, derrapando sem fôlego ao entrar no escritório, como se fosse um personagem de desenho animado.

Lucy chegou a pensar que veria marcas da derrapagem no piso de madeira. Brynja veio logo atrás, como um cão de guarda ansioso.

Embora trouxesse más notícias, era um alívio que Hekla finalmente se dirigisse a ela. A subgerente passara os últimos dois dias saindo dos cômodos assim que Lucy aparecia e a evitava em toda e qualquer oportunidade.

– O quê?! Como isso aconteceu?

Hekla pigarreou.

– Foi um acidente. A vassoura estava caída, o cabo ficou entre dois armários...

Lucy lhe lançou um olhar de alerta. Depois do incidente com os pneus, deixara bem claro que, se alguém sonhasse em mencionar a palavra *huldufólk*, ficaria na pior escala de turnos no mês seguinte.

Ela olhou para o relógio. Eram quase quatro da tarde.

– E o Kristjan? – perguntou.

Kristjan, o substituto de Erik, parecia ter 12 anos e só era chamado em último caso.

– Hoje é a folga dele. Já tentamos ligar, mas não está atendendo o telefone. Ele gosta de pescar, então acho que deve estar em um barco por aí – falou Brynja.

Lucy fez alguns cálculos rápidos. Droga. Nenhuma das outras opções funcionaria.

– E temos quantas pessoas para jantar esta noite? – perguntou ela, cansada, querendo apenas deitar a cabeça na mesa.

Mal resolvia um problema, outro aparecia. Não era de admirar que tivessem passado dez gerentes por ali nos últimos doze meses. Era um espanto não terem sido 48.

– Estamos tranquilos hoje. São só 23.

– Droga – falou Lucy, levantando-se.

O problema de estar no meio do nada era que não dava nem para encaminhar os clientes para outro lugar.

– Brynja, fique aqui e tente falar com o Kristjan.

Com Hekla logo atrás, Lucy foi até a cozinha, porque assim pelo menos tinha a sensação de estar fazendo algo. Mas a esperança de Lucy de salvar a pátria foi por água abaixo assim que ela viu o cardápio da noite, impresso no dia anterior e posto do lado de fora da sala de jantar.

Filé de halibute grelhado com espinheiro-marítimo, minicenouras e molho
Salada de lagostim e molho de marisco
Filé de cordeiro grelhado, purê de alcachofra-girassol caramelizado, chucrute e molho de cogumelos
Bife de amendoim vegano

– Eu nem sei o que são espinheiro-marítimo e alcachofra-girassol, que dirá cozinhar essas coisas. E, quanto ao bife de amendoim, nunca nem ouvi falar – confessou Lucy.

Ela suspirou, olhando ao redor como se pudesse encontrar uma inspiração do nada. Não mesmo.

– Lucy! – cumprimentou-a Clive.

Ela se virou e viu o sujeito e a equipe dele andando depressa pelo corredor. Evitou olhar para Bob, mas o arrepio que sentiu lhe indicou que ele estava ali.

– Soube que houve um problema. Seu chef foi levado de helicóptero para o hospital.

Que inferno! Como é que ele sabia disso? Lucy e Hekla, de olhos arregalados, trocaram um rápido olhar.

– Sim, mas não é um problema – falou Lucy, a voz bem suave e tranquila, como se fosse só mais um dia de trabalho e ela não estivesse morrendo por dentro e enojada com o olhar sinistro de Bob. – Temos um substituto: Kristjan, nosso sous-chef.

Lucy cruzou os dedos às costas e torceu para que Clive não tivesse ouvido o arquejo rápido de Hekla diante de sua mentira deslavada.

– Ótimo, o sous-chef vai salvar a pátria – disse Clive, com prazer, batendo as mãos e esfregando-as com a alegria de um criminoso. – É uma história perfeita. Bob, consegue se arranjar na cozinha? Podemos filmar Crispin chegando e sendo avisado de que vai ter que entrar em ação. Corta pra expressão horrorizada dele. Depois para Lúcia dizendo que ele consegue. – Clive agitou o braço como se torcesse por um herói. – Então filmamos o cara enfrentando um desastre depois do outro. Estou até vendo. Aí fica tudo bem no final.

O rosto de Clive brilhava, os olhos arregalados de frenesi, o que fez Lucy pensar em um sapo-boi empolgado. Ele que deveria estar na frente das câmeras.

Por cima do ombro dele, Lucy avistou Alex chegando, quase como se ele soubesse que ela precisava de reforços. Só de vê-lo, ela ergueu a cabeça e adotou um sorriso de falsa simpatia, porém firme.

– Receio que não seja possível. Não podemos permitir que as câmeras e a equipe fiquem na cozinha durante o serviço. A vigilância sanitária fecharia nossas portas.

– Lucy, Lucy, gata, estamos a milhares de quilômetros de qualquer lugar. Qual a probabilidade de que isso aconteça? Você acha que aqueles inspetorezinhos da vigilância vão vir até aqui para fazer uma visita surpresa? Vamos viver perigosamente, rir das regras.

Os olhos de Clive brilharam, a cabeça balançando como a de uma cobra insandecida.

Lucy olhou direto para Bob, apreensiva com a possibilidade de Clive estar na jogada, e ficou contente ao perceber o olhar do sujeito indicar que não.

– Não estou preocupada com uma inspeção. – Isso nem entrara na lista de coisas com as quais ela precisava se preocupar. – Minha preocupação é que algum de vocês acabe se machucando. Encostar em um fogão e derrubar uma frigideira com óleo quente. Esbarrar em uma faca afiada.

Seu sorriso doce fez Alex e Hekla contraírem os lábios.

– Ou uma parte do equipamento pode acabar danificada – prosseguiu ela. – O chão às vezes fica bem escorregadio: vapor, gordura. E, durante o serviço, vocês vão ter dificuldade em ficar fora do caminho. Eu odiaria ver uma panela de fritura acabar com uma lente sem querer – mentiu ela.

Na verdade, talvez fosse uma ótima ideia.

As sobrancelhas de Clive se uniram e ele assentiu, apreensivo.

– Hum. – Ele se virou para Bob, acariciando o cavanhaque ralo. – O que você acha?

Bob lançou a Lucy um olhar pensativo, então balançou a cabeça.

– Se a gente estragar o equipamento, já era.

Estremecendo, Clive concordou.

– Vamos torcer para que a aurora boreal coopere hoje. A última noite foi outra perda de tempo total. Se bem que a tal Jane é uma figura. Se ao menos ela tivesse uma doença grave, seria uma joia no horário nobre.

– Que babacas – disse Lucy baixinho enquanto Clive e Bob se afastavam, divertindo Alex.

O chefe de bar não tinha ideia de como Lucy conseguira disfarçar a desaprovação e o assombro e concordava completamente com a opinião dela sobre o caráter de Clive. Mas ele tinha o próprio problema para resolver.

Quando Clive mencionara de novo Jane, a hóspede, a ficha de Alex tinha caído e ele sentiu um frio na barriga. Paris: era de lá que se lembrava dela. Na verdade, foi onde conheceu os dois. Eles tinham ajudado Nina na confeitaria, foram na inauguração oficial. Mas que merda! Qual era a probabilidade de que uma coincidência dessas acontecesse?

Na confeitaria, Alex conversara bastante com ambos, recém-casados, enquanto eles comiam os doces anglo-franceses fantásticos de Nina. Tudo voltou à sua mente. Nina adorava os dois e até mesmo Sebastian, sempre tão cauteloso e ranzinza, parecia gostar muito de Jane. O casal podia facilmente revelar quem ele era – sem dúvida, não o chefe de bar.

Com um sorriso sem graça, ele seguiu Lucy até a cozinha, um espaço bem iluminado, com vários refrigeradores industriais que zumbiam baixinho e bancadas e estantes de aço inoxidável muito limpas.

Alex precisaria ser discreto nos dias seguintes e ficar fora do caminho deles – assim como do de Lucy, ponderou, ao olhar para ela. Sentiu uma pontada de culpa. No entanto, precisava lembrar a si mesmo que trabalhava para Quentin, e o chefe tinha bons motivos para que ele estivesse disfarçado. E, como Quentin fora enfático ao lembrá-lo, *os bonzinhos não se dão bem*. Afinal de contas, aquilo tudo se resumia a negócios.

Sem perder tempo, Lucy abriu a porta da despensa e deu uma espiada, então a fechou com força.

– Acho que não dá para convencer ninguém de que torrada com feijões é uma iguaria islandesa.

Hekla a fitou, inexpressiva, mas Alex forçou uma risada que não condizia com o que ele sentia.

– Seria uma boa tentativa, mas acho que não vai funcionar mesmo. É uma pena, porque eu adoro.

– Adora?

– Principalmente com miúdos de carneiro.

– Vou acreditar em você. Por acaso você sabe cozinhar?

Alex fez uma careta ao ouvir aquilo. Passara a maior parte da vida trabalhando em hotéis e cozinhas: sempre havia comida pronta. Ele sabia o básico e, quando se tratava de sabores e combinações, ele entendia bem, mas cozinhar não era algo que costumasse fazer.

– Desculpe, mas não. Nunca precisei cozinhar.

– E você? – perguntou Lucy.

Os dois se viraram para Hekla, que ergueu as mãos, horrorizada.

– Nada.

– Então é não.

Lucy suspirou e virou as costas para os dois.

Alex observou os ombros dela murcharem, então Lucy abriu alguns armários e pegou um saco grande de macarrão.

Onde iriam arranjar outro chef em tão pouco tempo? Alex refletiu. Ele já estaria ligando para Reykjavik, tentando encontrar algum funcionário de agência para preencher a lacuna. Olhou para o relógio.

Lucy viu.

– Reykjavik fica a uma hora e meia de carro daqui, não daria tempo mesmo se conseguissem encontrar um chef tão rápido para a gente. Liguei para duas agências.

– Ah! – disse ele.

Ela era vidente?

– Você fez aquela cara de desinteresse – disse ela, confirmando que tinha algum talento para clarividência. – Você me lembra um ex-chefe meu. Sempre tentando me pegar desprevenida.

As palavras dela foram o lembrete perfeito de que aquele era o tipo de situação que Alex deveria colocar no relatório: como Lucy lidava com as questões, como respondia a crises e como gerenciava os funcionários.

Ele precisou desviar o olhar, então abriu uma geladeira, que estava bem abastecida. Às vezes, ela era assustadoramente perspicaz. O estômago dele revirou, se transformou em um nó de desconforto. O fato de não mentir diretamente para ela não atenuava muito a farsa. Mas Quentin era seu chefe e fora categórico ao dizer que não queria que nenhum membro da equipe da pousada soubesse quem Alex era de verdade. Uma palavra errada de Jane ou Peter, e fim de jogo.

– Você não vai tentar cozinhar, vai? – falou Alex, erguendo de leve uma sobrancelha.

Seria maluquice.

– O que você sugere? – perguntou ela, com doçura.

– Aperitivos no bar. Sanduíches. Pães grelhados. Pizza.

Lucy o encarou com desdém.

– As pessoas estão de férias. Elas esperam comer uma refeição decente, não porcarias de pub.

– Você vai *mesmo* cozinhar? – questionou ele, tentando não evidenciar a incredulidade na voz, porque aquilo era loucura.

Lucy o fitou com uma súbita e intensa perspicácia no olhar. Ele a viu soltar o rabo de cavalo baixo e juntar os fios no alto da cabeça, inclinando-a. Por um momento, ele ficou impressionado com a pele macia de seu pescoço. Incapaz de se conter, ele observou as mãos rápidas de Lucy enquanto ela fazia o novo rabo de cavalo, apertando-o com um puxão que significava que aquilo eram negócios. O penteado evidenciou o perfil dela, as maçãs do rosto altas e delgadas, o leve biquinho nos lábios carnudos. Lábios? Ele estava olhando para os lábios dela? Não deveria ter beijado Lucy na outra noite. Droga, ele não deveria ter ido tomar um café com ela depois, mas Hekla meio que tinha forçado a situação, insistindo que o carro dele era o único disponível e que Lucy precisava buscar os quadros naquele dia.

Que inferno. Envolver-se com seu alvo não fazia parte das funções do cargo. E olha só o que estava dizendo. Alvo? Ele achava que era o Jason Bourne agora?

– Você tem outra ideia? – A voz ríspida de Lucy o desviou dos próprios pensamentos, enquanto ela se voltava para Hekla. – Pode buscar meu laptop? – Ela deu um sorriso tristonho. – Vamos ter que simplificar o cardápio.

Fazer coisas que possam ser preparadas com antecedência e esquentadas conforme forem pedidas. Preciso pegar algumas receitas no Google.

– Lucy, não acha que... – começou Alex, mas o jeito determinado como ela ergueu a cabeça o deteve.

Com um suspiro, ele puxou o celular do bolso e disse:

– Tenho uma coisa melhor que a internet. Um Sebastian.

– É tipo uma Alexa? – perguntou Lucy, os dentes mordendo o lábio, desmentindo o tom de voz seco.

Sem pensar, ele ergueu um dedo e o encostou com delicadeza no lábio inferior dela.

– Você continua fazendo isso. Vai se machucar de novo.

Por algum motivo que Alex não conseguiria explicar nem se quisesse, ele acariciou o lábio de Lucy com o dedo, como se tentasse afastar a dor dela. Lucy ficou imóvel, a boca abrindo-se e, quando ele sentiu a respiração quente e rápida dela, algo entre suas pernas reagiu. Ele precisava parar com aquilo de tocá-la involuntariamente. Fizera o mesmo na outra noite com o franzidinho insistente acima do nariz.

– Já está machucado – respondeu ela, os olhos disparando para os dele e arregalando-se um pouco, antes de os dentes morderem outra vez o mesmo lugar e acabarem tocando o dedo dele.

Alex puxou o dedo como se tivesse se queimado.

– Desculpe – disse ela, esfregando a boca e abaixando a cabeça. – É um mau hábito. Não consigo evitar. Por favor, diga que o seu Sebastian pode se teletransportar e chegar aqui em cinco minutos.

Alex riu diante do súbito bom humor, aliviado pelo fim do momento potencialmente embaraçoso.

– Não pode, mas ele é meu amigo e, além disso, é chef.

– Você ainda quer o laptop? – perguntou Hekla, a cabeça virando de um lado para outro, acompanhando a conversa deles como se fosse uma partida de tênis.

– Sim, seria ótimo, já que vamos precisar elaborar um cardápio novo. Vai ter que ser um menu fixo. Alex, você poderia ligar para seu amigo enquanto listo tudo que temos?

De repente, ela estava em plena ação, empurrando um caderno e uma caneta para Alex enquanto ele ligava para Sebastian.

No meio da conversa, que ele ia relatando para Lucy, Alex disse:

– Ele acha que a salada de lagostim ainda é uma boa. Está sugerindo incluir aspargos, ervilha, fava e alguns croutons. A gente tem broto de ervilha?

Lucy soltou um "pfff".

– Ele só pode estar brincando. Ele sabe que a gente está na Islândia? O supermercado mais próximo fica a horas daqui, e eu ficaria impressionada se você conseguisse broto de ervilha sem avisar 48 horas antes.

Alex ficou surpreso quando Lucy foi até ele e parou na sua frente.

– Posso?

Sem esperar por uma resposta, ela pegou o celular da mão dele.

– Sebastian, oi. Aqui é Lucy Smart.

Ao ouvir a conversa entre os dois, Alex percebeu que era óbvio que Lucy sabia um pouco mais de cozinha do que ele imaginara. Ainda assim, ele tinha assistido a episódios suficientes de *Masterchef* para saber que dominar uma cozinha profissional era bem diferente de fazer comida em casa.

Depois que encerrou a ligação com Sebastian, Lucy devolveu o telefone de qualquer jeito para Alex e começou a fazer várias anotações enquanto murmurava para si mesma e orientava Alex e Hekla, que voltara com o laptop: "Alex, por favor, pode ver quantos lagostins temos?", "Hekla, pode pesar o cordeiro?", "Alguém pode contar as cenouras?", "Tem mais de um saco de arroz?", "Alguém pode começar a juntar todas as cebolas?".

– Muito bem – disse ela, erguendo-se com um jeito militar, como se fosse uma general a caminho da guerra. – Entendi. Vamos oferecer duas opções de entrada. Sopa de peixe tradicional islandesa com pão de centeio ou queijo de ovelha tostado envolto em nozes com purê de mirtilo. Como prato principal, um farto cozido de cordeiro ou um guisado de peixe com cenouras assadas, nabo e batatas gratinadas. A sobremesa vai ser Skyr com frutas ou queijo e biscoitos. Exceto pelo queijo de ovelha tostado, todo o resto pode ser feito antes. Tirem o pedido completo já na hora das entradas, se conseguirem. E eu cuido da cozinha. – Lucy deu um leve sorriso. – Acho que vai funcionar. – Então acrescentou com mais firmeza: – Tem que funcionar.

As duas horas seguintes foram um borrão de picar, fritar e lavar enquanto Lucy dava as ordens para Alex, Hekla e Dagur, que fora convocado para ajudar. Alex nunca mais iria querer ver um lagostim, porque era um inferno limpá-los, mas precisava admitir que o caldo que fervia no fogão tinha um cheiro delicioso. Lucy planejara pôr o cozido de cordeiro no forno primeiro. Focada daquele jeito, era como se fosse outra pessoa: organizada, metódica, verificando o progresso de Alex e Hekla com frequência, provando e misturando como uma profissional. "Não, pique a cebola em pedaços menores", "Fatias mais finas de batata", "Mais suco de limão".

Por fim, o cordeiro estava no forno e os ingredientes para o guisado de peixe, que não demoraria muito menos tempo para cozinhar, estavam todos picados e preparados.

– Ufa – falou Lucy, tirando do rosto fios de cabelo que tinham grudado por causa do suor. – Estamos quase lá. Vocês dois querem fazer uma pausa rápida e vestir o uniforme de garçom?

– E você? – perguntou ele.

Ela devia estar quebrada. Não tinham parado um minuto sequer e Lucy trabalhara com uma dedicação que o impressionara.

– Não dá. Preciso testar uma apresentação melhor para as entradas. Além disso, ninguém vai me ver. – Ela deu uma olhada para as manchas de suor sob os braços e, com um olhar de preocupação, falou: – E vocês vão ter que lidar com o fedor. Se der tempo, dou uma saída e visto uma blusa limpa.

Mesmo com o cabelo ensopado, a testa brilhando de suor e a blusa antes larga agora colada – grudando nos seios e delineando um corpo esguio –, Lucy irradiava uma energia que, de repente, deixou Alex meio inquieto e incomodado, como se quisesse chutar algo. Ele pegou um pano de prato e se pôs a secar uma pocinha de água, dando as costas para a gerente e reprimindo o súbito impulso de levá-la para a cama e beijá-la até não poder mais. De onde aquilo tinha surgido? Sem dúvida, síndrome de Estocolmo: eles sobreviveram a uma crise juntos, era aquela coisa que a psicologia dizia sobre pessoas se unirem pelo trauma.

Lucy soltou vários palavrões e levou a mão à testa. Aquilo nunca iria dar certo. O purê era um desastre, o segundo lote de mirtilos estava no fogo e ela levara uma eternidade para picar uma fornada de nozes para usar como teste.

Bem feito para ela, por ser tão teimosa. Quem poderia imaginar que tostar queijo de ovelha seria tão difícil? Não conseguia nem cortá-lo em pedaços iguais e, em relação a fazer as nozes grudarem, podia tirar o cavalinho da chuva. O terceiro lote saíra do forno derretido e lembrava vômito de bebê. Não podia servir aquilo de jeito nenhum.

Apoiando-se na bancada de aço inoxidável, ela respirou fundo algumas vezes e olhou ao redor em busca de inspiração. Meu Deus, no que estava pensando? Alex tinha razão, como sempre, que inferno. Ela deveria ter mantido a ideia de torradas e feijão. Não era chef.

– Posso ajudar?

Lucy se virou e viu Kristjan, o sous-chef, à porta, seu rosto de bebê irradiando diversão ao esquadrinhar o cenário de guerra. Pilhas de louça para lavar aguardavam na pia, pedaços de nozes estavam espalhados pelo chão e o cheiro de queimado dominava o ar.

– Ai, merda!

Ela correu para a panela de mirtilos que esquecera no fogo. As frutas, que deveriam ser roxas, tinham ficado pretas.

– Vi a mensagem de Brynja e vim direto para cá.

– Ah, Kristjan, é tão bom ver você. Erik sofreu um acidente e...

Ela acenou para os pratos com queijo de ovelha.

– Você está cozinhando por tempo demais e no fogo muito alto, e os pedaços precisam ser mais grossos – disse ele, na mesma hora indo até o forno e baixando a temperatura. – E precisa passar o queijo inteiro nas nozes antes de fatiá-lo. É mais rápido... – Ele deu um sorrisinho. – E mais prático.

Em poucos minutos, ele tinha assumido o controle. Picou as nozes com agilidade, rolou o queijo nelas e então cortou fatias em tamanhos perfeitos, todas iguais, enquanto encarregou Lucy de cuidar dos mirtilos. Kristjan fez tudo parecer fácil. Afinal, era por isso que ele era o sous-chef.

Depois que Lucy explicara o cardápio proposto, em apenas meia hora Kristjan havia lhe ensinado a preparar o purê e enchido várias bandejas com fatias perfeitas de queijo cobertas de nozes. Lucy também conseguira lavar a louça toda e arrumar a cozinha, e após o rapaz provar o cozido de cordeiro – franzindo a testa de leve –, ele acrescentara um punhado generoso de alecrim e folhas de louro.

Também cortara as batatas em rodelas finas e substituíra o guisado de peixe por peixe frito com vieiras, que ele desenterrara no freezer.

– Beleza, e a sobremesa? – perguntou ele.

– Vamos oferecer Skyr, queijo e biscoitos – respondeu Lucy, acanhada.

O jovem estremeceu de aflição e a gerente riu.

– Aceito qualquer sugestão.

Kristjan deu uma olhada rápida no relógio.

– Posso fazer uns suspiros e, com a gema dos ovos, torta de creme de baunilha. – Ele sorriu. – Você precisa me dar permissão. Erik esconde as favas de baunilha especiais de Madagascar.

– Você tem total permissão para fazer o que quiser.

– Eu tenho várias ideias... Erik... – A expressão dele tinha um quê de frustração. – Ele não gosta de experimentar coisas novas. O cardápio não muda há cinco anos.

– Fique à vontade, contanto que os hóspedes sejam bem alimentados. Hoje este reino é todo seu.

Ele deu um sorrisão e esfregou as mãos, muito feliz.

– Então esta noite os hóspedes da pousada Aurora Boreal vão comer as melhores sobremesas deste lado de Reykjavik.

Lucy ergueu uma sobrancelha. Apesar da frase presunçosa, ele parecia bem modesto.

– Confie em mim – disse Kristjan.

Enquanto levava o último prato para a cozinha no fim da noite, Alex avaliou que aquele tinha sido um dos melhores jantares em que trabalhara desde que chegara à pousada, considerando que ele deveria assumir o bar, e não servir mesas. Deveria estar a caminho de lá naquele momento. Lucy, para sua surpresa, ia de um lado para outro na cozinha, pondo pratos na lava-louça com um sorriso enorme e fazendo piadas com Kristjan, que exibia um rosto vermelho mas feliz. Assim que Alex apoiou os pratos, Lucy ergueu a mão espalmada para que ele batesse a dela.

– Conseguimos. Acho que o pessoal adorou. – Ela suspirou e se curvou. – E nunca mais quero fazer isso. Que doideira.

– Mas você foi genial.

– Não, Kristjan foi genial. Maravilhoso, incrível. Se bem que nunca mais quero ver uma fatia de queijo de ovelha na minha frente.

Kristjan riu.

– Se tivesse mais algumas horas, acho que você se sairia bem. – Ele piscou para ela. – Mas talvez a gente ficasse sem mirtilos se você continuasse deixando todos queimarem.

– Nem me fale. Mas obrigada por vir no seu dia de folga. A gente não teria conseguido dar conta sem você.

– Então estou promovido? – perguntou o rapaz, o rosto impassível.

De repente, todos encaravam Lucy.

Ela abriu a boca, mas não falou nada. Não gostava de se sentir encurralada, mas que opção restava? Erik iria ficar em casa por pelos menos seis semanas. Eles precisavam de um chef.

– Bem… A gente conseguiu dar um jeito esta noite, mas preciso…

Ele parecia muito jovem, e Lucy percebera que o rapaz gostava de inovar e tinha muitas ideias. Que experiência ele tinha?

– Foi muito bom mesmo lá fora, não foi, Alex? – intrometeu-se Hekla, com um olhar tímido, nada característico dela, na direção de Kristjan.

– Foi, sim. A comida caiu muito bem. Recebemos muitos elogios – concordou Alex e assentiu com entusiasmo.

Lucy sentiu um nó na boca do estômago. Uma noite de serviço não significava que ele pudesse comandar uma cozinha e administrar os cardápios de uma semana. Ser o chef no comando era mais do que apenas cozinhar, e Lucy não tinha tempo para supervisionar o rapaz. Ela suspirou. Teria que arrumar tempo.

– Por ora, sim – disse ela, relutante. – Mas vamos manter os cardápios atuais por enquanto.

A boca de Kristjan se retorceu em um breve lampejo de decepção diante da resposta desanimada.

– Eu sou bom.

O jovem plantou os pés no chão em um gesto obstinado.

Ele era genial e não tinha culpa por ela ter dificuldade em confiar nas pessoas. Talvez estivesse na hora de arriscar.

– Muito bem, Kristjan. – Ela sorriu. – Vamos nos reunir amanhã de manhã e você me conta o que gostaria de fazer.

Capítulo 15

– Você está bem? – perguntou Alex ao entrar no escritório, onde encontrou Hekla observando o café com um olhar reflexivo. – Parece um pouco…

– Estou furiosa – respondeu a mulher, com um sorriso triste. – Demora muito para eu me irritar, aí… – Ela riu. – Explodo!

– Sério? – Alex ergueu uma sobrancelha, incrédulo.

– *Ja*. Pergunte aos meus pais. Por que acha que eu me chamo Hekla?

Alex balançou a cabeça. Ela riu outra vez.

– Eles escolheram meu nome por causa de um vulcão, Hekla. Não fica muito longe daqui. Ele entra em erupção a cada dez anos. Quando eu era bebê, fui muito boazinha nas primeiras semanas, depois chorei à beça, fiquei irritada, e então voltei a ser boazinha por mais algumas semanas. Por isso me deram o nome do vulcão.

– Quer dizer que eles levaram uns dois meses para escolher o nome da filha?

– *Ja*. Isso é bem comum na Islândia. Os pais esperam até conhecerem melhor os filhos.

Alex assentiu.

– O que faz muito sentido, imagino.

A mãe de Alex escolhera seu nome assim que engravidara. Ele teria sido Alexandra se nascesse menina. Fazia dois séculos que sempre havia um Alexander McLaughlin na família e mais de cinco décadas que ela era dona do McLaughlin, o hotel atualmente comandado pela mãe dele.

– E o que te deixou tão furiosa? – perguntou Alex, empoleirando-se na mesa de Hekla.

Ela era o tipo de funcionária a quem devia se ouvir com muita atenção, o tipo de pessoa que, mesmo sem perceber, sempre sabia de tudo. Hekla era a espinha dorsal da pousada.

– Lucy.

– Lucy? Achei que vocês duas se dessem bem.

Ele estava surpreso de verdade. De todas as pessoas na pousada, fora Lucy quem conseguira chatear Hekla? Não fazia sentido.

– O que foi que ela fez?

O rosto animado de Hekla de repente se fechou, os lábios retorcidos.

– Ela não confia em mim. Verifica tudo. É uma controladora. – Hekla contraiu os lábios. – Eu estava lidando com aquele Wainwright, o americano, e ela assumiu o controle. Entrou bem na minha frente. Fez parecer que não sou boa, e isso diante da câmera.

Alex deu tapinhas no braço dela.

– Já pensou que ela estava tentando ajudar? Que julgou que deveria ser ela a receber as bombas daquele homem, não você? É função do gerente proteger os funcionários, oferecer apoio em qualquer situação desagradável. Talvez Lucy só esteja fazendo o trabalho dela.

Hekla o fitou, pensativa.

– Você vê demais, como se fosse o gerente.

Alex ficou imóvel.

– Você seria um espião muito ruim. – A jovem sorriu, jogando as tranças por cima dos ombros. – Eu te encontro em lugares em que você não deveria estar, observando as coisas.

– Sou um enxerido incurável. Gosto de saber como tudo funciona.

Hekla pareceu não acreditar em uma única palavra, como ele bem sabia que poderia vir a acontecer: Alex era horroroso em usar subterfúgios. Amaldiçoou Quentin, que, do nada, desaparecera do mapa justo agora que ele queria atualizá-lo sobre o progresso de Lucy e a guinada gradual do hotel.

– Cordeiro defumado?

Kristjan assentiu, seu rosto de bebê muito sério e sombrio, e empurrou um prato na direção de Lucy, junto com uma jarrinha da qual saía um vapor com um cheiro divino. Sem dúvida, ela daria pontos pela apresentação e pela iniciativa dele. A preocupação dela era que Kristjan fosse para um lado mais experimental, principalmente depois que ele contara que a dieta islandesa básica original incluía peixe podre e cabeça de ovelha cozida. Nem podia imaginar o que os hóspedes achariam disso.

Duas fatias de cordeiro rosadas e tenras estavam dispostas no prato, ao lado de uma pequena torre feita de palitos de cenoura e pastinaca entrecruzados, do purê de batata em formato de vírgula e de uma porção cuidadosamente arrumada do que poderia ser couve ou alga marinha. Causava mesmo uma bela impressão, ao estilo de algum programa de culinária. Na verdade, sentada ali, diante do olhar ávido de Kristjan a cada movimento dela, Lucy se sentiu como uma jurada de um desses programas, ainda mais por estar diante de uma mesa que tinha sido lindamente posta, com talheres elegantes e taças de cristal com haste longa que ela nunca vira.

Lucy derramou o molho no cordeiro e, um pouco constrangida pelo olhar intenso de Kristjan, cortou um pedacinho da carne e pegou um pouco dos legumes e da verdura.

A abundância intensa e doce do molho foi a primeira coisa que a conquistou, seguida pelo defumado sutil do cordeiro macio, cheiroso e saboroso, além do gosto delicado e puro dos vegetais. Simples e elegante, foi o primeiro pensamento de Lucy, e ela quase o deixou escapar em voz alta, mas se deu conta de que tentava descrever o prato feito um chef-celebridade.

O rosto de Kristjan se contorceu de ansiedade.

– Não, não, está fabuloso. Desculpe, eu estava...

Demoraria muito para explicar. Ela comeu mais uma garfada e suspirou, fechando os olhos para mostrar o quanto a comida era maravilhosa.

Era mesmo...

– Absurdamente incrível.

Ela abriu os olhos de súbito. Era surpreendentemente boa. Genial.

– Posso colocar no menu? – pediu Kristjan.

Lucy disparou algumas perguntas. Estava impressionada, mas sua cautela natural a obrigava a verificar se ele estaria à altura da tarefa.

– Lucy – ele apontou para o próprio rosto –, eu pareço jovem, mas conheço bem meu trabalho.

A gerente notou um quê de frustração na expressão do rapaz.

– Sim, pode colocar no menu – respondeu logo, antes que mudasse de ideia.

Kristjan pulou e agarrou a mão dela, sacudindo-a para cima e para baixo, com um sorriso de orelha a orelha e fazendo promessas ousadas.

– Vou colocar a pousada Aurora Boreal no mapa. Vai ser para este restaurante que as pessoas vão vir. Vou te deixar orgulhosa. Agora você precisa provar meus pãezinhos de canela.

Uma mordida já foi suficiente para Lucy gemer de prazer.

– Isto aqui é uma delícia. – Ela se sentou. – Já sei, ficaria perfeito no chá da tarde ou com um cafezinho de manhã.

Sua mente já estava a mil por hora.

– A gente pode colocar uma placa no fim da estrada. Eu já vinha pensando em maneiras de atrair outras pessoas para o restaurante. Poderíamos oferecer um bom chá, com especialidades e servido em xícaras de porcelana lindas e finas, com alguns bolos e biscoitos. Pela manhã, podemos fazer cafés aromatizados e doces especiais. E chocolate quente. – Ela abriu um sorriso para Kristjan, que assentia, empolgado. – Eu amo chocolate quente.

– Eu também, com muito marshmallow e creme.

– Com certeza. E servido naquelas canecas grandes de cerâmica que a gente tem que segurar com as duas mãos. – Lucy ergueu as mãos para demonstrar e riu. – Não tenho ideia de como isso tudo surgiu, mas acho que deveríamos fazer. O que você acha?

– Minha tia faz. – O rapaz ergueu as mãos, imitando Lucy. – Cerâmica.

– Perfeito, você consegue arrumar algumas amostras?

Ele assentiu.

– Também andei pensando... Poderíamos oferecer uma refeição temática, um banquete islandês. Uma espécie de noite de divulgação. – Ela inclinou a cabeça. – Acho que você deve ter colocado alguma coisa nesse molho. – A mente dela estava a toda. – Não há muitos restaurantes por aqui. Seria bom para as pessoas recomendarem a gente. Pensei em convidarmos os VIPs locais.

Na mesma hora, Kristjan começou a dar sugestões e, em cinco minutos, já tinham bolado um menu completo.

– Onde você aprendeu a cozinhar assim? – perguntou Lucy, enquanto comia o último pedaço do pãozinho de canela.

– Meu pai trabalhou em Londres antes de vir para a Islândia. Depois foi contratado pelo hotel Rangi, aqui perto. Eles são famosos pela comida boa. Trabalhei lá em alguns verões, mas sempre cozinhei com a minha mãe também.

– Você é daqui?

Kristjan riu.

– Minha família morava do outro lado da colina. No verão, eu vinha ajudar Olafur, que é meu primo, na fazenda. Isso foi antes que ela fosse vendida para o Tomas.

– Que Tomas?

– Tomas Pedersen. Você conhece.

Lucy deu de ombros. Não era bem o caso.

– Nunca me encontrei com ele, mas falei com a assistente pessoal dele por Skype. Então, que tipo de fazenda era aqui, antes de virar hotel?

Kristjan riu.

– O que você acha?

Ele apontou pela janela na direção dos pontinhos brancos na colina mais além.

– Ovelhas – deduziu Lucy.

– Muito bem. Vamos fazer de você uma islandesa. Lucy, qual é o nome do seu pai?

– O nome do meu pai?

Ele assentiu, um sorriso pairando nos lábios.

– Bryn.

– Vamos fazer de você uma islandesa, Lucy Brynsdóttir.

Lucy ficou surpresa com o súbito calor nas bochechas e a necessidade de piscar. Ficou muda por um instante. Quando enfim recuperou a voz, estava muito comovida.

– Isso é... isso é... Gostei do Brynsdóttir.

Aquilo fez Lucy sentir que era alguém, que fazia parte de algo maior do que ela. Embora seu pai estivesse a milhares de quilômetros, Lucy sentiu-se conectada, enraizada de alguma forma. Endireitou a postura e se deu conta de que Lucy Brynsdóttir era alguém, alguém que tinha sua dose de orgulho, que podia recomeçar. Com o maxilar firme, ergueu a cabeça. Era alguém que precisava encontrar uma forma de enfrentar aquele verme do Bob. Não permitiria que um sujeito daqueles arruinasse sua chance de refazer a vida.

Capítulo 16

Alex cercou Lucy na sala de jantar quando ela saiu da cozinha, parecendo um pouquinho culpada, com os dedos escondidos sob o pano que cobria o pratinho que levava.

– Provando as mercadorias, é?

– Não, só vendo como está Kristjan – disse ela, alegre.

Ele deu um sorrisinho provocante e se inclinou para limpar o açúcar de confeiteiro no lábio superior dela. Assim que o dedo roçou sua pele – ele tinha que parar com aquilo –, os olhos assustados de Lucy encontraram os dele e uma pontada de luxúria fez a pulsação de Alex falhar. E agora ela o encarava, calada e atenta, como se pudesse sair correndo a qualquer instante para se abrigar na floresta feito um cervo acuado.

– Tinha... tinha um pouco de...

Ele meneou a cabeça olhando para os lábios dela. Que erro. A ponta rosada da língua surgiu para lamber o açúcar e, por um minuto insano, ele quis beijá-la de novo.

– Pãozinho de canela – interrompeu ela, com a voz rouca.

Alex engoliu em seco. Com dificuldade. O tom rouco de Lucy o fisgara e lhe causara um frio na barriga.

– Kristjan está testando receitas. Queria que eu provasse uma.

Ela ergueu o pano que cobria o prato e revelou uma massa lustrosa.

– Vou levar este aqui para Hekla. – Lucy franziu a testa. – Uma oferta de paz. Ela parece chateada, mas... está me evitando. Não sei bem o que eu fiz.

Alex engoliu em seco de novo, muito aliviado por mudar de assunto.

– Talvez eu possa ajudar.

Lucy lhe lançou um olhar afiado de resignação e então, com um suspiro, contraiu os lábios.

– Eu deveria imaginar que ela falaria com você.

Alex enrijeceu ao notar o tom dela.

– O que isso quer dizer?

– Para um chefe de bar, você parece estar muito por dentro do que rola por aqui.

– Nós, barmen, somos sempre assim, né?

Ele deu de ombros.

– Nos filmes, sim. Na vida real, nem tanto. Em geral, quem sabe tudo é o concierge.

– Ah, desculpe, então – falou ele, rindo, as mãos espalmadas para cima.

– É, esqueci que às vezes você também é o garoto das malas.

– Acho que se diz mensageiro de hotel… "Garoto das malas" parece nome de super-herói sem graça.

Lucy soltou uma risada inesperada e seus olhos brilharam, cheios de bom humor, a boca lentamente abrindo-se em um sorriso.

– Você poderia usar um uniforme fofinho com capa e tudo.

– Sem chance, não vou usar roupa colada ao corpo. E nem pensar em leggings brilhantes de lycra.

Lucy olhou para as pernas dele, analisando-as, e então, como se tivesse se queimado, desviou o olhar depressa, um leve rosado surgindo nas bochechas.

– Então – disse ela, resoluta. – Hekla. Você sabe o que há de errado com ela?

Alex assentiu.

– Quer saber?

– Claro que quero. Ah… Eu fiz algo errado. Eu meio que estava torcendo para que fosse outra coisa enquanto quebrava a cabeça com isso. – Lucy respirou bem fundo e estufou o peito. – Vá em frente, pode me contar.

– Hekla acha que você pensa que ela não é boa no trabalho.

Lucy deixou escapar uma risada sem graça.

– Você só pode estar brincando. Hekla é genial. Se bem que não sei de qual trabalho você está falando. Tenho a impressão de que foi ela quem fez este lugar seguir em frente. Ela fica na recepção, trabalha no escritório, serve as mesas... até consertou um banheiro outro dia. Eu acho que ela é incrível. Não sei o que faria sem Hekla.

Lucy começou a roçar o dente no ponto de sempre no lábio.

– Não faz isso.

Ela tocou na boca.

– Desculpe. – Respirou fundo outra vez. – Não estou mesmo entendendo.

– Hekla sente que você não confia nela.

– Claro que confio. Tem dinheiro à beça no cofre do escritório. Um monte de estoque no prédio todo. Eu confio nela.

– Acho que não é esse tipo de confiança. É você confiar que ela faça o trabalho dela direito.

Alex notou que Lucy ficou tensa.

– Não sei do que está falando... ou o que isso tem a ver com você.

Alex quase riu da maneira súbita e hostil com que a gerente ergueu a cabeça, só que isso chamou sua atenção para o suave biquinho no lábio inferior.

– Lembra do americano que ficou reclamando?

– Lembro.

Lucy franziu a testa, atenta.

– Hekla estava lidando com a situação e você...

– Droga. – Lucy bateu na própria testa. – Eu lembro. Eu me meti entre ela e John Wainwright III. Assumi a situação.

Ele assentiu.

– Eu faço muito isso. – Lucy levou a mão à boca, horrorizada. – Não quer dizer que não confie nela. Houve um problema e eu queria resolver. Deveria ter deixado que Hekla lidasse com a situação.

Alex quase podia ver Lucy repassar na mente os acontecimentos dos dias anteriores, enquanto ela se contraía e retorcia o rosto de vez em quando.

– Ah, que droga. E estou fazendo o mesmo com Kristjan, só que ele ainda não tem experiência suficiente para ficar zangado comigo.

Lucy fez outra careta.

– Você realmente se cobra muito, não é? – disse Alex.

A gerente o fitou com seriedade.

– Diferentemente de você, eu preciso que este emprego dê certo. Você pode se mudar quando quiser. Eu *tenho* que convencer os novos proprietários de que vale a pena me manter. Preciso ficar aqui por pelo menos um ano.

Alex sentiu a boca ficar seca. Merda. Era um pouco preocupante o fato de Quentin não ter respondido a seus últimos e-mails, desde o relatório mais favorável ao progresso do hotel que enviara ao chefe. E se Quentin decidisse contratar uma equipe inteira nova? Era o que costumava fazer.

Hekla se levantou assim que Lucy entrou no escritório, mas Lucy pôs uma das mãos no ombro dela e a fez sentar de novo, colocando o pãozinho de canela diante da jovem.

– Café? – ofereceu.

Perplexa, Hekla olhou para ela e assentiu.

Lucy foi até a máquina de café do escritório, que ficava sempre ligada, e serviu duas xícaras rápidas, puro para ela e forte, com leite, para Hekla.

– Eu devo um pedido de desculpa a você – falou Lucy, empoleirando-se na beirada de sua mesa, de frente para Hekla.

Ela deu um golinho no café olhando para todos os cantos, menos para a chefe. Envergonhada, Lucy se deu conta de que tinha mesmo magoado a funcionária.

Então esticou a mão e tocou o braço de Hekla, percebendo de repente que era a primeira vez fazia um gesto daqueles. Sentiu-se rude e medíocre. Hekla sempre lhe dava abraços, tapinhas, cutucões tranquilizadores. Ela incluíra Lucy em seu círculo afetivo desde o primeiro dia. Fora generosa, gentil e solícita.

Hekla merecia uma explicação decente, o máximo que Lucy pudesse contar.

– Hekla, eu sinto muito mesmo. – Ela deu uma risada sem graça. – Vou usar o clichê "não é você, sou eu".

Hekla ergueu a cabeça, seus olhos azuis já repletos de compaixão.

Lucy se inclinou e deu um abraço nela.

– Você já me ajudou tanto! Eu estava... Antes de vir para cá, eu...

Balançando a cabeça, Hekla começou a dizer algo.

– Não, tudo bem – falou Lucy. – Eu quero contar.

Então, ela começou:

– Antes de vir para cá, eu tinha um alto cargo como subgerente de um hotel de cinco estrelas de quinhentos quartos, no centro de uma cidade grande da Inglaterra.

Hekla arregalou os olhos.

– É. Suítes chiques, muitos funcionários, um escritório enorme. A coisa toda. E fui demitida.

– Você? Demitida?

– É. – Lucy deu de ombros, estremecendo. – Fiz uma besteira.

A gerente balançou a cabeça. O rosto inocente e adorável de Hekla encarando-a a fez parar: não podia se arriscar a ver decepção ali se contasse a verdade.

– Cometi um erro – falou Lucy, depressa, para evitar que Hekla a interrompesse. – E fui demitida. Vim para cá porque não consegui arrumar emprego em lugar nenhum... e eu preciso fazer isso aqui dar certo. Depois do que aconteceu comigo, tenho dificuldade em confiar em alguém e facilidade em sentir medo. Tenho pavor de fazer tudo errado e não me efetivarem depois dos dois meses de experiência. Quando vim para cá, eu não fazia ideia de que a pousada estava à venda. Então agora tenho mais medo ainda. Pode ser que não me mantenham aqui. E aí, o que vai ser de mim? Estou tentando garantir que seja tudo perfeito, para que eles tenham que ficar comigo.

– Ah, Lucy. – Com um sorriso de compaixão, Hekla se levantou e deu um grande abraço nela. – Eles cometeram um erro imenso. Você é uma boa gerente. As coisas já estão melhores. E você é uma pessoa boa. Não acredito que tenha feito nada de ruim.

– Não foi ruim, só foi uma besteira muito, muito grande. – Havia dias em que Lucy não conseguia acreditar que tinha feito aquilo. – Ser demitida foi o maior baque que já levei. Nunca pensei que fosse acontecer comigo. Sempre fui boa no que faço. Sempre a melhor. E agora... estou... com medo, cautelosa. Desculpe se não confiei em você. Eu deveria ter confiado. Você é incrível, foi você quem manteve este lugar funcionando durante todas as mudanças de gerência. E você foi sempre tão gentil comigo. Teria sido fácil pensar em mim como só mais uma gerente e tocar sua vida, mas você nunca fez isso.

Hekla deu de ombros.

– Você era diferente. Eu sabia que você queria ficar.

– Isso foi por desespero. – A risada triste de Lucy combinou com sua frase. – Mas você e seu *petta reddast*, Elin, Brynja e Freya, tudo isso me fez sentir parte de algo. No meu último emprego, o hotel era um edifício, e eu, a zeladora. Aqui é diferente. – Ela entrelaçou o braço no de Hekla. – Eu... Não: *a gente* vai tornar a pousada a melhor da Islândia e esses novos donos vão ter que ficar com todos os funcionários, inclusive eu.

– Mas é claro que sim – concordou Hekla, o brilho de volta aos olhos azuis.

– E, no futuro, se eu irritar você, pode me falar, em vez de ficar me evitando.

Hekla apertou o braço dela.

– Trato feito.

– Somos uma equipe, e não posso fazer esse trabalho sem você. – Lucy sorriu diante do leve meneio de cabeça de Hekla. – Se bem que talvez você se arrependa, já que vou começar a delegar mais coisas e te consultar mais. O que acha de fazermos um banquete islandês especial?

Hekla arregalou os olhos com súbito interesse e o brilho de entusiasmo de sempre.

Lucy explicou no que vinha pensando. Seria um evento para celebrar a comida islandesa e eles convidariam pessoas renomadas do local, assim como hóspedes do hotel.

– Seria um ótimo espetáculo para a equipe de filmagem – observou Hekla.

– Verdade – falou Lucy, fazendo careta. – Isso tiraria um pouco os caras da nossa cola. – Ela se virou para olhar o escritório. – E vou me livrar dessa porcaria de papelada... – Ela revirou os olhos diante das pilhas de papel que pareciam não ter diminuído em nada desde que ela chegara. – No momento, vai tudo para a lixeira.

As duas encheram quatro sacos de lixo pretos com os papéis, que Dagur e Olafur levaram para o centro de reciclagem nos fundos. Depois disso, Lucy voltou sua atenção para outro problema que vinha incomodando-a.

– Você pode dar uma olhada nisto aqui? – Ela mostrou a Hekla um site na tela de seu computador. – Olhe essas fotos no TripAdvisor. Tem um monte de almofadas, mantas, itens de decoração. Você faz ideia do que aconteceu com eles?

Hekla contorceu a boca.

— É muito esquisito. Eu estava pensando nisso e aí lembrei. Um dia, tudo estava aqui, no dia seguinte, tinha sumido tudo. Lembro que Eyrun falou algo sobre o gerente querer se livrar deles. E o gerente foi embora nessa época... Aí a gente ficou ocupado demais tentando organizar tudo e nunca procurou.

A pequenina mulher sombria abanou as mãos na direção de Lucy assim que a gerente entrou na lavanderia cheia de vapor. Hekla tentou se esconder atrás da chefe, o que foi hilário, já que, com sua genética viking, ela era mais alta que Lucy.

— Oi, Eyrun. Será que pode me ajudar? – disse Lucy com um sorriso amigável, ainda que a mulher a olhasse de um jeito tão maligno que poria um pequeno exército para correr.

Eyrun balançou a cabeça como se não conseguisse entender e soltou uma torrente de palavras em islandês.

Hekla demonstrou apreensão no olhar arregalado e na tradução nervosa.

— Ela... hã, hum... gostaria que a gente fosse embora.

— Complicado – falou Lucy, estampando mais uma vez o sorriso no rosto e sentindo que ele talvez vacilasse. – Eyrun, poderia nos dizer o que aconteceu com as almofadas e as mantas?

Hekla traduziu, embora Lucy tivesse certeza de que a mulher tinha entendido cada palavra.

— Não – falou Eyrun, com um rosnado de insatisfação, enquanto continuava a dobrar toalhas sem fazer contato visual.

Lucy a flagrou lançando um rápido olhar dissimulado para o grande depósito que ficava no outro cômodo e que se entrevia pela porta aberta.

Depois de cinco minutos de perguntas infrutíferas, Lucy admitiu a derrota, ainda que a mulher soubesse o que acontecera com a decoração. Não havia chance de que ela admitisse nada, que dirá ajudá-las a procurar pelos itens.

— Tem mais algum lugar onde possam estar? – perguntou Lucy, enquanto ela e Hekla voltavam para o escritório.

— Não.

Lucy sorriu para a jovem.

– Bem, então a gente vai ter que sair em uma incursão ninja noturna.

– Uma incursão noturna? – repetiu Hekla, parecendo confusa.

– Tenho uma ideia de onde podemos encontrar algumas coisas. – Lucy deu tapinhas na mão dela. – Não se preocupe. Você só precisa arrumar umas ferramentas para mim.

Hekla franziu a testa, sem compreender.

– Ferramentas, sabe? – Lucy fez um gesto imitando um martelo e uma chave de fenda.

Infelizmente, arrombar fechaduras era uma habilidade que ela ainda não dominava. Era pedir muito que houvesse um molho de chaves guardado em alguma gaveta da lavanderia e ela desse a sorte de encontrá-lo?

– Vá até o meu quarto e, quando estiver tudo em silêncio, mãos à obra. Ainda tenho um pouco de vodca sabor cereja.

– Vodca? Estou dentro – disse Hekla.

Capítulo 17

– O que vocês duas estão aprontando? – perguntou Alex, ao flagrá-las dando risadinhas e tentando esconder várias chaves de fenda sob os casacos.

De onde é que ele tinha saído? Lucy podia jurar que Alex arrumara o bar e fechara tudo fazia pelo menos meia hora.

– Nada – respondeu Hekla, de um jeito tão sério e inexpressivo que se entregou na mesma hora.

Lucy revirou os olhos enquanto o rosto de Hekla se contorcia em um sorrisinho travesso.

– Vamos arrombar e invadir – respondeu Lucy, enunciando as palavras com cuidado, o que de repente pareceu um pouco difícil. Teve a sensação de que a língua ficara meio pesada e frouxa, como se quisesse ir por um caminho e Lucy, por outro.

Alex franziu a testa e linhas encantadoras de perplexidade surgiram. Por alguma razão, Lucy sentiu um impulso de alisá-las. Ele era mesmo muito fofo, sobretudo com a barba por fazer, que tinha crescido mais.

– Seu próprio hotel?

– Estamos trabalhando no caso de acessórios desaparecidos – disse Lucy, com um aceno casual das mãos, sentindo-se vacilar um pouco.

– Acessórios desaparecidos... Parece algum tipo de crime, detetive Smart.

Alex queria rir.

– Quer se juntar a nós? – perguntou Lucy, erguendo as sobrancelhas em um convite. Até que gostara do "detetive Smart". – É um bom nome para quem resolve crimes, não acha?

– Vocês andaram bebendo? – questionou ele.

Lucy arregalou tanto os olhos que ficou com medo de ter algum problema ocular.

– Só um golinho de nada, era para tomar coragem – respondeu ela, pronunciando cada consoante com muito cuidado para deixar bem claro que estava sóbria.

– Tomar coragem? Isso é alguma bebida holandesa?

– E por acaso já ouviu falar em vodca holandesa? – perguntou Lucy, fungando com desdém. – Acho que não.

Alex contorceu os lábios.

Não olhe para a boca dele. Não olhe para boca dele.

Isso era impossível. Ela olhou para a boca de Alex na mesma hora, que se retorcia para segurar uma gargalhada.

– Você vem com a gente ou vai ficar parado aí, com esse sorriso maliciador? – perguntou ela, cheia de dignidade, e refletiu se "maliciador" existia.

– Vou parar com o sorriso maliciador imediatamente, detetive Smart, e me juntar a esse grupo de elite de detetives ninjas. Aliás, belo traje.

Lucy estreitou os olhos. Ele estava mesmo zombando da meia preta na cabeça dela?

– Estamos disfarçadas – sussurrou Hekla e levou um dedo aos lábios. – Shhh.

Ela começou a andar na ponta dos pés pelo corredor. Lucy lançou um olhar de reprovação para Alex.

– Você vem ou não?

– Não perderia isso por nada – respondeu ele, empolgado, e as seguiu.

Por que ele estava tão animado?

A lavanderia estava em uma total escuridão, mas Hekla tinha buscado uma lanterna para cada um deles. Quando entraram na próxima sala, os fachos de luz tremeluziram, refletindo no vidro das imensas secadoras, que pareciam buracos negros à espera para sugá-los. Lucy acelerou o passo e passou por Alex e Hekla.

Seguiram para o outro cômodo, que estava silencioso, sem o costumeiro ruído da água nas máquinas de lavar. Lucy inalou o cheiro reconfortante de limpeza deixado pelo sabão em pó e pelo amaciante. O maquinário grande e branco repousava como sentinelas atentas no outro lado da sala. Lucy imaginou o vidro da frente como óculos a observá-los, que depois fariam um relatório para Eyrun. Ah, merda, não deveria ter tomado tanta vodca. Hekla, sem dúvida alguma, aguentava bem. Lucy não chegava nem perto dela. Na verdade, não tinha bebido tanto, mas, com o estômago vazio, a bebida subira direto para a cabeça.

– Aquele ali.

Lucy apontou a lanterna para as portas duplas do depósito que ficava no canto da sala. Ela remexeu no molho de chaves que tinha pegado no escritório, iluminando-o enquanto Hekla mantinha o facho de luz na fechadura. Era complicado lidar com a lanterna e as chaves ao mesmo tempo. E nenhuma delas chegava nem sequer perto de parecer a chave que procuravam.

De repente, o cômodo ficou totalmente iluminado. Hekla e Lucy se viraram e apontaram as lanternas para Alex, que estava parado ao lado do interruptor.

– O que está fazendo? – guinchou Lucy, o mais baixo que conseguiu.

– É sério? – Ele inclinou a cabeça, a voz com um tom de diversão. – Você já esqueceu quem é que manda aqui?

Lucy se endireitou em uma tentativa de aparentar mais dignidade, o que se mostrou meio difícil quando Alex começou a oscilar um pouco, ou talvez tivesse sido a sala.

– Bem, é claro que não... é só que...

– Ela tem medo da Eyrun – intrometeu-se Hekla, muito prestativa, o que não ajudou em nada.

– Ter medo é um pouco de exagero – protestou Lucy. – Prudência seria uma descrição mais fiel. – Pronunciar "prudência" era meio complicado. – Prudência – repetiu, sentindo a língua enrolar na primeira sílaba.

– Ah, sim – aceitou Alex.

Ela queria que ele ficasse parado. Estava muito difícil se concentrar.

– Sim, então, depósito. – Lucy se virou para fitar as imensas portas brancas. – Acho que nenhuma dessas chaves vai servir. Meleca. – Ela olhou para Hekla. – E agora?

– A gente pode arrombar usando as chaves de fenda – respondeu a jovem, inclinando-se contra a parede e começando a deslizar.

Lucy assentiu, a cabeça baixa ao acompanhar o avanço de Hekla.

– A gente pode fazer isso, mas e se não tiver nada aí dentro? Como vamos explicar para Eyrun?

– A gente teve uma... uma *mergência* – sugeriu Hekla, atingido o chão com um baque repentino, as pernas esticando-se para a frente, rígidas como estacas, feito uma boneca de madeira antiga.

– Que tipo de... *mergência*? – perguntou Lucy, franzindo a testa. Falar também estava complicado.

– Emergência de lavanderia. Muitas manchas nas toalhas de mesa.

– Isso, isso. – Lucy assentiu com sabedoria. – A gente precisou de removedor de manchas. A gente procurou removedor de manchas, isso, e a gente não encontrou nos armários porque eu não sei ler em islandês. Você não veio. Ela gosta de você. A gente não quer estragar seu disfarce. Então, fui *zó* eu. Eu *estava* procurando removedor de manchas pra lavar um montão de roupas, muita roupa, muito rápido, e a gente procurou removedor de manchas.

– Santo Deus! – murmurou Alex, de um jeito bem rude na opinião de Lucy.

Ele nem tinha sido convidado para a missão.

Alex parou na frente dela para dar uma boa olhada nas portas do depósito.

– Me dê a chave de fenda – disse ele, tirando-a com delicadeza da mão de Lucy.

– Vai arrombar a tranca? – perguntou Lucy. – Nosso herói. – Ela sorriu para ele.

Minha nossa, ele era uma beleza de se olhar, com aquele cabelo castanho um pouquinho comprido e a barba por fazer. Havia alguns dias que não se barbeava. Lucy gostou. Dava a ele um ar de pirata perigoso que poderia raptá-la quando bem entendesse.

Ai, meu Deus, ele estava falando algo com ela. Lucy piscou, sorrindo e dando um suspiro.

– Não. – Ele revirou os olhos. – Vou soltar as dobradiças de uma das portas. – Ele apontou para as dobradiças de cobre em cima e embaixo. – E remover a porta.

– Que esperto – disse Hekla com admiração, inclinando a cabeça para cima, ainda encostada na parede. – Não é esperto, Lucy?

– Genial. Eu nunca ia pensar nisso, nem em um milhão de anos. Por que falam assim? Por que não em um milhão de séculos? Seria mais hiper... hiper... hiperqualquercoisa. – Lucy desistiu.

– Vocês duas estão muito doidonas. – Alex balançou a cabeça, os olhos com um brilho divertido. Eram olhos bem bonitos. – Podem deixar a chave de fenda comigo. Acho que nenhuma de vocês vai conseguir fazer isso.

– É, eu... na verdade, não vou.

Lucy abriu mão da ferramenta e se encostou na parede enquanto esperava que a sala parasse de rodar.

Tirar os parafusos da porta não era nem um pouco difícil, mas ia demandar cuidado. Alex imaginou se as dobradiças do lado oposto seriam fortes o suficiente para aguentar o peso das duas portas e se a fechadura que as unia seria resistente o bastante para mantê-las na posição.

Ele olhou para as duas mulheres. A cabeça de Hekla estava caída, balançando, como se ela estivesse adormecida. Hekla não ajudaria em nada. Ele olhou para Lucy, que o encarava com grandes olhos de coruja e um sorriso bobo no rosto. Bêbada que nem um gambá e, ainda assim, uma graça. Era bom vê-la sorrindo de verdade. Ela não fazia isso com muita frequência. Aquilo abria a possibilidade de vir à tona uma Lucy Smart bem diferente e trouxe a Alex uma memória preciosa do dia em que foram a Gullfoss. Quando sorria, todo o rosto dela se iluminava.

– Lucy, o que acha de me dar uma ajudinha? – Aquilo podia acabar em desastre, percebeu ele, e confiar nela provavelmente não era a escolha mais sábia, mas era o que ele tinha. – Assim que eu tirar esses parafusos, vou precisar da sua ajuda. Você tem que segurar as portas para elas ficarem no lugar e não deixar o peso todo aqui, na fechadura.

– Beleza, você é quem manda. – Ela arregaçou as mangas, saltitando como um lutador de boxe prestes a entrar no ringue. – Vamos nessa.

Meio agachada, empinando o bumbum, ela deu alguns passos para a frente, quase dançando ao redor de Alex para chegar ao lugar que ele indicara.

– O que está fazendo? – perguntou Alex.

Ela se endireitou e dirigiu a ele aquele olhar soberbo que Alex já vira algumas vezes e agora achava divertido.

– Está debochando dos meus incríveis movimentos de ninja?

– Ah, é isso que eles são. Foi mal.

Alex contraiu os lábios para conter a risada diante da expressão séria, quase furiosa, no rosto dela.

– Pois fique sabendo que eu fiz caratê – avisou ela, erguendo a cabeça.

– Fez, não é?

Alex sorriu para Lucy e sentiu um aperto no peito quando ela o encarou com os olhos levemente vidrados, mas muito sérios e determinados. Apesar de toda a bravata, dava para ver uma vulnerabilidade nela. Desde que chegara, Lucy nunca pedira ajuda. A letargia inicial e a lenta tomada de decisão tinham sido substituídas por uma determinação quase obstinada de fazer o que fosse preciso.

– Você tem covinhas. – Ela ergueu a mão e acariciou o rosto dele. – São bonitinhas. – Respirou, a expressão se suavizando, os olhos de repente mais carinhosos.

Um calor floresceu no peito de Alex com o toque inesperado, que o surpreendeu e o fez desejar tomá-la nos braços e beijar aquela boca que estava a poucos centímetros da dele, curvada em um sorriso doce cheio de segredos.

– É – disse ele, brusco. – Fui um bebê muito fofinho. Agora, vai me ajudar ou não?

O coração dele disparou. O que ele estava fazendo ali? Em um universo paralelo, em Paris, já teria pedido que Gustave, o chefe da manutenção, abrisse a porta do depósito, e ele não faria um relatório para Quentin sobre o desempenho de Lucy.

Ela o contornou e se posicionou enquanto Alex, com cuidado, começava a soltar os parafusos do alto da dobradiça esquerda, confiando em Lucy para manter as portas no lugar.

– Você precisa colocar seu pé por baixo daquela fenda para impedir que a porta da esquerda caia e entorte as dobradiças da direita – instruiu ele.

Levou uns bons vinte minutos para desaparafusar tudo e puxar a porta, mas deu certo.

– Você fica desse lado – ele assentiu na direção da área onde as duas portas se encontravam – e eu fico com este aqui, e a gente arrasta para a frente.

E, pouco depois, Alex perguntou:

– É isso que vocês estavam procurando?

A fenda entre as portas tinha se alargado e revelava uma sala repleta de prateleiras com diversas almofadas brilhantes, mantas perfeitamente dobradas e caixas de pássaros de madeira, seus bicos e patas surgindo como varetas bizarras.

– Bingo! – exclamou Lucy, espiando pela porta. – Exatamente o que a gente estava procurando. Hekla! Hekla. Ah.

Ao se virar, Lucy viu Hekla dormindo no chão.

– Isso me deixou sóbria bem rápido. – Ela piscou para Alex. – Achei que a gente pudesse encontrar algumas coisas, mas não o conjunto completo.

– O que você quer fazer agora? – perguntou Alex.

– O que você faria?

Alex estremeceu. Ele estava ali para julgá-la. Era por isso que fora mandado para a pousada. Sabia exatamente o que faria. Como Lucy iria resolver aquilo? Para ser uma boa gerente, tinha que ser capaz de lidar com aquele tipo de situação.

– Não tenho ideia.

– Bem, eu tenho – disse ela, encarando-o com os lábios contraídos. – Eu não deveria ter que recorrer a esse comportamento ridículo. – Seus modos autoritários contrastavam de leve com o movimento da cabeça, que oscilava enquanto ela tentava indicar as portas do depósito. – Quero tirar tudo daí e levar para o lounge e para a biblioteca, onde deveriam estar. Estou muito irritada por isso ter ficado trancado assim. Onde Eyrun estava com a cabeça?

– Beleza, mas vamos ter que escorar as portas enquanto você tira tudo. Quer fazer isso de uma vez? E depois? Prefere deixar as portas assim mesmo ou colocar de volta no lugar?

Lucy refletiu sobre isso por um momento e então lançou um olhar calculista na direção dele.

– Não tenho que dar explicações a Eyrun. Se ela vir algum problema nisso, que venha falar comigo amanhã. Eu perguntei sobre essas coisas e ela disse que não sabia de nada. Agora estou em pé de guerra.

Alex sorriu, aliviado.

– Mas – disse Lucy, com um sorrisinho travesso – seria muito engraçado se a gente colocasse as portas no lugar.

– Seria?

– Ah, seria. – Agora Lucy parecia mesmo maquiavélica. – Se ela entrar no depósito e vir que está vazio, não vai poder falar nada, vai? Porque aí teria que admitir que os itens estavam aqui o tempo todo.

Alex esticou o punho cerrado na direção de Lucy e eles comemoraram a ideia com um soquinho.

– Acho que vou chamá-la de gênia do mal de agora em diante.

– Rainha Ninja gênia do mal, por favor – disse Lucy, com um meneio de cabeça digno da realeza.

Eles trabalharam em equipe para remover por completo a porta do depósito e, depois de tirá-la e escorá-la na parede, Lucy se abaixou para cutucar Hekla.

– Acorde.

A jovem levou um susto e ergueu o rosto com os olhos embaçados, encarando Lucy e então as prateleiras lotadas.

Hekla se levantou devagar, apoiando-se na parede.

– *Fokk* – disse ela, ofegando, os olhos arregalados de um jeito quase cômico ao ver os itens que tinham sido escondidos. – Você encontrou.

– Nós encontramos. Agora precisamos pegar tudo. Por que não vai dormir? Alex vai me ajudar a colocar isso em alguns carrinhos da lavanderia e vamos deixá-los no escritório esta noite.

Na sequência, Lucy murmurou algo ininteligível – a não ser pela palavra "Eyrun" – que Alex entendeu como "Puta merda, Eyrun vai ter um treco" ou algo nesse sentido.

– Pode ir – falou Lucy.

– Tem certeza? – perguntou Hekla, um pouco confusa.

– Sim, aí você não fica envolvida nisso. Você nem esteve aqui.

– Mas eu estive – respondeu a jovem, parecendo ainda mais desorientada.

– Você não viu o que a gente viu. Não tocou em nada. Se Eyrun perguntar, *você não sabe de nada*.

Lucy usou um sotaque espanhol bem conhecido, que fez Alex dar uma gargalhada e receber um olhar de reprovação dela. Parecia mesmo uma cena do seriado britânico *Fawlty Towers*.

– Vá se deitar, Hekla. Aí você pode alegar inocência para Eyrun. E colocar a culpa toda em mim.

Um lampejo de compreensão finalmente foi registrado e Hekla assentiu, solene.

– Tudo bem. Se você tem certeza disso...

Lucy lhe deu um empurrãozinho na direção da porta.

– Mas você fica bem feliz de me jogar na cova dos leões – provocou Alex, quando a porta se fechou atrás de Hekla.

– Mesmo que ela suspeitasse do seu envolvimento, com essa cara bonita e essas covinhas, você não teria dificuldade em usar seus encantos e se safar – disse ela, dando tapinhas na bochecha dele, o que deixou Alex bem menos animado.

Capítulo 18

– Você é o Alex, não é?

Droga. Era seu primeiro turno no café da manhã em um bom tempo, já que Olafur e Dagur estavam de folga, e, na pressa de se arrumar e chegar até o salão de jantar, tinha se esquecido por completo do risco de esbarrar com Jane e Peter.

– Oi. Bom ver vocês – disse ele, com educação, ocultando o fato de que a adrenalina fizera seu coração disparar à velocidade da luz. – Jane e Peter. Que mundo pequeno. O que fazem na Islândia?

– Viemos por sua causa, na verdade. Nina comentou que você tinha sido mandado para cá.

Alex lançou um olhar de cautela por cima do ombro, grato por não ter ninguém por perto para ouvir.

– E eu sempre quis vir aqui. Então Peter decidiu fazer uma surpresa. Vi você outro dia, mas sumiu antes que a gente pudesse conversar. Estávamos te procurando. Eu já ia perguntar na recepção seu horário de trabalho. Tenho certeza de que fica muito ocupado o tempo todo gerenciando o hotel.

Alex sentiu a pele ficar arrepiada. Será que dava para piorar? Como explicar que não era ele quem estava no comando, sem estragar seu disfarce?

– Bem, é bom ver vocês. Preciso...

Ele acenou com a cabeça na direção do bule de café em sua mão e de uma mesa do outro lado da sala.

Jane abriu um sorriso compreensivo.

– Acho muito legal que você continue ajudando, mesmo sendo o chefe.

– A gente faz o que tem que ser feito – disse ele e secou o suor frio que tinha brotado na testa.

Assim que serviu o café, ele correu para a cozinha e se apoiou em uma mesa, esfregando a testa.

– Tudo bem? – perguntou Gunnar, entrando com uma pilha de louça suja.

– Tudo certo.

Alex deu um leve sorriso e se endireitou enquanto a mente girava em um turbilhão. Qual era a probabilidade de Jane e Peter mencionarem para Lucy que o conheciam? Será que Nina contara ao casal por que ele estava ali? Alex tinha certeza de que sabiam que ele era o gerente do hotel de Paris. Lembrou-se de Nina ter mencionado que ele deixara Sebastian ficar em uma das suítes. Será que falariam sobre isso?

Como explicaria para Lucy? O que ela diria quando descobrisse que ele tinha mentido o tempo todo? Se fosse com ele, ficaria furioso. Mas Alex não podia contar a ela, não por enquanto. A negociação continuava em andamento e, embora os funcionários soubessem que a pousada estava sendo vendida, desconheciam quem era o comprador. Quentin não queria que ninguém soubesse que ele estava envolvido no acordo até que tudo fosse concluído. Não era um segredo de Alex, então não podia contar.

– Alex, a mesa 5 está esperando atendimento – informou um dos outros garçons.

– Valeu.

Alex se obrigou a deixar o assunto de lado e voltou para o restaurante.

– Bom dia – disse Clive, o diretor, que infelizmente estava nessa mesa. – Ah, é você. Garçom?

– Barman, garçom. Qualquer função em que precisem de mim.

Alex manteve o sorriso agradável, ainda que a falsa gentileza e a terrível noção de moda de Clive o irritassem e ele não gostasse de o sujeito ter insistido para que Lucy participasse da filmagem quando ela estava claramente desconfortável com isso.

– Pode trazer café?

Clive nem se deu o trabalho de olhar para Alex. Ele e Bob estavam bem próximos, abrindo um laptop na mesa.

Quando Alex voltou com duas xícaras de café, eles assistiam no laptop às tomadas que tinham filmado. Alex estava prestes a sair, porém notou uma cena. O rosto de Lucy, claramente tenso, o fez parar na hora. A pequena linha que vincava uma das bochechas o deixou incomodado.

Enquanto observava a tela, a cena mudou, o zoom diminuiu e a câmera fez uma panorâmica pelo corpo de Lucy, focando no volume dos seios na blusa justa. E ali ficou – Alex contou os segundos: um, dois, três, quatro, cinco, seis – antes de subir até o rosto pálido e tenso dela.

Aquele imbecil de merda! Alex fechou os punhos com força enquanto uma onda quente percorria seu corpo. Lançou um olhar de desgosto para o cinegrafista atarracado. Quis arrancar aquele sorriso nojento da cara dele.

Clive então percebeu a presença de Alex e se virou na direção dele. Remexeu-se na cadeira ao ver a expressão do chefe de bar. Ótimo.

– Alex! Não vi você aí.

O sorriso nojento de Bob ficou ainda mais largo. Uma veia pulsou na têmpora de Alex. Lentamente, ele se curvou na direção do cinegrafista, deixando o homem bem consciente de sua altura enquanto assomava acima dele.

– Presumo que estivesse prestes a cortar essa cena – sibilou ele, quase encostando o nariz no do pequeno verme.

Bob engoliu em seco, tentando se afastar, e seus olhos diminutos de tubarão se desviaram na direção de Clive.

– Ei, cara, calma aí – falou Clive, colocando a mão de forma descontraída no braço dele, como se todos ali fossem camaradas.

Alex sacudiu o braço, com uma expressão de nojo.

– Como eu disse, cortar essa cena seria benéfico para a sua saúde e a integridade do seu equipamento.

– Dê o fora – falou Bob, de repente encontrando coragem e erguendo a cabeça para Alex. – A gente tem os termos de liberação. Podemos filmar qualquer merda que a gente quiser. E um garçonzinho arrogante não vai nos impedir.

Alex ergueu uma sobrancelha e encarou o sujeito sem piscar. O restaurante tinha ficado em silêncio e todos olhavam na direção deles, ainda que nenhuma voz tivesse sido erguida. Era como se a ameaça serpenteasse pela sala em ondas silenciosas, perturbando o equilíbrio geral.

Bob engoliu em seco.

– Quer pagar para ver? – perguntou Alex, em uma voz baixa repleta de intimidação e uma raiva malcontida.

Clive tentou sorrir, mas sua voz saiu com um leve tremor.

– Como ele falou, temos os termos de liberação e a permissão da gerência para filmar.

– Sendo a gerência a pessoa que vocês estão assediando sexualmente nesse vídeo? – A voz de Alex irradiava desgosto.

A assistente de produção sentada em frente a eles estremeceu e lançou um olhar de repulsa na direção de Bob.

– Eu pensaria muito bem em quanto vocês querem continuar neste hotel e lembraria que há um nível de gerência acima disso e de vocês. – Ele travou o maxilar. – Apague isso agora.

Não era difícil encarar aqueles caras. Alex lidava com clientes desprezíveis e arrogantes havia uma década. Aqueles dois eram peixe pequeno.

Clive revirou os olhos.

– Está bem, calma aí. Tenho certeza de que...

– Você é casado? Tem namorada? – interrompeu Alex.

Clive afundou de leve no assento e assentiu em movimentos curtos. A assistente de produção jogou o rabo de cavalo por cima do ombro e cruzou os braços, observando com um interesse predatório. Alex quase sorriu. Não iria querer estar na pele de Clive.

– E você iria gostar se um merda qualquer exibisse os seios dela na televisão para o país inteiro?

Isso. Os olhos da garota se semicerraram enquanto ela se inclinava para a frente muito de leve.

Clive teve a decência de parecer envergonhado por dez segundos.

– Bob, você poderia... excluir a filmagem *ofensiva* para o Sr. Sensibilidade aqui?

Emanando ódio, Bob começou a selecionar os arquivos no laptop e bater nas teclas, contrariado e furioso.

– E vamos garantir que esse tipo de coisa não se repita? – O tom de voz de Alex podia parecer sensato, mas estava bem claro o que ele queria dizer.

Clive sorriu com deboche.

– É melhor tomar cuidado, garçom. Você pode acabar descobrindo que se dá valor demais.

A namorada dele revirou os olhos diante daquela ameaça patética. Alex deu um sorriso nada simpático.

– Eu não apostaria nisso.

Assim que saísse dali, ligaria para Quentin e para o mandachuva da produtora e também iria verificar se Lucy tinha assinado o termo de liberação. Não confiava em Clive ou Bob e podia acabar com eles.

– Ah, que maravilha! – bufou Lucy.

Alex ouviu a exclamação dela assim que entrou no escritório. Talvez não fosse uma boa hora para abordá-la.

– Bom dia – disse ele.

A gerente levara as mãos à cabeça e Brynja estava de pé, retorcendo as dela.

– Não acredito. – Lucy se virou para ele. – Tem uma ovelha na hidromassagem.

– Ahn, agora?

– É, agora. Não tenho a menor ideia de qual é o procedimento nesse caso, mas sei que alguém vai ter que entrar lá e pegá-la. – Ela fez uma careta de nojo. – E é claro que Magnus não está aqui hoje. E Olafur foi até Hvolsvöllur para resolver o lance dos estepes. Não podia ser em pior hora. E se a porcaria da equipe de filmagem ficar sabendo... – Ela estremeceu. – Já estou até vendo a beleza que isso vai ficar na televisão. Sinceramente, acho que estamos amaldiçoados.

Lucy já estava pegando um casaco e puxando um par de galochas de debaixo da mesa.

Alex achava que o problema era um pouco maior do que maldição e suspeitava que ela também achasse. Lucy Smart era um nome que combinava bem com ela. Era bem esperta, como sugeria seu sobrenome em inglês.

– Ou talvez os *huldufólk* existam mesmo. – Ela olhou rápido para Brynja. – Desculpe.

– É isso que acontece – disse a jovem. – Você acha que é só conto de fadas, mas... – Ela deu de ombros, os olhos arregalados indo de Lucy para Alex, como uma coruja amistosa. – Você não quer acreditar.

– Só sei que eu preciso tirá-la de lá agora, depois vejo se os rapazes da manutenção podem vir aqui fazer o que for necessário.

– Ninguém se ofereceu para ajudar? – observou ele.

– Ainda não pedi a ninguém. Por quê? Está se oferecendo?

– Não está no topo da minha lista de coisas interessantes para fazer hoje, mas, se as outras opções derem pra trás, eu ajudo. Quer uma mãozinha?

– É sério? – Ela o fitou, a expressão ficando mais suave. – Minha esperança era de só precisar ajudá-la a sair. Não quero mesmo entrar na água com ela e não tenho ideia de quanto pesa uma ovelha.

A ovelha subia e descia na água, boiando e balindo de um jeito que dava dó.

– Pelo menos ela não está com frio – falou Lucy.

– E parece que sabe nadar – acrescentou Alex.

– Ou boiar. Mas como é que esse animal entrou aqui? – Lucy semicerrou os olhos e esquadrinhou a cerca ao longo da propriedade. – Parece mais do que uma simples coincidência.

– Então você acha que foi de propósito? – perguntou Alex. – Eu estava pensando nisso.

– Quem você acha que eu sou? Ovelhas valem um bocado por aqui. E temos uma boa cerca para evitar que esse tipo de coisa aconteça. Não tem a menor chance de que esse bicho tenha andado até aqui e caído aí dentro. Alguém ajudou a coitadinha da Dolly.

– Estão mandando um recado e tanto.

– Sim, mas quem e por quê?

Ela o encarou com astúcia e sustentou o olhar. Alex não tinha motivo nenhum para se sentir culpado... Ah, tinha, sim. Tinha muitos, mas não por isso.

– Sou só um garçom. Não tenho motivo nenhum para sair por aí fazendo ovelhas entrarem em hidromassagens.

Um leve sorriso rondou os lábios de Lucy e Alex percebeu que talvez estivesse um pouco na defensiva quando, na verdade, não precisava.

– Eu tenho achado que pode ser – disse ela, sua atenção de volta à ovelha na água – um ex-funcionário ou alguém querendo revanche. A única forma de descobrir algo é sair fazendo perguntas. Parece que Hekla sabe de tudo, mas, se eu começar a questioná-la, ela pode achar de novo que não confio nela. Já deixei Hekla chateada uma vez, não quero repetir o erro.

– Quer que eu sonde? – ofereceu ele. – É fácil puxar uma conversa fiada sobre os acontecimentos e perguntar o que ela acha.

– Isso seria ótimo – respondeu Lucy, com tanta rapidez que ele percebeu que ela o manipulara direitinho.

Ele riu.

– Delegou muito bem.

– Desculpa, ficou tão óbvio assim?

Lucy deu um sorriso conspiratório e seu rosto se iluminou, os olhos brilhantes e astutos cheios de perspicácia. Alex se demorou um pouco mais observando o rosto dela. Bem esperta. E, ainda assim, havia uma vulnerabilidade ali que ela mantinha oculta. Ele ficou ainda mais satisfeito por ter resolvido a questão com Clive e Bob naquela manhã. Lucy não merecia aquela nojeira toda.

Alex piscou para Lucy.

– Só porque é exatamente o que eu teria feito no seu lugar.

– Você é um desperdício como garçom. – Assim que disse isso, ela tampou a boca com a mão. – Desculpe. Que grosseria! Eu não quis dizer que... Não tem nada de errado em ser garçom, é só que...

Lucy fez uma careta agoniada e Alex ficou louco para acabar com o sofrimento dela, mas o que ele poderia dizer? Mentir já era bem ruim. Aumentar a mentira faria com que ele se sentisse muito pior. Mas havia uma parte dele que estava gostando de vê-la sem jeito e com as bochechas rosadas.

– Enfim – prosseguiu ela, recompondo a pose profissional, os olhos atraídos outra vez para a ovelha. – Precisamos tirar Dolly daí. Acho que temos que tentar atrair a ovelha até a lateral. Se bem que não sei direito se ela está nadando ou boiando.

– Como você sabe que é fêmea?

Ele estava impressionado.

– Sei lá! – Lucy balançou a cabeça. – Mas ela precisa da nossa ajuda e soa mais gentil se referir a ela como ela – respondeu Lucy, erguendo o queixo como se o desafiasse a discordar.

Algo dentro dele se remexeu ao ver aquele queixo desafiador e a defesa generosa da ovelha, e o fez pensar que, talvez, fosse Lucy quem precisasse de ajuda e gentileza dessa vez. Ela parecia achar que tinha que dar conta de tudo sozinha.

Lucy se ajoelhou ao lado da água.

– Não sei se ela consegue vir até nós. Além de capim, ovelha come o quê? E como a gente faz para ela sair daí?

Alex imaginou Lucy segurando punhados de capim e deu de ombros.

– E o equipamento da hidromassagem? – sugeriu ele. – Sabe, aquelas redes que os caras da manutenção usam para limpar piscinas. Talvez a gente pudesse usar algo assim para empurrá-la até a lateral e aí nós a puxamos.

– Ótima ideia. Vamos dar uma olhada no barracão e ver o que tem lá. – Ela foi na direção dos anexos que ficavam no leve declive atrás deles, bem no limite do terreno. – Acha que um de nós deveria ficar com ela?

Alex deu uma olhada na ovelha, que, apesar de balir, não dava ares de estar muito agitada. Não se debatia nem parecia em pânico. Não que ele fosse especialista no assunto.

– Bem, ela não parece correr o risco de se afogar. Acho que podemos deixá-la sozinha por alguns minutos.

– Minha preocupação é que algum hóspede ou a equipe de filmagem venham até aqui.

Lucy mordiscou o lábio e olhou para trás, na direção da grande janela que refletia o céu azul da manhã e as colinas do outro lado. Não dava para saber se alguém estava olhando lá para fora.

Ele a cutucou com o cotovelo.

– Os hóspedes estão todos ocupados, saindo para aproveitar o dia, e a equipe de filmagem está revisando as gravações que eles já têm. Vamos. Se formos logo, a gente deve conseguir tirar a ovelha antes que alguém nos veja. E acho que não dá para ver a bichinha lá do hotel.

Lucy foi meio andando, meio correndo até o barracão e, assim que abriu a porta, acendeu algumas luzes para que eles conseguissem enxergar algo naquele lugar sombrio que continha vários equipamentos e ferramentas.

– Perfeito – disse Lucy, então foi até a parede do lado oposto, pegou uma rede de haste longa e formato triangular e a ergueu triunfante, como se fosse uma princesa guerreira com uma lança.

Alex sorriu diante daquela imagem: a rede em punho, os lábios da gerente formando uma linha de determinação.

– A gente pode levá-la até a lateral com isso – disse Lucy.

– Você já capturou uma ovelha antes? – provocou ele.

– Não, mas sempre tem uma primeira vez para tudo.

O sorriso inesperado e cheio de animação que ela exibiu o deixou baqueado e, por algum motivo, ele perdeu o ar.

– Sério, esse trabalho pode ser bem bizarro, mas é por isso que eu amo... – Ela fez uma pausa e inclinou a cabeça, como se atingida de repente por uma revelação incrível. – É por isso que eu amo. Eu amo meu trabalho. Tinha me esquecido disso.

Lucy já seguia na direção da porta.

Respirando bem fundo, Alex se virou e se recompôs, porque algo no sorriso dela o deixara meio fora do prumo. Seu impulso era abraçá-la e dizer que vinha se saindo muito bem, mas Lucy estava toda agitada e em modo profissional. Além disso, o gesto poderia acabar sendo uma distração para os dois. Desconcertado pelas emoções conflitantes, ele desviou o olhar. Mas o que era... Ele soltou um assobio longo e bem baixo.

– O que foi?

Lucy se virou e olhou para onde Alex apontava.

– Olhe aquilo ali. Perto do gerador. Acho que precisamos de um desses. O tempo pode ficar bem ruim e estamos muito isolados.

Ele sabia que estava tagarelando, mas a amarga confirmação de suas suspeitas misturada à necessidade de reprimir o instinto natural de confortar Lucy tinham embaralhado sua mente.

O olhar da gerente seguiu a direção do dedo de Alex. Dois pneus grandes estavam apoiados contra um enorme gerador de energia elétrica.

– Desgraça! – murmurou Lucy, a animação desaparecendo na hora enquanto ela ia até os pneus e lhes dava um leve chute de desgosto. – Como é que eles vieram parar aqui? Aqueles *huldufólk* devem ser muito fortes e espertos. – Lucy contorceu os lábios com sarcasmo e acrescentou com uma carranca: – Houston, temos um problema.

Ainda segurando a rede, ela pôs a mão no quadril e soltou um longo suspiro.

– Droga. Eu estava torcendo para que fosse só coincidência. Que idiota, hein?

Alex apenas remexeu os ombros e balançou a cabeça.

Lucy jogou a cabeça para trás com desgosto. Então ergueu o queixo, decidida. Alex só pôde admirá-la.

– Nesse meio-tempo, temos uma ovelha para salvar.

– Ai, droga – disse Lucy quando Alex se inclinou o máximo que podia para a frente, tentando guiar Dolly até a borda para que Lucy pegasse a ovelha.

Era mais difícil do que aquela brincadeira de pegar maçãs na água com a boca. Assim que ele tentou alcançar a traseira do animal, a criatura mergulhou e se afastou para o lado oposto da hidromassagem retangular. Mas Alex se recusava a aceitar a derrota. Inferno de animal. Será que não via que ele queria ajudar? E por que Alex estava fazendo aquilo?

Pelo que pareceu a enésima vez, ele contornou a hidromassagem, com Lucy logo atrás. Era ridículo. Os dois deviam estar parecendo ridículos. Mas ele não iria desistir. Não enquanto Lucy o observasse como se ele fosse um herói. Agora a ovelha estava boiando bem no meio do tanque, fora de alcance. Se ao menos conseguisse se esticar só mais alguns centímetros...

Alex se desequilibrou na borda por um instante e sentiu uma onda de adrenalina ao quase cair na água. O que estava tentando provar?

– Deixe eu tentar – pediu Lucy, olhando mais uma vez por cima do ombro.

Dava para ver que ela estava ansiosa com a possibilidade de que alguém visse aquela palhaçada toda. Já estavam na tarefa havia vinte minutos.

– O quê? Acha que pode fazer melhor? – respondeu ele, com um quê de aborrecimento.

Tudo bem, ele estava sendo infantil, mas aquilo era muito irritante. Era mesmo tão difícil tirar aquela maldita coisa dali? Os olhos vidrados da ovelha pareciam astutos e com uma alegria maligna, como se ela gostasse da caçada. Alex a fulminou com o olhar. O animal sortudo estava bem quentinho, ao passo que Alex começava a ficar seriamente gelado por causa dos diversos respingos que tinham molhado sua roupa. Ele bateu a rede na água, tentando formar ondas para fazer a ovelha flutuar até o outro lado.

– Não – falou a gerente e fez um beicinho, como se tentasse conter uma risada.

– Está rindo de mim? – disparou ele.

Na mesma hora, Lucy arregalou os olhos em uma expressão de pureza que não enganava ninguém. Ela contraiu os lábios.

– Rindo, não. Não. Rindo... – Os olhos dela cintilaram de leve. – Mas é... – Ela deu uma risadinha. – É como se fosse homem *versus* animal. Você está determinado a não perder a briga.

Alex se aprumou e olhou com irritação para a ovelha e depois para Lucy. Estava prestes a jogar a rede para ela com uma frase bem infantil, tipo "então tente você", quando percebeu que a situação toda era ridícula.

– Precisa me ver jogando Fifa no Xbox – comentou ele, com um sorrisinho.

– Você é competitivo assim, é? – perguntou ela, deixando uma risadinha escapar ao fitá-lo.

– Ah, sou. E estou determinado a tirar essa ovelha daí.

Com mais um impulso, ele se esticou na direção da ovelha, ciente do sorrisinho nos lábios de Lucy. A rede farfalhou pela água e Alex se inclinou ainda mais. *Firmeza, Alex*, disse a si mesmo. Não queria cair na água bem na frente de Lucy, mas era como se ela o tivesse desafiado – e ele não iria declarar derrota. A ovelha passou a boiar na direção oposta. Se desse uma corrida até lá, poderia puxá-la para o lado e içá-la.

Ele seguiu desajeitado pelo deque, escorregando nas poças feito um personagem de desenho animado. Por pouco não caiu na água. Quando chegou ao lado em que a ovelha estava, ajoelhou depressa para pegá-la, mas o bicho apenas baliu, bateu as pernas e nadou para longe.

– Saco! – disse Alex.

Lucy caiu na risada.

Ele a encarou, incapaz de ver a menor graça. Segurou a rede com mais firmeza e a estendeu na direção da ovelha de novo. Conseguiu enganchá-la pela cabeça, e os balidos indignados e estridentes do animal encheram o ar.

– Venha aqui, coisinha idiota, estou tentando ajudar – falou ele, por entre os dentes, segurando a rede e esforçando-se para puxar a ovelha.

Lucy riu outra vez. As linhas tensas que costumavam marcar o rosto dela sumiram, como se não risse tanto e tão abertamente fazia um bom tempo. Ele parou, os dedos gelados no cabo da rede, e notou o absurdo daquela cena. Se sua equipe de Paris o visse agora... Ele não pôde conter um sorriso. Seus funcionários estavam acostumados a vê-lo em ternos caros e bem-cortados, calmo e no controle do hotel movimentado, como um capitão no leme.

– Que bom que está achando graça, mas tem alguma sugestão? – perguntou ele, com um sorriso torto.

Lucy contraiu os lábios, os olhos brilhando. Ela então olhou para a água.

– E não, eu não vou entrar.

– Não achei que fosse – disse ela, alegre e fazendo uma careta. – Esse problema é meu.

Lucy jogou o cabelo por cima do ombro e, em um movimento repentino, tirou o casaco, largando-o no chão.

Sem conseguir acreditar, Alex a observou puxar o suéter e a blusa pela cabeça em um só movimento.

– Lucy?

Antes que ele pudesse dizer algo mais, ela já estava chutando as botas para o lado e tirando a saia e a meia-calça.

Como um pateta inútil, ele ficou de boca aberta diante dela só de sutiã e calcinha. Sem palavras. Uau, ela era linda. *Desvie os olhos, Alex, desvie os olhos.* Mas ele não conseguiu se conter e deu uma espiada nos seios fartos e arredondados que preenchiam o sutiã branco de renda e na pele clara e lisa da cintura fina. Então, estremecendo como se estivesse se preparando, Lucy pulou na água.

Ela nadou, determinada, na direção da ovelha.

– O que você está fazendo? – perguntou ele, como um bobo.

A gerente lhe lançou um olhar, como se dissesse: "O que acha que estou fazendo?"

Como uma espectadora no meio de uma quadra de tênis, a ovelha virou a cabeça de um lado para outro emitindo um balido alto, mas Lucy foi direto até ela, ficou de pé e começou a empurrá-la na direção de Alex. Demorou menos de um minuto para que o animal chegasse até a borda e Alex se agachasse e encarnasse um criador de ovelhas australiano para pegar aquela massa de lã encharcada e tirá-la da água. A maldita criatura era mais pesada do que ele pensava, mas, diante do sorriso de Lucy e de seus olhos cheios de presunção, não havia possibilidade de ele largar o animal.

Assim que pousou no deque, a ingrata criatura saiu batendo os cascos pela madeira, sem nem olhar para trás, e disparou campo abaixo, na direção da cerca, balindo pelo caminho.

– Tão típico – rosnou Alex, enquanto Lucy ria de novo, os olhos brilhantes, transbordando uma alegria reprimida.

– É engraçado – falou ela, com uma risada, os ombros tremendo e fazendo a água ondular por seu colo e seus seios.

Alex semicerrou os olhos e então, incapaz de se controlar, riu junto.

– É uma forma de encarar. Quer ajuda?

Ainda apoiado em um joelho, ele se inclinou para a frente e esticou a mão, em parte imaginando se ela o puxaria. Por ser um cavalheiro, tentou não prestar atenção no colo dela. A gerente tirou o cabelo do rosto e o movimento fez os seios firmes se erguerem.

Lucy cruzou o olhar com o de Alex e ele percebeu que, apesar das boas intenções, a encarava e todo o sangue em seu corpo se concentrara onde não deveria, fazendo seu jeans ficar apertado e desconfortável. E, para piorar, os olhos dela estavam na mesma altura do local.

Ele ajeitou o jeans como se nada houvesse acontecido. Ao olhar para Lucy, porém, notou o forte tom rosado em seu rosto, enquanto ela encarava o chão. Havia uma vulnerabilidade incomum nela, o que incitou o desejo intenso e súbito de tomá-la nos braços.

Lucy olhou para ele, insegura e acanhada. O coração de Alex deu um tranco no peito, perdendo o compasso por completo.

– Vamos tirar você daí.

Ele esticou a mão e puxou Lucy. Ao ser atingida pelo ar frio, ela cruzou os braços na mesma hora e se encolheu, rígida. Sem pensar duas vezes, ele abriu o zíper do casaco e o enrolou ao redor de Lucy, puxando-a para si. Assim que abraçou o corpo macio e molhado, a única coisa em que Alex conseguiu pensar foi que queria beijá-la. Ali mesmo, aqueles lábios rosados e pálidos. Ela ergueu a cabeça, os olhos alertas fixos nos lábios dele. Aquilo era a timidez levando a melhor, tão diferente da atitude sempre prática e determinada de Lucy. Ele abaixou a cabeça e roçou os lábios nos dela com muita delicadeza, o que a fez puxar o ar de repente, no susto. Alarmes soavam em sua cabeça – aja com cuidado –, mas ela ergueu mais a cabeça, como um girassol, e um sorriso trêmulo reluziu em seus olhos. Então Alex a beijou outra vez, puxando-a ainda mais para si, para o abrigo de seu casaco. Os lábios dela encontraram os dele em uma exploração cautelosa e, apesar de querer aprofundar o beijo, ele se conteve, porque percebia certa fragilidade em Lucy.

Quando os dois se afastaram, encarando-se, os olhos dela estavam atordoados e alertas outra vez. Então, por instinto, ele a puxou para um abraço e a segurou contra si. Ela o abraçou também, aninhando-se ali por um instante.

– Precisamos entrar para você se aquecer. O tempo não está propício para nadar.

Ela suspirou e ele sentiu aquele pequeno corpo estremecer.

– Obrigada, Alex.

Ele não entendeu o porquê do agradecimento, mas se sentiu como um herói desbravador e sorriu como um bobo para ela. O que estava acontecendo com ele? Aquilo ali era o comportamento clássico de um cara gente boa. O que fora feito do profissionalismo? Era para ele avaliar Lucy e o hotel. No entanto, qual era a diretriz corporativa referente a salvar uma ovelha de uma hidromassagem? Ou se apaixonar por alguém que seu chefe talvez fosse demitir em algumas semanas?

Capítulo 19

Hekla explodiu. E como explodiu: uma sequência de palavrões ecoou pelo escritório enquanto Lucy falava com Brynja e Kristjan na mesa da recepção. Apesar do idioma diferente, a veemência no tom da jovem deixava bem claro para Lucy que ela não estava proferindo elogios.

Um silêncio de estupefação pairou no ar, então os três olharam pela porta do escritório.

– *Ónytjungur* – rosnou Hekla, arrancando da impressora um papel já todo amassado.

– Mais ou menos traduzido como...? – perguntou Lucy para Brynja, que tentava segurar a risada.

Era bem engraçado: deusa viking loura e alta *versus* caixa de plástico preta achatada, a primeira cercando a segunda, como se pudesse destruí-la a qualquer instante. Só precisava de uma adaga grande adornada com símbolos rúnicos.

Brynja fez uma careta e sussurrou:

– Saco de merda inútil.

Para ser justa, a impressora tinha ficado bem temperamental nos dias anteriores, embora fosse inimiga declarada de Hekla desde sempre. O equipamento estava causando muitos problemas, porque todos dependiam dele para imprimir o recibo dos hóspedes no fim da estadia. Como a impressora prendia as folhas de vez em quando, aquilo atrasava as pessoas que tentavam fazer o check-out, já ansiosas para pegar os respectivos voos.

– Ei, Hekla. – Kristjan jogou um livro pesado para ela. – Que tal espancar até a morte?

A jovem pegou o livro num gesto rápido, cortando o ar com ele. Lucy achou que ela fosse jogá-lo de volta na cabeça do rapaz.

Kristjan encolheu os ombros e saiu correndo para sua cozinha, enquanto Hekla soltava mais uma sequência de insultos furiosos. Ela voltou para a mesa pisando forte e começou a espancar o teclado do laptop.

– Oi – disse Lucy. – Qual é o problema?

– Estou tentando imprimir o itinerário do tour do Círculo Dourado para o grupo que chegou ontem. A companhia de turismo vem buscá-los às dez horas. E a... – ela usou uma palavra em islandês que Lucy entendeu bem – ... da impressora não funciona. Eles vão aparecer a qualquer momento.

– Muito bem. – Lucy olhou para a pilha de papel amassado e tomou uma decisão. Então fez um gesto que nunca faria no último hotel: passou um dos braços pelos ombros de Hekla e deu um leve aperto. – Por que não vamos colocando as folhas uma a uma por enquanto? Termine isso e depois vamos até Reykjavik comprar uma impressora nova. – Então acrescentou: Brynja, não temos muitas reservas esta noite. Vamos deixar por sua conta. Qualquer coisa, é só nos telefonar.

– Mas... – começou a protestar Hekla, com o lábio inferior tremendo.

Lucy apertou o ombro dela de novo.

– Vamos lá. Você não sai daqui há dias. Aposto que uma mudança de ares vai te fazer bem. Podemos sair e almoçar. Você me mostra um pouco mais da cidade e compramos uma impressora nova.

– Impressora nova. – Hekla deu um sorrisinho de escárnio e triunfo para a atual. – Rá, sim! Uma impressora nova. – Ela já pegava seu casaco no encosto da cadeira. – Vou pedir as chaves do jipe para Olafur. Ele não vai se importar, contanto que a gente esteja de volta a tempo para que ele leve a equipe de filmagem para sair hoje à noite.

– Beleza. Me dê dez minutos. Eu preciso... hã...

Lucy deu uma olhada disfarçada no relógio e então franziu o nariz, um pouquinho decepcionada. O café da manhã tinha terminado fazia meia hora. A equipe de garçons já teria saído haveria um bom tempo. Alex estaria de serviço pela manhã. Ela deu um meneio de cabeça genérico para Hekla e foi até a recepção. Lucy não o via desde a manhã do dia anterior, embora ele parecesse ter dominado todos os pensamentos dela. Aquele beijo. Nossa, aquele jeito... O primeiro beijo naquela noite, no lounge dos funcionários, fizera o coração dela disparar. O outro, diante da hidromassagem, nem se comparava. Ela sentia as bochechas esquentarem só de lembrar. E o que tinha dado nela para tirar a roupa daquele jeito? Meu Deus, será que não aprendera a porcaria da lição? Pelo amor de Deus, era chefe dele.

E então, como se o tivesse feito aparecer por mágica, lá estava Alex, cruzando o saguão na direção dela, ainda com o uniforme de garçom, absurdamente lindo com a calça preta elegante e a camisa branca com alguns botões abertos no alto, como se ele estivesse se trocando e houvesse lembrado de algo urgente. Só faltava uma gravata-borboleta na mão para ser a perfeita imagem do homem sensual de smoking depois de uma noitada na cidade. Lucy sentiu a boca ficar seca.

– Oi, Alex. – A voz dela saiu em um tom estranhamente agudo.

– Oi, Lucy. – Ele deu um sorrisinho para ela. – Nenhum problema com ovelhas hoje?

– Não, ainda bem. E muito obrigada pela ajuda ontem.

Mantenha o tom profissional, disse a si mesma.

– Não tem de quê.

Os olhos dele brilharam, fixos nos dela. Lucy engoliu em seco e o tal profissionalismo voou janela afora. Uma onda quente percorreu seu corpo ao pensar, pelo que pareceu a milésima vez em 24 horas, naqueles beijos cheios de carinho. Ela precisara lutar com todas as forças para não aparecer na cozinha naquela manhã só para vê-lo. Desde o dia anterior, vinha tentando se convencer de que ele apenas oferecera conforto durante uma situação de estresse. Era chefe dele. Beijá-lo era errado. Querer beijá-lo de novo era mais errado ainda... Seu cérebro ficava confuso quando ele estava por perto.

– Kristjan ainda não pegou o menu impresso de hoje. – A voz de Alex interrompeu os pensamentos dela. – Pensei em vir aqui e buscar para ele.

Lucy franziu a testa.

– Mas ele acabou de sair daqui – disse ela, olhando confusa para o escritório atrás de si.

O jovem chef sabia que a impressora estava fora de combate.

– Ah, e-eu, hã... – gaguejou Alex.

Lucy contraiu os lábios, intrigada por ver Alex constrangido, algo nada típico dele. Mas o homem se recuperou bem rápido e aqueles flocos cor de âmbar nos olhos castanhos captaram Lucy com firmeza.

– Bem, agora estou aqui. – E o Alex normal e controlado estava de volta. – Estou planejando uma caminhada na geleira e sei que você gostou da ida até Gullfoss. Quer vir comigo?

O coração de Lucy deu um salto.

– Seria ótimo – respondeu ela, tentando fingir um tom casual como o dele, apesar da empolgação só de pensar em passar um tempo com Alex.

Os batimentos dela estavam ridiculamente acelerados, ignorando por completo a voz grave em sua cabeça que ressaltava questões desagradáveis, como limites e direitos trabalhistas.

O caminho até Reykjavik era praticamente o mesmo que Lucy tinha feito na viagem com Alex, embora, com Hekla ao volante, ele ficasse um pouco diferente. Alex era cauteloso e atento à estrada, já Hekla parecia não saber o significado da palavra "cuidado". Ela corria nas curvas, invadia o acostamento várias vezes e virava a cabeça para conversar com Lucy, desviando o olhar da estrada constantemente.

Agarrar-se ao banco e ficar de olho na estrada sem dúvida distraiu Lucy dos pensamentos sobre Alex e sobre como vinha se sentindo em relação a ele, e ela ficou grata quando avistou os arredores da cidade.

– Vamos estacionar perto do porto, aí dá para ver o Harpa, que é uma sala de concertos e centro de conferências, e o Sun Voyager, uma escultura linda de um barco dos sonhos. É uma das coisas que mais gosto de ver aqui, ainda que eu não goste muito da cidade – falou Hekla, enquanto passavam pelo centro.

Lucy percebeu que, embora não tivesse sentido falta da vida numa metrópole até então, agora que estava ali, seus sentidos tinham aflorado. O lugar mais parecia uma cidade pequena em vez de um grande centro, com ruas amplas e casas muito, muito lindas, brancas com telhados coloridos – e, andando até outra parte da cidade, viram que as casas eram vermelhas, verdes, um azul lindíssimo, laranja e até verde-lima.

O céu tinha clareado desde a manhã e nuvens leves cruzavam o azul que se refletia na imensa fachada de vidro do impressionante Harpa, que Hekla explicou ser o lar da Orquestra Sinfônica da Islândia e da Ópera Islandesa. Parecia um lugar moderníssimo, empoleirado na beira do velho porto como um pedaço de gelo pontiagudo. Seu mosaico de vidro bem diferente fez Lucy pensar em uma colmeia gigante congelada.

– Já que não estamos com muito tempo, vou levar você até a Hallgrímskirkja, a maior igreja da Islândia. É muito bonita... Bem, eu acho. Foi construída do mesmo jeito que um vulcão se forma. – Ela deu um sorrisinho. Seu adorável rosto estava animado e feliz, como se a explosão de mais cedo nunca tivesse acontecido. – E você sabe que eu adoro um vulcão.

– Dá para dizer que você tem alguma afinidade com eles – disse Lucy, com um sorriso irônico.

Hekla entrelaçou o braço ao de Lucy e a levou por algumas ruas, até chegarem a uma mais comprida, Skólavörðustígur. Era mais larga e muito limpa, com várias lojinhas de artesanato, de lembrancinhas e cafés interessantes. Lucy insistiu para que parassem em uma chamada The Puffin. Ela ficara encantada com os icônicos papagaios-do-mar, que davam nome à loja.

– Você sabe que a gente come esses bichos, né? – falou Hekla, seus enormes olhos azuis cheios de pesar.

– Não! – exclamou Lucy. – Que horror.

– Na verdade, é mais coisa de turista do que de morador.

– Bem, já vou avisando: nunca teremos papagaio-do-mar no cardápio da pousada Aurora Boreal – declarou Lucy.

Sair para olhar vitrines em Reykjavik era bem divertido. Claro que, de certa forma, era algo bem turístico, mas, ao mesmo tempo, era óbvio que o povo ali tinha um bom olho para design e conforto. Para alguém acostumado a um sem-fim das mesmas redes de lojas, era uma revelação. Elas pararam em frente à vitrine de uma joalheria que tinha uma exposição bastante impactante. Lucy foi atraída por um anel de ouro simples, com uma pedra de formato irregular em um tom azul-esverdeado claro.

– Tem noção de como os quadros venderam bem? – comentou Lucy. Tinham vendido três para hóspedes na semana anterior.

– O que acha de a gente expor mais arte e design locais na pousada? – indagou ela a Hekla.

– *Ja*. É uma boa ideia. Na recepção. A gente pode colocar umas prateleiras no canto e quadros no bar.

– Exatamente o que eu estava pensando. Venha.

Lucy assentiu na direção da entrada da joalheria e, sem esperar, empurrou a subgerente para dentro.

O proprietário, que ficou empolgado com a ideia de uma exposição na pousada, discutiu os detalhes com Hekla enquanto Lucy perambulava pelas vitrines e acabava sendo atraída pelo mesmo anel. Era terrivelmente caro, mas ela não gastara nada do salário desde que chegara. E, seis semanas antes, não ousaria comprar nem mesmo um café. Como as coisas tinham mudado... Ela olhou para Hekla. Fizera novos amigos, começara a se apaixonar pelo lugar e a pousada Aurora Boreal estava entrando nos eixos. Até as avaliações do TripAdvisor tinham melhorado e, poxa, ela podia fazer muitas melhorias ainda. Não estava pronta para deixar a pousada.

– É amazonita – falou Hekla, parando a seu lado enquanto Lucy olhava mais uma vez para o anel. – Você deveria comprar. Em comemoração.

Lucy a encarou.

– Era exatamente o que eu estava pensando.

Ao saírem da loja, tinham fechado um acordo para uma exposição na semana seguinte e uma caixinha branca repousava no bolso de Lucy, que perguntou:

– Hekla, você sabe mais algum detalhe sobre a venda da pousada?

A jovem sempre parecia saber de tudo antes de todo mundo.

– Não. Estranho... Faz um tempo que não temos nenhuma novidade. Talvez não aconteça por agora. As avaliações estão cada vez melhores. Talvez o Sr. Pedersen mude de ideia.

Lucy cruzou os dedos dentro do bolso. Infelizmente, talvez estivessem deixando compradores em potencial ainda mais interessados.

Hallgrímskirkja talvez fosse a construção mais impactante que Lucy já vira: uma torre gótica moderna feita de concreto, que trouxe à sua mente a torre branca de *O Senhor dos Anéis*. Não conseguia decidir se gostava dela ou não. A simplicidade e a elegância dos contornos lhe agradavam, porém ela dava a impressão de ser muito árida e fria.

— A vista lá de cima é fantástica — contou Hekla. — Tem elevador, se quiser subir.

— Vamos! — Lucy sorriu para ela. — Quero ver a vista e, depois, que tal almoçar? E aí é melhor irmos até a loja de eletrônicos.

— Talvez você pudesse comprar uma máquina de café para o lounge dos funcionários também — sugeriu Hekla. — Aí o trabalho deve render.

O escritório tinha se tornado um ambiente muito mais sociável desde que a máquina de café chegara, o que fez Lucy lembrar que precisava renovar o estoque de cápsulas, principalmente as de chocolate quente, que tinham se mostrado muito populares.

Lucy balançou a cabeça.

— Gosto que o pessoal venha até o escritório para tomar café, faz todo mundo se encontrar. — Ela deu um sorrisinho astuto. — E isso dá a Kristjan uma boa desculpa para ver você.

Hekla sorriu com timidez e seu rosto se iluminou.

— Ele gosta de café.

— Ele gosta da Hekla.

A jovem ficou remexendo no zíper do casaco acolchoado vermelho. Poupando-a do rubor, Lucy acrescentou:

— E ter a máquina no escritório é uma boa forma de saber o que está acontecendo. Por exemplo: Elin reclamando que o suporte para toalha quebrou de novo em um dos quartos e que Magnus o consertou pela terceira vez.

— E isso ajuda em quê?

— Agora eu sei que o suporte de toalha não está dando certo. Se Magnus precisa sempre consertá-lo, então temos que comprar suportes diferentes.

— Boa. Eu nunca teria pensado nisso — disse Hekla, admirada. — Eu aprendo muito. Você é muito boa no que faz. Acho que eles cometeram um erro. Mas... — As covinhas e o sorriso alegre apareceram, iluminando o rosto da jovem, o que fez Lucy rir na mesma hora. — É bom para a gente, porque você está melhorando muito a pousada. E qual é a graça?

– É que você... você está sorrindo agora, nem parece que mais cedo estava tão irritada.

Os olhos de Hekla brilharam.

– Eu avisei: meu nome é em homenagem a um vulcão.

A vista de cima da igreja era arrebatadora. Lucy tirou várias fotos com o celular, enquanto Hekla a fazia rir e indicava os pontos turísticos. O monte Esja, de onde dava para ver a cidade, o porto e a abóbada de Perlan, um shopping e centro de entretenimento construído onde um dia foram só torres de abastecimento de água para a cidade. Depois de saírem da magnífica igreja, dando uma rápida olhada na estátua do imponente viking Leif Eriksson, Hekla as levou até o café Loki, seu lugar preferido na cidade.

– Eles servem comida islandesa tradicional e têm um sorvete de pão de centeio que é uma delícia.

Lucy guardou os pensamentos para si, mas seu rosto a entregou. Hekla riu.

– É, sim, confie em mim... – Sua voz falhou.

Lucy colocou uma das mãos no braço dela.

– Eu confio em você.

– Mas alguém não é... – A falta de vocabulário no outro idioma a atrapalhou e seu rosto se enrugou de preocupação. – Conversei com Alex. Ele acha que temos uma... uma pessoa ruim. Não gosto de pensar que estão fazendo essas coisas de propósito.

– Estão. Alex e eu encontramos os estepes, sabe? Alguém colocou lá.

– Não!

De olhos arregalados, Hekla parecia um gálago.

– Os ratos, os pneus furados. A ovelha na hidromassagem também. A ligação dizendo que eu tinha mudado meus planos, a porta trancada do hotel. – Lucy não queria pensar que era pessoal, mas estava encarando dessa forma. – Tem alguém que não gosta de mim.

– Não – rebateu Hekla na mesma hora, e colocou a mão no braço dela. – Antes de você chegar, já vinham acontecendo coisas. Pequenas coisas. Tivemos um problema com a cooperativa de táxi que deveria fazer uma corrida até o aeroporto. Eles não apareceram, então Gunnar teve que levar as pessoas até o aeroporto. A cooperativa... Eles ficaram muito chateados e disseram que a corrida tinha sido cancelada por telefone.

– Você acha que foi de propósito.

– Tenho certeza de que foi – disse Hekla, determinada. – O motorista do táxi é meu cunhado. Minha irmã realiza todos os agendamentos.

– Bem, isso faz eu me sentir melhor – confessou Lucy. – Um pouquinho.

Quando estavam no meio do almoço – Lucy pedira o prato islandês Freya, com uma tortinha de truta maravilhosa, salada e o famoso sorvete –, um pensamento repentino surgiu na mente dela.

Lucy acenou com o garfo para Hekla.

– Você se lembra de mais alguma coisa que deu errado e que possa ter sido proposital?

Hekla pensou por um instante e então balançou a cabeça.

– Não, só lembrei do táxi cancelado.

Mastigando lentamente, Lucy pensou mais sobre o assunto, repassando-o na mente antes de perguntar:

– Então essa foi a primeira vez. Você lembra quando aconteceu?

Hekla estava tomando uma sopa de carne encorpada que tinha um cheiro bom de defumados, acompanhada de pão e do tradicional peixe seco salgado – que ela insistira para que Lucy experimentasse. Não era algo que Lucy pretendia repetir tão cedo.

– Umas três semanas antes de você chegar.

Lucy quebrava a cabeça pensando em por que alguém iria querer prejudicar a pousada e voltava sempre ao mesmo lugar.

– Isso foi antes ou depois de Pedersen começar a falar sobre vender a pousada?

– Logo depois. Ah!

Hekla bateu a mão na mesa e os talheres tilintaram.

– Não sou detetive, mas estou achando que alguém não quer que a pousada seja vendida, ou, pelo menos, não para a pessoa que fez a oferta – falou Lucy.

– Acho que é isso mesmo.

– Sabe de alguém que estivesse interessado em comprar a pousada?

– O Sr. Pedersen nunca tocou no assunto, então não faço ideia.

Lucy inclinou a cabeça.

– Assim que a gente voltar, vou mandar um e-mail para ele.

– Talvez a gente solucione o mistério. – Hekla parecia empolgada. – Somos que nem a Miss Marple da Agatha Christie.

Lucy revirou os olhos.

– Prefiro ser uma das Panteras. A Miss Marple é idosa.

Ela deu um gole na cerveja que pedira.

– Sim, uma de nós teria que mudar o cabelo, já que só tem uma loura. Brynja vai ser a terceira pantera e Alex, o Charlie.

Lucy quase cuspiu a cerveja.

– Tenho certeza que ele vai adorar isso.

Alex estava bem longe de ser um tio de meia-idade.

– Ele gosta de você – falou Hekla, arqueando as sobrancelhas de um jeito malicioso.

Lucy tentou dar de ombros, mas a jovem riu.

– Gosta mesmo. Você gosta dele? Ele é bacaaaaana – disse ela, com uma admiração evidente.

– Ele é muito legal.

Lucy estremeceu. Parecia uma tia idosa falando.

– Eu não o expulsaria da cama em uma noite fria. – Hekla remexeu as sobrancelhas para cima e para baixo. – Ele é um baita gostoso.

Lucy sentiu as bochechas queimarem.

– E-eu não tinha percebido.

Hekla gargalhou a ponto de chamar a atenção de outros clientes.

– Mentira tem pernas curtas.

Lucy semicerrou os olhos, incapaz de conter um sorrisinho.

– Conhecedora de ditados, hein?

Hekla abriu um sorrisão do outro lado da mesa.

– O que você vai fazer?

– Nada – respondeu Lucy. – Sou chefe dele.

Por baixo da mesa, ela cruzara as pernas, endireitando-se na cadeira, como se isso pudesse impedir a lembrança do beijo suave e delicioso no deque. Do jeito terno como ele afastara o cabelo do rosto dela.

– E... – instigou Hekla.

– Sou chefe dele.

Hekla deu de ombros.

– E daí?

Lucy pensou em tudo que poderia dar errado.

– Você é uma pessoa boa, Lucy. – O rosto de Hekla se enrugou com uma súbita expressão alegre. – Não quer se aproveitar do Alex.

Lucy deu uma risadinha, então as duas caíram na gargalhada.

– Não. É mais por causa de algum outro funcionário se sentir desconfortável.

– Brynja está com Gunnar, Freya dorme com Dagur. Estamos a quilômetros de distância de qualquer outro lugar. Com quem mais você vai dormir?

– Bem... – Lucy estava um pouco perplexa pela abordagem direta. – Eu não preciso dormir com ninguém.

Hekla franziu o nariz e abanou a mão como se rejeitasse a ideia.

– Isso não tem graça.

– E eu tenho um histórico. Meu último relacionamento não terminou muito bem.

– Depois que a gente cai do cavalo, a melhor coisa é voltar a subir nele – falou Hekla, de um jeito arrastado proposital.

Lucy ergueu as sobrancelhas em resposta ao excelente sotaque norte-americano da jovem.

– Morei em Washington durante um ano.

– O último cavalo me derrubou direitinho – argumentou Lucy. – Estou sendo mais cuidadosa.

Ela deveria manter distância. Os olhos castanhos de Alex eram muito observadores e Lucy gostava demais deles, principalmente quando ficaram mais carinhosos, antes do beijo. Se evitasse Alex, talvez ele esquecesse o passeio na geleira. Ela podia dizer que estava ocupada demais para ir. Estava na metade do contrato e queria muito causar uma boa impressão para que, com sorte, os novos donos o prolongassem.

Capítulo 20

– Você tem me evitado – falou Alex.

Caramba, que susto. Ele devia estar esperando que ela saísse da reunião semanal com Elin. Havia se passado uma semana desde o episódio na hidromassagem, que tivera que ser esvaziada para limpeza.

– Ando ocupada – disse Lucy.

Evitá-lo dera um bocado de trabalho. À noite, ela ia para o quarto antes que ele fechasse o bar; durante o dia, verificava os turnos dele e passava um bom tempo trancada no escritório de contabilidade em vez de ficar no escritório geral, alegando que precisava de paz e silêncio para conferir os números.

– E continuo ocupada agora – acrescentou ela, enquanto ia na direção do corredor de vidro para realizar a inspeção dos quartos.

Era um trabalho extra que precisava fazer todos os dias, pois não havia mais ninguém para executar a tarefa. Era crucial que os quartos fossem inspecionados, mas, apesar de ter afixado a lista de afazeres no quadro de avisos de Eyrun, a mulher insistia que estava ocupada demais na lavanderia para dar conta disso. Lucy acreditava que as coisas sairiam do rumo se não assumisse o controle. Elin estava realizando um ótimo trabalho, tanto nas escalas dos outros funcionários quanto na limpeza das áreas comuns, mas já tinha muito o que fazer.

– Está amarelando para a caminhada na geleira? – A pergunta de Alex escondia um duplo sentido enquanto ele se juntava a Lucy.

A gerente engoliu em seco, o estômago revirando-se, e então parou e se virou para encará-lo. Ninguém a acusava de amarelar.

– Está pensando em ir quando?

Lucy ergueu a cabeça de leve em resposta ao desafio. Os olhos de Alex brilharam, aí ela se perguntou se caíra em alguma armadilha.

– Amanhã ou depois de amanhã. Você não tira um dia de folga desde que foi a Reykjavik.

– Você está contando?

Um leve calor se alojou no peito dela. Alex não respondeu. Era uma boa tática, porque Lucy se sentiu na obrigação de preencher o silêncio. A pele dela se arrepiou.

– Posso ir depois de amanhã – disse, então acrescentou algo, para que os dois soubessem em que pé as coisas estavam. – Vai me fazer bem mudar um pouco de ares e tomar um ar fresco.

Se Alex captou a ênfase nas palavras dela, não demonstrou. Apenas assentiu de um jeito profissional.

– Perfeito. Vou agendar o tour. Eu aviso o horário.

Ele foi embora e ela ficou observando.

– Espero que saiba o que está fazendo, Lucy Smart – murmurou para si mesma.

Ela desejou que Alex não fosse tão bonito e que o coração parasse de saltitar feito um coelhinho cada vez que ele abria aquele sorriso carinhoso e íntimo.

Clive e a equipe de filmagem estavam gravando uma entrevista com dois hóspedes no corredor de vidro enquanto Lucy tomava o rumo da lavanderia. Ela sentiu o coração se apertar e rezou para que eles não decidissem segui-la durante a manhã, como vinham ameaçando fazer. Não queria plateia quando conversasse com Eyrun.

– Lucy, a mulher certa – disse Clive, animado, enquanto eles encerravam a entrevista. – Estamos com dificuldade de filmar coisas reais por aqui. Não tem nem sinal da aurora boreal e, bem, para ser honesto, vocês todos são meio monótonos. Eu esperava algumas brigas, bate-bocas, sabe, a nova gerente mandando e desmandando por aí. Você tem que oferecer alguma coisa pra gente.

Lucy ficou tensa.

– Bem, estamos planejando um banquete islandês tradicional. Pode ser interessante.

Clive sorriu.

– Sim! Agora você me conquistou. Já estou até vendo, *Game of Thrones*, tochas incandescentes, fogueiras, capas feitas de pele.

Quando ele se virou e começou a tagarelar com a equipe, todo entusiasmado, Lucy saiu de fininho e correu para falar com Eyrun.

Segurando a prancheta feito um escudo, Lucy chegou à lavanderia, onde a sensação sempre era a de entrar em um casulo quentinho. Eyrun, que tirava uma pilha de toalhas brancas felpudas da grande secadora, parou e encarou a gerente assim que ela entrou, então continuou seus afazeres. Apoiou as toalhas e, quando começou a dobrá-las, Lucy abaixou a prancheta.

– Eu ajudo com isso.

Eyrun a fitou, mas não disse nada, apenas continuou o serviço. Lucy pegou uma toalha quente e ficou tentada a enfiar o rosto nela. Mas acabou apenas observando Eyrun dobrar uma delas ao meio, ao comprido, e então fazer mais três dobras. Imitando-a, Lucy dobrou a primeira toalha e, depois, outra.

Elas entraram em um ritmo suave e o rosto de Eyrun perdeu um pouco da desconfiança e da tensão.

– Eyrun, você ainda não está fazendo as inspeções – disse Lucy, sem olhar para a supervisora das camareiras. – Tem algum motivo para isso?

Eyrun se recusou a encará-la.

Lucy suspirou.

– E você vinha mantendo todas as mantas e as almofadas no armário, mesmo depois que eu perguntei por elas.

– Me disseram para guardá-las até que a pousada fosse vendida.

O queixo de Eyrun estava tenso por causa da rebeldia, o cabelo grisalho destacado sob a forte luz acima dela.

Apesar de ter ensaiado o discurso de advertência formal em sua cabeça, as palavras simplesmente fugiram de Lucy. A tática de ganhar tempo olhando ao redor não adiantou. Assim como antes, algo a incomodava. O que tinha de errado ali? Ainda não havia nada no quadro de avisos, só a solitária lista de verificação que ela mesma afixara. Que coisa. Considerando a antipatia de Eyrun, Lucy imaginaria que a lista já tivesse sido rasgada. Ver o papel ali, sozinho no quadro, a abalou. Em seu escritório, havia diversas coisas presas em quadros e Lucy se fiava nelas para não esquecer nada. Então teve um estalo. Lembrou-se do primeiro hotel em que trabalhara e da camareira de lá.

– Você não sabe ler, não é?

A mulher ergueu a cabeça de repente, os olhos cheios de medo. Droga, Lucy não pretendia ser tão direta, mas a ideia tinha surgido muito de repente. Tudo fazia sentido: a ausência de memorandos ou informações no quadro e o fato de Eyrun nunca sequer ter olhado a papelada que Lucy tentara lhe entregar.

Para desespero de Lucy, os olhos de Eyrun começaram a se encher de lágrimas.

– É por isso que você não faz as inspeções? Porque não consegue ler a lista?

Eyrun tensionou a mandíbula e assentiu de um jeito quase imperceptível, enquanto uma lágrima escorria por seu rosto.

– Ah, não – disse Lucy, sentindo o nervosismo da mulher. – Queria que tivesse me contado, a gente daria...

Eyrun fungou e piscou.

– Eu não frequentei muito a escola. As letras se moviam. Tenho dislexia. Não leio nada. Mas consigo fazer meu trabalho.

– Eu sei que consegue – garantiu Lucy, segurando as mãos da mulher quando ela tentou agarrar outra toalha. – E é muito boa nisso.

Todos sabiam que a lavanderia funcionava como um relógio.

– Os gerentes... todos me davam papéis. Está no papel. Você tem as listas. – Ela deu um suspiro, trêmula, e secou os olhos com as mãos. – Eu consigo fazer meu trabalho – insistiu ela, soando ameaçadora outra vez, mas Lucy notou a tensão na mandíbula da mulher.

– Consegue, sim. E agora que eu sei... – Lucy pôs as mãos no quadril. – Vai dar tudo certo.

Estava pensando no *petta reddast* de Hekla.

Eyrun ergueu o rosto manchado de lágrimas para fitá-la. Lucy conhecia muito bem aquela expressão de cautela e desconfiança: já a vira no espelho.

– Venha. – Ela levou Eyrun até a outra sala. – Tenho algumas ideias. Talvez a gente possa usar imagens em vez de palavras. Fotos?

Ao deixar a lavanderia meia hora depois, para completo assombro de Lucy, Eyrun lhe dera um longo abraço e tapinhas na cabeça. Essa parte tinha sido um pouquinho constrangedora, mas Lucy acreditava que haviam sido bem-intencionados. Estava contente por chegar à raiz do problema com Eyrun e trazê-la para o seu lado. Não era de admirar que a mulher fosse tão brava e não cooperasse. Pela primeira vez em muito tempo, Lucy se permitiu dizer a si mesma que estava de parabéns. Bons gerentes cuidavam de sua equipe. Naquela manhã, ela sentiu que tinha feito a diferença.

Capítulo 21

Enquanto seguia pelo estacionamento até o carro de Alex, Lucy puxou mais o gorro e apertou o cachecol no pescoço, grata por não ter se esquecido de pegar as luvas na saída. Era um milagre ter se lembrado de qualquer coisa depois de vê-lo esperando por ela na recepção, escorado casualmente na mesa enquanto conversava com Brynja e empolgado com a aurora boreal que felizmente tinha aparecido na noite anterior. A equipe de filmagem só falava disso no café da manhã.

Quando ele se ergueu – sorrindo e semicerrando os olhos ao acompanhar Lucy –, uma luz quente irradiou dentro dela, amenizando o frio na barriga que sentia desde que acordara.

Aquilo não era um encontro, lembrou a si mesma ao afivelar o cinto de segurança. Ar fresco e mudança de ares. Um dia de folga. Com um colega. Não importava quantas vezes martelasse isso na cabeça, aquele frio na barriga persistia.

– Então, aonde vamos? – perguntou ela, depois de dez minutos na estrada, tentando usar um tom casual e despreocupado. – E obrigada por me levar junto na sua folga. É bom sair. Tomar um ar fresco. Mudar de ares. – As frases saíam aos trancos, curtas e diretas.

– Estamos indo para Sólheimajökull. – Alex virou o rosto para ela enquanto dirigia e lhe lançou um olhar longo, que a atingiu direto no peito. Ele tinha feito a barba e parecia mais lindo do que nunca. – E eu queria que você viesse não porque estou preocupado com seu bem-estar e sua saúde, mas porque gosto de ficar com você.

O maldito frio na barriga voltou com tudo.

– Obrigada – respondeu ela, e, ao perceber que se tratava de uma oferta de paz para a indelicadeza dela de antes, pegou o guia turístico e os panfletos na mochila. – Então, o que quer saber sobre Sólheimajökull?
Ele riu.
– Pode mandar ver, guia turística.

Lucy testou o novo calçado; achou meio instável e estranho sentir o peso das travas metálicas que acrescentara ao solado de suas botas de caminhada. Como já era meio de novembro, o ar claro e limpo estava frio, quase abaixo de zero, o que deixava a pele dela arrepiada e fazia sua respiração sair em nuvens de vapor. Ela ergueu a picareta para gelo com a mão direita e uma careta, sem saber bem o que fazer com aquilo – apesar de terem ouvido um longo e efusivo discurso sobre segurança.

Alex lhe exibiu um sorriso torto, depois de ficar provocando Lucy durante a viagem enquanto ela listava diversos fatos sobre a geleira.

– Parece que a gente está indo pra batalha – comentou ele, segurando a picareta do mesmo jeito que ela.

– Se a gente voltar com a vitória, está tudo certo – falou Lucy.

Ela relaxou na mesma hora e sorriu, encorajada pela confiança e pela animação dele. Alex não parecia nem um pouco nervoso.

– Tudo bem? – perguntou ele.

– Tudo, mas o discurso sobre segurança me deixou morta de medo.

Lucy fez uma careta ao erguer o olhar para a geleira que acompanhava a encosta da montanha. O guia os deixara bem impressionados ao falar sobre a importância de nunca saírem de trás dele e não desviarem do caminho, já que havia fissuras e fendas profundas no gelo. Ele não precisava se preocupar: Lucy seguiria suas instruções ao pé da letra.

– É só para as pessoas seguirem as regras. Eles não ofereceriam esse passeio se não fosse seguro.

– Tem razão. Acho que esse calçado está me deixando um pouquinho assustada. Parece que estou com os pés enfiados no Megatron, o Transformer do mal. – Ela exibiu os grampos metálicos afiados que revestiam suas botas. – Meu medo é perder o controle e arrancar um pedaço de alguém.

Alex riu.

– Não se preocupe, tenho certeza de que o Optimus Prime vai estar por perto.

Os dois olharam a geleira. Era fácil imaginar que estavam em outro mundo ou em um planeta distante. Diante deles, picos de gelo estriado se erguiam como uma cordilheira, o misterioso azul-esbranquiçado salpicado do preto das cinzas da erupção não tão antiga do vulcão Eyjafjallajökull – famoso por interromper o tráfego aéreo em grande parte da Europa por várias semanas em 2010, segundo informou Sven, o guia.

– É tão estranhamente lindo! – Lucy suspirou. – Nunca vi um azul como esse. – Ela respirou bem fundo, o nariz formigando. – E o ar é tão puro.

Inclinou bem o pescoço e olhou para cima. Nuvens brancas e grandes deslizavam depressa, brincando de pique-esconde com os pedacinhos azuis do céu. Era difícil acreditar que havia previsão de neve para mais tarde. Ela abriu um sorriso triste. Uma coisa que se aprendia rápido na Islândia era que as condições climáticas eram muito imprevisíveis. Para alguém que fora tão dominada pela rotina em Manchester, era engraçado perceber que agora até apreciava a inconstância do clima, que a abraçava. Era bom não saber como estaria o tempo cada vez que olhava por uma das imensas janelas de vidro da pousada. Gostava de observar as diferentes vistas do mar a cada manhã: dias como diamantes, em que o sol reluzia nas ondas mais suaves, ou dias como esmeraldas, em que as nuvens carregadas de chuva deixavam o mar agitado e verde-escuro. E ainda havia o horizonte, cuja mudança de luz alterava drasticamente o desenho do contorno escarpado: crepúsculos suaves o transformavam em terras etéreas de neve rosada nos pontos mais altos, enquanto dias nublados revelavam mistérios como os da Terra Média de Tolkien e suas montanhas de Mordor.

Um frisson de empolgação correu pelo grupo quando o guia partiu na frente. Alex bateu a picareta na de Lucy.

– Lá vamos nós.

Seu entusiasmo de menino era contagioso, e ela sorriu outra vez, dando passadas maiores para acompanhá-lo no trecho até a geleira.

Ela hesitou no primeiro passo no gelo. Esperava que a superfície fosse escorregadia feito vidro, como a de um rinque de patinação, mas, quando as travas se fincaram no gelo com um ruído satisfatório, Lucy apontou os pés para fora e andou como um pinguim, como tinham sido instruídos a fazer.

– Ora, ora – disse ela, dando uma risada cheia de bom humor. – Mudei de ideia: acho que esses calçados podem ser meus novos melhores amigos. – Ela deu mais alguns passos com segurança, pôs as mãos abertas ao lado dos quadris e as agitou, numa imitação exagerada de pinguim. – Eles até que são legais.

Alex riu.

– Então a gente saiu de *Transformers* para *Happy Feet*? – brincou ele.

– Com certeza.

Lucy andou mais um pouco desse jeito, sorrindo para ele, que balançava a cabeça, divertindo-se.

O grupo seguia o guia em fila, caminhando um pouco pelo gelo.

– Você tem um talento natural – comentou Alex atrás dela.

– Estou me concentrando muito – respondeu ela, alto, desejando que ele estivesse na frente e não atrás, vendo o traseiro dela naquela calça preta larga impermeável.

Fizeram uma parada depois de vinte minutos para respirar e observar a vista incrível da vastidão de gelo. A superfície era como uma placa de mármore irregular, cheia de veios escuros.

– Incrível, não é? – comentou Alex, parando ao lado dela com um ruído de gelo esmagado e pondo a mão em seu ombro de um jeito natural.

– É, é tão calmo...

Havia uma quietude no ar que enfatizava a sensação de isolamento e de distância de qualquer outro ponto do globo.

– Faz a gente parar e refletir. Neste minuto, tem pessoas na Champs- -Élysées, na Broadway, na Oxford Street, e nós estamos aqui. É até difícil pensar em carros, pessoas, barulho, trânsito.

Lucy soltou uma risadinha e concordou.

– Principalmente sendo tudo tão calmo. É lindo, mas também muito intimidante, o que faz parte da emoção. É quase como se a natureza pudesse se virar contra você a qualquer momento. Aquelas cinzas são um lembrete. Esses vulcões entram em erupção com alguma frequência.

– Definiu bem. – Alex a fitou sem pressa, um dos cantos da boca erguendo-se em um sorriso. – Eu sinto que é um lugar para recomeçar. Entender o que é o quê. O que realmente importa.

Lucy assentiu, identificando-se.

– Recomeçar é a palavra perfeita. Esta imensidão aqui coloca todo o resto em perspectiva. Faz a gente perceber o que é importante... ou, melhor, o que *não é* importante.

Ela se virou no mesmo instante em que Alex e seu olhar se fixou no leve talho do lábio inferior dele, depois subiu até os olhos castanhos. O coração dela parou diante da expressão que viu ali: o brilho divertido dera lugar a um olhar caloroso, sério e cheio de determinação. Ela ouviu o farfalhar do casaco de Alex quando ele se aproximou e sentiu o toque breve e quente quando ele encostou na pele gelada do queixo dela para erguer seu rosto e beijá-la.

Lábios frios, respiração quente, narizes gelados, ar aquecido, o roçar de casacos impermeáveis, o coração de Lucy martelando e o deslizar lento de pele contra pele quando a boca de Alex cobriu a dela em uma exploração lenta e delicada.

Lucy não saberia dizer quem se afastou primeiro, provavelmente ela, porque precisava recuperar o fôlego, mas a respiração dele saía em pequenas nuvens de vapor também. Como se relutasse em interromper o contato, Alex acariciou o rosto dela. O beijo durara meros segundos, mas a energia e a empolgação que causara vibravam na barriga de Lucy.

– A gente não deveria... – sussurrou ela, cedendo à leve pontada de ansiedade que tinha invadido sua cabeça.

Os outros turistas sequer pareciam olhar na direção deles, nem minimamente interessados. Alex tocou na linha franzida no rosto dela.

– Você está pensando demais.

Ela suspirou e lhe dirigiu um olhar atento e sincero.

– Eu sou sua chefe. A gente não deveria...

– Ou... – Ele parou, a mão deslizando para aninhar o rosto dela, um dedo acariciando seu lábio. – Que tal a gente esquecer a pousada? Sermos só Lucy e Alex? Só por hoje? Aproveitarmos tudo isto. – Ele fez um gesto amplo com o braço, englobando a vasta paisagem e sua natureza em estado bruto. – Um recomeço?

– Tudo bem – respondeu ela e, de repente, a vida pareceu simples.

Alex fez um movimento com os lábios e aquela covinha furtiva apareceu.

– Selfie? – sugeriu ele, erguendo o celular.

– Vamos nessa.

Alex passou o braço pelos ombros de Lucy e a puxou para mais perto, a pele macia e fria de seu rosto encostada na dela ao erguer o celular.

– Sorria.

Juntos, encararam o pequeno círculo da câmera até que Alex apertou com um dedo longo e elegante o botão lateral do celular, fazendo Lucy pensar nas vezes em que ele a tocara.

– Você tem que me passar essa foto.

Lucy tentou seu melhor para soar natural e conduzi-los de volta a um território seguro, mas as palavras saíram ofegantes e ardentes, o que fez Alex sorrir e lhe dar um beijo rápido no canto da boca.

– Claro, eu...

Ele foi interrompido por Sven, que começou a falar sobre a geleira – que, ao que parecia, era só a ponta de um glaciar muito maior, um dos maiores da Europa. Ele falava com aquela confiança cativante dos guias turísticos.

Então subiram por mais vinte minutos, até Sven fazer uma parada em um platô liso que se estendia até perder de vista na direção dos picos cobertos de neve no horizonte.

– E, agora, vou mostrar a vocês uma das fissuras. Dois de cada vez, o resto fica onde está. Não saiam andando por aí. Se quiserem tirar fotos, eu guio vocês até locais seguros.

Lucy ouvia as conversas em diversas línguas ao redor deles: o tom respeitoso e baixo de um grupo de idosos japoneses cuja idade, sem dúvida, não os impedia de nada, o vozerio alto e grosseiro de um homem deselegante que dominava seu grupo de quatro pessoas, as consoantes guturais de um quarteto de fotógrafos alemães que estavam loucos para ir primeiro e a fala mais arrastada e lenta de alguns canadenses na faixa dos 20 e poucos anos.

Quando chegou a vez deles, Sven os levou até a beirada de uma fissura de um metro de largura, com um corte afiado no gelo, as laterais íngremes e de um azul profundo.

– Se quiser olhar ou tirar fotos, eu seguro você – disse o guia, pegando no casaco de Alex para permitir que ele chegasse para a frente e observasse melhor.

– Uau! – exclamou Alex, impressionado – Qual a profundidade?

– É difícil dizer. A geleira está em um estado constante de fluxo. Todo dia ela se move uma distância ínfima, mas novas rachaduras podem aparecer. É por isso que é tão importante ter um guia.

Então foi a vez de Lucy. Ela espiou pela beirada para ver o azul incrível daquele gelo ancestral quase brilhante. Era assustador e hipnotizante ao mesmo tempo. Ela recuou com um leve tremor.

Alex sorriu para ela.

– Faz a gente parar e refletir, não é?

– Faz mesmo – concordou ela. – Não acredito como alguém pode ser doido o suficiente de vir até aqui por conta própria e andar sem um guia.

Hekla tinha contado a eles sobre a longa busca, anos antes, por um jovem turista que se perdeu na geleira e só fora encontrado quando já era tarde demais.

Sven balançou a cabeça, o brilho em seus olhos azuis se apagando com uma seriedade súbita.

– Pode ser muito perigoso. Estudei muito e fiz vários treinamentos para ficar em segurança aqui em cima. Não queremos mais nenhuma fatalidade. Se o tempo piorar, vamos voltar. Os riscos são altos demais.

O homem reuniu o grupo e eles partiram outra vez, inclinando-se contra o vento, que tinha aumentado, dificultando um pouco mais a caminhada. Nuvens de vapor pontuavam a respiração pesada de Lucy.

O grupo parou algumas vezes e Lucy se viu grata por poder recuperar o fôlego e esfregar as coxas doloridas, enquanto uma das idosas japonesas, com o dobro de sua idade, lhe oferecia um sorriso solidário.

Aquele clima imprevisível os alcançou. Nuvens pesadas se aproximavam, carregando a promessa de neve, e Lucy viu Sven, o guia, conferir o relógio algumas vezes e falar com a equipe que ficava no estacionamento. Depois de contornarem uma parede de gelo, ele sinalizou para que o grupo parasse. A súbita mudança na paisagem, de um espaço amplo e aberto para cavernas e túneis de gelo, fez Lucy imaginar que estava em um jogo de videogame e que tinha passado para outra fase. Estavam em uma pequena área fechada, de frente para um paredão de gelo inclinado para a direita e com uma pequena plataforma à esquerda que terminava numa rampa que descia uns dois metros. Sven insistiu para que todos ficassem longe da borda da plataforma.

– É aqui que vamos escalar no gelo. Não temos muito tempo por causa da mudança do clima. Quem quer tentar?

Vários "eu" foram ditos com entusiasmo, inclusive por Alex. Lucy estava prestes a dizer não quando lhe ocorreu que aquela se tornara sua resposta automática.

Em que momento tinha parado de tentar coisas novas? No primeiro ano em Manchester, ela passeara pela cidade toda: caminhara, pedalara, explorara. Então conhecera Chris, que – a boca se contorceu de arrependimento só de se lembrar – ela percebia não ser do tipo que saía da zona de conforto. Era um homem mais de ir a barzinho e passar a noite em casa vendo Netflix.

Sven passou instruções claras, depois entregou capacetes e cordas e todos o cercaram para observar a demonstração. O homem ergueu a picareta e a cravou no gelo com um golpe impressionante, antes de se virar sorrindo para a plateia ávida.

Alex cruzou o olhar com o dela e lhe deu uma piscadinha. Ele foi o primeiro e subiu pela parede congelada com facilidade e naturalidade, posicionando os pés com rapidez e confiança e atingindo o gelo com força, usando a picareta como Sven demonstrara. Os canadenses também pareciam profissionais. Um dos fotógrafos alemães era empolgado mas desajeitado e os outros eram casos perdidos de falta de coordenação, o que Lucy desconfiou que ela mesma também seria.

Então chegou a vez dela. Sven foi muito meticuloso: verificou seu capacete, puxou a corda e a enganchou em um arnês. Ali embaixo, diante da íngreme parede de gelo, escalar parecia uma missão impossível, mas, quando ela olhou nervosa por cima do ombro, Alex abriu um sorriso caloroso e ergueu os polegares.

Usar a pequena picareta para se içar era muito mais difícil do que parecia, mas as travas nos calçados eram suas novas melhores amigas e, aos poucos, Lucy foi subindo, curtindo a felicidade de exercitar os músculos e de vencer uma tarefa árdua a cada pedaço de gelo coberto.

Ao chegar no topo, ela respirava com dificuldade, mas acenou com a picareta para Alex, lá embaixo. Descer fazendo rapel foi muito mais divertido, concluiu ela. Estava desenganchando o arnês quando Sven disse:

– Desculpe, pessoal, mas esta vai ser a última do dia. Temos que voltar e encurtar nosso tour.

– O quê? Não vou fazer minha escalada no gelo? – protestou Brad, um homem corpulento com mais de 1,90 metro.

Pelo forte sotaque inglês com leves toques europeus, era difícil determinar a nacionalidade do sujeito, mas uma coisa era certa: ele se achava. Durante boa parte da jornada, sua voz alta e retumbante tinha oferecido comentários sobre sua genialidade como técnico e a melhor forma de comandar times esportivos – um conhecimento sem o qual Lucy viveria tranquilamente.

– Mas foi por causa disso que eu vim ao tour. E já estamos aqui. Qual é, cara, são só mais alguns minutos pra gente.

– Sinto muito mesmo, mas o tempo está fechando mais cedo do que o previsto. Precisamos voltar.

O homem olhou para o céu.

– Pra mim, parece tranquilo. Aquelas nuvens estão a quilômetros daqui.

Sven deu um sorriso educado com os lábios cerrados.

– Precisamos voltar agora. A base informou que o tempo está mudando rápido. Os ventos estão aumentando e trazendo neve junto.

Brad cruzou os braços e balançou a cabeça.

– Não vou sair daqui. Paguei pelo tour e pela escalada no gelo. Sou um alpinista experiente.

Ele olhou ao redor, para o restante do grupo.

Lucy suspirou, lutando contra a tira do capacete presa ao queixo e tentando afrouxar a presilha de plástico.

– Deixe de ser louco, cara – disse uma finlandesa.

Enquanto isso, um canadense murmurava "Babaca" e os quatro fotógrafos falavam algo em alemão, sua linguagem corporal deixando claro que indagavam "Quem é esse imbecil?".

– Sério, galera. Isso é babaquice. A gente pagou pela caminhada e pela escalada no gelo.

Ele olhou ao redor na expectativa de conseguir apoiadores. Alex deu um passo e se destacou do grupo.

– Ele é o especialista, você deveria ouvir o que ele está dizendo. O cara é responsável pela nossa segurança.

– Aham – respondeu Brad, com o sotaque arrastado. – Todo mundo sabe que esses caras são cuidadosos demais. Mais vinte minutos não vai matar ninguém.

O homem foi até a parede e brandiu a picareta com raiva, descrevendo um arco amplo. Lucy se assustou e deu um passo atrás para se desviar da lâmina ao estilo *Matrix*, o que talvez desse certo se ela fosse uma ginasta olímpica, não uma Lucy Smart fora de forma. No movimento, os pés dela ficaram presos por conta das porcarias de travas e Lucy perdeu o equilíbrio, agitando os braços feito um personagem de desenho animado. Aí a força da gravidade venceu. Lucy tombou para trás no que pareceu um momento cômico e perfeito em câmera lenta, indo direto para a borda da pequena plataforma de gelo da qual Sven tinha alertado a todos que ficassem longe.

Ainda que não fosse uma grande queda, não mais que dois metros, Lucy sentiu cada centímetro dela. Depois que caiu, não havia como se apoiar no gelo. Ela saiu deslizando, braços e pernas agitando-se no ar e o capacete batendo durante toda a descida, até ela chegar ao fim da linha, toda desengonçada, com um último baque da cabeça. Então tudo escureceu.

Quando voltou a si, Lucy sentiu que alguém verificava seus braços e pernas com cuidado. Abriu os olhos e estremeceu ao ser atingida pela luz. Uma imagem dupla e fantasmagórica de Alex pairava sobre ela.

– Lucy! Lucy!

Ele batia de leve no rosto dela com dois dedos.

– Você fez o mesmo curso de primeiros socorros que eu – disse ela, só que saiu *cevezomescursqueu*.

Sua mente era só um borrão, com uma lembrança confusa de um treinador dando tapinhas em um colega que fingia não ter reação. Eles estavam em um treinamento? Era por isso que ela estava deitada no chão? Era bem frio ali.

Alex franziu a testa e se apoiou nos calcanhares, enquanto Sven surgia no campo de visão dela. Lucy tentou se sentar, mas se ergueu só um pouco e já ficou enjoada. Com um gemido, ela desabou, os ombros mal conseguindo sustentar a cabeça, que parecia prestes a explodir.

– Você consegue mexer as pernas? – perguntou o guia, em tom de urgência, olhando para o relógio.

O quê? Ele tinha que pegar o trem? Havia trens embaixo da geleira? Talvez ela devesse chamar um táxi. Fechou os olhos e estava quase apagando de novo quando sentiu os ombros sendo agarrados.

– Lucy.

Com a visão turva, ela abriu os olhos e viu os rostos idênticos e preocupados de Alex 1 e Alex 2 encarando-a.

– Oi. Oi – disse ela para ambos, a voz ecoando como uma sirene em sua mente enevoada. – Oi, oi – sussurrou ela, mas isso também fazia sua cabeça doer, e então bile veio com tudo em sua garganta.

– Achoquevouvomitar – balbuciou ela, rolando para o lado.

Tudo doía, mas ela conseguia se mexer. Ao encarar a superfície cristalina, uma imagem da queda seguida de uma pancada de cara no gelo lhe veio à mente. Lucy se obrigou a sentar-se e remexeu as pernas.

– Nada quebrado – garantiu ela, tudo voltando de uma vez só à sua cabeça.

Estava ciente da plateia cheia de rostos horrorizados espiando pela saliência alguns metros acima. Que constrangedor. Não fora uma queda tão grande assim.

Ansiosa para garantir a Alex e Sven que não tinha quebrado nada, Lucy se ergueu meio sem jeito e oscilou, o mundo rodando ao redor. Droga. Era pior do que andar naqueles brinquedos que giram sem parar. Os dois pareciam tão preocupados que ela não ousou contar sobre a visão dupla nem a dor de cabeça excruciante que ameaçava partir seu crânio ao meio. O vento estava mais forte e os pequenos pedaços de gelo pinicando sua pele já anunciavam a neve.

– Estou bem. Um pouco machucada.

Aliviado, Sven acreditou. Com pressa e indiferença, pegou a picareta de Lucy e indicou uma rota paralela à do restante do grupo e que se juntaria à outra alguns metros à frente. O homem pegou o walkie-talkie e entabulou uma conversa cheia de ansiedade com a equipe que ficara no estacionamento.

– Tem certeza de que está bem? – perguntaram o Alex 1 e o Alex 2, as cabeças inclinadas como se tentassem ver o que se passava na mente dela.

Lucy não conseguiu assentir, doía demais. Ela mordeu o lábio e os dois bartenders pegaram as mãos dela, todas elas, e as apertaram para tranquilizá-la, como se dissessem "estou bem aqui, com você".

Então a voz de Sven falou ao lado dela:

– Precisamos começar a descer a geleira.

Lucy sentiu algum tipo de troca entre Alex e o guia diante do silêncio total que se seguiu à frase.

– Você acha que consegue descer? – perguntou Alex.

– Sim. Estou com dificuldade em... Vou ficar bem. Só dolorida – mentiu Lucy.

Dava para perceber que os dois continuavam a travar uma conversa sem palavras.

– Preciso guiar todo mundo até lá embaixo e a gente precisa ir rápido, porque o tempo está pior. O vento está ficando mais forte.

O rosto antes tranquilo de Sven transformou-se em pura preocupação.

– Vou ficar bem – reiterou Lucy, ciente de já estar atrasando tudo.

– Tudo bem, eu cuido dela – assegurou Alex, as palavras retumbantes de firmeza e determinação.

Sven subiu a rampa usando a picareta e avisou mais uma vez ao grupo que todos deveriam permanecer no caminho, enquanto Lucy e Alex pegariam uma trilha paralela até se juntarem a eles.

O grupo saiu do abrigo das paredes de gelo para se deparar com o vento forte que atingia o rosto em cheio, batendo como um valentão no parquinho, puxando e empurrando enquanto eles formavam uma fila aos pares.

Lucy tropeçou e, na mesma hora, a voz de Alex já falava acima do ombro dela, segurando-a pelo braço.

– Lembre-se do que Sven falou quando saímos. Confie nos seus pés. Você vai ficar bem.

A voz dele carregava uma convicção que Lucy sabia ser impossível que Alex sentisse, mas ficou grata por ele tentar tranquilizá-la.

Lucy assentiu e tentou se acalmar. De repente, descer a geleira parecia uma tarefa imensa. Ela estava à flor da pele, ouvindo as vozes abafadas que flutuavam ao longo da fileira. Ela iria conseguir. Não que tivesse muita escolha. Tinha que conseguir. À sua volta, o borrão de silhuetas se movia lentamente, seguindo o caminho com atenção e em fila. E então começou a nevar: flocos rodopiavam e ganhavam impulso acima deles antes de cair sob o vento intenso.

Lucy contraiu os lábios com força para não começar a chorar, oscilando ao lado de Alex, o braço entrelaçado ao dele. O corpo dele a protegia um pouco do vento e da aspereza da neve. Ela não gostava de ter que depender das pessoas, então se concentrou nos sons à sua volta. O ruído das travas dos calçados esmagando o gelo – um pé depois do outro, em uma marcha constante enquanto eles voltavam pela geleira –, o açoite do vento e um silêncio sinistro que ecoava.

Ela segurou a picareta com força e, obstinada, seguiu colocando um pé na frente do outro e lutando contra a visão dupla. Um, dois. Um, dois.

Após o que pareceram horas mas provavelmente tinham sido só alguns minutos, chegaram ao ponto em que precisavam ficar um atrás do outro e seguir Sven. Alex soltou com relutância o braço de Lucy. Ela se lembrou das malignas fissuras no gelo que seguiam em paralelo ao caminho deles na subida e dos avisos de Sven.

Lucy paralisou. As pernas se recusavam a se mexer. Os pés ficaram pesados demais para serem erguidos.

– Lucy, vamos. Precisamos continuar.

Os outros já seguiam em fila indiana borrada, com a neve pesada distorcendo mais ainda a visão de Lucy. Dois Svens se viraram e acenaram para eles, ansiosos, e seu grito rouco e impaciente se perdeu no vento cada vez mais forte.

– Não... não consigo.

A vista de Lucy escurecia e voltava, ora ficava dupla, ora difusa. De qualquer forma, aquilo a deixava muito enjoada.

– Claro que consegue, não estamos muito longe. Você chegou até aqui. Coloque a mão no meu ombro e me siga.

– Que ombro? – perguntou ela, oscilando, um pouco desorientada com a parada.

Lucy tinha se acostumado à rotina cadenciada de um pé depois do outro. Recomeçar a deixava confusa. Ela esticou a mão enluvada na direção do ombro dele, mas errou.

Alex 1 e Alex 2 franziram a testa e encararam Lucy, fitando seus olhos com determinação.

– Lucy, você está enxergando direito?

– Mais ou menos – disse ela, estremecendo. – Tem dois de você. Se eu fosse te beijar agora, não sei se acertaria o alvo.

Sua tentativa de deixar as coisas mais leves não funcionou. A testa franzida de Alex deu lugar a uma carranca completa.

– Por que você não falou nada antes? – perguntou ele, irritado.

– Porque não ia fazer diferença. A gente precisava descer e eu… não pensei que seria tão difícil.

A cabeça dela pendeu e lágrimas surgiram em seus olhos. O cansaço, ou talvez fosse o medo, ameaçava dominar os músculos de suas pernas, que protestavam contra o peso de seu corpo e se recusavam a cooperar.

Então Lucy foi envolvida em um abraço reconfortante seguido pelo breve toque de um beijo gelado em sua testa já bem fria. A neve se acumulava, umedecendo a franja que escapava de seu gorro de lã.

– Infelizmente o garoto das malas não chega ao nível do Super-Homem, então não posso me oferecer para carregar você. – Ele a apertou. – Mas vamos descer juntos. Confie em mim.

Confiar. Droga. Tudo dentro dela se rebelou. Confiar nele. Será que ela conseguia?

Isso deve ter transparecido no rosto de Lucy.

Alex segurou as mãos dela.

– Vou cuidar de você, Lucy, eu prometo. Vamos descer juntos.

– Você… você promete? – indagou ela, bem baixinho e de um jeito patético, as palavras e o tom medroso constrangendo-a na hora.

Provavelmente morreria de vergonha no dia seguinte.

– Vou levar você lá pra baixo.

O tom da voz dele, impregnado de certeza, se derramou sobre Lucy como mel. Era uma promessa. E Lucy sabia, tinha toda a certeza do mundo, que ele honraria essa promessa.

Por um momento vertiginoso, Lucy hesitou. Confiar ou não confiar.

– Tudo bem. – Ela suspirou. – Vamos.

– Segure numa ponta da minha picareta e eu seguro na ponta da sua. Confie nos seus pés e dê um passo de cada vez.

Era uma solução genial e prática: a cara de Alex.

Tchap. Tchap. Tchap. Como um exército de formigas, as passadas cruzavam a geleira e Lucy ouvia com atenção, tentando sincronizar seus passos com os de Alex à frente, mas o silêncio ao redor, que parecia opressivo, também era desnorteante. Tentar se fiar na própria audição era mais cansativo do que ela poderia imaginar.

Eles enfim chegaram ao que Lucy sabia ser a penúltima parte da jornada. Embora não precisassem mais andar um atrás do outro, ainda era um trecho bem desafiador, o que era agravado pela visibilidade cada vez menor causada pela quantidade crescente de neve. Alex pôs as duas picaretas em uma das mãos e, com a outra, pegou a de Lucy.

– Muito bom, Lucy. Estamos quase lá agora. Como está sua visão?

– Estou enxergando melhor, agora só tem um de você, mas é mais fácil fechar os olhos e abrir só de vez em quando – respondeu ela. – Minha cabeça está explodindo. O branco faz doer mais.

– Tudo bem, eu posso guiar você. Está se saindo muito bem. Vou segurar suas mãos e vou falando tudo. Só abra os olhos quando precisar. Beleza?

Ela segurou a mão dele com mais força.

– Beleza. Pode ir. Estou em suas mãos.

Uma respiração quente soprou na testa de Lucy. Os lábios dele roçaram tentadoramente sua pele.

– Bem, vamos descer um pequeno declive e virar à esquerda. Finque os pés com muito cuidado. Coloque a mão no meu ombro.

Rígida e tensa, Lucy seguiu as instruções dele, sentindo as panturrilhas repuxarem enquanto desciam aos poucos e com cuidado.

– Só mais cinco passos, e esta parte termina.

Um. Dois. Três. Quatro. Cinco. Ela soltou a respiração que estivera segurando durante os cinco passos. Era difícil se concentrar com aquela dor de cabeça.

– Ótimo. Agora temos uma leve subida. Segure a minha mão que eu vou ajudar a puxar você. São uns dez ou doze passos grandes. É íngreme.

Contar tornava as coisas mais fáceis, e Alex contava junto com ela. A voz dele se tornou um farol, um que era só dela, sem nunca deixar que faltassem instruções claras e concisas.

Aos poucos, os músculos de Lucy foram relaxando. Seguir as instruções que Alex dava em voz baixa se tornou tão natural quanto respirar. Ficou mais fácil permanecer em silêncio para se concentrar e não perder nada do que ele dizia.

– Aqui dá pra gente andar lado a lado. – Em seguida, ele acrescentou: – Beleza, o gelo está bem enlameado aqui. Lembra da nascente, onde a gente parou para beber água? Estamos chegando lá. Quando eu mandar, você vai dar um passo bem grande para atravessar.

O último trecho era a parte que ela mais temia. O campo de gelo aberto era uma descida sem nada para protegê-los do vento forte e da neve cada vez mais intensa. Tampouco havia qualquer coisa que os impedisse de sair rolando no caso de uma queda. Ao perderem a proteção da montanha, o vento desceu afunilando-se, atingindo-os com tanta força que Lucy pensou que sairiam voando, mas Alex estava lá, segurando-a pelo braço e firmando o corpo contra o de Lucy para sustentar seu peso enquanto ela descia cambaleando.

A parte final da caminhada durou apenas vinte minutos, embora fosse algo tenebroso com o vento açoitando-os e uivando enquanto transformava a neve em agulhas no rosto deles.

Quando todos chegaram, cambaleantes, à trilha de seixos ásperos ao fim da geleira, Lucy soltou um imenso suspiro de alívio. À sua volta, ela ouviu os outros se apressarem para tirar as travas dos calçados, as mesmas que a princípio tinham sido muito bem-vindas, junto com a sensação de aventura, mas nesse momento uma novidade que mais irritava do que empolgava e da qual todos queriam se livrar.

Lucy se agachou para fazer o mesmo, mas se atrapalhou com as presilhas.

– Pode deixar que eu faço – falou Alex. – Você não vai querer cortar seus dedos.

– Chega de *Happy Feet* – balbuciou ela, sentindo-se fraca demais para protestar e incapacitada de oferecer qualquer resistência.

Capítulo 22

Às 3h10 da madrugada. Lucy virou a cabeça com cuidado no travesseiro para fugir dos números digitais que brilhavam no relógio da mesa de cabeceira.

A cabeça estava muito melhor, mais lúcida e menos confusa se comparada a quando Alex a levara de volta à pousada. Durante o trajeto, ele tinha ligado para Hekla e perguntado sobre o médico mais perto. Haviam então marcado uma consulta em Hvolsvöllur, que ficava no caminho. O médico, que era o melhor amigo do tio de Hekla, colocara uma luz forte diante dos olhos de Lucy e diagnosticara uma leve concussão. Lucy não poderia ficar desacompanhada pelas 48 horas seguintes. Hekla recebera essa notícia com muita preocupação quando eles chegaram à pousada.

– Lucy, Lucy...

Hekla começara a falar em um islandês cheio de angústia e a abraçara forte.

– Ah, Hekla, eu estou bem – dissera Lucy, comovida ao sentir as lágrimas de preocupação da jovem em seu rosto.

Lucy sorria ao se lembrar da cena no lounge dos hóspedes. O fogo crepitava e estalava na grande lareira quando Hekla insistira em levá-la até o sofá mais próximo.

– Venha, venha aqui. Sente-se.

Hekla tirara o casaco de Lucy e o entregara a Elin, atrás dela. Mais além, Brynja esfregava as mãos enquanto Olafur parecera tenso e infeliz, ambos hesitantes.

Freya tinha corrido até Lucy e se ajoelhara para tirar as botas molhadas e sujas da gerente.

Na cama, os olhos de Lucy de repente marejaram enquanto ela recordava-se dos rostos preocupados dos funcionários ao redor dela.

– Sente-se – repetira Hekla, e insistira em guiá-la até o sofá, ignorando as tentativas de Lucy de dizer que estava bem.

Lucy quisera ir direto para a cama, mas, diante da imensa preocupação de todos, não tivera coragem, principalmente quando Hekla falara:

– Vamos cuidar de você.

A jovem a empurrara com firmeza para o sofá e a cobrira com uma das mantas macias, envolvendo-a no abraço delicioso da caxemira.

– Quer beber alguma coisa? – perguntara Elin no mesmo instante, afofando uma almofada e entregando-a para Hekla, que a colocara atrás da cabeça de Lucy.

Com muito cuidado, Lucy virara a cabeça de um lado para outro, recusando, como tentara fazer no lounge. Não doera tanto quanto antes. Mas não que fosse adiantar alguma coisa, porque Hekla a ignorara de qualquer jeito.

Ela e Brynja tiveram uma rápida discussão a respeito das vantagens de um chocolate quente de verdade, que demoraria mais por conta da ida até a cozinha, ou um feito na máquina do escritório, que sairia mais rápido. Hekla ganhou a discussão, mas a primeira voluntária para ir à cozinha foi Elin. Quando Lucy dissera que o chocolate da máquina já seria ótimo, a resposta fora um dedo erguido de Elin, o que fizera a gerente sorrir. A jovem era etérea e doce demais para ameaçar qualquer um. Elin e Hekla seguiram para a cozinha discutindo de leve.

Momentos depois, Kristjan aparecera com um prato de brownies, seguido pelas duas mulheres, que carregavam uma bandeja com chocolates quentes fumegantes dentro das belas canecas de cerâmica azul que a tia de Kristjan tinha começado a produzir para a pousada.

– Trouxe para você. Chocolate é bom, *ja*? O que aconteceu? Você caiu?

– É, como foi que isso aconteceu? – perguntara Brynja, empoleirando-se no braço da poltrona mais próxima, com Freya e Olafur a seu lado.

Hekla e Elin tinham se aninhado no sofá, uma de cada lado de Lucy, e Kristjan sentara a seus pés, encostando-se nas pernas de Hekla.

Lucy fechou os olhos para se relembrar de como contara, aos poucos, a infeliz história para eles, que fora pontuada por interjeições regulares de Alex, e de todos ouvindo com a atenção e o êxtase que os islandeses dedicam à contação de histórias. Ao terminar, um silêncio digno de curiosidades saciadas dominara o ambiente, exceto pelo fogo que crepitava alegremente na lareira, até que Olafur falara:

– É, você teve sorte. Lembram aquela hóspede que quebrou o pé ano passado? E o sueco que morreu lá em cima? Também teve...

Lucy tivera sorte. Nenhum osso quebrado, embora, agora que os hematomas começavam a surgir, ela não se sentisse tão sortuda. O latejar no crânio tinha diminuído, mas virar a cabeça era difícil. Por alguns segundos, ela tentou se ajeitar na cama, sem entender por que as pernas estavam presas sob o edredom. Demorou um tempo para seu cérebro processar tudo e perceber o motivo.

A seu lado, totalmente vestido, Alex dormia recostado em uma pilha de travesseiros, de pernas e braços cruzados. Mesmo sentindo um pouquinho de culpa por espiá-lo dormir, Lucy virou o corpo na direção dele e se apoiou em um cotovelo. Era bom estar em vantagem ao menos uma vez, e não no meio de um problema.

A posição dele, formal e tranquila, fez Lucy se lembrar dos cavaleiros medievais esculpidos em pedra que ela vira na catedral de Winchester e do "gentil cavaleiro muito perfeito" descrito por Geoffrey Chaucer em *Os contos de Canterbury*. A imobilidade de Alex a deixou fascinada e ela sentiu a respiração ficar presa na garganta ao observar o rosto bonito dele, enquanto tentava analisar cada parte.

Era a composição total que o tornava tão bonito ou era a soma das partes? Ela votava naqueles olhos cor de chocolate derretido, que pareciam ver tudo com uma precisão enervante, mas também tinha aquela boca expressiva, com o lábio inferior carnudo e aquele entalhe central que exalava sensualidade. Havia aquelas pequenas sardas espalhadas de um lado da boca, que manchavam a perfeição geral, mas tornavam o rosto mais interessante. Ao observar o peito dele subir e descer, movendo-se junto com o ressonar leve e curto que ela ouvia acima do fogo que crepitava do outro lado do quarto, a respiração de Lucy vacilou.

Curtindo a delícia de poder observá-lo, Lucy seguiu adiante com seu lento inventário. Ombros largos, corpo magro mas definido. Havia uma firmeza agradável nos bíceps que preenchiam as mangas da blusa azul desbotada. Alex tinha trocado de roupa: colocara um jeans surrado com um rasgo na coxa que expunha a pele bronzeada e os pelos escuros – um vislumbre tentador que a fez imaginar como seria sentir aquilo com os lábios e como ele ficaria se acordasse e a visse beijando aquele pequeno trecho de pele.

Lucy desviou o olhar daquele oásis ridiculamente tentador em meio ao jeans surrado e sentiu um calor se espalhar pelo peito só de pensar que ele passara a noite toda ali. Ele a acordara duas vezes, talvez três, nas últimas horas e ela mal se lembrava do que lhe dissera, só sentira a presença de Alex, o leve cheiro de madeira e chocolate quente. Ela se inclinou para a frente, verificando se tinha imaginado aquele aroma.

– Está melhor? – perguntou ele, abrindo os olhos.

– Você está acordado – guinchou ela, os braços enrijecendo como um gato assustado de desenho animado.

– Cochilando. – Os olhos dele brilharam, divertidos. – Como está a cabeça?

– Melhor. – A voz dela saiu áspera; a garganta estava seca. – Não parece mais que Erik, o Vermelho, tentou partir minha cabeça ao meio com um machado viking cego. – Só o restante do corpo. Era como se tivesse entrado em uma luta contra uma superfície de gelo implacável. Revirando os ombros, ela gemeu e fez uma careta. – O resto todo dói.

– Você tomou um tombo e tanto. – Ele estremeceu. – Teve sorte de não quebrar nada.

– Só a cabeça.

– O médico acha que não, mas precisamos ficar de olho em você. Como está se sentindo? Enjoada? Visão dupla?

– Isso tudo melhorou, só estou com dor de cabeça, mas nada comparado à de antes.

– Pode tomar outro analgésico se quiser ou pode tomar um bom banho quente.

Arg! Agora se lembrava: tinha tirado a roupa na frente dele. Cansada demais para se preocupar com detalhes como a timidez, ficara só de calcinha e blusa.

Com mais um gemido, ela jogou as pernas para fora da cama e se sentou.

– Um banho quente.

Alex tinha colocado a ideia na cabeça dela e agora Lucy não podia imaginar nada melhor. Ela se virou para ele, que logo desviou o olhar das pernas dela. O leve rubor nas bochechas de Alex a fizeram puxar o edredom para cobrir as coxas, ignorando a pontada interna de vaidade feminina.

– Quer beber alguma coisa? Posso assaltar a cozinha enquanto você toma banho.

– Quero – respondeu ela, sem nem mesmo parar para pensar se estava com sede ou não.

Alex sorriu diante da espontaneidade dela. Ele não deixava passar nada.

– Quer algo específico ou prefere uma surpresa?

– Qualquer coisa está bom – respondeu Lucy, louca para que ele saísse e lhe desse a chance de tomar banho e voltar para a cama antes que ele retornasse.

– Vou só alimentar o fogo.

Ele pegou um pouco de lenha da cesta de metal e colocou no aquecedor.

Assim que Alex saiu do quarto, Lucy levantou, desengonçada e soltando mais um gemido.

Sob o delicioso fluxo de água quente, ela examinou seus ferimentos. Seu inventário contou: um roxo em cada joelho; um hematoma preto no cotovelo direito; uma monstruosidade maior que sua mão, violeta e amarelada, no ombro; várias manchas escuras do tamanho de nozes pontilhando o lado direito de sua coluna e uma marca escarlate que cobria três costelas. Ai, agora se sentia pior. Aquela coleção era um lembrete incômodo de sua vulnerabilidade e sua fraqueza.

Ela saiu do banho contra a vontade, porém a ânsia de se secar e vestir uma roupa limpa antes que Alex voltasse falou mais alto do que o desejo de ficar debaixo da água quente e reconfortante para o corpo moído.

– Chocolate quente – anunciou Alex, empurrando a porta com uma bandeja e uma sacola grande de presente. – E mais brownies do estoque secreto de Kristjan e uma bolsa cheia de coisas, cortesia da Hekla.

Lucy se ergueu na pilha de travesseiros e a forte dor no ombro a fez estremecer enquanto Alex lhe entregava uma caneca fumegante.

– Ah! E marshmallows também – notou ela.

Alex se sentou na beira da cama e pôs a bolsa ao lado de Lucy.

Com um sorriso, ela esfregou o verniz azul, aninhando as mãos ao redor da cerâmica robusta. Amava aquelas canecas.

– Por favor, diga que Hekla não está acordada até agora.

– Não, ela trouxe mais cedo, mas você estava apagada. – Alex franziu a testa. – Você está bem?

– Estou. – Ela fez uma careta. – Contanto que eu não me mexa.

Desde que voltara para a cama, era como se alguém tivesse sugado toda a sua energia, mas, agora que estava aninhada sob o edredom com um delicioso chocolate quente, Lucy se sentia mais confortável e bem-cuidada.

– Aposto que está com hematomas – disse ele, fazendo uma careta de dor.

– Só alguns.

Lucy contraiu os lábios. Só de ouvir essas palavras, era como se todos os pontos de dor tivessem despertado e exigissem a atenção dela.

– Não acredito que você não... – Ele fechou os olhos e estremeceu. – Quando caiu pela borda... Desculpe por ter levado você... Eu...

– Ei, Alex. – Ela pôs a caneca de lado e se inclinou, dando tapinhas no joelho dele. – Não seja bobo. Foi um acidente infeliz e... sem você, eu nunca teria voltado de lá.

Ele deu de ombros.

– Hekla está preocupada. Disse que você precisa passar bálsamo viking nos ferimentos, que vai se sentir melhor.

Alex empurrou a bolsa na direção de Lucy. Apesar da mudança óbvia de assunto, ele parecia abatido e quase culpado.

– Bálsamo viking? Por favor, diga que isso existe – falou ela, tentando deixar o clima mais leve.

Lucy vasculhou a bolsa e tirou um pote redondo de lá.

– Ah, existe mesmo. E... – Ela remexeu de novo na bolsa e puxou um livro de suspense e um par de meias de lã grossas. – Eu amo a Hekla.

Lucy pegou as meias e esfregou no rosto a lã macia – era caxemira?

– Então é melhor fazer o que ela manda.

Alex abriu a tampa do potinho, o que liberou um delicado aroma de amêndoas e lavanda, e o entregou a Lucy.

O cheiro era bom mesmo. Lucy mergulhou a mão no bálsamo. Com um pouco dele na ponta dos dedos, ela dobrou o outro braço na tentativa de alcançar o ponto latejante no cotovelo, mas deixou escapar um grito ao retorcer o ombro.

– Cuidado – disse Alex, sentando-se mais perto dela. – Onde dói?

– Tudo? – Ela gemeu, deixando-se cair de novo na pilha de travesseiros antes de acrescentar, sob o olhar sério dele: – Principalmente meu ombro. – E fez um gesto na direção da omoplata direita.

– Vire de lado.

Lucy ergueu a cabeça para encará-lo, mas o rosto dele estava impassível e calmo, como se esperasse que ela lhe obedecesse e não tivesse nada de mais naquilo. A autoridade serena facilitou a decisão: Lucy virou de costas para ele.

Dedos delicados contornaram a gola do pijama dela, afastando-a para alcançar melhor. Dedos frios examinaram a pele dela ainda úmida do banho.

– Fique de bruços. Vou levantar sua blusa.

Silêncio. Ela tensionou o maxilar. Estava sendo ridícula; ele só queria ajudar.

Toda dura, Lucy se deitou de bruços. Alex a cobriu com o edredom até a cintura, depois ergueu a camisa do pijama para expor as costas dela. *Expor.* Lucy travou a mandíbula.

A tensão se infiltrou em cada músculo, deixando os ossos em estado de alerta, os nervos se contorcendo, a postos para afastar as mãos dele a qualquer instante. Ela o ouviu dar um suspiro curto e esperou, o silêncio entre os dois se prolongando enquanto o fogo estalava e crepitava. Então Alex se mexeu e os lençóis farfalharam. Lucy sentiu o estômago revirar à medida que os segundos se passavam.

O primeiro toque dele foi hesitante, um leve roçar dos dedos testando o que fazer, como se não soubesse por onde começar. Ele inspirou outra vez e deu um sussurro quase inaudível:

– Ah, Lucy...

Diante das palavras cheias de angústia dele, Lucy se viu dominada por uma onda de afeto. Aquele era o homem em quem confiara para ajudá-la a descer a geleira. O que a acompanhara a cada passo, sob uma nevasca, conversando com ela, dando apoio e encorajando-a, sem jamais perder a paciência ou se desesperar.

Ela sentiu que Alex hesitava enquanto os dedos traçavam um arco ao redor do ombro dela – um deslizar vagaroso que espalhava o remédio com suavidade. Aquilo aqueceu a pele, que ele esfregava em um movimento circular, aos poucos aumentando os círculos e usando a palma da mão para massagear o músculo tenso abaixo da omoplata. Lucy deixou escapar um suspiro involuntário quando seu corpo finalmente relaxou. Estava a salvo com ele.

O toque cuidadoso de Alex continuou enquanto ele traçava os hematomas que pontilhavam a coluna dela. Então as mãos dele pararam. Ela fechou os olhos ao perceber que ele se inclinava para a frente.

Uma respiração quente e depois um beijo suave em suas costas, então outro e mais outro, enquanto ele tocava com os lábios cada mancha roxa. Ela se retesou. Depois, com muita delicadeza, ele desceu a camisa dela, tomando cuidado para manter o edredom onde estava, como se estivesse determinado em fazê-la sentir-se segura.

Lucy sentiu lágrimas surgirem em seus olhos diante daquele gesto tão sutil. Aquele homem via muitas coisas. Aos poucos, ela foi se virando para fitá-lo.

Alex transparecia um pouco de preocupação no olhar, mas havia algo além, mais obscuro. Nenhum deles disse uma palavra.

Então Alex pegou a própria caneca de chocolate quente, contornou a cama e se deitou por cima do edredom outra vez, recostando-se nos travesseiros. Os dois beberam em silêncio.

Lucy ainda pensava naqueles beijos suaves nas costas. O jeito delicado como ele a tratava, como se soubesse da insegurança que ela sentia.

– Alex? – Sua voz quebrou a quietude do escuro enquanto acariciava a caneca pesada, segurando-a como se fosse um talismã.

– Oi.

Como se soubesse que ela precisava de conforto para ir em frente, porque tinha resolvido lhe contar a história sórdida de Lucy Smart, ele passou a mão pelo pescoço dela e ao redor dos ombros. Embora provavelmente não merecesse, ela se permitiu relaxar no braço dele, a cabeça aninhada em seu pescoço.

Lucy engoliu em seco, sob o peso daquele fardo todo, e quase sentiu a necessidade física de arrancá-lo do peito. Fechou os olhos, respirou bem fundo e, sem erguer a cabeça, começou:

– Sabe, eu já contei que fui demitida.

– Contou – confirmou ele, e sua mão quente se espalmou na parte superior da omoplata de Lucy, sobre a camisa, descrevendo círculos ali.

– Fiz uma besteira... das grandes.

Lucy ousou erguer a cabeça e olhar para Alex.

Os olhos dele demonstravam apenas alento e gentileza. Ele sustentou o olhar firme e sereno antes de perguntar:

– Alguém morreu?

– Não! – respondeu ela de imediato, meio estupefata com a pergunta direta.

– Você não matou ninguém?

– Não!

– Beleza. Você traiu alguém?

O canto da boca de Alex se curvou. Ela balançou a cabeça.

– Dormiu com o companheiro de alguém?

Mais uma vez, ela negou com a cabeça. Alex colocou a bebida de lado e tirou a de Lucy das mãos dela também.

– Você roubou?

– Não.

– Traiu a confiança de alguém, roubou o trabalho de outra pessoa, demitiu alguém a troco de nada ou injustamente?

– Não.

– Pois bem. – Ele entrelaçou os dedos nos dela. – Minhas opções de coisas ruins de verdade estão acabando. Tenho certeza de que a maioria dos mandamentos foi respeitada, pelo menos os que eu acho importantes. – Ele a puxou para mais perto, e Lucy sentiu a respiração quente dele em uma das bochechas. – Não matarás, roubarás ou cometerás adultério. Não sou muito religioso, mas não conte isso para a minha mãe: ela é uma presbiteriana escocesa. Mas essas coisas são importantes na minha cartilha. Então, o que quer que você tenha feito, não pode ser tão ruim assim.

Lucy mordiscou o lábio.

– Não. – Alex pôs os dedos sobre a boca de Lucy.

Eles deslizaram pelos lábios dela e lhe acariciaram o rosto, paciência e compreensão deixando seus olhos castanhos mais carinhosos.

Lucy pigarreou, desesperada para não parecer emotiva.

– Sem querer soar muito egocêntrica e ridícula, acho que você nunca pesquisou Lucy Smart, gerente de hotel, no Google.

– Engraçado, não procurei mesmo.

– Muito bem. – Lucy retorceu a boca com amargura. – Você teria uma visão e tanto.

As sobrancelhas de Alex se uniram.

– Agora fiquei intrigado.

– É, a maioria das pessoas fica ao ouvir isso. Aí não conseguem resistir e dão uma olhada.

– Lucy, fiquei meio perdido. Por que não começa do começo?

O tom gentil dele quase a derrubou. Ela se concentrou no fogo, observando as chamas brilharem e esvanecerem como se fossem o pulso de um dragão em vermelho, laranja e preto.

– Era uma vez uma gerente de hotel. Seu nome era Lucy Smart e ela era bem esperta. Ela se formou em hotelaria com belas notas e subiu na carreira até chegar ao cargo de subgerente do Grupo Forum. Então foi demitida por conduta imprópria, por macular a reputação da empresa.

A expressão de Alex era a imagem da serenidade e do equilíbrio. Nada tirava aquele cara do sério?

– Eu tinha um namorado, Chris. Ficamos juntos quatro anos. Morávamos em um apartamento em Manchester. Ele trabalhava na mesma empresa que eu, em um hotel do outro lado da cidade. Nós dois éramos subgerentes.

Ela recitava os momentos principais de sua vida em um tom inexpressivo, para reduzi-los a meros fatos.

– Não precisa me contar – disse Alex, com delicadeza, acariciando o polegar dela com o dele.

Lucy fez uma careta.

– Agora que comecei, vou terminar.

– Não importa o que vai contar, não pode ser tão ruim assim.

Lucy sentiu um nó no estômago. Era mais difícil do que pensara, mas precisava contar a ele.

– Eu sou um pouco inibida.

Ela cuspiu as palavras. Alex arregalou os olhos, surpreso.

– Não sou muito... aventureira. Chris, ele me comprou uma fantasia sensual de Natal. Sabe? Cetim vermelho barato e plumas brancas. Ficou enchendo meu saco sem parar, pedindo que eu vestisse para ele. Me provocou e disse que eu era puritana. – Ela contraiu os lábios. – Sou o tipo de mulher que prefere as luzes apagadas, se é que você me entende. – As lágrimas se acumulavam rapidamente. – E comecei tarde nisso... Chris foi meu primeiro namorado sério. Eu não era muito boa no... no sexo.

Alex não disse nada, mas sua mandíbula estava tensa e seu rosto se mostrava inexpressivo de um jeito incomum.

– Ah, nossa, isso é... constrangedor. – Lucy se preparou. *Vamos, termine a tarefa.* Fechou os olhos e prosseguiu: – Era nosso aniversário. As coisas estavam monótonas... Palavras dele, mas ele devia ter razão. Trabalhar muitas horas faz isso com um relacionamento, né... Bem, eu fiquei bêbada. – Ela mal conseguia dizer as palavras. – Pus a fantasia de Natal. Fiz uma imitação tenebrosa de Marilyn Monroe e ainda cantei com uma voz sensual. Já ouviu "Santa Baby"?

Alex pôs uma das mãos no lábio inferior dela, onde os dentes faziam morada no tecido machucado na parte interna da boca.

Aquilo a fez parar, a garganta doendo por causa do nó pesado.

– Você sempre faz isso – disse Lucy.

– Porque não quero que você se machuque. Parece que você já sofreu o bastante.

As palavras serenas a atingiram, fazendo-a travar o maxilar.

– Não seja legal comigo. Eu não mereço. Foi tudo causado por mim mesma. – Ela fechou a cara. – Eu deveria ter imaginado. Chris me filmou. Pareceu engraçado na hora, embora tudo fique engraçado depois que você mata um terço de uma garrafa de vodca. Para tomar coragem...

– Aquela tal bebida holandesa, né?

– Qualquer coragem que venha do álcool é um perigo. – Ela se encolheu e estremeceu. – Meu Deus, aquilo foi excruciante.

– Você não sabe cantar?

– O quê?

De todas as coisas que ele podia dizer, aquela era a que ela menos esperava.

– Não se preocupe. Quando eu canto, parece que um gato está sendo estrangulado. Não tem que ter vergonha de nada – falou ele.

Lucy quase riu.

– A gente deveria ir a um caraoquê. Cantar "Islands in the Stream" ou algo do tipo.

Dessa vez, ela deixou escapar uma risadinha relutante.

– Não foi a cantoria. Foi o striptease.

Ela arriscou um olhar para ele. Por favor, não fique com nojo de mim.

– Striptease? Ah, não tenho muita experiência com isso. Uma vez vi *pole dance* numa despedida de solteiro clássica, mas não é muito minha praia. Se eu quiser ver uma mulher nua, preciso que seja só para mim e que haja algum tipo de intimidade. – O olhar dele era expressivo. – Então, provavelmente não sou a melhor pessoa para julgar. Foi algo amador? – Ele usou um tom direto e insolente que quase a fez rir.

Em tese, ele deveria levar o assunto a sério, não tentar fazer graça. Havia um lado engraçado? Isso nunca passara pela cabeça dela. A ideia se fixou em um cantinho de sua mente.

– Bastante – respondeu ela, cutucando-o com o cotovelo, e ele começou a sorrir. – Não sou muito boa nisso. Tentar tirar a calcinha de um jeito sexy e girá-la por cima da cabeça quando se está mais bêbada que um gambá não é tão sensual quanto eu tinha imaginado.

– A não ser que o sujeito beba também – falou Alex, cobrindo a parte inferior do rosto, como se tentasse moldar sua expressão e parecer sereno.

Lucy deixou escapar uma gargalhada. As piadinhas dele tinham diluído a humilhação dela. Era a primeira vez que conseguia achar graça daquela situação infeliz.

– Sim, a bebida é bem responsável por isso. Eu nunca tinha feito isso sem 40% de álcool no sangue. Burlesco não é minha praia.

– Então você é uma péssima cantora e uma péssima stripper. Tem algo mais que eu precise saber?

– É só isso? – perguntou ela.

Ele franziu a testa.

– Não foi isso que eu perguntei?

– O quê? Você acha que não é nada de mais?

– É o que você deixar ser.

– As pessoas me viram nua – sussurrou Lucy.

Alex não respondeu. Não houve piadinha dessa vez.

– Chris... E-ele... – Ela fechou os olhos, totalmente envergonhada. –

Ele compartilhou o vídeo com alguns amigos do trabalho, que compartilharam com mais alguns, e assim por diante. – Ela engoliu em seco. – Da noite para o dia, eu me tornei sensação na intranet da empresa.

– Ah, Lucy...

Ele suspirou junto ao cabelo dela ao puxá-la mais para perto.

– Cinco mil visualizações no YouTube – murmurou ela, amarga, o nó no estômago tão familiar e horrível.

– Eu sinto muito. Isso é uma merda, mas a culpa não é sua.

Alex traçou o contorno das maçãs do rosto dela e a raiva que cintilava nos olhos dele aqueceu um pedacinho do coração de Lucy, que ela achava estar irreparavelmente quebrado.

– Não dá pra acreditar que alguém faria algo assim – falou ele.

Lucy piscou para afastar as lágrimas.

– Isso foi s-só o c-começo.

Ele a segurou com mais força quando as lágrimas começaram a cair.

– As pessoas... elas... – Lucy estremeceu. – Estranhos disseram coisas horríveis. Homens que eu mal conhecia sugeriam... Alguns me tocavam como se tivessem todo o direito. Nos seios, na bunda. E aí viravam uns babacas quando eu dizia para caírem fora, como se eu não pudesse dizer não para eles.

Lucy inspirou fundo, o peito apertado e dolorido por causa das lembranças.

– Até as mulheres. Me chamavam de vagabunda, depravada, prostituta. Às vezes, falavam bem baixinho quando eu passava. Pessoas com quem eu trabalhava. Sempre havia alguém para me contar que fulano tinha dito tal coisa. Mesmo quem em tese era meu amigo de repente ficou mais distante, como se não quisesse ser relacionado a mim. E então... – Ela se deteve, ainda capaz de visualizar a expressão impassível da mulher do RH. – A cereja do bolo: fui demitida – disse, com uma careta.

Alex ficou tenso, a mão apertando o ombro dela.

– Sob que pretexto? Não podem demitir alguém por algo que aconteceu fora do trabalho. E, se isso foi jogado na intranet da empresa, eles tinham o dever de proteger você. Deveriam ter removido o vídeo na mesma hora.

– Você que pensa. Até os diretores compartilharam aquela porcaria. Mas eu não fui demitida por isso, e sim porque fui filmada em um dos quartos de nossos hotéis. É má conduta o funcionário usar um quarto sem pagar por ele. Começou a ser assim há muitos anos, quando um funcionário da portaria administrou um serviço de acompanhantes nos quartos vagos. Voltando à história: naquela noite, era nosso aniversário de quatro anos. – Ela engoliu em seco, lembrando-se da conversa como se tivesse acontecido ainda na véspera. – Eu disse ao Chris que tinha preparado algo especial para ele. Mandei a foto de um gorro de Papai Noel e falei que a gatinha do Natal estava chegando.

Nesse momento, Lucy se encolheu de vergonha. Então continuou:

– Que idiota eu fui. Cedi à insistência dele e decidi que... bem, o resto você já sabe. Chris disse que, em homenagem à nossa noite e à minha promessa, tinha reservado através do link da empresa para amigos e familiares uma suíte, então estava tudo certo. – Ela esfregou a testa. – Acontece que ele tinha pegado a chave *emprestada*. – Ela realçou as palavras de um jeito exagerado com os dedos. – Não houve nenhum pagamento que pudesse ser encontrado. No vídeo aparecia só eu em uma das nossas suítes... Não um quarto qualquer, mas a porcaria de uma suíte presidencial. Fui demitida por má conduta grave.

– E ele? – indagou Alex.

– Rá! Está brincando, não está? Era minha palavra contra a dele. Embora tivessem uma visão negativa do vídeo e eu ocupasse um cargo de responsabilidade, o que gerava má reputação para a empresa, aquilo não era algo passível de demissão. A transgressão disciplinar foi o fato de uma suíte do hotel ter sido usada. Eu aparecia no vídeo. Chris, não. Aquele rato desgraçado alegou que não tinha nada a ver com o assunto e que não estava lá.

– Você está falando sério?

– Quem dera não estivesse. O argumento que ele me deu foi de que não valia a pena nós dois perdermos o emprego, já que ainda tínhamos que pagar a hipoteca.

Alex respirou fundo, os olhos arregalados de desgosto.

– Que cara mais babaca. Espero que você tenha dado um soco na cara dele.

– Nada. – Ela comprimiu os lábios, um pouquinho envergonhada por sua falta de determinação na época. – Fui embora com o rabo entre as pernas. Tentei arrumar outro emprego. Sem referências. E a fofoca se espalhou bem rápido. Não consegui emprego em nenhum lugar.

– Exceto na Islândia.

– Exceto na Islândia.

Alex suspirou, com uma compreensão súbita.

– Agora entendo por que você fica tão incomodada com a equipe de filmagem.

– Ah, nossa, dá para imaginar? Estou desesperada pra passar despercebida, porque sei o verdadeiro significado de "viralizar". Parece um contágio mesmo, uma doença, a forma como tudo se espalha rápido na internet. E aí vem a porcaria de uma equipe de filmagem insistindo em colocar minha cara na TV.

Alex semicerrou os olhos de repente.

– Bob sabe – deduziu ele.

Ela assentiu e recostou nele, cansada.

– É, Bob sabe.

– Ele tem ameaçado você?

Como é que Alex sempre chegava ao ponto certo?

– Só fez algumas sugestões obscenas sobre negócios em conjunto.

Ela sentiu os tendões dele retesarem, os músculos flexionando-se quando o corpo todo ficou alerta e furioso.

– Vou matar aquele merda!

– Alex!

Ela se sentou, surpresa com o tom de violência inesperado.

– Eu sabia que ele era um escroto, mas isso...

– Por favor, não fale nada. Ele pode acabar dizendo algo para o Clive, aí vão contar aos donos do hotel e os novos donos vão descobrir. Preciso muito deste emprego.

Lucy se virou para Alex com olhos suplicantes.

– Mas, Lucy, você não pode deixar o cara se safar.

– Ele não está se safando de nada. Eu o evito o tempo todo. Procuro não ficar sozinha. Por favor, não fale sobre isso com ele.

Alex se recostou de novo, uma expressão de fúria no rosto.

– Assim que eu souber o que vai ser do meu emprego, dou um jeito nisso – assegurou ela.

– A gente dá... – Uma estranha expressão surgiu no rosto de Alex. – *A gente* dá um jeito nisso.

Capítulo 23

– Bom dia. – Hekla entrou no quarto trazendo um cheiro delicioso de bacon. – Trouxe o café da manhã.

Lucy ergueu o corpo dolorido e seu ombro protestou quando ela se virou para puxar os travesseiros.

– Como está se sentindo?

– Destruída. Como se tivesse sido atropelada por um caminhão que ainda deu ré para completar o serviço – disse Lucy, gemendo.

– Ai.

Hekla colocou a bandeja em uma mesa e se empoleirou na cama, no mesmo lugar em que Alex estivera na noite anterior.

Lucy não o ouvira ir embora pela manhã.

– Alex disse que você precisa ficar de cama hoje.

Os olhos de Hekla brilharam, especulando, e deslizaram para a marca deixada pelo corpo de Alex nos travesseiros e no edredom ao lado de Lucy.

– Ele disse, é?

– Está bem preocupado – provocou Hekla, lançando um olhar sabichão.

Lucy revirou os olhos.

– E é bem mandão.

– Eu também, então você fica de cama hoje – disse Hekla.

– Para ser sincera, estou me sentindo muito melhor. Minha cabeça não está doendo. Minha mãe sempre disse que eu era cabeça-dura. Acho que ela deve ter razão.

– Ainda assim, melhor descansar.

Lucy se encolheu.

– Mas tem muita coisa para fazer. A gente tem que organizar o banquete. Sério, me arrependi de ter dado essa ideia. Clive está entusiasmado e espera algo tipo uma cena de *Vikings*. Ainda bem que ele conseguiu a bendita filmagem da aurora boreal. Achei que isso fosse dar uma acalmada no sujeito, mas não. Ele parece uma criança empolgada. Eu só queria fazer um menu temático islandês. – Ela dirigiu a Hekla um olhar de súplica. – Você traria meu caderno e uma caneta para mim do escritório?

– Lucy.

– O médico disse para evitar o estresse. E vou ficar estressada se não começar a planejar as coisas.

Hekla semicerrou os olhos e fez um barulhinho que parecia o de um pequeno pônei. Quinze minutos depois, no entanto, ela voltou com Brynja, que se ofereceu na mesma hora para decorar a sala de jantar.

– Posso usar a natureza como tema nas mesas. Trazer a praia aqui para dentro – sugeriu. – Prometo que vocês vão amar.

– Parece ótimo – respondeu Lucy, que não era muito boa nessas coisas.

Começaram, então, a anotar várias ideias para animar a noite, sem o sangue e a violência explícita de algumas séries de TV.

– Histórias – sugeriu Hekla. – Contos islandeses. Freya pode fazer isso. Ela é atriz e pode contar histórias sobre os *huldufólk*.

Hekla deu uma piscadinha astuta.

– Acho que a gente já tem bastante história nossa – respondeu Lucy.

As coisas andavam quietas nos últimos tempos. Não houvera mais desastres. Ela torcia para que a pessoa por trás das pegadinhas tivesse desistido. Trocou um olhar com Brynja, que mais parecia uma coruja velha e sábia com a boca franzida de pura inquietação.

– Tem alguma ideia de quem pode ter sido? – perguntou a outra, baixinho.

Lucy ficou tensa, odiando dar voz às suas suspeitas.

– Tem que ser alguém daqui, não é? – falou Brynja, com amargura, respondendo à própria pergunta.

Assentindo com tristeza, Lucy concordou.

– Receio que sim.

– Que raiva isso me dá! – falou Brynja. – Por que alguém faria algo assim?

– Se a gente soubesse, poderia impedir a pessoa – respondeu Lucy.

– É injusto demais – explodiu ela. – A gente trabalha muito. O hotel nunca esteve tão lindo, funcionando tão bem e sempre... na minha cabeça, eu fico esperando o próximo problema que vai acontecer. E aquele Bob horroroso, ele também fica. Eu vejo o sujeito observar você.

Comovida por aquela explosão, Lucy se inclinou e apertou a mão dela.

– E vamos continuar trabalhando muito, como um time. Eu não conseguiria sem vocês. Vamos fazer desse banquete nossa glória.

– Vamos – concordou Hekla, com vontade, a luz da batalha viking em seus olhos. – Vamos fazer Clive se mijar todo.

Lucy e Brynja gargalharam.

– Ah, Hekla, eu amo você. Entendo o que quer dizer.

Quando as duas funcionárias foram embora, o caderno de Lucy já fervilhava de anotações. A última noite de Clive e sua equipe de filmagem seria espetacular, nem que fosse o último feito dela, o que poderia mesmo ser o caso. O tempo estava passando, restavam só três semanas do contrato dela e, até então, nada fora dito sobre a concretização da venda e se haveria novos proprietários.

Ela cochilou até a hora do almoço, quando Alex apareceu com uma tigela de sopa, os olhos escuros brilhando de aprovação ao entrar no quarto.

– Hum, parece que tem alguém bem melhor.

Lucy se virou e olhou ao redor. Sentia-se leve como não acontecia havia tempos.

– Quem? – brincou ela.

Alex riu.

– Trouxe sopa para a enferma.

– Exceto pelos hematomas, me sinto bem. E um pouco trapaceira por dormir enquanto todo mundo trabalha.

Ela olhou ansiosa para as olheiras dele. Alex não dormira muito na noite anterior.

– Aproveite. Temos uma enxurrada de reservas na semana que vem e vários pedidos. Há um monte de avaliações no TripAdvisor sobre como este lugar é ótimo para tomar um café, além de uma avaliação animadíssima de algum blog de viagem. Amaram a comida, os funcionários simpáticos e receptivos e o *huggulegt*... o que quer que seja isso.

– É a versão islandesa do *hygge* – explicou Lucy, contorcendo os dedos dos pés quentinhos dentro das meias que Hekla lhe dera.

– Do quê?

– *Hygge* – repetiu Lucy, pronunciando "rugue".

– Nunca ouvi falar – falou Alex. – É algo que eu deveria saber?

– Se tem planos de ficar tão ao norte do Equador, eu diria que sim. Esse termo tem várias versões por toda a Escandinávia. Significa aconchego, mas é mais do que isso. Estar *huggulegt* é saborear o aconchego, aproveitar as coisas simples da vida para gerar sensações de acolhimento e bem-estar.

Alex enrugou o nariz.

– Parece meio... nova era, uma baboseira.

Lucy riu e revirou os olhos.

– Tenho que admitir que logo de cara eu achei isso, mas, depois de passar um tempo aqui e ficar com Hekla e os outros, comecei a entender melhor. O clima pode ser bem sombrio.

– Para dizer o mínimo – falou Alex, olhando para as nuvens escuras e a chuva gélida que escorria pela janela.

– É, mas essa é a questão. Pense em como é aconchegante aqui dentro.

Lucy acenou na direção das brasas no aquecedor, da luz suave das luminárias e da manta sobre seus joelhos. Depois apontou para a tigela fumegante de sopa na bandeja em seu colo.

– As pessoas precisam encontrar algo de bom durante um inverno tão longo. Uma das formas de fazer isso é deixar as coisas mais aconchegantes e se permitir alguns rituais de comemoração. Estamos falando do básico, mas a questão principal é arrumar tempo para isso. Por exemplo, fazer um esforço consciente de se sentar, aproveitar a lareira, colocar luzes relaxantes de velas e luminárias bonitas em um cômodo, ler um bom livro e tomar um chá delicioso, não qualquer um, mas algo especial, servido em uma bela xícara de porcelana, junto com um pedacinho de chocolate ou um biscoitinho.

A voz dela tinha ficado mais calorosa ao descrever a cena. Alex ergueu as sobrancelhas e Lucy lhe deu um cutucão.

– É ótimo. Juro – assegurou ela. – Você deveria experimentar.

– Hum.

– Bem, os hóspedes gostam. Os cafés da manhã e os chás da tarde estão todos reservados.

– Deve ser por causa das belas xícaras de porcelana – disse ele com uma piscadinha para Lucy.

– Não deboche. Isso faz diferença.

– Bem, lamento que sua sopa tenha vindo em uma tigela comum, mas você deveria comer enquanto ainda está quente.

– Você já comeu? – perguntou ela.

Lucy tomou uma colherada quentinha e agradável de caldo de carneiro. Alex sorriu.

– Quem você acha que fez os sanduíches de bacon mais cedo? É impossível preparar bacon para alguém e não comer também. Mais tarde vou tomar um pouco de sopa. – E então ele perguntou: – Como está o livro?

Alex pegou o exemplar, que estava ao lado, e passou os olhos pela capa, depois o abriu e começou a ler a primeira página enquanto Lucy tomava a sopa.

Parecia uma interação incomum: ele lendo, ela comendo.

– Humm, estava delicioso. Obrigada.

Não sobrara nada na tigela.

– Seu apetite não foi prejudicado – observou Alex, colocando o livro de lado e tirando a bandeja do colo dela. – Como está seu ombro?

– Dolorido.

– Vamos dar uma olhada.

Sem pensar muito, ela virou de bruços e tentou, toda desajeitada, erguer a blusa.

– Deixe que eu faço. – Sem alarde nem constrangimento, ele assumiu a tarefa. – Eita. Essas manchas estão mais feias hoje. – Ele pegou o pote de bálsamo e o destampou. – Acha que isso está ajudando?

– Eu... – Ela não tinha ideia, mas... – É cheiroso – disse, substituindo a palavra na última hora, imaginando o que ele diria se ela falasse que era gostoso.

Não gostoso, delicioso, concluiu ela enquanto os dedos dele se moviam por sua pele, espalhando o bálsamo com uma gentileza infinita por seus ombros. Ela fechou os olhos e suspirou, curtindo o vaivém de pele contra osso, o calor da fricção do bálsamo e a dedicação e o cuidado de Alex. Mãos mágicas iam atrás de cada calombo e hematoma, suaves nos locais machucados, firmes nos músculos doloridos. A pele quente de Lucy formigou e ela se contorceu no colchão, ciente de que seus mamilos estavam intumescidos.

– Humm. – Ela acabou dando um gemido baixinho e longo quando ele atingiu um nó e o massageou em um movimento vigoroso que fez os mamilos dela roçarem contra a blusa.

Lucy relaxou a coluna em puro deleite, perdendo a noção do tempo enquanto as mãos dele mapeavam cada pedacinho de suas costas, focando nos pontos principais deixados pelo acidente. Ele enfim chegou à base de sua coluna, onde o cobertor estava na altura do quadril dela. Por alguns deliciosos segundos, os dedos dele acariciaram aquele vale ósseo, brincando com a pele macia dela. A expectativa cresceu dentro de Lucy, um desejo primitivo de que as mãos dele descessem mais, acariciassem sua bunda, fossem até as coxas dela. Ela se mexeu involuntariamente, afastando as pernas.

Ela sentiu falta quando as mãos dele saíram de lá. Como se reclamasse, remexeu o quadril.

– Sem beijos hoje – disse Lucy, sonhadora, e então congelou ao se dar conta do que dissera.

Cravou os dedos no travesseiro de penas. Alex não disse nada. Ela mordeu o lábio, lutando contra a vontade de enfiar a cabeça debaixo do travesseiro.

Então Alex foi roçando os lábios nos hematomas, circulando com delicadeza cada um deles. Eram beijos com os lábios afastados e a pele dela ficou arrepiada a cada carícia gentil e sedosa.

– Foi mal, o bálsamo não tem gosto bom.

Lucy engoliu em seco, o rosto de repente muito vermelho. Queria morrer, de tanta vergonha.

Alex deu uma risadinha e puxou a camisa dela para baixo. Então deu um beijo em sua nuca, a respiração quente na orelha dela ao sussurrar:

– Quem sabe na próxima? Preciso voltar ao trabalho.

Lucy não viu mais Alex nas horas seguintes. Às seis, Hekla entrou com uma refeição e parecia atormentada.

Lucy, que passara a tarde toda sozinha, na companhia apenas do arrependimento e da melancolia, estava desesperada para conversar com alguém e tirar Alex da cabeça, assim como o convite impulsivo e nada sutil que ela deixara escapar mais cedo. Não sabia o que era pior: ter dito aquelas palavras ou o fato de Alex tê-la rejeitado.

– Pode ficar um pouquinho aqui? – pediu Lucy, de um jeito meio patético.
Os olhos azuis de Hekla estavam cheios de assombro.
– Está tudo bem? – perguntou Lucy, com uma desconfiança imediata.
– *Ja*. Tudo bem, tudo bem.
– O que significa que não está – falou Lucy, fuzilando a jovem com um olhar penetrante.
Hekla ergueu as mãos em rendição.
– Alex falou para não incomodar você.
– Foi, é?
– E está tudo... Ele está como chefe, quer dizer, ele está no comando. Está tudo sob comando, digo, controle.
– Hekla.
O tom de advertência na voz de Lucy fez a loura parecer ainda mais desconcertada.
– Chegou uma excursão com quarenta pessoas meia hora atrás. Para jantar. O motorista falou que tinham feito reservas. Eu não... – Ela franziu a testa, consternada. – Eu não lembro.
Lucy jogou as mantas de lado, balançando as pernas.
– Não, não. Está tudo bem – garantiu Hekla. – Agora está. Sério, Lucy. Brynja e eu estamos ajudando Alex no restaurante. Kristjan já bolou um plano. Não tem nada pra você fazer. Mas não posso ficar muito aqui.
– Tem certeza?
Hekla assentiu.
– Alex está cuidando de tudo. Como se fosse o gerente.
– É, ele é bom.
Hekla deu um sorrisinho e ergueu as sobrancelhas de um jeito malicioso.
– Em gerenciar – acrescentou Lucy, corando mas incapaz de conter um sorriso. – Acho que devemos pensar em promovê-lo. Reduziria sua carga de trabalho.
– *Ja*, seria ótimo. Ele ficaria mais tempo com a gente no escritório. Uma bela visão – provocou a outra.

– Não sei do que você está falando – respondeu Lucy, empertigando-se e contraindo os lábios.

– Sabe, sim.

Lucy suspirou e se recostou nos travesseiros.

– Se estiver se sentindo melhor, eu tenho um plano – falou Hekla, de repente.

– Estou me sentido melhor – assegurou Lucy e ajeitou a postura.

– Preciso fazer alguns preparativos. – Hekla pareceu muito satisfeita consigo mesma. – Vai ser uma surpresa – disse, então deu um pulinho e seguiu para a porta.

– Não gosto de surpresas – gritou Lucy.

Só que era tarde demais. Hekla já tinha ido embora.

Capítulo 24

– Você vai amar isso – disse Hekla ao pagar a taxa de entrada nas fontes geotermais de Fontana.

Ela sorria, feliz ao olhar para cima e ver os floquinhos de neve que tinham começado a cair e então parado várias vezes ao longo do caminho da pousada até lá.

– Momento das meninas – acrescentou Elin, com um suspiro de felicidade. – Aqui é perfeito para relaxar. Não tem nada melhor que um dia nas fontes termais.

Ela deu uma piscadinha para Lucy ao vê-la olhando cheia de curiosidade para o céu cinzento carregado. A previsão de neve a qualquer momento durante o dia não dissuadira nenhuma delas do passeio.

Lucy não se incomodara com essa surpresa. Hekla tivera que fazer alguns ajustes complicados para conseguir liberar as quatro no mesmo dia. Dagur e Alex se encarregaram da recepção – apesar de Alex não ter dormido praticamente nada nas últimas noites – e Gunnar ficara ajudando Freya a fazer as camas e limpar os banheiros, de modo que Elin e Brynja pudessem sair.

– Estou ansiosa – falou Lucy.

E era verdade. Depois de um dia inteiro na cama, ela se sentia muito melhor, embora… estranhamente, já sentisse falta de Alex. Não o vira direito desde o almoço da véspera, mas tinha a vaga noção de que ele fora até seu quarto algumas vezes à noite para ver como ela estava – correra um dedo por sua face, tirara o cabelo de seu rosto, sussurrara: "Boa noite, durma bem."

Quando Hekla sugerira o passeio, o corpo dolorido de Lucy aceitara a ideia de bom grado e Alex, que levara o café da manhã para ela, dera sua aprovação, mesmo cauteloso, depois que Hekla prometera que não haveria esforço algum em um dia dedicado a nada além de relaxar.

Lucy pendurou a bolsa com sua toalha no ombro bom e, com o grupo, seguiu as placas que indicavam os vestiários. Os hóspedes comentavam sobre suas idas a fontes e piscinas termais por toda a Islândia e ela andava morrendo de vontade de conhecer uma. Aquele lugar parecia bem elegante e estiloso.

– Todos os turistas já ouviram falar no famoso spa Blue Lagoon – falou Elin. – Mas este aqui é meu preferido. Mais calmo e menos caro.

– Principalmente agora, antes de os ônibus de excursão chegarem – intrometeu-se Hekla, com um leve ar de superioridade que fez Lucy e Brynja caírem na gargalhada.

– Mesmo que a gente tenha que sair da cama tão cedo – provocou Brynja. Fora ela quem insistira para que saíssem de manhãzinha.

Hekla deu de ombros com bom humor e sorriu.

– Podem rir, mas eu tenho isto... – Da bolsa, ela puxou alguns roupões brancos e macios da pousada que eram reservados para os hóspedes das suítes de luxo. – Peguei emprestados pra hoje.

– Bem pensado – disse Elin.

– Vou fingir que não vi isso – falou Lucy, o rosto impassível enquanto ela aceitava de bom grado um dos roupões.

Os vestiários eram escassos e havia mais algumas pessoas lá dentro. Para horror de Lucy, o chuveiro era um só, para uso compartilhado. Antes que ela tivesse tempo de perguntar sobre outras instalações de banho, era tarde demais. Hekla, Brynja e Elin já se despiam alegremente, sem o menor pudor. Lucy engoliu em seco. Aquilo ali era algo muito fora de sua zona de conforto! Por um instante, ela hesitou. Mas as outras iam tirando a roupa tão despreocupadas, correndo para o chuveiro, que não havia como não se juntar a elas.

– Já viram essa pinta? – falou Hekla.

Ela apontava para uma manchinha abaixo do mamilo, erguendo o braço sob o jato de água e ensaboando as axilas.

– Uau, é de verdade? Parece o monte Hekla – comentou Brynja, fascinada. – Você é o quê? Filha de elfo?

– Pois é. É muito legal, não é? Quem precisa de tatuagem quando tem a própria marca pessoal?

– Eu quero fazer uma tatuagem – falou Brynja. – Essa é legal.

Ela apontou para a borboleta acima do umbigo de Elin.

– É. – Elin sorriu. – Principalmente quando o meu namorado, Roger, beija e vai descendo. Ai, que delícia.

– Boa, Elin – disse Brynja, balançando o cabelo castanho, a água escorrendo pelos ombros largos. – Gunnar é um pouquinho tímido nesse departamento.

– Tente usar mel para mostrar o caminho – respondeu a outra. – Sempre funciona. – Ela deu uma piscadinha obscena.

Lucy tirou a roupa e ficou só de calcinha. Respirou bem fundo para liberar a tensão nos ombros e, de costas para as outras, deslizou a última peça de roupa pelas pernas. Ela ia conseguir. Estampando um sorriso ridículo no rosto, ergueu a cabeça e andou com indiferença até o chuveiro. Quem estava querendo enganar? Ela se sentia a pessoa menos indiferente do mundo naquele momento.

– Ei, Lucy. – Brynja abriu espaço enquanto ensaboava os pelos púbicos escuros, então se virou para Elin. – Você acha que Brennivin ou vodca funcionariam, em vez de mel?

– Ou você pode desenhar uma seta e escrever "por aqui" até seu pote de mel – sugeriu Hekla.

– Ei, você podia fazer uma tatuagem com a instrução – disse Elin, com um sorriso cheio de malícia.

Elas caíram na gargalhada e Lucy encheu a mão de sabão líquido e ergueu o braço.

– Preciso de alguém para dar um jeito no meu pote de mel – falou Hekla, franzindo a testa com pesar enquanto ensaboava as pernas longas e esguias. – Já faz um bom tempo.

– O que aconteceu com aquele gostosão, o dinamarquês? – perguntou Elin, jogando a cabeça para trás e deixando a água correr pelo cabelo louro curto.

– Voltou para a Dinamarca. Ele estava aqui de férias.

– Que pena – falou Lucy, tentando entrar na conversa e parecer blasé enquanto ensaboava embaixo dos braços.

Segundo os cartazes que demonstravam o que precisava ser feito antes de usarem as fontes termais, Lucy tinha que limpar muito bem outra área.

Hekla riu.

– Não, dá para fazer muita coisa em dois dias. Ele era... como dizem... bom de cama.

– Dois dias?

Lucy tentou não demonstrar sua surpresa.

– Não se preocupe, não era nosso hóspede. Eu o conheci em Reykjavik – falou Hekla, sorrindo.

– Vocês já viram o bar novo em Reykjavik? – perguntou Elin, uma das mãos entre as pernas, ensaboando. – Aquele com as luzes azuis. É tão legal. A gente deveria ir até lá uma noite, depois que cair o pagamento.

– Lembra aquela noite no... – Brynja falou um nome islandês que parecia só um monte de letras.

As outras assentiram, mas Lucy não conseguiu nem começar a traduzir.

– Vocês falam o meu idioma tão bem. – O domínio da fala coloquial era incrível. – Eu me sinto mal por não falar islandês. Se quiserem falar na sua língua...

Lucy respirou fundo e começou a se lavar lá embaixo. Ninguém percebeu. Claro que não: aquilo era totalmente comum ali.

– Não, imagina! – disse Brynja. – Estamos acostumadas. Eu morei nos Estados Unidos por um tempo. Elin morou no Canadá por quatro anos quando era pequena e Hekla... Onde você não morou, né?

– Morei em Londres, Washington, Auckland. Meu pai era embaixador. – Hekla deu de ombros. – O inglês é uma segunda língua para a gente.

Hekla saiu do chuveiro e foi até o banco onde estavam as bolsas.

Quando Lucy saiu do chuveiro – nua diante das outras três, que conversavam enquanto pegavam as roupas de banho nas bolsas, a água escorrendo pelo corpo –, percebeu mais uma vez que ninguém dava a mínima. Tudo era normal.

– Pegue este aqui, Lucy. Vai caber em você.

Elin entregou a ela o menor biquíni que Lucy já vira. Quando o vestiu, ela ficou puxando os pequenos triângulos, tentando esticar o tecido para cobrir um pouco mais, o que, dado o fato de que estava nua ali com as outras, era besteira.

– Ei – chamou Elin. – Pare com isso, mulher. Você tem um corpo lindo. Tem que exibir por aí.

– É – concordou Brynja. – Você se esconde muito.

– É – acrescentou Hekla. – Ela adora um casacão largo. Eu já saquei você, Lucy Smart. Por que faz isso?

Lucy deu de ombros, envergonhada, enquanto as outras a fitavam.

– Acho que... sou tímida.

– Bem, pois não deveria. Você é linda de morrer. – Hekla deu um sorrisinho para ela. – Se bem que acho que Alex já sabe disso.

Elas seguiram para a área da piscina enquanto Lucy corava com vigor.

– Hã, não. Ele... hã... passou a noite comigo.

Arg! Aquilo dava a entender uma coisa que não acontecera.

– Quando um homem bonito daquele jeito passa a noite com você, meu bem, todas nós queremos saber dos detalhes – falou Elin, dando um tapa na mão de Lucy, que ainda mexia no triângulo do biquíni que mal cobria seu mamilo esquerdo.

Lucy torceu para que a breve discussão a respeito de para onde deveriam ir – sauna, hidromassagem, sauna a vapor ou uma das piscinas – fizesse o assunto morrer, mas não deu essa sorte. Assim que optaram por uma das piscinas, Hekla deu o golpe final.

– Então, e aí, diga para a gente. O que está rolando? Ele está cuidando de você? – Hekla acariciou o braço dela. – Porque você precisa de cuidado.

Hekla empurrou Lucy um pouco para a frente e traçou o enorme hematoma no ombro dela.

– Já está bem melhor. Graças ao bálsamo viking.

Não à aplicação cheia de ternura de Alex.

– Não estou falando disso – falou Hekla, olhando para Lucy de um modo muito expressivo. – Mas de você. Quando chegou... você estava bem machucada e destroçada.

As outras duas assentiram.

Lucy gemeu e afundou na água até os ombros. Se pudesse, teria submergido por completo.

– Ai, nossa. Estava tão óbvio assim?

– Só para a gente, porque você melhorou – explicou Elin, esticando os braços compridos e elegantes para os lados. – Mas você parecia muito machucada e assustada com tudo quando achava que não tinha ninguém olhando. A gente meio que decidiu cuidar de você, só que aí você arrasou naquela noite na cozinha, depois que Erik quebrou a perna. Hekla contou que você foi superorganizada e... – ela sorriu para Lucy do outro lado da piscina – ... supermandona. Aí a gente percebeu que talvez você não precisasse de cuidado.

O coração de Lucy bateu um pouco mais forte.

– Bem, vou ser sincera. Havia algumas questões pendentes.

Sob a água, ela bateu os pés por um instante, então respirou fundo para mergulhar de cabeça na história.

Depois de contar para Alex e até ter conseguido achar alguma graça, de repente aquilo não parecia tão ruim e a história não soava mais tão sórdida – até Hekla sair da piscina e pegar o celular para procurar Lucy no YouTube.

Era meio surreal estar sentada ali, meio irritada dentro de uma piscina de água termal com a neve caindo, enquanto via na internet sua atuação espalhafatosa. Ainda mais se comparado à única vez que ela assistira ao vídeo, encolhida em seu escritório, com as luzes apagadas e a porta trancada.

– Você canta mal à beça, hein? – falou Brynja, já começando a rir. – Meu gato faz melhor do que isso.

Elin começou a rir também.

– É ruim demais. Estou com medo de você cair a qualquer momento.

– Acho que eu caí uma hora – comentou Lucy.

– Ah, agora. – Elin gargalhou de novo, apontando para a tela quando Lucy caiu de cara, o traseiro enchendo a tela. – Ainda bem que você tem uma bela bunda.

Lucy piscou. As três jovens pareciam achar o vídeo mais hilário do que constrangedor.

– Que movimento incrível, Lucy. Volte, Brynja – pediu Hekla, gargalhando e tentando pegar o celular. – Quero ver como ela tirou a calcinha.

As mulheres deram mais risada e fizeram mais piadas, mas nenhuma das três parecia censurá-la ou estar com nojo ou estarrecida. Quando o vídeo terminou, Hekla a olhou de cima a baixo e falou:

– Quero aquela roupa emprestada.

Lucy soltou uma risada meio bufada só de pensar em Hekla, com aquela altura toda, dentro da roupinha vermelha e branca.

– Você vai ficar maravilhosa – disse ela, contraindo os lábios.

Hekla teria lidado com a situação sem muitos problemas. Na verdade, com sua postura confortável em relação à nudez, as três jovens provavelmente tirariam aquilo de letra.

– Mas que saco de bosta esse cara – comentou Elin. – Era uma coisa particular. Dá para entender por que você ficou chateada. O que você fez com ele? Eu teria ameaçado cortar o pau fora com uma tesoura cega e cozinhar como se fosse uma linguiça.

Ela cortou a água com a mão, causando um esguicho que fez todas rirem.

– Eu teria acabado com o carro dele. Açúcar no tanque, azeite nas janelas... é um inferno limpar isso... e peixe no motor – declarou Brynja.

– Eu deixaria o cara bem bêbado, esperaria até que ele pegasse no sono e escreveria *kúkulabbi* com caneta permanente na testa dele – falou Hekla, empolgada, demonstrando na própria testa, enquanto as outras duas gargalhavam.

– Quando a gente fala *kúkulabbi*, quer dizer traste – explicou Brynja, ao ver o sorriso confuso de Lucy. – Mas a tradução literal é cocô com duas patas.

– Por favor, me diga que você nunca fez isso – falou Elin, de repente virando-se para Hekla, que dava risadinhas, a água ondulando na altura do peito.

– Quem, eu?

A expressão de inocência no rosto de Hekla não enganava ninguém.

– Quero morrer amiga de vocês – falou Lucy, fingindo estremecer.

– O que você fez? – perguntou Hekla. – Diga que você fez alguma coisa, por favor.

Retorcendo a boca, ela assentiu.

– Mas não foi nada tão brutal assim.

– Mas você fez.

Lucy assentiu, mordiscando o lábio. Ela não contara nem mesmo para Daisy sobre sua pequena vingança.

– Um dia antes de eu vir para cá, ele saiu e eu fui buscar algumas coisas minhas. Eu tinha a chave do apartamento, porque a gente morava junto, então... – Ela sorriu só de lembrar. – Eu costurei camarões frescos na bainha das cortinas.

– Maravilha – falou Brynja.

– É bem fedorento – comentou Elin, enrugando o nariz.

– Acho que é uma boa vingança – disse Hekla com um sorrisão. – Sutil e duradoura.

Lucy imaginou Chris tentando identificar que cheiro era aquele e de onde vinha. Ela começou a rir. Não tinha se permitido pensar no que teria acontecido com ele desde então.

Hekla ergueu a mão e bateu na palma de Lucy e as outras duas mulheres fizeram o mesmo.

– Não mexa com Lucy – falou Elin e meneou a cabeça.

– Armada e perigosa com uma agulha de costura – emendou Lucy com um sorrisinho.

– Você ainda não contou nada sobre o Alex – lembrou Hekla, alguns minutos depois, sentando-se direito, os ombros erguendo-se acima da água.

Droga. Lucy achou que tinha se safado.

– Não há nada para contar – disse ela. – Ele passou a noite comigo, mas foi só... – Ela pensou nos beijos em suas costas. – Ainda é cedo.

– Ah, mas sua cabeça está boa agora – comentou Brynja, entendendo errado de propósito.

– Eu... vou vê-lo esta noite.

O frio na barriga veio com tudo, ansiedade misturada com empolgação ao se lembrar da breve conversa que tiveram depois que Hekla, tendo obtido permissão para o passeio, saíra correndo para se preparar. "Você parece melhor", dissera ele. "Podemos jantar juntos hoje aqui, quando você voltar. Para não se cansar demais. Vou pedir para Kristjan preparar uma bandeja para nós."

Por mais estranho que fosse, para alguém bem acostumada a tomar todas as decisões, Lucy gostara de vê-lo assumir o controle. Quando ela saía com Chris, ele se mostrava tão indeciso sobre o que fariam – onde comer, que filme ver – que aquilo se tornara cansativo para ela. Lucy tinha sempre que decidir tudo e ele ainda fechava a cara se não curtisse muito o filme ou a refeição.

— Você vai vê-lo hoje à noite – ecoou Hekla e esfregou as mãos.

— E que parte dele você vai ver hoje à noite? – perguntou Elin, jogando água nela.

— É, aquele homem é bem lindo – comentou Hekla. – Eu sei em que parte eu colocaria minhas mãos.

Elin a cutucou.

— Você precisa transar logo.

— Eu sei. Usar brinquedinhos não é a mesma coisa que sentir um homem. E eu amo ver um homem tirar a roupa. – Hekla soltou um gemido alto. – Sinto falta disso. Principalmente quando ouço a Srta. B aqui mandar ver com o homem dela.

— Vou arrumar uns tampões de ouvido para você – falou Brynja, despreocupadíssima.

— A gente não vai... – protestou Lucy, grata pela água quente, que a deixava bem corada de qualquer jeito.

— E por que não, ora? – perguntou Hekla. – Ele é gostoso, é lindo e é um cara legal. Aposto que manda consideravelmente bem na cama. Não deve ser egoísta, do tipo que pensa só nele mesmo. – Ela deu um sorrisinho sarcástico para Elin. – Aposto que sabe o caminho até o pote de mel.

Lucy engoliu em seco. Sim, desde aquele beijo, quando ela afastara as pernas sem querer, fantasiara algumas vezes as mãos mágicas de Alex, mas eram imagens particulares e com certeza não tão explícitas. Ela afundou ainda mais na água, como se assim pudesse esconder quanto se sentia deslocada perto da desinibição das outras mulheres.

Para sua humilhação, Elin e Hekla começaram a detalhar as melhores técnicas que conheciam.

Lucy sabia que estava vermelha até a raiz dos cabelos.

— Elas estão se exibindo – falou Brynja, em voz baixa, notando o desconforto dela. – Hekla ia amar arrumar um namorado, está doida para que Kristjan lhe dê atenção, e Elin é louca pelo Roger. Mas, aqui na Islândia, somos muito abertos para falar sobre sexo.

— Quem me dera. Talvez se eu tivesse conseguido conversar... depois do Chris... Acho que não mando muito bem em sexo.

Brynja deu uma risada suave.

— Ninguém é muito bom em sexo sozinho. Precisa de duas pessoas, as duas têm que se importar para que dê certo. Esse tal de Chris, acho que ele não se importava. Ele te pressionou até que você fizesse o que não queria. Seja gentil consigo mesma. Se Alex for o cara certo, você não terá que fazer nada que não queira. Somos todas diferentes. Hekla é orgulhosa e confiante o suficiente para compartilhar o corpo dela com quem bem entender. Ninguém fará com que ela se sinta mal por isso. É uma ótima atitude... para quem consegue bancar. As mulheres não deveriam ter vergonha de gostar de sexo... É algo que cresce com a gente.

Ela sorriu.

– Lá em casa não era assim. Acho que cresci com a linguagem negativa... toda no feminino, lógico: vagabunda, prostituta, depravada. E meus pais nunca conversavam sobre sexo. – Lucy estremeceu. – Não consigo nem imaginar como fui feita. Acho que nunca vi meu pai dar um beijo na minha mãe.

– Isso é ótimo – falou Brynja, dando um sorriso rápido e revirando os olhos. – Pais que demonstram muito afeto são constrangedores. Pode acreditar.

Elas riram juntas e, bem naquela hora, Hekla deu um pulo.

– Vamos, hora da sauna.

Durante o resto da manhã, a neve começou a cair cada vez mais densa. Lucy avaliou que era uma sensação bem esquisita a de erguer o rosto para o beijo gélido dos flocos de neve enquanto o resto do corpo estava bem quentinho sob a água. Descalça, sua pele quente contrastando com a madeira gelada, elas haviam corrido da sauna e, depois, de piscina em piscina antes de irem para a sauna a vapor. Lucy ficara meio desconcertada nessa última, que tinha um piso ventilado em cima de uma fonte termal borbulhante e onde era possível ouvir o sibilo da água fervendo lá embaixo.

Na hora do almoço, elas vestiram os roupões e foram até o restaurante arejado e iluminado: pão de centeio assado no calor da lava e salmão defumado que desmanchava na boca – o melhor que Lucy já comera –, acompanhados de uma taça de vinho tinto.

Lucy estava num cansaço delicioso e, ah, que sensação de relaxamento. Um dia para nunca mais esquecer. Ela com certeza faria aquilo tudo de novo.

– Foi bom fazer isso. Obrigada por me convidar. – Lucy sorriu para Hekla. – Eu deveria arrumar mais tempo para esse tipo de coisa. Preciso fazer as unhas, cortar o cabelo.

Hekla sacou o celular.

– A melhor amiga da minha irmã é cabelereira em Hvolsvöllur. – Ela já estava mandando uma mensagem. – Podemos parar lá na volta, agora à tarde.

Antes que Lucy pudesse mudar de ideia, já tinha um horário no salão.

– Obrigada – disse ela de novo, recostando-se na cadeira. – E valeu por hoje. Eu me sinto tão relaxada... e os hematomas não estão doendo tanto. Meus ombros estavam muito travados. – Algo que ela sabia que deveria agradecer à massagem cuidadosa de Alex naqueles músculos tensos. – Aquela fonte fez maravilhas. – Ela ficara um tempão debaixo da água que caía em uma das piscinas. – Meus ombros estavam me matando.

– É porque você passa muito tempo na frente do computador.

Lucy fez um muxoxo.

– Sempre tem muito o que fazer.

– E é um bom lugar para se esconder da equipe de filmagem.

Hekla fez aquele seu trejeito divertido de sempre com a sobrancelha.

– Isso também. – Lucy tentou manter o rosto inexpressivo, mas não conseguiu e acrescentou: – Não vejo a hora de eles irem embora.

– Falta pouco agora. Eles vão embora no dia seguinte à noite islandesa. – Hekla sorriu. – Que vai ser um tremendo sucesso. Metade de Hvolsvöllur vai aparecer, já que você convidou o prefeito. Todo mundo quer estar nos eventos importantes. Vai ser uma noite bem movimentada e muito boa. Freya vai narrar contos folclóricos.

– Sim, e, com sorte, a câmera vai ficar focada nela e não em mim, correndo que nem uma lunática de um lado para outro.

Hekla franziu a testa. Não conhecia aquele termo.

– Uma doida – explicou Lucy.

– Ah, sim. Aquele tal Bob parece gostar de filmar você – comentou Hekla, pensativa.

– É – concordou Elin. – Fica observando você. E o tal Clive é muito irritante. Sempre falando com aquele entusiasmo todo. Ele é um falso.

– Mas não é esquisitão que nem Bob. – Brynja franziu o nariz. – Ele tem incomodado você? – perguntou ela, muito perspicaz.

Lucy estava prestes a dar de ombros, mas em vez disso assentiu com melancolia.

– Sim. Ele sabe do vídeo. Tem ameaçado contar para os novos donos. Quer que eu filme um vídeo com ele.

– Que nojo! – falou Elin, fúria e indignação brilhando em seus olhos.

Hekla fingiu que vomitava.

– Eu consegui ficar fora do caminho dele e logo todos finalmente vão embora – apaziguou Lucy. – Agora, quem quer café?

Então Lucy cruzou os braços para deixar claro que o assunto estava encerrado.

Bob, o cinegrafista, estava de tocaia no corredor quando elas voltaram e foram direto para a lavanderia carregando as bolsas com seus trajes e roupões úmidos e batendo um papo animado, os cabelos salpicados de neve.

– Eu ponho tudo para lavar – ofereceu Lucy, puxando o roupão de sua bolsa e ignorando Bob de propósito. – Muito obrigada por organizar o dia hoje, Hekla. Foi incrível.

– Foram a algum lugar legal, garotas? – perguntou ele.

– Às fontes termais de Fontana – respondeu Elin, com o tipo de sorriso educado que ela reservava para hóspedes problemáticos.

– Maneiro. – Ele deu um sorriso torto. – "All the Single Ladies".

Ele fez uma rápida imitação da Beyoncé, empinando o traseiro em um gingado esquisito.

– Ah, Bob. – Elin baixou a voz a um sussurro, antes de acrescentar: – Seu danadinho.

E, na mesma hora, ela deu um tapa no cofrinho dele à mostra com tanta força que a palmada ecoou pelo corredor. Bob ergueu a cabeça de repente, as sobrancelhas se movendo depressa, como duas lagartas. Perplexo e inseguro, ele a fitou ressabiado, percebendo que as duas outras jovens o cercavam, como um par de hienas inquietas. De algum jeito, ele estava sendo guiado porta adentro pela lavanderia.

Agora Elin exagerava no caminhar sensual ao redor dele, os pés um na frente do outro, feito uma modelo na passarela. Ela tirou o casaco e o largou no chão.

– E então, meninas? Acham que a gente devia cavalgar esse pônei com força?

Os olhos de Bob saltaram das órbitas. Lucy engoliu uma risadinha ao perceber que Brynja estava com o celular na mão e gravava tudo.

Elin, que era alguns centímetros mais alta do que o sujeito, pressionou o corpo contra o dele, arrebitando os seios para a frente enquanto corria os dedos pelo rosto rechonchudo de Bob, antes de beliscar o glóbulo da orelha dele com força, sussurrando algo em seu ouvido. Bob desceu uma das mãos abaixo da bainha da blusa para se proteger, pálido.

– Ouvi dizer que você queria fazer um filme – disse ela, bem alto.

Bob engoliu em seco, os olhos disparando pelo cômodo como se procurasse uma rota de fuga.

Com um movimento fluido, Elin tirou a blusa.

– Agora você, Bob.

Com o olhar vidrado e suando, ele a encarou.

– Ora, venha se divertir – falou Elin, puxando a bainha da camisa dele.

Devagar, ele tirou a peça pela cabeça.

Então Hekla deu um passo adiante e tirou a blusa também, sem vergonha nenhuma, escultural em seu sutiã.

Bob não sabia para onde olhar, a cabeça virando de um lado para outro entre Hekla e Elin.

– Sua vez de novo, Bob. – Elin assentiu na direção da fivela do cinto dele. – Quer uma mãozinha? – perguntou, fazendo um gesto obsceno.

Lucy contraiu os lábios com força. Elin era impiedosa. Ignorando o suor de terror que escorria pela testa do sujeito, já puxava o cinto dele.

– Eu posso... – balbuciou Bob e afastou as mãos dela.

– O que está esperando?

Elin já tinha soltado a fivela e abria o zíper. Ela e Hekla cercavam o homem agora.

– Eu... eu... eu acho que isso não é... não é uma boa ideia.

Bob se desvencilhou delas, as mãos segurando a calça, e lançou um olhar de infelicidade para Brynja, que ostentava o celular na mão. Naquele instante, foi como se ele percebesse, com sua visão de cinegrafista, como a cena pareceria ridícula. Duas louras lindíssimas com um homenzinho atarracado.

– O lance, Bob, é que a gente acha que é – disse Elin, colocando uma das mãos no quadril e enfiando os seios no nariz dele.

– Acho que eu não quero – quase choramingou o homem.

– Você não quer...

Elin virou a cabeça para olhar as outras, como se fosse a líder de um grupo prestes a exigir um sacrifício.

– Não, não quero.

Ele foi pegar a camisa, as dobras de carne flácida amontoando-se ao redor da cintura. Como um toureiro com sua capa, Elin a puxou para longe do alcance.

– Me dá isso aqui – falou ele.

Lucy se sentiu um pouco desconfortável enquanto Elin o atormentava.

– Já chega. – Ela olhou para Brynja e assentiu. – Então, Bob. – Lucy deu um passo adiante. – Talvez agora você saiba na pele como é estar à mercê de alguém. Não é muito legal. Não é tão divertido, é?

O homem ficou vermelho, tentando vestir a blusa.

– Eu não quis... Eu estava... estava brincando sobre fazer um vídeo. Você deve... deve ter entendido errado.

Hekla, Elin e Brynja tinham se posicionado lado a lado, os braços cruzados, olhando para o sujeito com um desdém gélido.

– Ah, sim. Eu entendi errado. Ora, então está tudo bem – disse Lucy. – Acho que estamos entendidos agora. Mas, só para garantir, talvez a gente possa entrar em um acordo: se você mostrar meu vídeo, eu mostro o seu.

Bob engoliu em seco, assentindo veementemente enquanto recuava na direção da porta, os olhos disparando de vez em quando para Elin, como se ela fosse uma cobra que pudesse atacar a qualquer momento.

Quando ele chegou à porta, Elin lhe deu um sorriso selvagem, um aceno insolente e uma piscadinha.

Dependendo da velocidade com que Bob tinha batido em retirada pelo corredor, talvez ele tivesse ouvido ou não a explosão de gargalhadas que se seguiu exatamente cinco segundos depois.

Capítulo 25

Relaxada, descontraída e um pouquinho triunfante após o episódio com Bob, Lucy vagou sem pressa por sua suíte, acendendo velas com um imenso sorriso. Dias de spa deveriam ser obrigatórios, concluiu ela, ou pelo menos a parte da hidromassagem. Ou, melhor, hidromassagem sob a neve.

Lucy olhou para o lado de fora. Flocos pesados desciam em espirais brancas que cintilavam contra o céu noturno, o que a fez lembrar-se do toque gelado dos flocos em sua pele nas piscinas do spa. Encostou no vidro frio e ergueu o olhar para o borrão difuso da neve que caía, densa e rápida, quase hipnotizante ao descer e se fundir ao deque de madeira já coberto de branco. O reflexo de Lucy parecia fantasmagórico pairando sobre a paisagem, mas ela sabia que estava com uma aparência muito melhor do que ao chegar ali, apesar da bela coleção de hematomas que ostentava.

Vestira um casaco de moletom confortável, leggings e as meias de caxemira de Hekla. Tinha deixado de lado a ideia de usar maquiagem. Se não tratasse aquilo como um encontro, não ficaria decepcionada caso acabasse não sendo. "Podemos jantar" não era bem um convite para um encontro, era? Um encontro era sair, fazer algo. Alex estava cuidando dela porque se sentia responsável pelo acidente e porque era o tipo de coisa que ele fazia. Ao menos era o que ela dizia a si mesma…

Contudo, uma pessoa organizada deveria deixar um vinho gelando, só por precaução, e pegar umas taças bonitas do restaurante, porque nunca se sabe quando serão necessárias. Também acenderia o aquecedor a lenha em uma noite como aquela, com uma tempestade de neve caindo lá fora. Era a atitude óbvia a se tomar, não necessariamente romântica. Ela olhou as chamas dançantes, como diabinhos indomáveis, e a pilha de madeira que duraria o resto da noite e se obrigou a sentar-se para ler um livro – não que fosse ler muito. Com o aquecedor e a neve para observar, ela ficou bem satisfeita em se instalar no sofá e ficar olhando o fascinante contraste de fogo e gelo, seu pé batucando um pouquinho de vez quando.

– Está na mesa – disse Alex ao entrar com uma bandeja depois que ela abriu a porta ao ouvir a batida dele. – Uau, que bonito. A neve está vindo com tudo. Fico feliz por não ter que ir a lugar nenhum esta noite. Clive e companhia não estão nada felizes. Esperavam conseguir mais filmagens da aurora boreal, mas parece que não vai dar, com esse tempo.

Lucy recuou, surpresa com o tanto de informação inesperada. Alex ficava fofo quando se sentia nervoso.

– Que cheiro delicioso – comentou ela, tocando o braço dele, para deixá-lo à vontade.

– Ufa, eu não sabia de que você gostava. – Ele deu um sorriso tímido e colocou a bandeja cheia de pratos cobertos em uma mesinha de café em frente ao sofá. – Aí Kristjan nos deu pratinhos de prova de todos os itens que estão no cardápio esta noite.

– Um piquenique no carpete – falou Lucy, aplaudindo. – E eu tenho vinho.

– Perfeito.

Eles trocaram sorrisinhos idênticos.

E então foi simples: os dois ajeitaram os pratos e talheres, Alex abriu o vinho e os dois se sentaram frente a frente à mesinha de café. Foi fácil conversar sobre a comida e não teve nada de cafona quando um ofereceu ao outro provinhas de diferentes pratos: um caldo de peixe salgado, porco marinado adocicado, lascas de filé malpassado, batatas fritas, tomates assados com vinagre balsâmico e alecrim, verduras salteadas na manteiga e cenouras salpicadas de cominho. Tudo bem, talvez tenha sido um pouquinho cafona, com os olhares e piscadelas e o cuidado exagerado com que seguravam os talheres.

– Como foi nas fontes termais? – perguntou Alex, enquanto eles se sentavam no tapete de pele de carneiro diante do aquecedor com suas taças de vinho.

– Quente e frio. É um pouco esquisito sob a neve, mas o local era maravilhoso. Bem elegante e estiloso. E as meninas estavam superanimadas. – Os olhos dela brilharam de repente. – Batemos uns papos bem interessantes.

Ele bateu com a taça na dela.

– Acho que não quero saber. Tim-tim.

– Tim-tim. – Ela parou. – Contei a elas sobre o vídeo.

Alex a observou, atento.

– E?

– Elas quiseram assistir.

Ele se encolheu e ela riu.

– Não, sabe de uma coisa? Foi ótimo. Eu deveria ter feito isso há muito tempo. Não era tão ruim quanto eu tinha deixado ser na minha cabeça. Elas todas acharam hilário demais. Não são tão travadas em relação a nudez e sexo quanto a gente.

– Fale por si só – provocou Alex. – Eu sou um escocês que ostenta seu kilt.

Lucy ergueu as sobrancelhas ao tentar imaginar o que ele usaria por baixo de seu kilt... se é que usava algo.

– E não vou contar, *Sassenach* – disse ele, falando com mais sotaque, como numa cena de *Outlander*, os olhos escurecendo com malícia.

– Bem, foi como se eu tirasse um peso enorme das costas. E eu não apareço tão nua como eu achava. Chris teve um pouquinho de decência. Minha lembrança daquela noite tinha se misturado com o vídeo.

No entanto, a abordagem das meninas, sem constrangimento algum em relação à nudez, tinha feito Lucy refletir. Ela jamais seria tão desinibida quanto elas, mas era hora de reavaliar a própria censura, que sugeria que seu corpo era algo de que deveria se envergonhar, algo que seria melhor cobrir e manter escondido.

– Ah, bom, então ele deve ser um cara bacana.

As palavras de Alex tinham um quê afiado, o que poderia ser ciúme.

– Eu não disse que o perdoei – ressaltou Lucy, as bochechas exibindo covinhas. – Me sinto muito melhor. Um dia talvez eu até mostre o vídeo para você.

– Só se você quiser – falou Alex, baixinho. – Mas prometo que não vou procurar para assistir.

– Eu sei – respondeu Lucy.

Ele nem precisava falar.

– Agora você pode dizer ao rato do Bob para dar o fora e se empalar na grade de ferro mais próxima.

– Que sede de sangue! – comentou Lucy. – As meninas acharam uma solução muito mais satisfatória.

Então Lucy contou o que elas fizeram.

– Bem feito pra ele – disse Alex, quando ela confessou ter sentido um pouco de pena do sujeito. – Ele não merece sua empatia.

Alex a puxou e passou um braço ao redor da cintura de Lucy, deixando os dois confortáveis, encostados na frente da poltrona retrô acolchoada.

– Talvez não, mas um erro não justifica outro. Não senti prazer nenhum em humilhá-lo. Talvez porque seja algo conhecido para mim, eu sei como é. Aquela sensação de impotência, de saber que alguém fez algo ruim, que outras pessoas sabem e que você não tem o menor controle da situação. Nunca mais quero me sentir assim.

Alex apertou a cintura dela e lhe deu um beijo no rosto.

– Espero que nunca mais se sinta dessa forma.

Sentada ao lado dele diante do brilho dourado do fogo, depois de uma bela refeição e tomando seu vinho, ela fechou os olhos para sentir o calor de tê-lo a seu lado. Um contentamento se alojou nela e a fez deitar a cabeça no ombro de Alex. Ao abrir os olhos, ficou feliz de observar o efeito sonolento das chamas, subindo e fluindo ao redor dos troncos em brasa que sibilavam e crepitavam.

Ela mudou de posição e estremeceu ao sentir uma pontada nas costas.

– Tudo bem? – perguntou Alex. – Como está o ombro?

– Começando a ficar rígido outra vez. – Ela se contorceu de um lado para outro e puxou o ar com força quando seu corpo protestou. – Meus músculos doem mais agora do que no primeiro dia, mas os hematomas estão começando a melhorar.

– Quer que eu passe um pouco de bálsamo?

Apesar do tom prático, a boca de Lucy ficou seca.

– Seria ótimo.

Alex se levantou para pegar o pote e Lucy ficou de costas para ele.

Quando ele voltou e se sentou atrás dela no chão, Lucy ouviu o rangido da tampa do pote sendo aberto e sentiu o cheiro de lavanda.

Ela cruzou os braços e se imobilizou por um instante. Então, com um suspiro profundo de agora ou nunca e um movimento fluido e determinado, Lucy tirou o casaco e o top pela cabeça. Ouviu atrás de si uma inspiração curta no momento em que revelou as costas nuas. Um silêncio solene dominou o ambiente, pontuado pelos sibilos do fogo.

Os dedos de Alex, com a suavidade das asas de uma borboleta, deslizaram pelo ombro dela. Lucy prendeu a respiração enquanto ele explorava cada centímetro de pele com dedicação. O coração dela acelerou quando ele espalmou a mão para acariciar um ponto mais abaixo nas costas, num movimento possessivo, delicado e lento. Uma pausa. As mãos de Alex deslizaram pelas laterais de Lucy, tateando, os dedos na costela, uma a uma, descendo até pararem na suave curva da cintura.

Enquanto Alex a segurava com uma delicadeza reservada a porcelanas preciosas, Lucy percebeu que ele se inclinava para a frente. Ficou tensa em expectativa, consciente do calor do fogo que alcançava seus ombros e da região que Alex bloqueava com o próprio corpo. Então vieram o toque dos lábios e o roçar do cabelo dele nas costas dela. A boca de Alex passeando por seu ombro. Lábios suaves e o leve arranhar abrasivo da barba por fazer. Humm, ela se contorceu, flexionando os ombros. Em resposta, Alex foi trilhando os hematomas com beijos leves, aí desceu em um movimento lânguido pela coluna dela. O tempo se desfez.

O toque da língua dele. Ela se arqueou para trás em uma reação sinuosa. Sua pele formigava enquanto ele descia ainda mais a boca pelas costas dela.

Os dedos apertaram a cintura de Lucy e a pressão sutil se abrandou assim que a boca de Alex voltou a explorar deliberadamente as costas dela, os lábios trabalhando devagar, cada vez mais para baixo, explorando e saboreando os entalhes da coluna. Ela ronronou, arqueando as costas em um convite para que Alex a acompanhasse. Ele lambeu sua pele. Isso a abalou. O mel líquido e quente da luxúria se acumulou entre suas pernas. Lucy gemeu quando ele deslizou as mãos para cima, contornando os seios, passando pelos ombros e erguendo o cabelo dela para dar um beijo lento e suave em sua nuca.

Lucy ergueu os braços e prendeu o cabelo, mantendo as mãos ali. Contra a neve e a escuridão, ela se via no reflexo do vidro, os seios empinados, os mamilos endurecidos e quase doloridos de desejo. Erguendo o queixo, seus olhos encontraram os de Alex no reflexo da janela. Eles se encararam, os olhos dele escuros e concentrados, os dela doces e orgulhosos, a imagem repleta de uma combinação de sensualidade e segurança.

Ainda vendo seu reflexo, Lucy observou Alex começar a desabotoar a camisa branca, seus olhares fixos um no outro. Engoliu em seco e ficou olhando para os ombros largos e o peitoral com pelos e mais musculoso do que ela imaginara. Tudo em Alex sempre fora elegante e civilizado e aquele contraste, ao vê-lo deslizar a camisa pelos braços, fez o coração dela bater um pouco mais rápido. Ah, nossa, ela podia morrer naquele momento. Quando ele a puxou contra seu peito quente e firme e a enlaçou com os braços, Lucy suspirou e todos os seus músculos relaxaram. Ao menos uma vez, sentia-se delicada, frágil, deliciosamente protegida e não se importava nem um pouco com isso. Se aquilo era o paraíso, ela aceitava de bom grado. Recostada nele, com os pelos de um dos braços provocando a parte de baixo de seu seio e outro fechando-se, possessivo, ao redor de sua cintura, ela se sentiu segura para se soltar e, uma vez na vida, abrir mão de todo o controle.

Quando Alex abaixou a cabeça e beijou a lateral do pescoço dela, Lucy estremeceu e soltou um gemido. A língua dele tocou a pele vibrante e sensível e ela gemeu outra vez. Ele ergueu a cabeça e observou Lucy pelo reflexo, atento à resposta dela enquanto movia um braço, a mão segurando um seio em uma massagem quente e sensual, o polegar esfregando lentamente o mamilo enquanto a outra mão a mantinha junto dele pela cintura.

Lucy abriu os lábios, ofegando de prazer, e fechou os olhos, mas ele apertou o mamilo dela em um breve aviso. Ela abriu os olhos outra vez e, pelo reflexo, viu um sorriso de satisfação curvar os lábios dele. Alex não desgrudava os olhos do rosto dela enquanto acariciava e massageava seus seios em pequenos círculos com delicadeza, atormentando-a com uma ousadia preguiçosa que a fez gemer. Então ele segurou um dos seios, seu braço ao redor do peito dela, e a outra mão começou a deslizar pela barriga, os dedos descendo e contornando o umbigo em círculos lentos e provocantes.

Alex abaixou a mão, deslizou pelo tecido da legging e desceu mais ainda pelo osso púbico. Lucy prendeu a respiração. Terminações nervosas desesperadas pelo toque dele desabrocharam entre suas pernas, fazendo-a piscar furiosamente enquanto tentava lutar contra o impulso de jogar o quadril para a frente. Alex sorriu como se soubesse exatamente pelo que ela ansiava. Alex mordiscou seu pescoço e observou Lucy enquanto deslizava a mão para aninhar o calor entre as pernas dela, puxando-a contra si. A imagem no vidro de Alex agarrando-a, o abraço possessivo e o olhar firme dele evocaram outro gemido e, vulnerável, ela cedeu ao fogo abrasador sob os dedos dele e se esfregou em sua mão, incapaz de impedir o grito torturado:

– Ah, Alex!

A mão dele se empenhava, os dedos tocavam os mamilos, seus lábios mordiscavam o pescoço dela. Lucy foi consumida pelas sensações que a dominavam em todas as partes, e tudo isso enquanto ele assistia pelo vidro.

Pressão, prazer, pressão, prazer. Tudo crescendo, crescendo, crescendo.

– Alex... – sussurrou ela, os olhos fechados, incapaz de se conter.

A mão dele continuava acariciando, puxando, provocando cadenciadamente, o quadril de Lucy se movendo ao encontro dos movimentos dele, irracional e desesperada. Estava ali, a sensação crescente, a necessidade de subir com a onda. Ela se impulsionou e então desmoronou lá de cima, cavalgando os deliciosos espasmos que vibravam pelo seu corpo, gritando o nome dele, ofegante. *Alexalexalexalex*.

Mole e atordoada, ela desabou e ele a segurou em seus braços, deitando-a no chão e virando-a para que os dois pudessem se olhar. Lucy o encarou de olhos bem abertos e levou a mão ao zíper do jeans dele para abri-lo.

– Você não... – começou Alex, mas a respiração dele ficou presa enquanto ela deslizava a mão pela cintura do jeans e da cueca boxer, seus dedos tocando o membro duro. – Minha nossa! – gemeu ele.

Lucy sorriu para si mesma enquanto se inclinava e beijava o peito dele, os poucos pelos fazendo cócegas em seu nariz.

– Lu... Ahh... Você... não... Hummm.

Lucy lambeu e mordiscou o peito dele e subiu e desceu a mão pela pele acetinada, segurando suas bolas, acariciando com delicadeza, envolvendo a cabeça do membro entre os dedos, seguindo as dicas que a respiração entrecortada e os gemidos dele lhe davam.

Sua respiração também começava a ficar ofegante e ela sentia aquele calor aveludado se avolumar outra vez.

Então Alex se afastou, a testa encostada na dela.

– A gente não deveria estar fazendo isso.

Lucy o ignorou e lhe deu um beijo profundo, a língua mergulhando na boca de Alex. Levou um ou dois segundos para que ele desabasse, entregando-se ao beijo, aprofundando-o, a boca explorando a dela. O calor foi aumentando, as línguas em um duelo cada vez mais ousado. Seus quadris se juntaram em uma dança cheia de determinação, esfregando-se um contra o outro.

– Eu quero você – disse Lucy, ofegante e desesperada. – Nunca senti tanto tesão assim.

Alex engoliu em seco e a beijou com determinação.

– Eu deveria... Você teve uma concussão... Você deveria... humm, parar... Você deveria descansar... – Ele fez um barulho inarticulado quando ela envolveu seu membro duro outra vez. – Relaaaaxaaar.

Lucy se deitou de novo no abraço aveludado da pele de carneiro e deu um sorriso lânguido para Alex.

– Estou relaxada, não se preocupe.

– Lucy... – disse ele, em mais uma tentativa.

O olhar dele foi atraído para os seios nus quando os olhos dela se abriram um pouco mais, em um convite sensual.

– Alex, shh – falou ela e o beijou com determinação. – Se disser outra vez que a gente não deveria fazer isso, acho que vou ter que matar você.

Ele riu.

– É porque eu não tenho nada aqui e... quero muito estar dentro de você.

Lucy sentiu um frio na barriga, sua essência reagindo só de pensar naquilo.

– Hummm. – Ela enfiou a cabeça no pescoço dele. – Ainda bem que tenho uma amiga que insistiu que eu não deveria me tornar uma pessoa seca e amarga e me abasteceu com um estoque de camisinhas.

Lucy começou a se levantar enquanto Alex caía de costas no tapete e soltava, com toda a sinceridade:

– Porra, ainda bem!

O palavrão inesperado fez Lucy rir, o que a surpreendeu. O sexo com Chris sempre era sério, direto ao ponto, e o vídeo tinha sido sua única tentativa de ser sexy e sedutora como ele queria. Aquilo ali era quente, erótico, divertido, e ela já tivera seu primeiríssimo orgasmo não autoinduzido. E, a julgar pela promessa nos olhos de Alex, os flocos cor de âmbar cheios de desejo, ainda viria mais pela frente.

Capítulo 26

— Tenha um bom dia — disse Alex ao dar um beijo na testa de Lucy e puxar o cobertor até os ombros dela. — Vejo você às quatro. Coloque uma roupa adequada para algo ao ar livre.

— Parece que vai ser um encontro quente — respondeu Lucy, com um grunhido. — Uma caminhada no escuro?

— Se eu contar, estrago a surpresa, não é?

— Quem disse que eu gosto de surpresas?

Lucy fez um biquinho, despenteada de um jeito sensual e sonolento. Ele traçou com um dedo a boca carnuda, maravilhado com o contraste que tinha descoberto. Ele gostava daquela versão de Lucy, mas também gostava da gerente de hotel competente, implacável e mandona. Saber que ela não precisava dele tornava ainda mais forte o desejo de protegê-la de todas as coisas ruins que tinham acontecido. No momento, ele não conseguia decidir quem encabeçava a lista: Bob ou aquele rato infeliz do ex dela, Chris, que parecia ser o sujeito mais asqueroso do mundo.

— Confie em mim.

Lucy o encarou, algo em seus olhos brilhando, e foi como se Alex tivesse conquistado o Everest.

— Eu confio — respondeu ela.

O olhar ardente de Lucy fez Alex se arrepender por estar vestido e ter que estar no restaurante em quinze minutos.

— Sem dúvida você está bem melhor — falou ele, afastando-se com pesar.

— É por causa do bálsamo que você tem passado nas minhas costas.

Lucy remexeu os ombros, mas, por baixo dos lençóis, mudou a posição das pernas, um sorriso sonhador se abrindo. Droga, ela estava despertando partes dele que deveriam estar exaustas depois das duas longas e prazerosas noites e de uma breve incursão de almoço no dia anterior, quando quase foram flagrados por Hekla, que tinha uma reunião com Lucy. Como se lesse a mente dele, Lucy o fitou com um brilho travesso nos olhos.

– Hekla me disse que a empresa do bálsamo também faz algo chamado Fogo do Amor.

– Faz, é? – Alex deu um sorrisinho torto ao remexer as pernas para acomodar o volume que crescia dentro da calça. – Parece divertido.

– Não que eu tenha... bem, falado com Hekla sobre... você sabe. Ela sabe que você passou a noite aqui e...

Alex riu daquela timidez contraditória.

– Não se preocupe. Já fui bem avisado sobre não ser um escroto, tratar você direito e onde conseguir uma coisa chamada Fogo do Amor.

– Ah, não diga que ela fez isso.

Lucy tampou a boca com a mão e deu risadinhas; seus lábios eram lindos e feitos para ser mordiscados.

– Ela não é mesmo nada tímida em relação a essas coisas. – Alex acariciou o colo de Lucy, o que a fez respirar fundo e estremecer de leve, os olhos enigmáticos. – Quase falei que não precisamos de ajuda para esquentar os lençóis.

Lucy riu de novo.

– Você não pode dizer isso. Eu sou chefe dela.

– Preciso ir. Vejo você às quatro.

Seria bom sair um pouco do hotel por algumas horas e, graças à ajuda de Hekla, ele tinha feito planos para um encontro reservado e – ele esperava – romântico. Só estava um pouco preocupado com uma parte meio ambiciosa das ideias de Hekla.

E também precisava fazer uma ligação.

Alex caminhou até a hidromassagem e parou no deque diante do vapor que subia. Então, inquieto, pegou o celular. Quentin não tinha respondido a nenhum dos últimos e-mails que ele enviara com relatórios sobre o excelente trabalho que Lucy vinha fazendo. Depois do começo meio incerto, ela mais do que provara seu valor. O problema era que agora ele não podia fazer uma recomendação inquestionável para que Lucy fosse a nova gerente. Como aquilo seria visto, se ele estava dormindo com ela? Era importante que, depois de tudo que ela passara, os méritos dela fossem reconhecidos. Alex não queria que ninguém jamais dissesse ou insinuasse que ela conseguira o emprego por qualquer outro motivo além do fato de ser a escolha perfeita, algo do qual ele não tinha dúvida.

– Ah, jovem McLaughlin. Tenho boas notícias – falou Quentin, sem rodeios, assim que atendeu. – Seu timing é impecável. O acordo vai ser assinado pela minha equipe jurídica às 17h30, horário de Paris, acredito que uma hora à sua frente.

– Bem, é uma ótima notícia. Você está adquirindo uma joia. Este lugar é mesmo um deleite e, com mais investimento, ficaria até melhor.

– É, você tem sido bem detalhista e parece que o local está sendo gerenciado com mais eficiência. Eu gostei do tal aplicativo MeuTurno para administrar a escala dos funcionários. A gente deveria implantar isso.

– É. E em relação aos funcionários? – Alex parou, segurando o celular com mais força. – Você deveria...

– Sim, sim. Já li seus relatórios. Entendi o recado. Vou aproveitar todo mundo. Mas ainda não vamos divulgar a novidade até que o pessoal de relações públicas faça o anúncio oficial na semana que vem, porque fizemos uma oferta por outro lugar, parecido com esse. Preciso lhe contar sobre essa ótima ideia. Bem, na verdade, a ideia é da sua mãe. Ela entrou de cabeça nesse negócio de *higgy*.

– *Hygge* – corrigiu Alex, soltando um suspiro de alívio.

Ele tinha ficado preocupado com o emprego de Lucy, porque o padrão de Quentin era colocar a própria equipe de gerência assim que assumia um hotel.

– É, essa coisa aí. Então já ouviu falar nisso.

Alex se distraiu quando Quentin começou a falar dos planos para lançar uma nova cadeia de hotéis, menores e mais aconchegantes. Ele estava ansioso para ver o rosto de Lucy naquela tarde quando a surpresa aparecesse. Hekla tinha prometido a ele que seria a coisa mais romântica do mundo.

Depois que Alex saiu, Lucy foi se vestir. Olhou por cima do ombro no espelho para examinar rapidamente os hematomas, que já estavam clareando. Agora eram manchas verdes e cinzentas. Avaliou o próprio rosto. O brilho pós-sexo matinal iluminava sua pele e já não havia olheiras. Até o cabelo tinha um aspecto melhor: graças ao corte e porque parara de cair, parecia ter ficado mais cheio. Seu lábio também tinha sarado.

Os olhos de águia de Hekla não deixavam passar nada e, assim que ela entrou no escritório, exibiu um sorrisinho para Lucy.

– Boa noite. Bom dia.

Lucy revirou os olhos.

– Sou sua chefe. Você não deveria dizer coisas assim.

– Pfff – respondeu Hekla, abanando as mãos. – Quer repassar a lista de convidados?

Pelo resto da manhã, elas falaram sobre o planejamento do banquete, embora Lucy se distraísse com facilidade. Assim que alguém entrava no escritório, ela esticava o pescoço, o coração disparado pela expectativa de ver Alex.

– Você está loucamente apaixonada – provocou Hekla.

Lucy corou.

– Eu sou chefe dele. Isso é loucamente *ruim*. Todo mundo sabe?

– Não, só eu. – Ela franziu o nariz. – Elin. Brynja. Dagur.

Lucy gemeu e deixou a cabeça cair entre as mãos.

– Isso não é nada profissional. E se os novos donos ficarem sabendo?

– Como é que eles vão saber? – Hekla pôs as mãos no quadril. – Isto aqui é a Islândia. Só tem 340 mil pessoas. Quando a gente encontra alguém, a gente… fica com a pessoa.

Lucy deu uma risada meio bufada.

– Que coisa mais viking.

– *Ja*. – Hekla estufou o peito em uma pose de orgulho. – Quando você fica preso por causa da neve em um local remoto e encontra a química certa, é bom. Acho que entre você e Alex existe química.

– Hum – respondeu ela, tentando não se comprometer, já que o rubor subia por seu pescoço desde a pele quente do peito. Ela soltou o ar com força. – Ainda nem sei se vou ter um emprego daqui a duas semanas. Não temos notícia nenhuma sobre a venda. O Sr. Pedersen não respondeu a nenhum dos meus e-mails.

Lucy sentiu um aperto no peito ao pensar na possibilidade de ter que ir embora. Com certeza o Sr. Pedersen teria entrado em contato se não estivesse satisfeito. As avaliações eram melhores a cada dia, as vendas tinham começado a aumentar e a equipe de filmagem estava empolgada com o banquete.

E quanto a Alex? Pensar em se despedir dele fez seu coração doer. Encontrá-lo vinha sendo algo muito novo e radiante. Talvez – Lucy deu uma risada de repente que fez Hekla lançar um olhar desconfiado em sua direção – ela pudesse ficar como camareira ou garçonete. Trocaria sua suíte luxuosa pelo quarto de solteiro de Alex na área dos funcionários. Com um arrepio delicioso, ela concluiu que valeria a pena.

Ao longo das semanas anteriores, a equipe de Elin tinha feito um trabalho fantástico na arrumação da biblioteca. Todas as mesas haviam sido polidas até ficarem brilhando e as almofadas recém-resgatadas, distribuídas harmoniosamente nas poltronas. Lucy passou para uma de suas inspeções diárias e fez uma anotação mental para dar os parabéns a Elin pelas melhorias que tinha realizado nas áreas compartilhadas pelos hóspedes. A pousada parecia um lugar bem diferente de quando Lucy chegara.

Muita coisa tinha mudado em um período curto. Nesse tempo, Lucy adquirira o hábito de parar diante de uma das imensas janelas de vidro do lounge dos hóspedes e observar o que o céu e o mar estavam fazendo no dia. Um cobertor espesso de neve, cortesia dos dois últimos dias de nevasca constante, repousava no chão, suavizando os contornos ásperos da terra e brilhando sob a luz limpa e clara da manhã, embora o sol mal tivesse nascido no horizonte. As nuvens haviam se afastado para revelar um céu azul-safira sem fim, que se refletia no mar quase índigo. As ondas cresciam em tons dourados, tingidas pelo ouro rosado do sol que, em poucas horas, teria sumido. Lucy sorriu, fascinada pelas cores: o contraste do branco e do azul, as sombras compridas e a luz quente. Podia ficar ali o dia inteiro sem se cansar da vista.

— Lucy querida.

Relutante, ela deu as costas para a paisagem, o coração afundando ao ouvir o sotaque britânico.

— Clive.

— Olafur disse que vamos ter outra chance de ver as luzes hoje. Já filmamos o suficiente na outra noite, mas eu ainda queria aquele ponto de vista do interesse humano. Algum hóspede novo que possa nos dar uma história incrível?

— Na verdade, sim.

Lucy soltou um suspiro de alívio. Não teria o menor pudor em indicar a irlandesa ranzinza e escandalosa que chegara no dia anterior e dizia para quem quisesse ouvir que era um milagre estar viva e que ela estava partindo, então *tinha* que ver a aurora boreal.

— Moira Flaherty. Procure por ela.

— Maravilha. E mais alguma novidade sobre o banquete? Acha que dá para trazer a Björk ou o técnico de futebol que é dentista?

— Como disse?

— A gente achou que algumas celebridades deixariam as coisas mais animadas. Eu pensei nesses dois logo de cara. Ou talvez uma encenação viking. Uma pilhagem aqui, um alvoroço ali.

— Não tenho muita certeza sobre a parte viking, mas sem dúvida vou ver com Hekla a questão das celebridades. Parece que ela conhece quase todo mundo – respondeu Lucy com serenidade, como se reunir algumas celebridades nacionais fizesse parte do trabalho. – O prefeito vem.

— Não é um material muito promissor. Acha que ele usaria um elmo ou carregaria um machado? Para acrescentar um pouco das características do país...

Lucy abriu a boca, perplexa demais para dizer que duvidava que elmos e machados fizessem parte do traje do prefeito.

— Vou... vou ver o que posso fazer.

— Maravilha. – Clive coçou seu cavanhaque ralo. – Porque, mesmo que a gente veja as luzes hoje, o banquete é a única coisa que pode impedir que o trabalho seja mais uma porcaria de publicidade pra turista ver. – Seu rosto ficou azedo de indignação. – Não tem nada de drama aqui. Com todo o respeito, este lugar é chato demais.

Lucy conteve um sorriso irônico ao pensar na ovelha na hidromassagem, na sabotagem dos pneus, na excursão não esperada e em seu retorno, abatida, depois da caminhada na geleira. Da parte dela, ficava feliz por Clive achar a pousada chata.

Às quatro da tarde já escurecera e Lucy se vestira com várias camadas de roupa, sob a supervisão de Hekla, que, sem casaco e naquele frio, pulava nos degraus da recepção num entusiasmo que mal conseguia conter. Para Lucy, ela parecia uma criança desesperada para sair correndo sendo contida por alguém.

– Você está com luvas. Gorro. Cachecol.

– Sim, Hekla. Só falta um são-bernardo com um barrilzinho de conhaque.

Por sorte, Hekla não ouviu, porque prestava atenção ao som que vinha da entrada de carros e tentava enxergar a fonte dele na escuridão.

– Estão chegando, estão chegando! – gritou ela, alegre. – Ah, isso vai ser tão divertido.

Do lado de fora, onde a neve brilhava sob a lua cheia, ficava claro como se fosse dia, e Lucy viu dois pôneis islandeses trotarem pela entrada, os cascos estalando na superfície de pedra, as crinas felpudas esvoaçando e vapor saindo de seus focinhos.

– Ah, meu Deus, eles são lindos! – exclamou Lucy.

Um homem os guiava, uma rédea em cada mão, e carregava um par de capacetes pretos pendurados em um dos braços.

– Olá.

– Oi, Anders – falou Hekla.

Ela pulou os últimos degraus para ir até o homem e deu um beijão em suas bochechas, que pareciam de couro.

– E Toto e Ilsa.

Hekla esticou as mãos para os dois animais, exibindo duas cenouras que tinham aparecido do nada.

O ruído satisfatório das cenouras crocantes sendo mastigadas preencheu o ar enquanto o homem e Hekla conversavam brevemente.

– Olá – cumprimentou Lucy, acariciando o focinho aveludado do cavalo cinza mais perto dela, inspirando o aroma doce e familiar do animal. – Você não é uma beleza?

Ela afagou o pelo denso.

– Esta é Ilsa – falou Hekla. – Ela não é linda?

– É, sim – concordou Lucy, deixando a égua afocinhar sua mão vazia. – Tem mais cenouras?

Com um sorriso de orelha a orelha, Hekla entregou um punhado delas a Lucy.

– Está acostumada com cavalos? A gente tem que ir cavalgar juntas. Na primavera, tem uma trilha muito boa até Seljalandsfoss.

Quando pequena, Lucy cavalgara durante anos em New Forest, que não ficava longe da casa dela.

– Já faz um tempo que não ando a cavalo, mas sim. – A empolgação a dominou, fazendo seu sangue ferver. – Alex e eu vamos andar a cavalo juntos?

– *Ja*. – Hekla deu um sorrisinho. – E aqui está o próprio.

Sem cerimônia, ela entregou uma chave e murmurou algo para Alex, que acabara de aparecer.

Ilsa cutucou Lucy em busca de mais cenouras e ela riu, dando tapinhas em seu focinho.

– Não tem mais, desculpe. – Ela se virou para Hekla. – Eles são muito afáveis.

Hekla deu tapinhas no focinho do pequeno animal.

– Cavalos islandeses são muito dóceis. Eles são puros-sangues há mil anos e são famosos por seu temperamento sereno. Perfeitos para principiantes.

Ela piscou para Alex.

Ele franziu o nariz.

– Foi o que você prometeu. E, se Lucy sabe andar a cavalo, ela pode tomar conta de mim.

– Não precisa que ninguém tome conta de você, esses cavalos são à prova de bombas – falou Hekla, cheia de orgulho. – Pequenos, fortes e muito trabalhadores. Eles são os melhores cavalos do mundo, não são, Anders?

O homem respondeu em um islandês brusco e lhes entregou os capacetes.

– Vai me contar aonde vamos? – perguntou Lucy, assim que partiram sem pressa pela neve, lado a lado em cima dos cavalos.

– Até lá.

Alex apontou para uma luz que brilhava na encosta a cerca de 1,5 quilômetro.

A sela ampla e larga, ajustada mais para trás do que Lucy estava acostumada, pareceu esquisita de início, mas ela logo se ajustou ao ritmo de Ilsa e se soltou mais, permitindo que o quadril gingasse para a frente, acompanhando o movimento do animal. Aos poucos, ela foi relaxando, deixando a pequena égua à rédea frouxa. Apesar do que dissera, Alex claramente já cavalgara algumas vezes e, quando ela perguntou, ele confessou que o tio tinha uma fazenda, onde ele aprendera a andar a cavalo com os primos.

A noite estava silenciosa, a não ser pelo som constante dos cascos esmagando a neve. Eles podiam ser as únicas pessoas no mundo enquanto cruzavam aquela vastidão coberta de branco com a luz do luar dançando pela superfície e transformando cristais de gelo em diamantes cintilantes. Lucy jogou a cabeça para trás e exalou o ar com força para ver a nuvem de vapor se erguer rumo ao céu estrelado.

– Nunca vi tanta estrela antes – disse ela com um suspiro.

Sem a poluição das luzes urbanas a que Lucy estava acostumada, o brilho de milhares e milhares de estrelas era espetacular. O céu escuro parecia ter sido enfeitado com um tecido de renda.

Alex apontou.

– Dá para ver a Via Láctea.

– Faz todo o resto parecer tão pequeno e insignificante!

Os dois ficaram em um silêncio contemplativo enquanto os cavalos seguiam com cuidado pelos prados cobertos de neve.

– Quer ir um pouco mais rápido? – perguntou Alex, alguns minutos depois.

O frio começava a se infiltrar por entre as camadas de roupas.

– Quero.

Com um pequeno impulso, eles instigaram suas montarias a seguirem a meio galope, os cascos esmagando a neve enquanto os pequenos cavalos subiam pela colina com suas crinas esvoaçando ao vento.

O ar frio zunia pelo rosto de Lucy, que ergueu a cabeça, sentindo a pele formigar. Alex olhou por cima do ombro para ela, um sorriso largo no rosto. A empolgação a dominou por inteiro, pura felicidade crepitando em suas veias. Lucy não conseguia recordar quando fora a última vez que se sentira indiscutivelmente feliz e despreocupada daquele jeito. Ela se lembraria daquele momento pelo resto da vida. A cena ficaria gravada em sua memória: o perfil de Alex na neve, as crinas esvoaçantes dos cavalos, o universo repleto de estrelas e a sensação maravilhosa de estar tão perto da natureza.

– Olha – chamou Lucy, quando eles deram uma parada um pouco depois no topo da colina.

A respiração dos cavalos formava nuvens brancas enquanto o metal em suas rédeas tilintava conforme eles se mexiam sem sair do lugar. Faixas verdes suaves deslizavam acima do horizonte, cruzando o céu em lindas linhas de cor que serpenteavam em ondas serenas e silenciosas.

– Acho que nunca vou me acostumar com isso – disse ela, olhando para cima. – A aurora boreal. É realmente incrível.

Alex se inclinou e pegou a mão dela.

– É mesmo.

Ao se aproximarem do chalé de madeira no topo da colina, Lucy sentiu o cheiro de fumaça saindo pela chaminé de metal alta e viu o vapor fumegante de uma hidromassagem posicionada bem à direita do deque.

Havia um pequeno abrigo para cavalos com feno para que se alimentassem.

Mal disfarçando a impaciência, Alex arrastou Lucy do estábulo até os degraus de pedra que levavam à entrada do chalé e pegou a chave que Hekla lhe dera.

Eles abriram a porta e Lucy fez um "ah" de prazer. Ela olhou para Alex.

– Uau, olha só para isso, acho que os *huldufólk* estão de volta.

– Malditos *huldufólk*, hein? – falou ele com um sorriso.

– Quem diria que eles seriam capazes de fazer algo assim com uma caixa de fósforos e um monte de velas? – Ela parou e olhou ao redor do chalé, que cheirava a fumaça de madeira e... chocolate. – Isso é muito...

– *Huggulegt?*

– Isso.

Lucy olhou para aquele mundo mágico de velinhas em pequenos copos de vidro de várias cores, que tremeluziam em cada superfície.

Lampiões largos cercavam a lareira, onde chamas altas dominavam o espaço. Em cima dela estavam um frasco e duas das xícaras de cerâmica favoritas de Lucy, além de uma tigela de marshmallows e um pote com espetos de metal. À sua frente, no chão, havia almofadões.

– Isso é mágico. – Ela foi até a janela panorâmica. – Ah – disse, ao ver a hidromassagem fumegante logo abaixo da janela, em uma posição estratégica, bem na ponta da colina, para abranger a vista magnífica de todo o vale, descendo até o mar.

Alex se postou ao lado dela.

– Isso é incrível. Obrigada.

– Tive ajuda. Hekla, Elin e Brynja ficaram doidas para se intrometer quando falei que queria fazer algo... legal para você.

– Legal – provocou ela.

– Tá bom, romântico.

Ele ergueu um dedo até o rosto dela e fez carinho.

Os dois tiraram as camadas extras de roupas e se aninharam nas almofadas em frente ao fogo. Lucy apoiou o queixo nas pernas enquanto Alex tostava um marshmallow e o entregava para ela.

Ela sorriu, mas os olhos estavam sérios.

– Tudo bem?

Ela assentiu.

– A vinda até aqui... coloca tudo em perspectiva. Faz a gente se sentir corajoso.

– Você não precisa ser corajosa, só você mesma.

Lucy encarou o fogo, as sombras bruxuleando em seu rosto enquanto ela se contorcia em sua almofada como se tomasse coragem para dar voz às palavras.

– Isto está sendo... rápido. A gente meio que se atirou de cabeça. Tudo isto é... novidade para mim. Não sei as regras. Antes do vídeo... – Ela esfregou a nuca. – Eu deveria dividir minha vida em AV e DV. Antes do vídeo, eu tinha tudo sob controle, sabia o que era o quê. Saí com Chris durante meses antes de nós... – Ela ergueu os ombros e virou um rosto cheio de incertezas para Alex. – Você acha que a gente levou tanto tempo para dormir junto porque... não se gostava tanto assim? Mas você e eu... Os sentimentos... Foi como se eu fosse explodir se não ficasse com você. Mas é... o quê? Eu não sei. Onde estou? Eu só tinha dormido com ele na vida. Isto aqui aconteceu muito depressa. Como eu disse, não sei as regras.

Ele riu de leve e roçou os lábios nos dela, dando um beijo delicado em sua boca.

– Lucy, isto tudo é novo para mim também. Não sei as regras, mas sei que isto é mais forte do que tudo que eu já senti por qualquer pessoa.

Ele fez a declaração de modo solene, ajeitando uma mecha de cabelo atrás da orelha dela, os dedos se demorando no rosto, querendo prolongar o toque.

– Sério?

Lucy parecia tão incrédula que ele sentiu o coração apertar.

– Eu era uma confusão só quando cheguei. – Ela tocou o próprio cabelo, sem graça. – O que será que você pensou ao me ver sair encharcada de dentro da hidromassagem?

– Você não era uma confusão só. Apenas um pouco transparente.

Alex a puxou para si e a envolveu com um braço enquanto os dois se aconchegavam nas almofadas.

– Como assim, tipo um fantasma?

– Sim. – Ele acariciou o queixo dela. – Exatamente. Como se você estivesse lá, mas na verdade não estivesse. Eu não me dei conta na época, mas você estava triste e derrotada. Eu queria colocar um sorriso de volta no seu rosto. Só que... – Merda, ele tinha que contar quem era de verdade e por que estava ali. Isso vinha dominando seus pensamentos. – Preciso contar uma coisa.

– Alex, eu sei.

Lucy colocou uma das mãos em cima da dele.

– Sabe?

– Sei. Você nunca vai poder jogar pôquer. Dá para ver tudo no seu rosto. Você achou que eu era uma inútil e um lixo no meu cargo.

– Bem... Eu não...

– Sim, achou, sim.

Ela cutucou a coxa dele com o dedo.

– Tá bom, eu não estava...

– E você tinha razão. Levei eras para me reorganizar. Não é de admirar que você me achasse um lixo. Não que você fosse dizer alguma coisa, você é bonzinho demais para isso.

Alex fechou a cara. Bonzinho. E os bonzinhos nunca se davam bem. Ele não queria ser bonzinho.

– E gentil – continuou ela, com um ar beligerante, como se desafiasse qualquer um a discordar. – Você é uma das pessoas mais gentis que já conheci.

– Não sou, de verdade.

O que Lucy diria quando ele finalmente confessasse que não era chefe de bar, barman nem garçom? E que deveria voltar para Paris em algum momento, embora isso ainda não tivesse sido determinado?

– É, sim. Você me ajudou o tempo todo e nunca disse o que pensava, mesmo que estivesse óbvio na sua cara, na maior parte do tempo. Sério, você perderia uma grana se jogasse. Naquela primeira manhã, a questão dos *huldufólk*, eu sabia que você achava que eu deveria mandar todo mundo calar a boca e voltar ao trabalho. Ainda assim, quando dei a ideia maluca do unicórnio, você me apoiou.

– Foi uma ideia muito maluca. Como eu poderia não apoiar?

– Sei que você achou que eu estava demorando demais para me organizar, mas eu me sentia totalmente exaurida. Era tanto medo de tomar uma decisão errada que, nos primeiros dias, foi mais fácil me esconder no escritório e não tomar decisão nenhuma.

– Sabendo pelo que você passou, eu entendo totalmente.

Alex não acrescentou a palavra *agora*. Isso teria evidenciado o fato de que ele não enxergara muito bem as habilidades dela logo de cara. Quem dera pudesse saber naquela época, antes de falar com Quentin da primeira vez.

– Admita, você achou que faria muito melhor no meu lugar. Você deveria estar à frente de um hotel como esse. Você é tão... Você daria um gerente incrível. Se eu ficar, dependendo do que acontecer com os novos donos, talvez você pudesse...

Ele ficou tenso. Merda. Lucy ficou preocupada que ele talvez se ofendesse com a sugestão de que deveria mirar mais alto do que o cargo que tinha.

– Nunca perguntei quais são seus planos a longo prazo – disse Lucy, mordiscando o lábio. – Presumi que você ficaria, mas... acho que você gostaria de viajar e seguir para a próxima parada.

Alex franziu a testa. De Paris até a Islândia, era um voo de três horas e meia. Com empregos como os deles, um relacionamento a distância seria inevitável. Sua subgerente em Paris tinha viajado para a Áustria várias vezes no ano anterior para ver o namorado. Era algo possível.

– Pare de cutucar seu lábio – grunhiu ele. – Já sarou e você não vai poder me beijar direito se abrir a ferida de novo.

– Isso quer dizer que você quer continuar me beijando?

– Está querendo elogios?

O sorriso dela ficou tímido.

– No quesito beijo, você não precisa mesmo se preocupar com nada. – Um calor se espalhou pela barriga dele. – Você é muito boa nisso. – Droga, ele precisava contar a ela. – Mas...

– Não posso colocar isso no currículo. Não depois do que aconteceu.

– Lucy, preciso...

– Sabe, eu estive pensando... Será que eu deveria ter lutado um pouco mais naquela época?

Ele reconheceu o trejeito belicoso do queixo de Lucy quando ela se sentou ereta, espetou um marshmallow e o enfiou no meio do fogo.

– Lucy, eu tenho que...

– Falei que o vídeo não era tão ruim quanto eu lembrava. E tenho pensado... Meu chefe não fez nada para impedir que ele se espalhasse pela intranet da empresa. Ele era do conselho de diretores. Ficou sabendo logo de cara porque, no dia seguinte à postagem, fez um comentário na frente do gerente regional e do meu chefe direto, dois homens. Ele me disse: "Talvez a gente devesse colocar você para oferecer serviço de quarto. Podemos incluir o vídeo como parte da nossa próxima campanha de marketing."

– Ele falou o quê? – Tudo sumiu da cabeça dele diante da explosão incandescente de raiva ao ouvir aquilo. Alex não conseguia entender como alguém podia ser tão grosseiro. Teria demitido o desgraçado na mesma hora. – O que você fez?

– Saí da sala, fui para o banheiro feminino e me acabei de chorar. Analisando agora, eu deveria ter ido direto ao RH para dar queixa, mas estava tão mal com a coisa toda que nem pensei direito.

– Deveria mesmo. Como ele teve essa desfaçatez? Você ainda deveria dar queixa. Primeiro, o comportamento dele foi absolutamente inadequado e, segundo, se ele era do conselho de diretores e sabia do vídeo, tinha poder suficiente para tirá-lo da rede. Era dever dele proteger você como funcionária. – Alex teria demitido o bundão do Chris na mesma hora e teria uma conversa muito séria com todos os funcionários da equipe sobre o assunto. – Tenho alguns amigos em RH e posso perguntar a eles.

– Mas pra quê?

– Talvez você consiga uma carta de referência, o que seria justo.

– Verdade. Eu estava torcendo para conseguir uma daqui, mas não sei como as coisas vão ficar. Ainda não ouvi nada do Sr. Pedersen. Continuo mandando e-mails e a assistente pessoal dele diz que vai me avisar se tiver novidades. Não sei nem se a venda do hotel está em andamento ou se os novos donos vão me manter aqui.

Alex ignorou a tentação de olhar para o relógio, para a data dentro da pequena caixinha, à direita.

– Não sei por que não manteriam – respondeu ele, baixinho.

– Podem querer colocar gente deles aqui.

– Não quando virem que você vem fazendo um trabalho incrível – assegurou Alex com um sorriso, aliviado por ter conseguido falar com Quentin à tarde. – Aposto o que você quiser que vai continuar sendo a gerente.

Capítulo 27

Ao longo da semana que passara, Lucy e Alex haviam aproveitado ao máximo cada minuto livre, ora entocados no quarto dela, ora explorando as paisagens incríveis nos dias de folga. Nenhum dos dois mencionava o prazo do contrato de Lucy, que se aproximava a cada dia. Faltava só uma semana para o fim dele e o último e-mail que ela recebera do Sr. Pedersen dizia que a venda tinha sido concluída e que o novo proprietário iria procurá-la para falar do contrato.

– Acho que cachoeiras são as minhas preferidas – comentou Lucy enquanto os dois voltavam da viagem a Seljalandsfoss e à menos famosa Gljúfrabúi.

– O que você acha de irmos conhecer todas elas?

Alex dirigia com uma das mãos no volante e a outra repousando de leve na perna dela.

Lucy riu e balançou o guia turístico para ele.

– São mais de dez mil cachoeiras.

– É, talvez seja melhor não. Eu estava pensando: o que acha de passarmos uma noite fora viajando para conhecer alguns lugares no norte da Islândia?

Agora que se aproximavam de meados de dezembro, o sol estava ainda mais baixo e o dia ficava cada vez mais curto.

– Alex… você sabe que talvez eu não esteja mais aqui.

Eles vinham evitando o assunto desde o dia do chalé.

– Claro que vai estar. – As mãos dele apertaram o volante. – Depois da noite de hoje, os novos donos seriam doidos se não contratassem você. A equipe de filmagem vai capturar a sua incrível capacidade de organização, o sucesso imenso que vai ser o banquete, e eles vão fazer de tudo para manter você aqui.

– Eles me deram pouco tempo para fazer tudo, mas tudo bem, sabe?

– O quê?

Alex virou a cabeça na direção dela.

– Se meu contrato passar a ser permanente, será incrível. Eu adoro este lugar. Mas, se não rolar... não posso fazer nada.

Alex fez um som baixinho de aborrecimento.

– Mas não significa que eu tenha que ir embora.

– Como assim?

– Estive pensando: eu podia ficar na Islândia. Já sei que não quero voltar a trabalhar num hotel enorme de uma grande rede. Eu ficaria feliz a curto prazo, se você ficasse também, de trabalhar ao lado de Elin e Hekla.

Depois de tantos anos batalhando e se esforçando para ser promovida, de repente isso já não era tão importante. Era verdade que ela poderia ter um pouco de dificuldade em trabalhar sob o comando de outra pessoa que assumisse seu cargo, mas Lucy não era orgulhosa a ponto de não querer servir mesas ou trabalhar como camareira. E ela sabia que o hotel estava sempre precisando de gente para essas vagas.

– Você faria isso?

Alex pareceu um pouco preocupado.

– Faria. Ser gerente não é tudo para mim. Com um emprego que oferecesse moradia, eu poderia ficar aqui... se você também quisesse isso – disse ela, sua voz ficando mais baixa.

Ele não pareceu tão empolgado. Na verdade, parecia um pouco em pânico.

– Você não vai precisar fazer isso, eu garanto – respondeu ele.

Ao olhar o perfil de Alex, Lucy notou que seu queixo estava firme e ele segurava o volante com determinação.

Ela se virou para a janela. As coisas aconteceram bem depressa entre os dois, talvez a ideia de que ela aceitasse um cargo mais baixo e ficasse com ele o assustasse. Nunca tinham conversado de verdade sobre o que ele queria da vida. Alex parecia feliz com o que tinha, mas nem fazia tanto tempo assim que estava ali. Talvez tivesse planos de ir embora. Será que passara pela cabeça dele a possibilidade de incluí-la nesses planos? E será que ela iria querer um estilo de vida nômade, de ir para onde o trabalho a levasse?

Luzes distantes os seguiam quando eles saíram da estrada principal e subiram a trilha em direção ao hotel. Lucy olhou por cima do ombro.

– Um táxi. Devem ser hóspedes chegando – disse ela com um suspiro. – De volta ao trabalho. Obrigada pela tarde. Foi bom sair e fazer uma pausa antes dessa noite. Me ajudou muito a espairecer.

– É um prazer – respondeu Alex, com um sorriso caloroso que a deixou um pouco inquieta e ansiosa.

Ela se inclinou e o beijou na bochecha enquanto ele dirigia.

– Quem dera não ter que voltar direto para o trabalho.

– Pois é. Vou encostar para a gente dar uns amassos no carro por uns cinco minutos. O que acha?

– Melhor não me tentar. Hoje é uma noite importante. Preciso voltar.

– Vai dar tudo certo. Você vai conseguir e tudo vai sair como planejado. Tem velas suficientes para lotar um depósito da Ikea. Kristjan criou um cardápio incrível, Freya tem uma dicção perfeita e um canto de sereia sedutor para contar histórias.

– Não é? – disse Lucy, pegando a bolsa e o casaco, enquanto os dois viravam a última curva em direção ao hotel.

– Sim, e é uma ideia extraordinária. Já falei isso.

– É, falou.

Ela sorriu para Alex, toda alegre.

– Vou começar a chamar você de Lucy Convencida se continuar desse jeito.

– Bem, deve sair tudo como planejado, desde que todos os VIPs apareçam. Nem acredito que o prefeito confirmou um convite tão em cima da hora. Em Manchester, a gente tem que reservar a data na agenda do prefeito com seis meses de antecedência, se bem que acho que deve ser o poder das câmeras de TV.

– E eles vão embora amanhã. Viva!

– Viva mes… Que estranho. O hotel parece muito escuro.

À medida que se aproximavam, um pressentimento tomou conta de ambos.

– Não estou gostando nada disso – disse Lucy, enquanto Alex acelerava.

Assim que ele parou o carro, ela escancarou a porta e correu até os degraus da recepção, com Alex logo atrás.

Lá dentro havia um brilho fraco enquanto algumas poucas velas lutavam bravamente para iluminar a área da recepção. Hekla, Brynja, Olafur e Dagur estavam reunidos no balcão, ao lado de um homem baixinho e careca com um enorme bigode que parecia um guidom.

– Oi, Lucy – disse Hekla com um sorriso abatido. – Eu ia ligar pra você...

– Espere aí! – Clive apareceu, o local de repente se iluminando com a luz da câmera de Bob e um holofote erguido pelo contrarregra, Tony. – Quero gravar isso.

Lucy lançou um olhar de desprezo para o sujeito, mas não tinha tempo para aquilo. Em poucas horas, a nata de Hvolsvöllur chegaria para um grande banquete. Ela o ignorou e se virou para o pequeno grupo à sua espera.

– O que aconteceu?

– Acabou a luz. Já chamei o eletricista.

Hekla apontou para o sujeito careca que assentiu e falou algo num islandês rápido, balançando a cabeça e parecendo bastante chateado.

– Ele disse que isso é muito estranho.

Hekla já estava com aquela conhecida expressão infantil de espanto.

– Por favor, não diga que são os *huldufólk* outra vez.

– Bem... – começou Hekla.

Brynja se manifestou.

– É estranho porque ele não conseguiu descobrir qual é o problema. – Ela lançou um olhar de alerta para Hekla, que fez um beicinho de leve. – A companhia elétrica disse que não houve nenhum corte de energia, mas Henrik acabou de chegar. Ele está conferindo todos os quadros de distribuição para ver se encontra um fusível com defeito em algum lugar.

– E está tudo sem energia ou o problema é só a iluminação? – perguntou Lucy.

– Tudo.

Claro que era tudo.

– Muito bem. – Ela olhou para o relógio e então se lembrou. – Mas temos um gerador.

Hekla assentiu de um jeito melancólico, enquanto Olafur balançava a cabeça.

– Não está funcionando – disse ele, uma expressão triste nos lábios.

Por que isso não a surpreendia?

Ela olhou para Henrik.

– Tem alguma outra ideia?

– Posso continuar procurando, mas, sem conhecer o prédio, é... é muito difícil.

Lucy se virou para Hekla.

– Sabe se temos alguma planta daqui? Principalmente uma que mostre a parte elétrica?

Hekla arregalou os olhos e deu de ombros.

– Nunca vi nada do tipo.

– Deve haver uma planta em algum lugar – acrescentou Alex.

Lucy olhou para ele e sentiu aquela conhecida onda de calor.

– Se importa de ir para o escritório com Hekla e procurar em todos os arquivos para ver se acham algo? Brynja, temos muitas velas para esta noite, mas são pequenas e vão acabar rápido demais. Pode pegar todas as outras que encontrar? Sei que há um estoque enorme na sala da limpeza. Dagur, consegue garantir que a lareira fique acesa na área do bar e do lounge? E, se vocês dois puderem colocar velas lá, a gente chama os hóspedes para tomar um café de cortesia no bar... Droga, não tem café. Vamos ter que oferecer uma bebida de cortesia. Vou atrás de Kristjan, na cozinha, para descobrir em que pé está o cardápio desta noite.

– Corta – gritou Clive.

Lucy olhou para ele com raiva.

– Isso é uma bomba. Ótimo trabalho, gente. É isso aí, Lucy. Gosto dessa sua versão mandona e dominadora.

Lucy revirou os olhos e cerrou os dentes.

– Agora, Lucy, se a gente puder fazer um close rápido e depois seguir você até a cozinha...

Clive já estava mandando Bob e sua câmera na direção dela. Lucy olhou para Alex e estacou.

Ele parecia ter sido atingido por um raio, os olhos cheios de terror.

– Alex! Querido. – Uma ruiva imaculada, com um casaco branco e uma calça verde-esmeralda que berravam "caríssimo", "de grife" e "olha só a minha bunda perfeita" apareceu do nada e, andando pelo saguão a passos rápidos, atirou os braços ao redor dele. – Que bom ver você.

– Gretchen... – Ele se livrou do abraço entusiasmado, o corpo tão rígido que poderia servir de tábua de passar. – O que está fazendo aqui?

– Quentin me mandou. Sou a nova gerente geral.

O silêncio cortou o ar com a rapidez e a eficiência de uma guilhotina.

Lucy sentiu o coração afundar no peito e uma dúzia de cabeças se viraram na direção dela.

Clive estremeceu de empolgação. Passou a mão pelo cabelo louro, jogando-o para trás e formando um topete, enquanto acenava com a outra mão para que Bob se afastasse o suficiente para filmar toda aquela cena congelada.

Havia um zumbido nos ouvidos de Lucy e uma forte onda de decepção deixou seus membros mais pesados enquanto ela permanecia no mesmo lugar.

– M-mas... – balbuciou Alex, olhando com horror para Lucy e balançando a cabeça.

Ele parecia tão arrasado quanto ela.

– Quentin pediu para avisar que o Metrópole está quase pronto e que ele espera que você esteja de volta a Paris até o fim de semana. Seu sortudo. Gerente geral do hotel mais novo e badalado de Paris.

Gerente geral! O cérebro de Lucy levou um momento para processar tudo aquilo. Gerente geral. Ela achou que fosse vomitar. Uma série de emoções conflitantes passava pelo rosto de Alex: culpa, surpresa, constrangimento, antes de culminar em arrependimento. Ela lançou um olhar de desalento para ele. Como assim?

– Então, prazer em conhecer todos aqui – disse Gretchen, suas palavras perdendo a força enquanto ela se mexia sem sair do lugar e finalmente percebia que estava em território inimigo e todos os funcionários olhavam com raiva para ela.

Lucy ergueu a cabeça, piscando com força.

– Bem-vinda à pousada Aurora Boreal, Gretchen – falou com um sorriso forçado, antes de acrescentar: – Até onde sei, ainda sou a gerente geral até sexta-feira e tenho um trabalho a fazer. Estamos organizando um banquete hoje, precisamos dar um jeito de fazer a luz voltar e mais mil coisas. Estou bem ocupada no momento. Alex, por favor, poderia mostrar a Gretchen o alojamento dos funcionários?

Inclinando de leve a cabeça de um jeito régio, Lucy indicou o corredor, bem orgulhosa de si por ter conseguido soar calma e equilibrada.

– Ela vai ter que dividir o quarto com Elin e Freya nos próximos dias – concluiu, depois continuou: – Dagur, as velas. Brynja, por favor, pode continuar acompanhando Henrik e conferir cada cantinho possível para ver se não há algum quadro de distribuição que a gente não conheça? Hekla, veja se consegue encontrar as plantas do prédio. Se encontrar, entregue para Henrik. Olafur, você ajuda Hekla, já que... – por algum milagre, ela conseguiu manter a voz calma – ... Alex vai estar ocupado com outras coisas agora. – Ela fez questão de nem olhar para ele. – Vou atrás do Kristjan.

Com isso, de cabeça erguida, ela saiu rápido da recepção, terrivelmente consciente da câmera que seguia todos os seus movimentos e do silêncio absoluto que deixara para trás antes que todos soltassem um suspiro de estupefação.

Seguindo pelo corredor com a maldita equipe de filmagem rastreando cada movimento, Lucy manteve a cabeça erguida e o rosto impassível, apesar dos zilhões de pensamentos furiosos que giravam em sua mente. Quentin. Metrópole. E Alex como gerente geral!

– Ah, mas que merda! – explodiu ela.

Meu Deus, ele devia estar rindo dela até não poder mais. O Metrópole. Lucy balançou a cabeça, fez uma careta e grunhiu alto. Só então percebeu que a equipe de filmagem estava adorando aquilo.

Clive fazia um sinal de positivo com os polegares enquanto seguia trotando atrás de Bob, que infelizmente acompanhava seu ritmo.

Com os dentes cerrados, ela ignorou a câmera e manteve o foco no final do corredor.

O Metrópole. Projetado para ser o hotel mais incrível e elegante, melhor em tudo de toda a maldita, descolada e agitada Europa. E, se você trabalhava no ramo de hotelaria e nunca tinha ouvido falar de Quentin Oliver, então devia estar vivendo dentro de um casulo desde a pré-história. Inteligente, influente e, ao que tudo indicava, chefe de Alex. Alex. Porra. Não. Ela NÃO IA pensar em Alex. Não ia pensar naquele último beijo dentro do carro. Não ia pensar em Alex beijando sua nuca, que ele afirmara ser seu lugar favorito. Não ia pensar... Desgraçado. Barman! Mentira... Qual era o problema dela? Claro que ele não era barman. Era tão óbvio. Quantas vezes não tinha achado que ele parecia qualificado demais, experiente demais? Que burra ela era.

Lucy empurrou a porta que dava na cozinha e a deixou fechar com força entre ela e a equipe de filmagem.

E, quanto à esbeltíssima Gretchen e sua entrada triunfal, ela poderia muito bem esperar nos bastidores. Lucy não desistiria daquele trabalho até o último minuto de seu contrato e no momento tinha um banquete para salvar.

– Espere, Lucy! – gritou Clive enquanto eles passavam pela porta, sorrindo de orelha a orelha. – Isso é uma bomba. Podemos fazer essa cena de novo? Filmar você desse lado, entrando pela porta.

– O quê?!

Ela se virou e seus olhos semicerraram até se transformarem em dois pontos ferozes.

Diante da expressão dela, ele e Bob deram um passo para trás.

– Talvez Lucy queira um pouco de paz – disse Bob, com o rosto sério. – Um pouco de espaço.

– Não seja ridículo – respondeu Clive. – Ela é uma mulher de atitude botando pra quebrar. Queremos ver isso.

Ele imitou um chute de kung fu. O técnico de áudio de Clive revirou os olhos.

Humpf. Com um grunhido, ela se virou e marchou até a cozinha.

Merda. A câmera havia filmado tudo. Agora Clive esfregava as mãos de alegria. Era exatamente o tipo de história que buscava. Quase dava para ouvir a narração: *Correndo contra o tempo, será que Lucy, a gerente, vai conseguir salvar o dia? Será que o banquete vai acontecer? Ou será que os convidados vão passar fome? Será que o banquete islandês em Hvolsvöllur vai acabar se tornando o maior evento cancelado da história da cidade? E o que ela vai fazer agora, sem emprego ou lugar para morar?*

Lucy fez uma careta ao imaginar milhares de pessoas esperando o fim do intervalo comercial para descobrir se ela afundaria com o navio ou se conseguiria sair vitoriosa daquele desastre em potencial.

Kristjan andava de um lado para outro na cozinha mal iluminada, como um leão faminto. Um lampião de camping tinha sido pendurado na prateleira acima de uma das bancadas, onde estavam uma tábua cheia de cebolas picadas e uma faca. Assim que ela entrou, ele ergueu a cabeça e as mãos.

– Lucy. Estamos sem luz.

Ela olhou para os grandes queimadores a gás dos fogões enquanto Kristjan balançava a cabeça.

– Os fornos têm acendimento automático e ventilação elétrica. Não funcionam sem energia.

Bob, com a câmera, soltou uma risadinha. Lucy lançou um olhar autoritário e furioso para ele.

– Eu sei – falou ela.

O pobre rapaz parecia prestes a chorar. Ela deu um tapinha no ombro dele.

– Mas o eletricista está aqui e tenho certeza que ele vai descobrir o problema – confortou-o ela. – Ainda temos algum tempo.

Os olhos de Kristjan se arregalaram:

– Mas e se a luz não voltar?

– Então vamos pensar num plano B.

– Você tem um plano B?

Lucy lançou a ele um sorriso determinado.

– Sempre – disse ela, mentindo descaradamente. – Então, me conte o que ainda precisa ser feito e os prazos cruciais. Qual é o limite para que a luz volte?

Kristjan franziu a testa, pensativo, pegou uma faca e ficou cutucando a pilha de cebolas.

– Já fiz a maior parte da preparação, o peixe está filetado, o porco defumado está dourado, mas não consigo aquecer nada, nem manter nada quente, nem preparar as entradas. A noite vai ser um desastre. Minha comida...

Ele havia se esforçado tanto para elaborar o cardápio – a entrada era risoto de lagostim com salada de funcho ou uma salada de batatas caramelizadas, seguida de porco defumado à moda islandesa ou bacalhau islandês assado acompanhados por vegetais: batatas em cubos com alecrim e alho, cenoura assada lentamente e couve. Lucy seria incapaz de dizer quantas horas ele passara aperfeiçoando a amada receita de brownie que criara para a sobremesa e, em seu entusiasmo, ele tinha chegado a adicionar uma opção ao cardápio: cheesecake Skyr de limão.

Lucy ignorou o próprio estômago se retorcendo. Precisava manter a calma.

– Kristjan, você é um chef brilhante. Tenho certeza de que podemos encontrar uma saída. Não vamos nos abater. Ainda temos muito tempo. Antes de tudo, qual é o último horário em que você ainda pode começar a cozinhar?

O jovem avaliou o rosto dela e se animou um pouco.

– Mais meia hora seria o ideal. O cordeiro precisa assar por pelo menos duas horas e meia, mas acabei de começar a prepará-lo. Posso conseguir assá-lo em uma hora e meia, mas talvez a carne fique um pouco dura. O peixe não precisa ir ao forno até meia hora antes de servir. O risoto, eu faria uma hora antes. As batatas, eu ia ferver primeiro, antes de caramelizar para servi-las quentinhas. Mas posso prepará-las em uma hora. Então... – ele franziu o rosto – ... o mais tardar que eu poderia começar a cozinhar seria dentro de uma hora.

– Ok. Vamos ter esperança de que o eletricista conserte a luz. Mas, caso não consiga, onde fica a cozinha comercial mais próxima? Será que podemos ver se é possível preparar a comida lá e trazê-la para cá?

– Fica longe demais. A gente não conseguiria chegar lá, fazer a comida e voltar ou manter a comida aquecida o suficiente.

– Beleza. Então, o cardápio. O que poderíamos servir de comida fria? Com os ingredientes que temos. Diga o que a gente pode fazer.

– Eu poderia fazer uma salada de lagostim. Os ingredientes vão continuar bons, desde que a gente mantenha as portas da geladeira fechadas.

Lucy mordiscou o lábio, preocupada.

– Mais alguma ideia de prato frio que você tenha ingredientes suficientes para servir para sessenta pessoas?

Kristjan franziu a testa e pegou um bloco de notas.

– Talvez eu possa fazer uma grande salada de camarões. Tenho camarões cozidos congelados. E eu poderia fazer ceviche com o bacalhau. Mas precisaria começar logo, porque demora um pouquinho.

O chef cruzou os dedos e olhou para o relógio na parede da cozinha.

– Isso é peixe cru fresco no suco de limão, certo? – quis confirmar Lucy.

Não parecia um grande sucesso, na opinião dela, mas não era muito fã de peixe.

– Sim, o ácido cozinha o peixe, mas… vou precisar de ajuda para fatiar o peixe a tempo. Anna, a auxiliar de cozinha, chega em uma hora. Posso pedir para ela vir mais cedo.

– Perfeito, já é um começo. Continue pensando. Veja se você consegue criar um cardápio e eu volto em meia hora. Se conseguirmos montar algo que dê certo, vamos seguir em frente. – Ela olhou para o relógio também, embora soubesse exatamente que horas eram. – Se não der, vamos ter que cancelar.

E isso só aconteceria por cima de seu cadáver.

– Corta – gritou Clive. – Isso ficou bom demais.

– Que bom que gostou – disse Lucy. – Agora, se não se importa, tenho muito o que fazer.

– Sem problemas. Vamos filmar uma parte aqui com o Kristjan. – Clive se virou para o jovem chef. – Agora, continue andando para lá e para cá e talvez você pudesse jogar uma frigideira na pia. Sabe, para mostrar sua frustração.

Lucy revirou os olhos e saiu da cozinha.

Ela passou por Brynja e Henrik no corredor, os dois vasculhando dentro de um armário com uma grande lanterna. Era um dos muitos pelos quais ela já havia passado uma dúzia de vezes sem nunca abrir. O lugar era cheio deles.

– Já deram sorte?

Henrik balançou a cabeça, a boca contraída.

– É muito estranho.

Ela e Brynja trocaram um olhar rápido. Lucy olhou por cima do ombro. Não havia mais ninguém por perto.

– Hipoteticamente falando, se quisesse desligar a eletricidade de propósito, o que você faria?

Pelo olhar confuso no rosto do sujeito, ele não tinha entendido, então Brynja traduziu rápido.

Ele respondeu em islandês, e a garota logo transmitiu o que ele disse para Lucy.

— Ele falou que tiraria um fusível da caixa principal. Mas, como o prédio passou por muitas mudanças, há mais de uma caixa. Ele está preocupado porque, mesmo que a gente encontre a certa, o fusível pode ser muito antigo e ele precisaria encomendar, o que pode levar alguns dias. Também disse que deveríamos conseguir outro gerador.

Lucy assentiu.

— E consertar o atual. Vou adicionar isso à lista.

Embora a lista não fosse continuar sendo dela por muito mais tempo.

— Continuem procurando.

Ela olhou para o relógio.

— Você vai cancelar?

— Não se eu puder evitar.

No escritório, Hekla estava de pé em cima de uma cadeira, tirando metodicamente as pastas de documentos das prateleiras mais altas na parede dos fundos. Com os braços lotados, segurando uma pilha alta, ela olhou para a mesa abaixo dela.

— Espere, eu ajudo — disse Lucy, já imaginando tudo voando pelos ares enquanto Hekla tentava pular.

— Obrigada.

Mesmo depois de entregar os documentos, eles começaram a escorregar. Lucy conseguiu agarrá-los e depois fazer uma pilha desordenada, que se espalhou pela mesa.

— Quando isso tudo acabar, precisamos arquivar algumas coisas e jogar um monte de outras fora — disse, olhando para os papéis danificados, alguns se desfazendo, com páginas manuscritas amareladas escapando. — Precisamos de um... — Sua voz foi sumindo.

Hekla se virou e lançou um olhar solidário para Lucy.

— Só que, quando isso acabar, não vou mais estar aqui.

– Isso é uma injustiça, Lucy.

Ela deu de ombros.

– Ao que tudo indica, a venda foi concluída e o novo proprietário é Quentin Oliver. E vocês têm uma nova gerente geral.

– E Alex? – perguntou Hekla, desanimada.

– Parece que ele trabalha para o novo proprietário.

Aquele desgraçado. Havia mentido para ela o tempo todo.

Hekla franziu a testa.

– Ele não é barman?

– Não, com certeza ele não é barman – falou Lucy e quase cuspiu as palavras.

– Quem é esse Quentin Oliver?

– Um homem bem conhecido no ramo hoteleiro. É dono de alguns hotéis fantásticos na Europa e está prestes a inaugurar um empreendimento novo.

– E Alex trabalha para ele?

A preocupação estava estampada no rosto da jovem.

– Pelo que a fofa da Gretchen falou, parece que Alex é um dos braços direitos dele. Gerente de um grande hotel de cinco estrelas em Paris.

– Então por que ele estava aqui?

Lucy ergueu uma sobrancelha.

– Provavelmente estava inspecionando tudo para o chefe.

– Ah – disse Hekla. – Mas ele é tão legal. – Ela franziu a testa, parecendo infeliz e confusa. – Você não sabia?

A jovem puxou uma pasta antiga da prateleira alta em que mexia agora.

– Com certeza não – respondeu Lucy, com uma expressão sombria.

Como tinha sido burra! Mas agora tudo fazia sentido. Ele estava fazendo exatamente o que ela teria feito se fosse assumir um lugar que era uma incógnita: verificar tudo antes. Conhecer a equipe e avaliar seu desempenho.

– Isso… não é nada justo. Essa mulher que chegou, ela está roubando o seu lugar. Ninguém avisou você?

Lucy balançou a cabeça, a garganta de repente apertada demais para falar.

– O que você vai fazer?

Lucy ergueu o queixo, engolindo em seco antes de conseguir responder.

– Vou continuar trabalhando até sexta. E vou fazer o banquete desta noite acontecer. E cadê Olafur? Pedi que ele ajudasse aqui.

– Ele disse que ia ajudar o eletricista.

– Mas eu acabei de ver o eletricista com a Brynja.

Lucy franziu a testa enquanto algumas peças do quebra-cabeça se encaixavam.

– Você tem o telefone da Eyrun?

– *Ja* – disse Hekla e assentiu, franzindo a testa.

Lucy ligou para a mulher. Desculpou-se por telefonar para sua casa assim que ela atendeu.

– Lembra que você me contou que tinha recebido um e-mail do antigo gerente mandando que guardasse todas as mantas e almofadas?

– *Ja* – respondeu Eyrun com cautela.

– Você não sabe ler. Alguém deve ter lido o e-mail para você.

– Olafur. Foi ele quem leu para mim.

– Por acaso, você não guardou esse e-mail, guardou? – perguntou Lucy.

– Não, eu nunca vi. Olafur veio até a lavanderia e falou comigo. No dia seguinte, o gerente... Puf! Tinha ido embora.

– Obrigada, Eyrun. Vejo você amanhã.

Lucy franziu a testa e massageou a ponte do nariz. Aquela ligação confirmava suas suspeitas indesejadas.

A porta se abriu. Ela e Hekla se viraram e encontraram Alex parado ali.

– O que posso fazer para ajudar? – perguntou ele, com a sinceridade e a calma de sempre.

– Acho que já deve ter feito o suficiente. Obrigada, Alex.

O tom frio e desdenhoso de Lucy fez surgir um sorrisinho no rosto de Hekla.

Ele esfregou a testa fazendo careta.

– Acho que um *Eu posso explicar tudo* não vai funcionar, né?

Por que ele tinha que parecer tão arrependido? Por que parecia se importar de verdade?

Metade de Lucy queria ouvir o que ele tinha a dizer; a outra estava arrasada demais.

Indecisa sobre o que fazer, ela atacou:

– O que você acha? – rosnou.

E, como era típico de Alex, ele deixou que ela o acertasse em cheio. Não se esquivou nem negou.

— Eu devo uma explicação e cometi um erro em não contar antes.

Ele estava diante dela sem tentar dar justificativas nem negar nada. Desgraçado. Sendo maduro, razoável e honesto.

— Mas era trabalho – argumentou ele. – Eu não podia contar.

Lucy vacilou, olhando para o rosto sincero dele e tentando ignorar o vazio no peito. A porcaria da culpa era toda dela. Não tinha aprendido a lição? Nunca deveria ter confiado nele.

O celular dela recebeu uma mensagem. Era de Kristjan: não tinham camarões suficientes para uma salada.

Ela olhou com raiva para Alex. Ele sabia como era importante para ela que aquela noite desse certo, sobretudo agora, que a porcaria da glamourosa Gretchen tinha entrado em cena e a maldita equipe de filmagem estava se deliciando com todo aquele drama.

— Não tenho tempo para isso agora – disse Lucy, estufando o peito e engolindo o enorme nó na garganta.

Ela estava por conta própria. Ninguém a salvara antes e ninguém iria salvá-la dessa vez. Não precisava de mais ninguém. Mesmo que fosse a última coisa que fizesse, aquela noite seria um sucesso.

— Você tem razão – respondeu Alex. – A gente precisa elaborar um plano de resgate.

Hekla parecia acompanhar uma partida de tênis: sua cabeça ia de Alex para Lucy.

— A gente? – Lucy demonstrou o máximo de desdém que alguém poderia invocar. Nem mesmo Lady Bracknell, com sua famosa fala sobre a "bolsa de mão" em *A importância de ser prudente*, faria melhor. – Se bem me lembro, você é o barman. Eu sou a gerente. Isso é problema meu, não seu.

Alex engoliu em seco e andou até ficar bem na frente dela e pôr a mão em seu braço.

O calor da pele dele a fez sentir uma pontada. Aqueles olhos castanhos afetuosos encontraram os dela em um olhar sincero e direto.

— Eu entendo que esteja com raiva de mim. Não posso te culpar. Você tem todo o direito. – A mão dele apertou seu braço. – Eu deveria ter contado...

— Deveria, deveria mesmo – disparou Lucy, endireitando-se e afastando-se dele. Ela ergueu o pulso bem diante do rosto para conferir o relógio.

– Mas, neste momento, eu não me importo. Ainda sou a gerente e tenho um banquete para organizar.

Alex sorriu, um quê de orgulho e admiração surgindo no rosto.

– Não se atreva! – rosnou ela.

Os olhos de Hekla, que já estavam arregalados, cresceram ainda mais.

O olhar de Alex ficou mais suave, mas o sorriso que enfurecera Lucy permaneceu ali.

– Sei que vai conseguir. Você é capaz de fazer qualquer coisa. É esperta por natureza, até seu nome diz isso.

Ele não tinha o direito de se orgulhar dela. Não depois de ter agido por suas costas. Não depois de ter mentido.

– Vê se mantém aquela vaca da Gretchen longe de mim. – Ai, ela falara aquilo mesmo? – E pare de sorrir que nem um idiota.

Droga, por que tinha dito aquilo? Ela se lembrou da noite na lavanderia com uma pontada dolorosa.

– Sim, chefe. O que quer que eu faça?

– Grrr.

Ah, meu Deus, ela estava rosnando. Era de novo a pilha de nervos que demonstrara diante da recrutadora. Só que dessa vez não ia desistir sem lutar.

De repente reinava um silêncio de perplexidade. Hekla parecia achar os próprios pés interessantíssimos e Alex ainda sorria para Lucy. Aquele rosto lindo, acolhedor e compreensivo. Caramba. Era ainda pior do que antes. Tudo fora mentira. Por que ele não tinha contado quem era? Porque estava espionando Lucy o tempo todo. Atuando.

– Eu confiei em você – disse ela, baixinho.

Finalmente o sorriso vacilou.

– Eu sei, desculpa. Eu queria contar, mas...

Ela engoliu em seco. Merda. Não. Ela. Não. Iria. Chorar. Não na frente dele.

A pilha de pastas em cima da mesa tombou de repente e, como uma avalanche ganhando velocidade, desabou no chão. Lucy e Hekla se ajoelharam e começaram a juntar tudo.

– Faça alguma coisa de útil. Ajude Hekla a conferir esses papéis e veja se consegue encontrar alguma planta.

Depois de enfiar uma pasta com força no peito dele e sentir uma satisfação considerável com o "uuf" meio estrangulado que ele deixou escapar, Lucy fugiu do escritório, fechando a porta com firmeza.

Sozinha na recepção, soltou um suspiro, ergueu os braços e ajeitou o rabo de cavalo. Ela não estava de brincadeira. Olhou para o relógio. O tempo passava.

Teria que tomar uma decisão muito em breve. Mesmo que encontrasse o problema, Henrik não parecia muito confiante de que pudesse religar a energia elétrica. Era lamentável haver um problema com o gerador.

Lucy franziu a testa. Alguém fizera questão tanto de dar cabo da energia quanto do gerador. Alguém com um bom motivo para querer causar problemas para o hotel. Ela entrou no bar, onde já se viam alguns hóspedes que tinham retornado da excursão do dia. Ainda bem que havia muita água quente, ao menos isso não fora afetado pela eletricidade. As pessoas sentadas no lounge não pareciam nem um pouco incomodadas com a luz suave que irradiava da coleção heterogênea de velas e com o brilho feroz do fogo, que havia sido atiçado e emitia bastante calor.

Dagur estava ocupado, distribuindo mais velas pelo cômodo. Cobria cada superfície com luzes, pratinhos e pires. Ele sorriu para ela.

– Quando todas essas coisinhas estiverem acesas, vai ficar bem legal aqui. E tenho uma tonelada de lenha a postos, então vai ficar bem aconchegante. – Ele baixou a voz. – E todos os hóspedes parecem bem felizes. Todo mundo adora uma bebida de graça.

– Hum, adoram mesmo – disse Lucy, secamente, olhando em volta com uma rápida onda de orgulho.

Eles dariam um jeito. De alguma forma, a noite seria um sucesso, porque ela tinha uma equipe maravilhosa e solidária a seu lado, com uma ou duas exceções.

– Parece tudo ótimo aqui – elogiou ela. – Agora só tenho que me preocupar com a comida.

Dagur deu de ombros.

– Não posso ajudar com isso, infelizmente – falou ele, antes de acrescentar com uma piscadinha: – Mas, se deixarmos todo mundo bêbado, talvez eles nem se importem.

– Esse é o plano C – disse Lucy.

Com uma última olhada rápida no ambiente, ela se virou e seguiu para a cozinha para receber as atualizações de Kristjan.

Felizmente, ela passou pela equipe de filmagem, que voltava para o bar a fim de "captar um pouco da atmosfera". Quando chegou à cozinha, Kristjan cutucava um pedaço de cordeiro e a encarou desanimado.

– Como você está? – perguntou Lucy.

Ele soltou um suspiro.

– Não tem o suficiente. Não tenho frutos do mar o bastante para fazer a salada render para sessenta pessoas – disse, balançando a cabeça, agitado.

– Muito bem. – Ela inclinou a cabeça. – O que você sabe sobre geradores?

O jovem franziu o cenho e largou a faca ao se virar para a gerente.

– O que precisa que eu saiba?

– Sabe ligar? Sabe como eles funcionam?

– Claro. Já trabalhei em um lugar onde a gente tinha um para quando o tempo estava ruim. Contanto que tenha combustível suficiente para manter o gerador funcionando, não tem muita coisa que possa dar errado.

– Excelente. Deixe isso aí e venha comigo. E traga o lampião. Meu celular está prestes a ficar sem bateria.

Lucy vinha usando a lanterna do aparelho para andar pelo hotel.

Kristjan tirou o avental e desenganchou o lampião, depois vestiu um casaco preto que estivera pendurado nos fundos do pequeno escritório.

– Toma, pegue este aqui – ofereceu ele na volta. – Está frio lá fora.

Então entregou a Lucy um casaco bege feio e grande demais.

Quando chegaram ao barracão, estava tudo um breu. A última vez que Lucy tinha ido ali fora com Alex... Não ia pensar nele.

Logo à direita, havia algumas latas grandes de gasolina enfileiradas num canto. Ela pegou uma para verificar o peso e sentiu o líquido dentro do recipiente balançar.

– Temos combustível. – Ela levantou mais algumas. – Bastante, aliás.

– Isso duraria a noite toda – garantiu Kristjan, com convicção.

O rapaz foi até o gerador, que parecia um tratorzinho, e ergueu o lampião bem alto. Lucy estava logo atrás dele.

– Você sabe mexer nisso?

– Sou um garoto da fazenda, claro que sei. Precisamos conectar a fiação bem aqui.

O rapaz conectou algo e Lucy ficou grata por ele saber o que fazer. Então Kristjan girou um botão preto grande e acionou um interruptor, sorrindo para ela enquanto agarrava uma alavanca preta e a puxava com força. Houve um zumbido e um chacoalhar e então, com um som que lembrou um mugido, o gerador ganhou vida.

Pela janela, Lucy viu todas as luzes do hotel se acenderem.

– Bem, isso é surpresa – disse ela com as mãos no quadril. – Ele não parece nada quebrado para mim.

– Quem disse que estava quebrado? – perguntou Kristjan enquanto acendia a luz do barracão e olhava por cima do gerador. – Está funcionando que é uma beleza. E, com essa quantidade de combustível, vai continuar funcionando por muito tempo.

– Excelente! – exclamou Lucy, evitando a pergunta.

Com um grande sorriso, o rapaz se virou para ela.

– Vai ter comida! É melhor eu voltar para a cozinha.

Kristjan quase pulou para fora do barracão e voltou para o hotel.

Lucy encostou na parede observando o gerador, que vibrava ruidosamente, e sentiu as pernas meio bambas. Ufa, tinha conseguido.

A decepção a atormentava. Saber quem era o sabotador não trazia nenhuma satisfação, só uma leve sensação de enjoo. Parecia uma traição. Mais uma.

Com um suspiro pesado, ela deixou a cabeça pender para trás contra a parede. Droga, droga, droga. Não queria que fosse nenhum dos funcionários com quem convivera nos últimos dois meses. A decepção deixava um gosto amargo na boca, embora pelo menos o problema da falta de energia estivesse resolvido de vez. Agora só o que precisava fazer era passar o resto da noite sem pensar em Alex ou no emprego.

Capítulo 28

Lucy voltou para o escritório em meio a gritos de comemoração. Alex, Dagur, Brynja, Henrik e Olafur, estavam todos lá.

– A luz voltou – disse Hekla, com um sorrisão.

– O gerador – respondeu Lucy, lançando um olhar para Olafur, que corou na mesma hora. – Parece que não estava quebrado, no fim das contas.

Todos começaram a conversar na mesma velocidade e altura de estorninhos chilreando empolgados. Havia no ar aquela euforia quase histérica de quem acaba de perceber que escapou de um desastre, como se eles não tivessem ousado pensar em como seria terrível se a luz não voltasse a tempo do banquete. Apenas Alex percebeu a breve interação discrepante, provavelmente porque estava atento a Lucy. Ela já decidira que a melhor estratégia seria tratá-lo como qualquer outro funcionário.

Hekla aplaudia.

– Que boa notícia.

Olafur murmurou algo para si mesmo.

– Mas não tão boa, porque Henrik ainda não conseguiu entender o que tem de errado – falou Brynja, frustrada.

– O gerador vai nos manter a noite toda, e acho que a eletricidade talvez volte a funcionar esta noite, como num passe de mágica – comentou Lucy. – Sabe, os *huldufólk*.

– Mas você não acredita em... – A voz de Hekla foi morrendo quando ela interceptou um olhar grave que Lucy lançou na direção de Olafur.

Alex também fitou o rapaz, embora os outros estivessem ocupados conversando e não tivessem reparado. Ele cruzou o olhar com o de Lucy e ergueu uma sobrancelha, como se indagasse algo.

Ela o ignorou.

– Beleza, gente, temos um banquete para organizar. Mãos à obra. Precisamos mudar os móveis do restaurante de posição e arrumar as mesas. Perdemos um tempinho, mas a gente dá conta.

Lucy logo distribuiu tarefas para todos, exceto Olafur. Ao menos uma vez, ela precisaria deixar a equipe sem supervisão e confiar que fizessem seu trabalho.

– Olafur, fique aqui um instante.

Alex estava enrolando nos fundos do escritório.

– Quer alguma coisa? – perguntou Lucy, direta.

– Achei que talvez eu devesse ficar – respondeu Alex.

Lucy ficou em silêncio por um momento.

– Achou errado – ressaltou ela, então.

Doía dizer aquelas palavras frias e afastá-lo. Doía ainda mais quando ela pensava que, dali em diante, pelos dias seguintes, ela estaria por conta própria. Não tinha percebido quanto se apoiava na serenidade e na constância de Alex. Se bem que não era de admirar que ele tivesse um bom instinto. Sendo um gerente de hotel tão experiente, conhecia o trabalho de cor e salteado.

O cenho franzido de decepção de Alex consolidou ainda mais a decisão dela. Como era difícil. No entanto, ele tinha perdido qualquer direito de bancar o colega que dava apoio ou – ela sentiu um vazio no estômago – qualquer outro papel.

– Mas você não...

– Eu não *quero* nem *preciso* de nada de você. Sugiro que volte a seus afazeres no bar. Há uma quantidade absurda de trabalho a ser feito no restaurante. Garanto a você, como gerente, que posso lidar com isso. Obrigada – disse ela, a frieza em pessoa.

Contudo, as palavras ácidas não lhe deram nenhuma satisfação, apenas aumentaram sua infelicidade. Repreendê-lo evidenciava e alimentava a raiva dentro dela, o que deixava Lucy ainda mais confusa e furiosa.

Ela quase cedeu quando o viu cheio de resignação e culpa ao perceber que Lucy falava sério. Com grande relutância, ele saiu do escritório, lançando um último olhar de arrependimento por cima do ombro.

Ela engoliu em seco, os músculos tensos. Confronto era uma das coisas de que Lucy menos gostava.

Esperou até que ele fechasse a porta e então se recostou na mesa, os braços e as pernas cruzados.

– Então, Olafur?

Ele deu de ombros, remexendo no cós do jeans, nos passadores que seguravam seu cinto de couro pesado.

– O gerador deve estar falhando.

– Você tentou ligar de verdade? – perguntou Lucy, bem baixo, a fachada tranquila, embora, por dentro, o estômago revirasse sem parar.

Olafur ficou ali em um silêncio hesitante, o olhar sem cruzar com o dela enquanto continuava a remexer nas roupas, agora na costura da manga da camisa.

– Acho que seria muito útil se você restaurasse a luz esta noite.

Olafur a olhou com insegurança, como se estivesse confuso pela abordagem calma e serena. Quase dava para ver a mente dele indo e voltando, os cálculos letárgicos para ver se mentia ou se entregava tudo. Lucy não tinha a menor dúvida de que Olafur estava por trás de todas as sabotagens, mas não havia prova nenhuma. No que dissesse respeito a uma demissão ou advertência formal, ela não teria em que se basear.

– Sei que esta fazenda pertencia à sua família. Você deve ter passado muito tempo aqui durante a infância e a adolescência.

A observação feita com delicadeza causou um breve lampejo de surpresa, os olhos dele se arregalando de leve.

– Tenho certeza de que alguém com vasto conhecimento do prédio, como você, vai saber qual é a origem do problema – afirmou ela, desejando que ele se ajudasse, que confessasse logo e concordasse em acertar tudo para facilitar.

Olafur a encarou, os lábios se mexendo como se quisesse falar, mas não conseguisse.

– Ora, Olafur, eu sei que foi você. – Ela se inclinou para a frente, os olhos fixos nele, falando com mais confiança do que sentia.

"Saber" não seria a palavra mais adequada, mas Sherlock Holmes não tinha chegado longe sendo evasivo.

– No momento, mais ninguém sabe... ainda. Quando souberem... – Ela fez uma pausa, sem deixar de observá-lo. – Não acha que todos vão ficar decepcionados quando descobrirem quem foi? E como vai ser pra você depois? Todo mundo se conhece. A história vai se espalhar. Vai ser difícil conseguir outro emprego. Sempre vai ter alguém comentando, sempre. Pelas suas costas, na sua frente. A comunidade aqui é pequena.

Ela deu um sorrisinho abatido.

– Juro, eu sei como é ruim ver todo mundo falando por trás, rindo e debochando de você – acrescentou ela, e sua amargura fez as palavras saírem com mais veemência.

As sobrancelhas peludas de Olafur se uniram e o rapaz estremeceu, semicerrando os olhos, arrependido.

– Eu... eu...

Lucy assentiu, encorajando-o.

– A fazenda... – Ele acenou com uma das mãos. – Ela pertencia à minha família. – Ele cobriu o rosto com as mãos. – Eu estou... Eu não... Eu queria...

O rapaz ergueu os ombros quando as palavras lhe fugiram. Lucy percebeu que ele chorava.

– Foi errado. Eu sei... Eu sinto... Aqui era nossa casa. Até meus 14 anos. Pedersen comprou por uma ninharia. Meu pai bebia, vivia desempregado, depois perdeu a fazenda. Não tínhamos nada e Pedersen sabia disso. – Olafur fungou e balançou a cabeça. – Agora ele vai lucrar à beça, à custa da minha família. Depois que meu pai vendeu, o dinheiro acabou logo. A gente teve que ir morar em Reykjavik com a minha tia, a irmã da minha mãe. Eles se separaram. – O bigode dele estremeceu. – Eu queria dificultar as coisas para Pedersen. Não queria que ele lucrasse, que ganhasse tanto dinheiro.

– Eu sinto muito – respondeu ela, inclinando a cabeça e sentindo muita tristeza por ele.

Lucy sabia como era chegar ao fundo do poço, mas era difícil perdoar o rapaz quando ele não tinha pensado no impacto que aquilo teria para os outros.

– Isso foi terrível – concordou ela. – Mas e quanto a Hekla, Brynja, Gunnar? E se o hotel fosse fechado? E se ninguém mais se hospedasse aqui? O que aconteceria se eles perdessem o emprego?

O olhar aflito de Olafur sugeria que ele não tinha pensado nas consequências.

– Acha que a eletricidade vai ser restaurada hoje à noite?

A pergunta direta o fez assentir furiosamente.

– E, de agora em diante, não teremos mais nenhum infortúnio desse tipo, não é?

Outra anuência.

– Então não vamos mais falar sobre isso. Todo mundo erra. – Só ela sabia quantos erros já cometera. – Todos merecem uma segunda chance. – Dizer isso a fez parar e pensar, e o rosto atônito de Alex surgiu em sua mente. – Mas, se fizer qualquer coisa assim de novo, vai pro olho da rua. Sem aviso. – Ela olhou o relógio. – Pode consertar a energia? Ou precisa da ajuda de Henrik?

– Eu faço – murmurou Olafur, a boca emoldurada pela barba densa. – Obrigado.

Ele chegou à porta como um urso desgrenhado derrotado e então parou na soleira.

– Eu… Me desculpe. Obrigado por não…

Lucy contraiu os lábios e deu a ele um breve aceno de cabeça, rezando para não se arrepender da decisão.

– Oficialmente, só fico no comando por mais alguns dias. Não vou dizer nada. Você teve sorte desta vez. Nem todo mundo seria tão tolerante. Agora vá lá consertar a luz.

Depois que ele saiu, Lucy afundou na cadeira e apoiou a cabeça e os braços na mesa. Fechou os olhos e, de repente, sentiu que sua energia se esvaía e que ela murchava feito um balão. De volta à estaca zero. Endireitou a postura um pouco e olhou pela janela. Estava escuro lá fora, mas a paisagem era iluminada pelo brilho da neve. Por hábito, remexeu no lábio. Ele tinha sarado. Ela sentou-se ereta. Também tinha sarado. Não havia mais aquela história de ir embora com o rabo entre as pernas. Gretchen podia ficar com o emprego, mas fora Lucy quem transformara a pousada Aurora Boreal em um refúgio aconchegante que recebia os hóspedes de forma calorosa e acolhedora. Se a reputação de Quentin Oliver fosse mesmo confiável, então Lucy estava deixando a pousada em boas mãos – não que estivesse disposta a perdoar tão cedo a falta de tato daquela mulher ao se apresentar.

Aquele era o tipo de hotel que Lucy queria gerenciar dali em diante, nada de hotéis grandes e famosos, com mil quartos, sem personalidade ou acolhimento. E Lucy ia se certificar de sair dali com boas referências do Sr. Pedersen ou de Quentin Oliver, nem que fosse a última coisa que fizesse. Com um sorriso triste, ela olhou a paisagem nevada. Iria embora com muitas lembranças boas da Islândia. As ruins... bem, só o tempo diria.

Lucy suspirou, fascinada, ao entrar no salão de jantar. As dezenas de velinhas tremeluzentes emanavam uma luz dourada encantadora, como se uma auréola envolvesse o local. No alto, ao longo das vigas de madeira, havia várias luzinhas etéreas em tons dourados que criavam uma atmosfera charmosa e acolhedora. Ela foi até o meio do salão, onde uma mesa rústica tinha sido posicionada em um lugar de destaque. Encantada, Lucy deu um giro para admirar a arrumação das mesas de jantar, que tinham sido postas em círculo ao redor da mesa principal.

Nossa, estavam todas fantásticas! Brynja tinha feito sua mágica e passara muito tempo criando centros de mesa cheios de capricho. Usara seixos e madeira coletada na costa para dar a sensação de haver um pedacinho da praia em cada mesa. Ela escrevera BEM-VINDOS em vários idiomas com tinta branca nos seixos maiores, que intercalara com os talheres e os copos. Como toque final, Brynja usara duas voltas de fibras de ráfia cor de palha para prender raminhos de urze e mirtilo aos guardanapos de linho branco.

– Meu Deus, isso tudo está lindo! – exclamou Lucy, assim que Brynja chegou. – E, nossa, olhe só você.

Brynja usava uma capa verde-escura sobre os ombros, presa na altura do pescoço por um broche prateado que Lucy achou familiar.

– Elin fez um ótimo trabalho, não foi? – falou Brynja.

– Fez mesmo – concordou Lucy, com um sorriso. – Amei isso – disse e apontou para o broche.

– Peguei emprestado. Elin falou que seria uma boa propaganda para o joalheiro, aquele que vai deixar as peças à venda na recepção.

– Boa ideia. – Lucy olhou para seu anel. Sempre sentia um imenso prazer cada vez olhava para ele. – E você fez um trabalho incrível na decoração das mesas. Estou muito impressionada.

Brynja sorriu para ela e, naquela hora, Kristjan, usando o dólmã branco de chef, saiu pela porta da cozinha.

– Está tudo pronto. Venha provar o risoto de lagostim.

Lucy o seguiu até a cozinha e provou o risoto, o cordeiro e a salada de batata sob o olhar atento de Kristjan, ciente de que ele prendera a respiração. Aquele era o grande momento dele também. Os sabores dançaram pela língua de Lucy. O rapaz tinha feito um trabalho maravilhoso.

– Está tudo divino! – elogiou ela, largando a colher. – Você se superou.

Ele lhe deu um abraço forte e a girou pela cozinha. Quando a colocou no chão, os dois se cumprimentaram erguendo a mão e batendo na palma um do outro.

– E você nem viu os custos!

– Shh. – Ela deu um sorrisinho para ele. – Não conte a ninguém. Vão achar que eu sou uma molenga.

Com uma piscadinha por cima do ombro, ela saiu da cozinha, passou pelo salão de jantar e foi para a recepção. Os VIPs chegariam a qualquer momento e ela queria estar lá para recepcioná-los.

Hekla a esperava no balcão, também usando uma capa com um broche, embora estivesse um pouquinho torta, e o cabelo dela estava preso em uma trança intrincada.

– Pronta? – perguntou Lucy.

Hekla assentiu.

– Sim, o prefeito está a caminho. O táxi dele saiu cinco minutos atrás.

Lucy ergueu uma sobrancelha, inquisitiva, e Hekla deu um sorriso travesso.

– O irmão do meu primo é o motorista da noite. A esposa dele me ligou.

– O que seria de mim sem você e sua rede de contatos? – perguntou Lucy, ajeitando a capa da jovem.

– A gente não conseguiria sem você, Lucy. Não esqueça que a ideia foi sua.

– Vamos torcer para que tenha sido uma boa ideia, mas ainda bem que a luz voltou.

Hekla franziu o cenho, as sobrancelhas unindo-se em uma expressão pensativa.

– É muito esquisito que a luz tenha voltado do nada, não acha?

Lucy riu.

— Nessa ocasião em específico, acho que os *huldufólk* entraram em ação.
Hekla sorriu.
— Eu também.

No bar, Alex, Dagur e Gunnar estavam alinhados, também muito bonitos usando capas. Lucy engoliu em seco quando Alex fez uma reverência elegante, jogando a capa para trás para cumprimentá-la.

Por que homens fantasiados tinham um quê a mais? Ela fechou a cara para ele, tentando disfarçar o disparo traiçoeiro do coração.

— Você mandou muito bem, Lucy. Esta noite vai ser um grande sucesso. O restaurante está incrível e parece que o cardápio do Kristjan vai ser uma verdadeira delícia gourmet. Acho que as pessoas vão comentar sobre hoje por um bom tempo. E parabéns por resolver o problema da luz. Coisa dos *huldufólk* de novo?

— Você não se aguenta, não é?

Ela engoliu em seco, odiando a mesquinhez do próprio tom.

— Lucy, a gente está do mesmo lado.

— Sim, a gente está, um fato que você se esqueceu de mencionar... em várias ocasiões.

— Lucy, pense só, nunca houve a hora certa. Primeiro eu estava fazendo meu trabalho. Depois... bem, comecei a gostar de você e surgiu uma faísca entre a gente. Eu fui egoísta, mas meu medo era que você recuasse. E, se você ficasse sabendo... podia... parecer que eu estava me aproveitando, principalmente quando soube quanto você precisava do emprego. Ou as pessoas poderiam achar que você estava comigo por causa disso. Eu não queria colocar você nessa posição.

A verdade serena do que ele dizia podia ser vista na expressão de súplica em seus olhos.

— Eu não fazia a menor ideia de que ele iria mandar Gretchen para cá. Ele me disse... Ele me deu a impressão de que manteria você aqui. Eu não entendi, mas vou falar com ele amanhã de manhã. A gente pode dar um jeito nisso, conseguir seu emprego de volta.

Lucy olhou para ele.

– Você não entendeu. Eu não ligo para isso. Confiei em você.

Alex olhou para baixo, sem conseguir encará-la.

– É, essas três palavrinhas – disse ela, com tristeza, o coração revirando no peito, trazendo só dor e vazio.

Com os olhos cheios de culpa e arrependimento, ele balançou a cabeça.

– Mais três: eu estraguei tudo.

– É, estragou mesmo.

Um burburinho na porta anunciou a chegada de um grupo de pessoas.

– Hora do show – concluiu ela.

Lucy foi recepcionar com educação o prefeito e sua comitiva, que incluíam o chefe do conselho de turismo de Reykjavik, o secretário de turismo e mais uma pessoa de um departamento do governo, como explicou Hekla mais tarde em um sussurro. Todos pareciam se conhecer – claro, ali era a Islândia. E Lucy ficou muito aliviada por ter decidido manter o tom informal e não se juntar a eles para o jantar.

Ao menos uma vez, Clive e sua equipe se mantiveram discretos, filmando à distância a comitiva VIP no bar enquanto Alex e Gunnar serviam drinques. Ficou combinado que, após o jantar, eles poderiam fazer algumas entrevistas. Com sorte, todos os visitantes teriam coisas boas a dizer. Lucy cruzou os dedos às costas ao acompanhar a comitiva até o salão, já cheio de hóspedes, que soltavam exclamações de admiração ao ver a transformação do local.

Os garçons começaram a trazer o primeiro prato e o cômodo inteiro foi tomado pelo aroma de lagostim, o cheiro adocicado das batatas caramelizadas e o "hum" de satisfação das pessoas. Nesse momento, Lucy se permitiu relaxar.

Enquanto supervisionava o ambiente, observando todos os detalhes, verificando se todos estavam sendo bem servidos e se pareciam felizes, ela sentiu uma empolgação familiar. Cuidar dos clientes e deixá-los satisfeitos: era por isso que escolhera aquela profissão. De esguelha, percebeu que Bob apontava a lente para ela. Então Lucy se virou de frente e parou. A câmera deu zoom e Lucy abriu um sorriso enorme, deixando que sua felicidade irradiasse sem se sentir nem um pouco tímida ou inibida.

– Freya, você foi incrível – elogiou Lucy ao se deixar cair em uma das poltronas em frente à lareira, onde as brasas ainda queimavam.

Todos os convidados já tinham ido embora e apenas os funcionários ficaram no bar, com as velinhas se apagando aos poucos ao redor.

Uma sensação de euforia e de trabalho bem-feito crepitava no ar.

Ao final do jantar, os convidados haviam sido conduzidos até o bar, onde um shot de Brennivin os esperava, depois foram acomodados em poltronas confortáveis ao redor da lareira e Freya abrira caminho para se sentar em uma almofada no chão. Ouviram-se suspiros de admiração quando ela aparecera em seu traje para o evento: um vestido verde longo e esvoaçante, com o cabelo preso em uma trança grossa pelo menos 30 centímetros mais comprida do que o cabelo natural dela e que pendia sobre um dos ombros. Assim como os outros, ela usara uma capa de lã, só que a dela ia até o chão e fora presa por um broche dourado ainda maior. Em seu colo, ela segurara um livro pesado, que mais parecia um grimório passado de geração em geração e cheio de feitiços, no qual Freya lera uma série de contos folclóricos tradicionais, sua voz suave e cadenciada enchendo a sala com as histórias de princesas e florestas, bruxas e animais marinhos.

– Os convidados ficaram fascinados – comentou Lucy, lembrando-se da atmosfera serena e mágica. – Acho que o chefe do conselho de turismo quer te oferecer um emprego. E quanto ao prefeito...

Hekla deu uma risadinha. Eles praticamente tiveram que colocar o homem no carro oficial, quase chorando ao agradecer por ter se divertido tanto.

– Todo mundo amou – disse Hekla e deu um puxãozinho carinhoso na trança de Freya. – Garota viking.

– Os três apliques de cabelo foram uma boa ideia – afirmou Freya com uma risadinha.

– A contação de histórias foi uma ideia maravilhosa – acrescentou Brynja, inclinando-se para a frente e dando um tapinha no ombro de Lucy.

– Elin fez as fantasias.

A garota deu um sorriso.

– Shh, não conte pra Lucy, mas usei uma manta da pousada pra fazer a capa da Freya.

Lucy riu e deu um gole em sua bebida.

– Bem que eu achei que já tinha visto aquele tecido em algum lugar.

Ela olhou ao redor, para todos eles, e sentiu um aperto no peito. Então ergueu o copo.

– Obrigada. Estou muito orgulhosa de todos vocês. Hoje foi um verdadeiro trabalho em equipe. Todo mundo fez sua parte. – Ela evitou de propósito olhar para Alex. – Eu não teria conseguido sem vocês.

Olafur abaixou a cabeça quando ela tentou fitar os olhos dele.

– Foi mesmo um sucesso. A gente conseguiu uma boa grana ali no bar – disse Dagur, com um sorriso ganancioso. – O prefeito foi bem generoso com os gastos dele. Pagou bebida para um monte de gente.

– Ainda bem, porque Lucy não verificou os meus gastos com a comida – falou Kristjan, com um sorriso brincalhão.

– Não tinha por quê – respondeu ela. – Você fez um trabalho fabuloso. E eu sei que posso confiar em você.

Ela sorriu para o rapaz, que corou e bateu seu copo no dela em um brinde.

– Vocês todos são fantásticos – elogiou a gerente.

Lucy moveu a cabeça para evitar Alex, de modo que ele soubesse que o comentário não o contemplava.

– É porque você permite que a gente seja – brincou Hekla.

Lucy franziu a testa para a jovem. Era verdade. Ela delegara as tarefas e deixara cada um por conta própria com seu trabalho. E, nossa, como eles a deixaram orgulhosa. E estava tudo registrado. Só a equipe de filmagem tinha ficado um pouquinho decepcionada, porque o desastre fora evitado no último minuto. Clive, porém, anunciara com eloquência e um imenso sorriso, balançando um copo enorme de uísque, que eles conseguiriam editar a filmagem final para parecer muito pior. Por sorte, a equipe inteira dele tinha ido para a cama assim que o prefeito fora embora, porque eles precisavam fazer as malas para partir no dia seguinte. Já iam tarde, na opinião de Lucy.

– É isso aí – falou Hekla. – Todos nós mandamos bem. – Ela se sentou em cima dos pés em uma das poltronas e enfiou uma almofada atrás da cabeça. – Agneta, do conselho de turismo, ficou muito impressionada. Quis saber quem era o chef. Achou você um gênio.

Kristjan ficou todo exibido, a pele brilhando à luz avermelhada do fogo. Esticou os pés para a frente e colocou as mãos atrás da cabeça com um sorriso cheio de si.

— Não diga para ele — falaram Alex e Lucy ao mesmo tempo.

Ela curvou os lábios, furiosa consigo mesma. Eles eram muito parecidos e Lucy ficou pensando: se estivesse no lugar de Alex, será que teria contado para ele quem era?

— Ele vai querer um aumento — disse Alex, com um sorriso irônico para Lucy.

Ela travou o maxilar e o ignorou. Virando-se para Hekla, percebeu que a jovem e o chef estavam de mãos dadas e disse:

— Você não vai querer que ele vire uma diva.

— Alguém tem que estar na recepção amanhã cedo — falou Hekla, levantando-se da poltrona e puxando a mão de Kristjan. — E tenho certeza de que você quer ver se está tudo certo na cozinha.

O rosto de Kristjan ficou escarlate e o rapaz assentiu, dando uma resposta confusa, meio em inglês, meio em islandês.

— E você também tem que trabalhar no café da manhã — falou Brynja, puxando Gunnar da poltrona.

Ah, não, eles não iam fazer isso com ela. Lucy se levantou também, ignorando Alex, que se levantara e tentava chamar a atenção dela. Ele que tirasse o cavalinho da chuva. Tivera tempo suficiente para explicar tudo e optara por não fazer isso. Agora ela não queria ouvir mais nada.

Capítulo 29

Gretchen estava sentada na cadeira de Lucy, à mesa de Lucy, quando ela entrou no escritório. Então era assim que ia ser, não? Ignorando a mulher, Lucy foi direto até a máquina de café e preparou um café puro sem dirigir uma palavra à mulher. Hekla abriu a porta do escritório, arregalou os olhos para ela e, parecendo uma mariposa emboscada, ficou parada na soleira sem saber se entrava ou saía.

– Bom dia, Hekla – cumprimentou Lucy, como se não estivesse nem aí para nada. – Dormiu bem depois da empolgação com o banquete?

– *Ja* – respondeu Hekla, seu sorriso animado de sempre surgindo outra vez. – Foi uma das melhores noites que já tivemos.

Então ela fez uma expressão de puro horror como se percebesse que talvez tivesse dito a coisa errada.

– Foi uma noite excelente para a pousada – falou Lucy e a tranquilizou com um sorriso frágil.

Fora um triunfo no campo profissional, ainda que na vida pessoal tivesse sido um desastre. Mas só se ela permitisse.

Lucy passara quase a noite toda acordada, pensando em Alex. Sim, ele a decepcionara ao não dizer a verdade, mas ela devia a si mesma e a ele uma conversa séria. Dera uma segunda chance a Olafur. Talvez Alex merecesse o mesmo. Pensando bem, ele tinha parecido tão estupefato quanto Lucy ao ver Gretchen e igualmente horrorizado ao ouvir que a mulher ficara com a vaga. Aliás, nas últimas semanas, Alex se mostrara muito seguro ao dizer que Lucy ficaria com o emprego, quase como se soubesse de algo, e então, na noite anterior, ele tinha dito que Quentin lhe dera a impressão de que iria mantê-la.

Lucy suspirou e esfregou a testa franzida, como se para amenizar a dor de cabeça chata que a atormentava desde que ela acordara.

Ela não tinha lutado quando perdera o emprego da última vez. Só fora embora e aceitara a situação. Dessa vez, ela não iria desistir de Alex nem do emprego.

Lucy se virou para Gretchen e deu um sorriso agradável.

– Será que eu poderia pegar minha mesa de volta? Tenho muito trabalho para fazer hoje.

A boca de Gretchen ficou mais firme.

– Acho que já posso muito bem assumir daqui em diante.

– E por que você acharia isso? Meu contrato vai até sexta-feira.

A mulher deu uma risada ácida.

– No papel, sim. Mas convenhamos: se você fosse boa, Quentin teria oferecido o cargo para você, não para mim.

Lucy se sentiu ficar muito vermelha.

– Alex com certeza não considerou você – acrescentou Gretchen.

– Como assim? – perguntou Lucy, as palavras afiadas em resposta à dor repentina no peito.

Aquilo não era verdade. Ele só tinha elogios para ela nas últimas semanas. "Os novos donos seriam doidos se não contratassem você", "você vem fazendo um trabalho incrível", "sua incrível capacidade de organização". Ela passara a madrugada concentrando-se nas palavras dele. Alex tinha trabalhado em alguns hotéis importantes e cheios de prestígio, então ele sabia do que estava falando.

– Não acredito nisso – falou Lucy, lembrando-se da promessa que fizera a si mesma: dessa vez, iria lutar.

– Então veja.

Gretchen brandiu um papel com impaciência. Era uma mensagem de Alex, ou pelo menos do endereço de e-mail alex.mclaughlin@theolivergroup.com. Os olhos de Lucy bateram nas palavras "falta de iniciativa", "fracassou", "incapacidade", "liderança medíocre".

Não. Não podia ser verdade. Alex não teria escrito aquilo. Ele não podia ser tão duas caras assim. Ela quase riu alto ao se lembrar de ter dito que ele não poderia jogar pôquer. O rosto de Alex era expressivo demais. Foram inúmeras as vezes em que ela conseguira decifrá-lo. Sem dúvida, não podia ter errado tanto assim. Seu coração doeu.

Mas ali estava, bem evidente. Alex.

Lucy sentiu os pulmões se fecharem. Engolindo em seco, ela se obrigou a permanecer impassível. Tinha sido tudo mentira.

– Tenho certeza de que você pode entender por que Quentin estava ansioso para que eu tomasse as rédeas assim que possível. – Gretchen repassou mais algumas páginas e fez uma careta. – Se bem que, para ser justa, pelo que vi aqui, você não tinha muita experiência. Pelo menos isso vai cair bem no seu currículo.

Lucy cerrou os punhos. Era muito injusto.

– Lucy é uma gerente muito boa – falou Hekla. – A melhor que já tivemos. A pousada está muito melhor desde que ela veio para cá.

– Eu admito que este lugar está em melhor forma do que eu esperava... – A mulher riu com desdém. – Embora provavelmente seja graças ao Alex estar aqui. E, agora que ele foi embora, eu assumo.

– Ele foi embora?

Lucy engoliu em seco. Sentiu o estômago revirar e achou que fosse cair dura. Alex tinha ido embora?

– Voltou para Paris em um voo hoje cedo – falou Gretchen, ríspida, já pegando uma folha que saía da impressora.

O escritório rodopiou e Lucy respirou bem fundo. Alex fora embora sem dizer nada para ela. Assim como Chris, ele a abandonara ao ser descoberto. Ela sentiu o braço todo se arrepiar com o calafrio que a percorreu até os ossos.

– Agora, já que está aqui, talvez possa me explicar por que a supervisora das camareiras não está à frente do serviço de quarto.

Lucy levou um instante para processar as palavras dela.

– Se está no comando, por que não pergunta você mesma a ela?

Assim que disse isso, Lucy se arrependeu da perversidade momentânea. Era muito improvável que a medonha Gretchen tivesse empatia pela incapacidade de Eyrun de ler, e não era culpa de Eyrun que Lucy mais uma vez tivesse confiado no homem errado. Lucy não iria permitir que a história se repetisse. Dessa vez, não seria intimidada. Dessa vez, ela lutaria.

– Desculpe, eu deveria ter explicado. Eyrun e eu concordamos que esse trabalho ficaria com Elin, que queria assumir mais responsabilidades.

Gretchen a fitou, surpresa.

– Ah. Entendo por que fez isso. Parece uma boa política de retenção de funcionários. Imagino que seja difícil recrutar pessoas por aqui.

Hekla entrou na conversa.

– *Ja*, principalmente com os *huldufólk*.

– Como é?

– O povo oculto – falou Lucy. – Como elfos, só que mais problemáticos. A gente acaba se acostumando. – Ela sorriu para Gretchen. – Você não está mais no Kansas, Dorothy.

Com isso, Lucy se virou e saiu do escritório.

Hekla a alcançou correndo enquanto ela seguia pelo corredor.

– Alex não teria dito aquelas coisas horríveis sobre você. Ele não teria mesmo – afirmou a jovem, desesperada, o rosto bonito cheio de sofrimento, quase despedaçando o coração de Lucy. – E não acredito que ele iria embora sem se despedir. De você, de mim. De todo mundo.

Lucy contraiu os lábios com força, segurando as lágrimas que surgiram de repente. Ela também não conseguia acreditar. Toda a luta que prometera a si mesma tinha desaparecido em um golpe de dor. Alex fora embora. As palavras ecoavam em sua cabeça, uma dor forte e intensa enchendo seu peito. Até respirar era doloroso. Ele nem sequer tentara lutar por ela, não tinha esperado para que conversassem. O plano de falar com ele tinha sido frustrado. Alex fora embora.

Capítulo 30

Lucy aguardava diante da esteira de bagagens enquanto as malas passavam com uma lentidão agoniante. Ela se pôs a imaginar o que aconteceria se subisse na esteira, deitasse e desistisse. Apenas se deixando dar voltas e mais voltas. Tentou se animar e ser otimista, mas era difícil. Era reconfortante pensar que Daisy estaria esperando por ela do outro lado, pronta para enxugar suas lágrimas com prosecco e gim mais uma vez. Pelo menos agora, apesar dos olhos inchados, por fora ela parecia muito mais saudável: o cabelo voltara a crescer e o lábio estava curado. Ainda bem que não dava para ver o que se passava por dentro – onde estava tudo uma bagunça, um emaranhado de arrependimento e tristeza. Isso a fizera perceber que o que sentira por Chris não chegava nem perto do que sentia por Alex.

Fungando, ela piscou com força. Corações partidos podiam ser remendados. O celular dela começou a tocar e vibrar. Deviam ser aquelas mensagens irritantes para avisar em qual rede ela estava conectada. Como se já não soubesse. Lucy puxou o aparelho do bolso para excluí-las e viu várias ligações perdidas do mesmo número desconhecido. O coração dela deu um pulo. Alex? Será que estava tentando falar com ela? Nunca pedira o número dele, já que o sinal na pousada era tão tenebroso que eles nem usavam o celular.

O dedo dela pairou sobre o número, ponderando se deveria retornar. Por que Alex ligaria?

Ele a abandonara. Tinha voltado para Paris. Nem devia gostar tanto dela, já que nem tinha tentado lutar. De algum jeito, isso era o mais decepcionante de tudo. Ela se sentia cansada e então entendia o verdadeiro significado de infelicidade. Então se concentrou nas malas que chegavam, uma atrás da outra. Todas eram muito parecidas. Se não tomasse cuidado, perderia a própria bagagem e acabaria com a roupa suja de um estranho qualquer.

Assim que pegou sua bagagem, o celular tocou. O mesmo número. Sem hesitar, ela apertou o botão de atender, a adrenalina correndo por seu corpo inteiro.

– Alex?

– Ah, mas que inferno, você é tão ruim quanto ele – grunhiu uma voz desconhecida. – É sério isso?

– Perdão. – A decepção fez Lucy firmar a voz e ela soou como uma matrona indignada do alto dos seus 50 anos. – Quem está falando?

– Aqui é o homem que pode te dar um emprego – disse a voz estranha, imitando o tom frio dela. – Quentin Oliver.

– Ah – respondeu Lucy, parando de repente no meio do saguão.

A parada gerou um coro de repreensão das pessoas e quase causou um acidente com uma mala de puxar.

– E você é uma mulher difícil de encontrar. Estou ligando a tarde toda. Você nunca atende o telefone?

Lucy ficou tentada a dizer que acabara de atender. Senão, como estariam conversando? Mas decidiu não fazer isso. Ele parecia um homem pouco paciente e muito sarcástico.

– Ainda está aí, Lucy Smart?

– Sim. – Mas muito confusa.

– Então, fiquei impressionado com o que fez na pousada. É um empreendimento novo pra mim. Pequeno, butique. Pessoalmente, não entendo muito. Gosto de elegância, luxo e torneiras douradas. Minha esposa, que gerencia o próprio hotel exclusivo, diz que estou desatualizado. Eu venero o chão que ela pisa e dou ouvidos a tudo que ela fala, e ela está nessa coisa de *higgy* ou qualquer que seja o nome.

Lucy franziu a testa. Para alguém com tamanha reputação de perito em negócios, ele soava meio desmiolado.

– Você quis dizer *hygge* – corrigiu Lucy, de súbito mais atenta.

– Esse troço aí. Enfim. O que você fez na pousada... Estou interessado em fazer algo parecido em uma nova propriedade. Pode ir para Edimburgo amanhã?

– O quê?

– Não faça eu me arrepender de ter escolhido você para esse trabalho. Me disseram que você é esperta por natureza. Você me ouviu.

– Está me oferecendo um emprego?

Aquele era mesmo Quentin Oliver? Para um homem tão bem-sucedido, ele parecia bastante doido. Ela não sabia direito o que pensar.

– Está interessada?

– E-eu... não sei. Por quê? Você não me deixou ficar com o *meu* trabalho.

– Eu admito que você fez maravilhas lá, mas eu já tinha oferecido o cargo para Gretchen. Ela estava me enchendo para ter o próprio hotel. Eu sei que você deveria ter ficado lá, o número de avaliações recentes no TripAdvisor subiu vertiginosamente e Alex falou muitíssimo bem de você. Se eu não o conhecesse direito, diria que você está dormindo com ele.

Lucy estremeceu. Não tinha sido justamente aquela a preocupação de Alex?

– Acho difícil acreditar que ele falou bem de mim. Gretchen me mostrou um e-mail. Acredito que "má escolha" e "habilidades limitadas de gestão" são algumas das descrições que ele fez de mim.

Quentin riu.

– Tenho que dar o braço a torcer: aquela lá não vale nada. Esse e-mail foi o primeiro que Alex me enviou. Ele tinha acabado de chegar. Você tirou o rapaz do sério na primeira semana. Eu soube logo de cara que tinha alguma coisa errada quando recebi aquele e-mail. Ele nunca é tão rápido para avaliar as coisas. Olhe, quando peço uma opinião, juro para você, ele é mais lento que uma tartaruga. Que fique claro, para ser justo, que a tartaruga sempre vence a corrida contra a lebre. Esse é o nosso Alex. Ponderado, não se apressa e sempre acerta em cheio.

Lucy ergueu uma sobrancelha diante da descrição pouco lisonjeira e um tanto surpreendente de Alex. Ela se sentou em um dos bancos da área da saída das bagagens, começando a imaginar se estava no meio de algum sonho estranho.

– Então, amanhã. Edimburgo. Pode me encontrar lá?

Daisy aguardava na saída com uma folha A4 que dizia BEM-VINDA AO LAR escrito com marca-texto rosa, cheio de rabiscos de margaridas em volta. O cartaz feito à mão se destacava entre os mais profissionais em que se liam SR. ARIA, SR. E SRA. RHODES e a placa da FAMÍLIA MITCHELL. Isso fez Lucy sorrir – ou talvez fosse a conversa um tanto bizarra que tivera ao telefone.

– Oi, meu bem – falou Daisy, lançando os braços ao redor dela. – Você está linda.

– Obrigada – respondeu Lucy, passando a mão no cabelo na mesma hora.

– Eu te disse que ia crescer de novo.

– Nunca fiquei tão feliz com um "eu te disse".

Lucy lembrou do pânico que sentira na primeira noite na Islândia. Agora tinha dinheiro, uma carta de referência e uma possível oferta de emprego. Mas ignorou o "e um coração partido" que a voz na cabeça dela acrescentou com tanta presteza.

– Que droga que você não conseguiu a vaga. O hotel parecia lindo.

– E ficou mesmo quando eu terminei de arrumá-lo – falou Lucy, balançando a cabeça. – Mas acabei de ter uma conversa muito bizarra com o homem que não me contratou.

– Segura isso aí até a gente chegar ao carro. Preciso lembrar onde foi que eu estacionei – disse Daisy, saindo com ela do terminal. – Aí você me conta tudo.

Enquanto passavam pelo saguão do aeroporto, pelo estacionamento e pegavam a saída A38, Lucy contou para Daisy sobre sua conversa com Quentin Oliver.

– Bem, para mim, parece que ele está te oferecendo um emprego – falou a amiga, pegando uma rotatória ao som da buzina de um carro que tinha a preferência na via.

– Acho que isso é ser otimista demais. No máximo, eu diria que amanhã é uma entrevista.

– Emprego – insistiu Daisy, obstinada. – Ninguém arrasta outra pessoa até a Escócia só para conversar.

Ela virou a cabeça para encarar Lucy e enfatizar seu ponto de vista, o que fez Lucy se lembrar de Hekla na direção. Então Daisy pisou no freio e o carro parou a um segundo de entrar na traseira do veículo da frente na rotatória.

– Talvez Alex tenha falado bem de você. Já conversou com ele?

Lucy mordeu o lábio, tomando o cuidado de não romper a pele.

– Acredite se quiser, nunca trocamos nossos números. Só peguei o celular da Hekla e da Brynja hoje de manhã, antes de vir embora.

– Então, tem alguma ideia de para onde ele foi? – perguntou Daisy, espantada.

Lucy soltou uma risada angustiada.

– Acho que voltou para o hotel chique dele em Paris.

– E aí, o que você vai fazer?

– Vou para Edimburgo ver o que o Sr. Oliver tem a dizer.

– Aposto que ele vai oferecer um emprego – falou Daisy, com o otimismo e a lealdade de sempre.

– Hum, eu não apostaria nisso. Ele é excêntrico, mas muito bem relacionado e absurdamente influente. Então eu seria maluca se não fosse pelo menos encontrar com ele.

– Bem, contanto que você tenha certeza de que ele não vai vender você no mercado sexual ou nada assim...

Lucy deu uma risada estridente.

– Ele está pagando uma fortuna para eu fazer uma viagem de trem na primeira classe amanhã, então acho que seria um investimento bem alto.

– Primeira classe. Hum. Sabe, para mim, isso parece uma proposta bem séria de negócios.

– Hum, mas por que eu? A gente nem se viu pessoalmente. E, se ele achasse que eu sou boa, teria me deixado na pousada.

Capítulo 31

Com tempo de sobra e apenas uma mala pequena, Lucy concluiu que era mais fácil caminhar até o hotel, ainda que soprasse um vento penetrante. A jornada de seis horas e meia de Bristol Temple Meads até Edinburgh Waverley tinha lhe dado muito tempo para pensar. Agora ela precisava clarear a mente antes de encontrar o bombástico Sr. Oliver.

Embora já tivesse estado na cidade antes – uma vez para um festival quando ainda era estudante, outra para uma conferência –, ficara com a impressão de haver ali um esplendor gótico e prédios históricos magníficos. Ao sair da estação, viu o Castelo na colina a distância, bem à sua direita. Lutando contra o vento, Lucy abaixou a cabeça e caminhou pela íngreme Cockburn Street até a Royal Mile. Ela seguiu a rua, descendo a colina e passando pelas lojas turísticas com mantas de tartã, gado das terras altas feito de pelúcia, kilts, doces e camisas, todas enfeitadas para o Natal ou em homenagem ao Parlamento Escocês e o palácio de Holyrood.

Viu alguns bares, pubs e restaurantes bem interessantes – todos animados e cheios – e algumas pessoas usando coroas de papel que vinham em brindes de festas. Mesmo em meados de dezembro, as ruas estavam lotadas de turistas envoltos em chapéus e cachecóis, além de capas de chuva, todos preparados para o que quer que o clima escocês mandasse. Ela desejou ter adotado a abordagem de Hekla ao clima e estar usando três camadas de roupa. Durante a viagem de trem, Hekla enviara cinco mensagens pelo WhatsApp reclamando de Gretchen. Parecia que Eyrun tinha ficado furiosíssima, Kristjan estava muito infeliz e Brynja ameaçava pedir demissão. Lucy sentiu uma satisfação sombria, embora lamentasse por Gretchen ao lembrar-se de quanto se sentira um peixe fora d'água assim que chegara.

Sua resposta tinha sido: *Sejam gentis com ela. Ela é nova. Lembrem como eu era horrível no começo!*

Lucy enfim alcançou o fim da Royal Mile, com o palácio de Holyrood à sua frente e os belíssimos prédios contemporâneos do Parlamento Escocês à direita. Atravessou a rua e, depois de mais cinco minutos de caminhada, chegou ao hotel.

Lucy assentiu, já com um olhar de gerente. A localização à sombra da montanha Arthur's Seat era perfeita. Um pouco afastada do centro da cidade, mas próxima ao palácio de Holyrood e à Royal Mile, que seriam um chamariz para os visitantes. O prédio era uma daquelas estruturas grandes de granito, feito com imensos blocos de pedra que pareciam fortes e imponentes, como se tivessem sido construídos para resistir a qualquer intempérie do clima setentrional.

Um frisson de empolgação surgiu junto com uma sensação de serenidade. Lucy moraria ali. Moraria naquela cidade. Já tinha se apaixonado por ela antes.

Dentro do hotel, uma recepcionista de aparência cansada a cumprimentou.

– Posso ajudar? – perguntou, em um sotaque escocês suave que fez Lucy se lembrar de Alex na mesma hora.

Lucy cerrou os punhos dentro do bolso em um pequeno gesto de autodefesa.

– Sim. Tenho uma reserva para uma noite em nome de Lucy Smart.

A jovem de repente se endireitou, os olhos indo de um lado para outro.

– Bem-vinda, bem-vinda. Sim, estou com sua reserva bem aqui. A senhora vai ficar na suíte Lua de Mel. – Ela deu um grande sorriso. – Nosso melhor quarto. Tem uma bela vista para a Arthur's Seat.

– Nossa, parece maravilhoso. – Lucy abriu um sorriso gentil, surpresa por receber tratamento VIP. – Obrigada. Vim encontrar o Sr. Oliver. Ele já chegou?

A garota parecia prestes a explodir.

– Ah, sim, ele está aqui. Está aqui há um tempinho. – Os grandes olhos castanhos da jovem enviaram tantas mensagens que Lucy não conseguiu decidir se Quentin inspirava terror, confusão ou satisfação em seus funcionários. – Ele está na Saleta Tartã. Disse para mandar a senhora para lá assim que chegasse. – Ela baixou o tom de voz, os olhos arregalando-se ao sussurrar: – E servir nosso melhor uísque.

– Eu adoraria uma xícara de chá – disse Lucy, com firmeza.

– Certo. Muito bem. Agora mesmo.

A jovem assumiu uma postura de sentido com precisão militar. Devia ter uns 18 anos.

Lucy sorriu para ela.

– Você se importa se eu deixar minha mala aqui? E pode me dizer onde fica o toalete feminino?

Depois de se refrescar, retocar de leve o batom e rapidamente passar rímel, Lucy ajeitou o vestido, substituiu o sapato baixo com que chegara por saltos altos e saiu do banheiro feminino para enfrentar o intrigante e indomável Sr. Oliver.

A saleta era tartã para todos os lados, um horror só, e dominou por completo a atenção de Lucy, antes de ela finalmente se virar para cumprimentar Quentin Oliver, que não tinha nada a ver com o que ela esperava. Pelo jeito de falar e pela atitude inflamada, Lucy esperava alguém bem rudimentar, corpulento e com uma pança saudável, não aquele homem grisalho elegante, com olhos azuis penetrantes e um sorriso fácil. Ela jamais o imaginaria de casaco de veludo roxo ao estilo Noël Coward e blusa preta de gola alta, embora os tênis laranja destoassem um pouco.

– Tenebroso, não é? – disse ele, indicando as paredes, o que quase a fez rir alto.

Era óbvio que o homem não tinha noção do próprio senso estético. Ela olhou ao redor, sem palavras diante de pelo menos quinze padrões diferentes de tartã nas paredes, no chão, nas poltronas e nas almofadas. O visual era uma loucura de quadrados vermelhos, linhas pretas fortes, retalhos amarelos e partes roxas esfumadas. Era difícil saber para onde olhar, embora Lucy pudesse garantir que, se dependesse dela, aquele rodapé vermelho brilhoso seria a primeira coisa a ir embora.

– Sem dúvida é colorido – respondeu ela, evitando discretamente um banco alto preto e escarlate.

– Eu não quero colorido, quero bom gosto. Quero poder trazer minha esposa aqui no meio do inverno ou no verão e quero que ela se sinta acolhida e confortável. Sua missão... – ele parou e de repente abriu um sorrisinho charmoso e travesso – se aceitar, é transformar isto aqui na pousada Holyrood do Norte.

A jovem da recepção entrou com uma bandeja que tinha um bule de chá e um copo de vidro lapidado com uma dose de uísque. Ela a colocou na mesa de mogno lustroso que separava um sofá decorado com o que Lucy reconheceu como o tartã nos tons da infantaria escocesa e outro que ela descreveria como um tartã punk, com suas cores laranja, roxo, vermelho e amarelo.

– Chá? – perguntou Quentin, com uma boa dose de desdém enquanto se sentava de frente para ela.

– Achei que isto fosse uma entrevista – respondeu ela, servindo-se de uma xícara e recostando-se no sofá. – Talvez possa me dizer o que está buscando.

No caminho até lá, Lucy decidira que não havia nada a perder, já que aquele homem tinha uma tremenda reputação no mundo hoteleiro e a chamara ali. Também concluíra que ele era o tipo de pessoa que dava valor a quem ia direto ao assunto.

– O que você mudaria neste ambiente?

A pergunta direta e inesperada fez Lucy sorrir.

– O rodapé vermelho.

– Por quê?

– Porque é irritante e parece meio cafona. O exagero com o tartã eu já esperava. Estamos na Escócia. É engraçado. Mas eu deixaria um pouco menos colorido, talvez só algumas cores de tartã mais complementares. Aqueles que têm o tom suave de urzes são mais aconchegantes. E a gente pode falar mais sobre os tartãs para um hóspede. Eu pesquisaria sobre eles para saber todos os nomes. O rodapé parece barato e é horrível. E não tem nada de autêntico. Incomoda muito.

– Excelente resposta. A vaga é sua.

Lucy o encarou por cima da borda da xícara de chá.

– É sério? Só com base na minha opinião sobre tartã?

– Não, mas, se eu não der o emprego pra você, Alex nunca mais vai voltar. E, se ele acha que você é boa assim, já é o suficiente para mim. E o RH ia pegar no meu pé se eu não fingisse que a entrevistei.

– Como é...?

Lucy ficou encarando o homem.

Quentin soltou um suspiro pesado.

– Deus me dê paciência. Quando foi a última vez que você falou com ele?

Os lábios de Lucy se contraíram até formarem uma linha de rebeldia.

– Eu confiei nele. Ele mentiu para mim. Estava me espionando.

– Você só pode estar de sacanagem. – Quentin bateu com a palma da mão na testa. – Pelo amor de Deus, o cara só estava fazendo o trabalho dele. Eu pago o salário dele... e também sou casado com a mãe dele.

– O quê?

Aquilo era novidade. Alex nunca tinha mencionado esse detalhe.

– Alex é meu enteado. Conheci a mãe dele quando ele trabalhava para mim. Tive um trabalhão danado para convencê-la a se casar comigo. O moleque se recusava a falar bem de mim. Tive que provar que eu tinha valor.

O sorriso sonhador de Quentin deixou Lucy chocadíssima. A última coisa que ela podia imaginar era que Quentin fosse um romântico à moda antiga.

– Ele estava fazendo um trabalho para mim. E eu valorizo lealdade. Alex também. Vamos lá, meu bem, e se fosse você? Você me parece uma pessoa correta. O que teria feito?

Maldito fosse aquele homem por decifrá-la tão bem. Nessa situação, ela provavelmente teria feito o mesmo que Alex e, depois que eles começassem a dormir juntos, ela teria ficado em uma péssima situação.

O rosto enrugado se abrandou por um instante.

– Quando foi a última vez que viu Alex?

– Não vejo Alex desde que ele voltou para Paris.

– Quando o bundão pediu demissão.

– Ele fez o quê?

Por que Alex faria isso?

Quentin revirou os olhos.

– O grande gesto. Jogue tudo para o alto por amor.

Lucy o encarou. O homem era doido. Quentin sustentou o olhar dela, a expressão ficando mais ríspida.

– Eu nunca considerei o jovem McLaughlin um cabeça quente ou um louco apaixonado. Ficou fazendo tempestade em copo d'água só porque não dei o emprego na Islândia pra você. Ele pediu demissão e saiu batendo o pé. – Apesar do tom ofendido, sem dúvida havia um brilho nos olhos de Quentin. – Minha esposa, que, por coincidência, é mãe dele, acha que é a coisa mais romântica que ela já viu.

– Alex pediu demissão?

A visão de Lucy ficou turva. Alex pedira demissão. Por causa dela.

Ela foi dominada pela vergonha. Fora fácil assumir uma posição de superioridade, falar sobre confiança, mas ela não confiara que ele fosse fazer a coisa certa, apesar de Alex ter mostrado de muitas outras maneiras que ela podia confiar nele. Talvez, só talvez, ela tivesse estragado tudo também.

– É. O idiota não calou a boca e não me deu chance de explicar. Ele vinha mandando e-mails com relatórios entusiasmados sobre você no último mês, dizendo que você era genial, mas, como falei, eu já tinha oferecido o emprego para Gretchen. – Ele fez uma careta. – E, admito, ignorei os e-mails dele. Fiz besteira, mas eu estava ocupado. Pelo amor de Deus, pode aceitar o trabalho e dizer a ele para deixar de ser covarde e voltar a trabalhar para mim? Ele é o melhor gerente que eu já tive, mas não diga isso a ele. Não quero que a fama suba à cabeça.

Lucy sorriu ao ouvir isso. Alex nunca ficaria deslumbrado ou arrogante, ele era gentil e amável demais para isso.

– Eu não sei onde ele está – sussurrou ela, de repente sentindo um desejo intenso de vê-lo.

Alex tinha se demitido por causa dela. Desistido de um dos melhores trabalhos de Paris, da Europa.

– Vamos conversar sobre o contrato depois, tomando uns drinques hoje à noite... – Ele ergueu a cabeça, o olhar indo para um ponto acima do ombro esquerdo dela. – Preciso ir andando.

Quentin se levantou e assentiu para alguém atrás dela.

– Boa tarde! Fico feliz por você ter conseguido chegar.

– Você não me deu muita escolha. Ameaça de processo por quebra de contrato é uma maneira bem cruel de forçar a barra e insistir que a pessoa voe até Edimburgo só para te encontrar. E minha mãe avisou que não falaria mais com nenhum de nós até a gente se resolver. Então vamos acabar logo com essa questão, porque preciso ir atrás de uma pessoa e já perdi tempo de mais com isso tudo.

Ao ouvir aquela voz familiar, Lucy sentiu uma onda quente percorrer sua pele e quase se esqueceu de respirar. Alex. Ela ficou paralisada e fechou os olhos, quase como se estivesse com medo de se virar caso tivesse entendido errado.

– Os fins justificam os meios – falou Quentin, com a voz arrastada e dando de ombros com indiferença. – Essa é a parte em que eu dou o fora e deixo vocês dois se resolverem.

Ele ergueu o copo de uísque em um brinde aos dois.

– Deixa... deixa quem?

A voz de Alex carregava um tom confuso e Lucy percebeu que ele não tinha como vê-la por causa do encosto alto do sofá. Ela se levantou bem devagar, as pernas mais bambas do que um potro recém-nascido, o coração martelando com tanta força que ela ficou com medo de que pulasse do peito. E então ela se virou para encará-lo.

A cabeça de Alex se ergueu de repente e seus olhos se arregalaram. Mas o choque logo foi substituído por um lampejo de irritação.

– Onde é que você estava?

Lucy quase sorriu diante daquela rabugice incomum.

– Eu voltei para a Islândia e você tinha ido embora – murmurou ele.

Remexendo-se sem jeito, Lucy sentiu-se inexplicavelmente nervosa quando ele começou a ir na direção dela em um passo obstinado. Ela achou que ele fosse sacudi-la.

– E-eu achei que você tivesse ido embora de vez. Você f-foi embora sem se despedir. – A voz dela falhou. – Presumi que tivesse voltado para Paris porque seu trabalho estava concluído.

Aquela lembrança ainda machucava.

A boca dele se curvou e seus olhos ficaram atormentados pelo arrependimento.

– Voltei para Paris porque estava furioso com Quentin.

Parado na frente dela, Alex esticou os braços e pegou as mãos dela.

– Não consegui dormir. Eu tinha que encontrar com ele, cara a cara.

– Os olhos de Alex ficaram mais suaves ao percorrer o rosto dela, deliciados por vê-la. – Meu Deus, como senti saudade de você. Nem acreditei quando voltei para a Islândia e você já tinha ido embora. Hekla foi quase horrível comigo.

Lucy deixou escapar uma risadinha sem querer. Era impossível imaginar Hekla sendo horrível com alguém. Ela deu de ombros.

– Não parecia fazer muito sentido ficar lá. – Ela engoliu em seco, sentindo a rápida punhalada da traição outra vez. – Gretchen me mostrou o e-mail que você mandou. Aquele em que você falou que eu não seria uma boa gerente. E, antes que eu pudesse falar com você, você já tinha ido embora sem dizer nada.

– É isso que eu ganho por ser impulsivo. – Alex estremeceu. – Claro que ela mostrou. E acho que não mostrou os outros nove e-mails que mandei para Quentin dizendo que eu tinha avaliado mal e que ele seria maluco se deixasse você escapar.

Lucy fez que não com a cabeça.

Alex deu mais um passo em direção a ela e segurou seu rosto, olhando atentamente nos olhos dela.

– A gente deve quase ter se esbarrado no aeroporto. Eu voltei de Paris para contar que mandei Quentin enfiar o emprego no... E você tinha ido embora. Pra piorar, eu não tinha seu celular. Hekla falou que você havia voltado para a Inglaterra. E aí minha mãe insistiu para que eu viesse vê-la, porque ela estava chateada com essa briga entre mim e Quentin... aliás, é por isso que estou aqui, mas e você? Está fazendo o que aqui?

Ele franziu a testa e suas sobrancelhas se uniram.

Lucy abriu um sorriso trêmulo.

– Entrevista de emprego.

– Sério? – Um sorriso surgiu no rosto dele. – E aí?

– Quentin me ofereceu uma vaga...

Ele balançou a cabeça, perplexo e incrédulo.

– Isso é genial. Maldito Quentin, ele é um idiota sorrateiro. Não me falou nada.

– Acho que há condições. Você precisa rasgar seu pedido de demissão.

– Posso fazer isso, mas... – Alex parou e uma expressão de seriedade tomou conta dos olhos dele. – ... você pode me perdoar? Me desculpe por não ter contado quem eu era, mas... a princípio eu sentia que não podia e depois, bem, ficou complicado demais.

— Eu entendo agora. Não posso jurar, mas talvez eu fizesse a mesma coisa. Desculpe por não ter escutado você na noite em que Gretchen chegou. Acordei no dia seguinte querendo conversar, mas você já tinha ido embora. E depois *ela* não perdeu tempo em piorar as coisas.

— Eu te perdoo se você me perdoar – disse Alex, com uma piscadinha travessa deliciosa.

— Estamos negociando, não é mesmo? – provocou Lucy, de repente sentindo-se muito mais leve e feliz.

— Parece que sim – respondeu ele, olhando para ela com uma expressão mais séria.

Lucy parou e o fitou. Queria fazer tudo certo dessa vez.

— Desculpe por não ter dado a chance de você se explicar direito. Depois do que aconteceu com Chris, eu automaticamente imaginei o pior e que você estivesse preocupado só consigo mesmo. Nem passou pela minha cabeça que estivesse tentando me proteger. Eu iria odiar que alguém achasse que eu só tinha conseguido o emprego porque a gente estava junto.

Alex ergueu um dedo e roçou de leve no rosto dela.

— Qualquer um que conheça você nunca imaginaria que conseguiu o emprego por qualquer motivo além de talento. Você é genial, Lucy Smart. Pode me perdoar por estragar tudo?

— Eu te perdoo se você me perdoar – disse ela, rindo baixinho ao repetir as palavras dele.

Ela ficou na ponta dos pés e jogou os braços ao redor do pescoço de Alex para beijá-lo na boca. Envolvendo-a em um abraço, ele a puxou até que seus narizes se tocassem.

— Isso não é o bastante – murmurou ele.

Em resposta, ela deixou uma trilha de beijos ao longo do queixo dele, seus lábios sentindo a aspereza da barba por fazer, e o coração dela disparou ao ouvir Alex puxar o ar enquanto ela seguia o caminho até os lábios dele.

— Humm – disse ele, com um gemido rouco. – Está chegando lá.

Colando a boca na de Alex, ela virou a cabeça um pouco para aprofundar o beijo, sentindo as mãos quentes dele deslizarem por suas costas até se espalmarem em seu quadril. Tudo sumiu diante do prazer daquele beijo, e ela notava só vagamente o crepitar da lareira, o rimbombar de seus batimentos nos ouvidos e a sensação do corpo quente e firme de Alex contra o dela. Quando uma lenha estourou, os dois deram um pulo, meio ofegantes e sorrindo como bobos um para o outro.

– Então, se eu rasgar meu pedido de demissão, você aceita o emprego? – perguntou Alex, com um sorrisinho.

– Acho que sim. – Ela o olhou, pensativa. – Se bem que depende muito da qualidade do serviço aéreo entre Edimburgo e Paris.

– Por acaso eu sei que é um serviço excelente – respondeu Alex, com um sorriso provocante. – E vale para ida e volta.

– Você viria me visitar na gélida Edimburgo?

– Tente... me... manter... longe. – Ele pontuava cada palavra com um beijo. – Só tenho que avisar: minha mãe mora perto da cidade. – Ele fez uma careta. – Mas podemos manter minhas visitas na surdina.

Lucy ergueu uma sobrancelha. Alex olhou ao redor e colocou um dedo nos lábios.

– Ela é mandona, enxerida e vai querer conhecer você.

Lucy riu.

– Tenho certeza de que consigo lidar com isso.

– Eu sei que consegue. E aí, o que acha?

– Acho que o argumento a favor de aceitar é muito bom.

– Ainda bem. Mas tem certeza de que quer trabalhar com Quentin? Ele sabe ser um velho sacana bem ardiloso.

– Está falando sério? – Lucy deu um sorrisinho. – Ele é um romântico à moda antiga incurável. Ele armou para a gente hoje.

– Está mais para ele ter feito isso por pavor da minha mãe. – Alex balançou a cabeça e revirou os olhos. – Podemos dar crédito a ela por isto tudo. Na verdade, não duvido nada que ela tenha colocado Quentin nessa situação. Ela ama uma história de amor.

Lucy ergueu uma sobrancelha.

– Isto é uma história de amor?

Alex a levou até o sofá e a puxou para seu colo.

– Pode apostar. Começo, meio e final feliz. Eu te amo, Lucy Smart. Você é corajosa, leal e linda, por dentro e por fora.

– Que interessante, porque eu te amo, Alex McLaughlin. Você é bom, gentil e cuida de mim maravilhosamente quando eu nem acho que preciso ser cuidada.

Ela se inclinou e o beijou outra vez.

– Meu Deus, vocês ainda estão fazendo as pazes? – Quentin estava parado, tampando os olhos como se a cena fosse demais para ele. – Posso só perguntar se consegui uma gerente para este lugar aqui e se Alex pretende arrastar essa bunda de volta até o Metrópole em breve?

Lucy deu um sorriso para Alex e sussurrou:

– Tenho uma reserva para a suíte Lua de Mel esta noite.

Alex devolveu o sorriso e, sem pressa, tirou uma mecha de cabelo do rosto dela. Só então se virou para Quentin.

– Desculpe, mas ainda estamos em negociação. Vai levar um tempinho, mas acho que teremos uma resposta para você amanhã de manhã.

Quentin grunhiu e saiu pisando firme da saleta.

– Agora, onde é que a gente estava? – perguntou Alex, seus lábios descendo até os dela.

Lucy não respondeu.

Epílogo

– Pelo amor de Deus, Lucy, Gretchen não para de encher meu saco. Será que dá para você parar de roubar os funcionários dela? – falou Quentin.

– Ela ainda tem Eyrun – respondeu Lucy, traçando um veio na mesa de mogno da recepção e dando um sorrisão para Hekla, que ouvira cada palavra da conversa com o chefe ao telefone.

– Chega, entendeu? E, quando o Alex chegar aí, mande me ligar. Como estão os planos? Vamos estar com tudo pronto para a inauguração em março?

– Sim, Quentin – respondeu ela, pelo que pareceu a quinquagésima vez, olhando com o orgulho para o hall recém-decorado, com as janelas no estilo georgiano, as cornijas de gesso pintadas com destreza e as paredes de um azul elegante. – Os quartos estão todos prontos. A Saleta Tartã já foi redecorada e as chaminés já passaram por uma limpeza. Os sofás e as poltronas novos foram entregues ontem e estamos esperando que a parte elétrica da cozinha seja finalizada. Você nem vai reconhecer este lugar.

– É melhor mesmo – grunhiu Quentin.

Lucy riu. Tinha aprendido bem rápido que a melhor maneira de lidar com aquela carapaça autoritária e casca grossa era se manter firme.

– Faça Alex me ligar.

– Beleza – respondeu ela, alegre, sem a menor intenção de passar o recado.

Lucy olhou o relógio pela milésima vez naquela tarde. Alex já deveria ter saído do Charles de Gaulle e estaria em algum lugar sobre o canal da Mancha.

Nos últimos meses, eles tinham dado um jeito de passar alguns dias juntos a cada semana. Graças ao poder do wi-fi e a excelentes gerentes de plantão, Alex parecia conseguir trabalhar tão bem de Edimburgo quanto em Paris.

Quando Lucy desligou, Hekla começou a rir.

– Não tem mais ninguém para roubar, só Olafur. – Ela lançou um olhar astuto para Lucy. – E ele está envergonhado demais para pedir para vir.

Lucy ignorou o comentário. Nunca dissera uma palavra a ninguém sobre o que ele tinha feito e, se Hekla tinha suspeitas, podia continuar apenas suspeitando.

– Não estou roubando Elin – falou Lucy. – Ela sempre foi minha, desde o começo.

Assim que fora divulgada a notícia de que Lucy estaria à frente da pousada Holyrood do Norte, em Edimburgo, o celular dela não parara de receber mensagens.

– Além do mais, não tive muita escolha. – Ela pôs as mãos no quadril e revirou os olhos. – Todos vocês me disseram que estavam vindo trabalhar para mim, quisesse eu ou não.

Hekla era a cara da indignação.

– É claro que você queria a gente.

Lucy riu e lhe deu um abraço rápido.

– Queria mesmo. Estou feliz demais por você ter vindo.

– E eu! – falou Kristjan, chegando à recepção ao sair do escritório.

Ele ostentava um cardápio recém-impresso em um cartão cor de creme, para o qual Hekla olhou com os olhos semicerrados.

– Você imprimiu isso? – perguntou Hekla, cheia de desconfiança.

– *Ja*.

Ele agitou o cartão para ela com um trejeito presunçoso e triunfal. Lucy riu da jovem.

– Parece que a impressora funciona perfeitamente bem, é só você ficar longe dela. É novinha em folha.

– Humpf – disse Hekla, tirando o cardápio da mão de Kristjan. – O que tem para o jantar?

Naquela noite, Kristjan estava testando o cardápio, já se preparando para a inauguração oficial do hotel na semana seguinte. No último mês, Lucy, Hekla e Brynja tinham trabalhado sem parar na reforma do hotel, na criação de novos sistemas e nas entrevistas de emprego – não que Lucy precisasse recrutar tanta gente – enquanto Dagur ajudava Kristjan a montar a cozinha e o bar, os dois logo se tornando especialistas em uísque.

– É, o que tem para o jantar? – perguntou Lucy, deixando Hekla examinar o cardápio.

Tinha plena certeza de que seria absurdamente delicioso. Kristjan passara algumas semanas incríveis visitando fornecedores locais e pesquisando outros restaurantes e, com tanta coisa para fazer no hotel, Lucy o deixara por conta própria.

– Terrine de salmão defumado, bife ancho com batata rosti e nabo, minha homenagem ao clássico escocês *"neeps and tatties"*, cenoura glaceada, seguidos por um prato de queijos locais. – Os olhos do rapaz brilharam. – Vocês precisam experimentar o cheddar apimentado da ilha de Mull. – Ele beijou as pontas dos dedos. – Vou servir o jantar às sete e meia, a menos que o voo do Alex atrase.

Lucy cruzou os dedos e os ergueu.

– Da última vez que olhei, estava no horário. Aliás, tenho uma hora para me arrumar e aquela banheira da suíte Balmoral precisa ser testada.

– Tenho certeza de que o colchão também vai ser testado – falou Hekla.

Lucy corou. Passar mais tempo com as amigas islandesas a deixara um pouco mais solta para falar de sexo, mas não havia necessidade de dar tanta informação.

– Assim que começarmos a receber hóspedes, vamos ficar todos no sótão – disse ela, ignorando o comentário indecente.

Ainda bem que havia várias acomodações para funcionários na antiga área de serviçais, no topo do prédio, o que era espaço suficiente para a equipe que insistira em acompanhá-la.

– Aproveite o banho – falou Hekla. – Vou tomar alguma coisa rapidinho com Brynja e Dagur no bar. A gente se vê mais tarde. Não vá trabalhar muito, Kristjan – provocou ela, dando um tapinha no braço dele.

– Não vou, mas ainda não temos um ajudante, então você fica com a louça.

Hekla riu.

– Vai valer a pena.

– A que bar vocês vão, o Kilderkin? – perguntou Lucy, inclinando a cabeça como quem sabe das coisas.

– Talvez – disse Hekla, reservada. – A cerveja é muito boa.

– Barata e, se bem me lembro, o barman é um gato e gosta de louras islandesas altas.

Hekla se permitiu um sorrisinho presunçoso enquanto Kristjan olhava com raiva.

– Sempre sou servida primeiro. – Ela deu um sorriso travesso para o chef. – Mas gosto mais dos homens islandeses.

– Querida, cheguei.

Lucy se sentou depressa, puxando os joelhos até o peito e espalhando água pela borda da banheira ao ouvir o baque de uma mala sendo deixada no carpete novo do quarto.

– Alex?

Ele enfiou a cabeça pela porta do banheiro.

– Está esperando mais alguém?

Ele sorriu para ela e entrou. Ajoelhou-se ao lado da banheira e passou um braço ao redor de Lucy para puxá-la e lhe dar um beijo demorado, lento e completamente satisfatório.

– Você chegou mais cedo – disse ela, com um sorriso de prazer.

– Peguei o voo anterior, mas devo dizer que cheguei na hora certa. Que beleza de banheira. Tem espaço para mais unzinho?

– Não estou atrás de nenhum "inho" – rebateu ela, os olhos brilhando ao observá-lo tirar a roupa sem nenhuma hesitação ou modéstia, enquanto ela abraçava os joelhos junto ao peito.

– Ainda bem. Chega para a frente. – Ele entrou na banheira, atrás dela, e a acomodou quando ela deitou em seu peito. – Isso que é jeito de começar uma noite de sexta-feira, depois de uma semana de trabalho pesado em Paris. Como foi a sua semana?

Lucy riu quando ele começou a beijá-la, as mãos deslizando até o traseiro dela e ficando ali.

Entre beijos e carícias, eles se atualizaram das novidades um do outro, apesar de se falarem todas as noites pelo telefone. E era cada vez mais difícil falar enquanto ela ficava mais e mais ofegante por causa das mãos de Alex.

Por fim, ele suspirou no ouvido dela, os lábios acariciando seu pescoço enquanto os dedos se aproveitavam sem pudor.
– Por mais linda que seja esta banheira, não é bem o que eu tinha em mente.
– Humm. – Foi só o que ela conseguiu dizer.
Seu raciocínio havia sido deliciosamente dissolvido e ela sabia bem o que Alex tinha em mente quando ele se levantou, a água escorrendo pelas pernas peludas e certa parte do corpo pronta para entrar em ação.

Os dois se atrasaram apenas alguns minutos para o jantar, embora o cabelo de Alex ainda estivesse úmido e Lucy tivesse gastado um bom tempo desembaraçando o dela. Com o rosto enrubescido, ela segurou a mão de Alex ao descerem a belíssima escada em curva enquanto trocavam sorrisos discretos.
– Eles vão saber o que a gente estava fazendo – sussurrou Lucy, mordendo o lábio.
– É claro que sim e você sabe que eles vão tirar sarro. Não temos a menor chance. Mas não se esqueça... – Ele deu um sorrisinho para ela. – Você é a chefe, Lucy Smart. É só ameaçar cortar o salário deles. – Ele piscou.
Lucy respirou bem fundo, ciente de que os comentários a fariam corar, e entrou na sala de jantar revirando os olhos diante da comemoração indecente dos outros. Sentados ao redor da mesa redonda estavam Kristjan, Dagur, Brynja, Gunnar, Hekla e...
– Elin! – Lucy jogou os braços ao redor dela. – Quando você chegou?
– Encontrei o Alex no aeroporto e dividimos um táxi.
Lucy lançou um olhar para Alex.
– Você nem me contou – disse ela com um biquinho, de um jeito muito incomum.
– Eu me distraí – defendeu-se ele e ergueu as sobrancelhas.
– Ah, isso é incrível – falou Lucy, perdoando-o. – Está todo mundo aqui.
– Sim. Muito legal da sua parte finalmente juntar todos nós – elogiou Brynja, dando uma piscadinha.
– Eu estava medindo o encanamento novo – disse Lucy, na mesma hora se arrependendo da escolha de palavras.

Por sorte, ao menos uma vez o conhecimento de Hekla sobre linguagem coloquial não foi suficiente para fazer piada daquilo. Alex abaixou a cabeça, mas Lucy viu os ombros dele se sacudirem.

– Como é a nova banheira? – perguntou Hekla.

Lucy sorriu.

– Muito satisfatória. E como está o seu escocês?

Hekla ergueu uma taça.

– Bem escocês. Ele me deu várias cervejas. Gosto muito da Escócia. – Todos riram. – Estou tão feliz por estarmos aqui! E gosto ainda mais do Kristjan.

O rapaz sorriu ao servir e entregar uma taça de vinho para Lucy. Ela a pegou e ficou em pé diante da última cadeira vazia.

– Já que estamos todos aqui, quero propor um brinde. A todos vocês, por confiarem em mim e virem compartilhar esta nova aventura. – Ela olhou para cada um, detendo-se em Alex por último. – Isso significa muito para mim. Este lugar... é lindo, mas são vocês que vão fazer a diferença. É isso que vai deixá-lo mais aconchegante e acolhedor. Tenho certeza de que a pousada Holyrood do Norte vai ser um grande sucesso, por causa de vocês todos. Obrigada por acreditarem em mim.

Lucy ergueu sua taça enquanto os amigos erguiam as deles logo em seguida. Ela estava entre amigos e sabia, sem sombra de dúvida, que podia confiar em cada um deles. Alex piscou para ela e disse, sem emitir som: "Eu te amo."

Kristjan se levantou num pulo e ergueu a taça.

– Um brinde a você, Lucy Brynsdóttir.

E todos repetiram essas palavras, o que acabou de vez com Lucy.

Agradecimentos

Esta é, possivelmente, minha parte favorita ao escrever um livro. É o equivalente ao discurso do Oscar para o escritor, quando você pode agradecer a todas as pessoas que ajudaram, quer elas saibam ou não.

Primeiramente, minha amiga Debi Game, que, sem querer, plantou a ideia na minha cabeça de pegar as coisas de alguém que não deveria estar com elas, para começo de conversa, resultando na deliciosa consequência de que esse alguém não poderia reclamar por elas terem sido pegas.

Sou grata a todos os meus amigos escritores que oferecem apoio e incentivo sem limites, tanto na vida real quanto mais além, em especial Donna Ashcroft, as adoráveis Darcie Boleyn e Sarah Bennett, assim como minha amadíssima agente, Broo Doherty, uma anja que tem uma paciência infinita para lidar com minha angústia de escritora.

O gim ajuda muitíssimo quando estou em cima do prazo, então sou sortuda por ter um marido sempre pronto para me resgatar com uma pequena dose e por meus filhos terem desenvolvido a extraordinária habilidade de saberem quando a mamãe precisa ficar sozinha.

Por fim, mas não menos importante, aos leitores que me enviam comentários lindos, deixam avaliações gentis e continuam comprando meus livros. Obrigada por me permitirem ser escritora.

CONHEÇA OS LIVROS DE JULIE CAPLIN

Destinos Românticos

O pequeno café de Copenhague

A pequena padaria do Brooklyn

A pequena confeitaria de Paris

A pequena pousada da Islândia

Para saber mais sobre os títulos e autores da Editora Arqueiro,
visite o nosso site e siga as nossas redes sociais.
Além de informações sobre os próximos lançamentos,
você terá acesso a conteúdos exclusivos
e poderá participar de promoções e sorteios.

editoraarqueiro.com.br

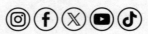